D1832727

कितने शहरों में कितनी बार

कितने शहरों में कितनी बार

ममता कालिया

राजकमल प्रकाशन

ISBN : 978-81-267-1876-4

मूल्य : ₹695

© ममता कालिया

पहला संस्करण : 2010
दूसरा संस्करण : 2022

प्रकाशक : राजकमल प्रकाशन प्रा.लि.
1-बी, नेताजी सुभाष मार्ग, दरियागंज
नई दिल्ली-110 002

शाखाएँ : अशोक राजपथ, साइंस कॉलेज के सामने, पटना-800 006
पहली मंजिल, दरबारी बिल्डिंग, महात्मा गांधी मार्ग, प्रयागराज-211 001
36-ए, शेक्सपियर सरणी, कोलकाता-700 017

वेबसाइट : www.rajkamalprakashan.com
ई-मेल : info@rajkamalprakashan.com

मुद्रक : बी.के. ऑफसेट
नवीन शाहदरा, दिल्ली–110 032

KITNE SHAHRON MEIN KITNI BAAR
by Mamta Kalia

इस पुस्तक के सर्वाधिकार सुरक्षित हैं। प्रकाशक की लिखित अनुमति के बिना इसके किसी भी अंश को, फोटोकॉपी एवं रिकॉर्डिंग सहित इलेक्ट्रॉनिक अथवा मशीनी, किसी भी माध्यम से, अथवा ज्ञान के संग्रहण एवं पुनःप्रयोग की प्रणाली द्वारा, किसी भी रूप में, पुनरुत्पादित अथवा संचारित-प्रसारित नहीं किया जा सकता।

भूमिका

यह तो कोई बात न हुई

जितने शहरों पर लिखा उतने से ज्यादा अभी मेरे अन्दर कसमसा रहे हैं, अपनी हरी-पीली-लाल बत्तियों के साथ जल-बुझ-जल रहे हैं। कभी लखनऊ का गौतमपल्ली और हज़रतगंज यादों में कौंध जाता है, कभी काठगोदाम का डाकबँगला। यकायक ध्यान आ जाता है भिलाई का साफ-सुथरा परिसर कि उसके ऊपर सुपर इम्पोज हो जाती हैं भोपाल की ऊँची-नीची सड़कें।

सुन्दर और सुरम्य नगर कोई कम नहीं देखे, कोई पिक्चर पोस्टकार्ड की तरह तो कोई हनीमून टाउन जैसा। पर अपनी तबीयत कुछ ऐसी है कि जहाँ पैर में कील चुभी, वहीं मरहम-पट्टी की जगह कागज-कलम लेकर बैठ गए। साहित्यिक पत्रिका 'तद्भव' के मित्र-सम्पादक अखिलेश का आग्रह मेरी यादों को इतनी दूर का सफर करवा गया। सुबह-शाम अखिलेश के फोन का इतना दबाव न होता तो शायद ये संस्मरण कभी लिखे न जाते। न जाने कितनी अधूरी रचनाओं से घर भर रखा है। मुझे लगता है बहुत जल्दी ऐसा समय आएगा जब अधूरी रचनाओं वाली पुस्तकें प्रकाशित होने लगेंगी और पाठक उन्हें अपने इरादों, कल्पना और सपनों के धूप-ताप से पूरा किया करेंगे। 'कितने शहरों में कितनी बार' के धारावाहिक प्रकाशन ने मुझे साथी रचनाकारों, मित्रों और जाने-अनजाने पाठकों से जुड़ने का दुर्लभ अवसर दिया। मौजूदा मोबाइल समय में फोन और एस.एम.एस. के अलावा संस्मरण पर अनेक पत्र मिले जिनसे रचनागत हिम्मत बँधी। हम लेखकों को हर किताब के लिए नए सिरे से आत्मविश्वास जुटाना पड़ता है। बीस किताबें लिखने के बाद भी इक्कीसवीं किताब पसीने छुड़ा देती है। पत्र और फोन आत्मविश्वास बनाने में थोड़ी-सी मदद करते हैं। सिर्फ उस बिन्दु तक कि हमें मेज

तक ले जाते हैं। वहाँ काली कलम और कोरे पृष्ठ हमें मुँह चिढ़ाते दिखते हैं।

दिक्कत यहीं है। यादें कभी सिलसिलेवार नहीं आतीं। यादों को कतार बनाना किसी ने सिखाया ही नहीं। वे अर्र-र्र-र्र-धम् की तरह उतरती हैं, एक दूसरी से रगड़ खाती, कन्धे छीलतीं। वे गुत्थमगुत्था हो जाती हैं। दिमाग के डीप फ्रीज़ में कम्बख़्त सब की सब ताज़ा, ज़िन्दा और धड़कती हुई। जरा-सा सोच का सेक लगा नहीं कि लगीं इठलाने। अभी सतना में प्रह्लाद अग्रवाल का घर दिख रहा है जहाँ स्टोव पर माँजी पराठे और टिंडे की सब्जी से हमें गरम खाना खिला रही हैं, अभी नैनीताल दिखने लगा—हर तरफ ताल ही ताल। कलकत्ते में तलैया ही तलैया। यहाँ सूखा ताल भी पानी से लबालब भरा हुआ। उसमें छोटी-छोटी नावें, हँसते हुए रंगों की—हरी, पीली, नारंगी, लाल, गुलाबी। कुछ नावें हंस के आकार की ताकि यात्री को लगे वह मानसरोवर के हंस की सवारी कर रहा है। मॉल से सटी-सड़क झील के समानान्तर चल रही है।

देखी-सुनी घटनाओं के सन्दर्भ में मुझे कुएँ-बावड़ी, ताल-तलैया, नदियाँ-नाले, सागर-महासागर से ज्यादा खतरनाक और रहस्यमय लगते हैं। सागर में निनाद है तो प्रमाद भी, उन्माद है तो मर्यादा भी पर कुएँ-बावड़ी तो कुछ कहते ही नहीं। इनके पेट इतने गहरे हैं कि साल में सत्रह सुहागनें और सत्तर कुमारियाँ पचा जाएँ। इनके तले में जब झाँको, बस अपना ही चेहरा दिखेगा, मजाल है जो मुजरिम की भनक भी मिले। फिर भी लोग दिलेर हैं। ताल-तलैया, नदियाँ-नालों से जरा नहीं डरते। लोक साहित्य ने उन पर गीत रचकर उन्हें रोमांटिक बना डाला है। फिल्मों ने उनमें कुछ और रंग भर कर सारी कसर पूरी कर दी है।

यादों में कौंध जाता है, कुछ समय पूर्व देखा हुआ जबलपुर का भेड़ाघाट और धुआँधार। भेड़ाघाट तो ठीक-ठाक था। धुआँधार में जल का कोलाहल, उत्ताल तरंगें और स्फटिक चट्टानें, हम मनुष्यों के लिए त्रिआयामी चुनौती की तरह प्रस्तुत हुईं। जल में इतना तुमुल नाद मानो कोई लम्बा वाद-विवाद चल रहा हो। वहीं, चट्टानों की दूसरी ओर, कुछ नंग-धड़ंग, कृशकाय बच्चे खड़े थे। उनके बदन पर कपड़ों के नाम पर सिर्फ जांघिया था। उस पार के सैलानी उनसे कहते, 'धुआँधार में

कूदकर दिखाओ तो जानें।' वे बच्चे इतनी ऊँची चट्टान से पट् से छलाँग लगा डालते। बर्फीले जलप्रपात के प्रचंड प्रवेग को वे अपनी नन्हीं बाँहों से झेलते, खेलते, काटते, बाँटते और रास्ता खोजते चट्टान का दूसरा कोना पकड़ ऊपर पहुँच जाते। शर्त जीतने पर वे सैलानी से दस रुपए का इनाम पाते। सिर्फ दस रुपए में अपनी जान जोखिम में डाल वे क्या कमाना चाहते—नाम या काम या दोनों। पता चला यही इन बच्चों की जीविका है, यही इनका जीवन। सर्दी हो या गर्मी, हर मौसम में बिना नागा ये यहाँ मिलते हैं। एक दिन में कम-से-कम बीस बार कूदकर करतब दिखाते हैं। धुआँधार के ऊपर एक चटक, सतरंगा इन्द्रधनुष मँडरा रहा था। अपनी शोभा में इठलाता हुआ, कुछ कृत्रिम लगा। मुझे लगा हमें घंटों हो गए यहाँ खड़े-खड़े, यह इन्द्रधनुष न हटा न मिटा न रौंदा गया जबकि हमारे दिल्ली-इलाहाबाद के इन्द्रधनुष तो बस एक झलक दिखलाकर ओझल हो जाते हैं। कथाकर संजीव ने बताया जब तक धुआँधार की बूँदें धूप और हवा में उड़-उड़कर वाष्प बनती रहेंगी यह सतरंगा धनुष यहाँ टँगा ही रहेगा क्योंकि इन्द्रधनुष बनने की प्रक्रिया निरन्तर चल रही है।

मेरी स्मृतियों के इन्द्रधनुष का भी यही हाल है। किसी भी शहर के आकाश में पहुँच तन जाते हैं प्रत्यंचा की तरह। जहाँ हूँ, फिर मैं वहाँ की नहीं होती, जाने कहाँ-कहाँ लिये जाते हैं ये मेरी यादों के बेटिकट सफ़र।

दिल्ली-2009

—ममता कालिया

अनुक्रम

मथुरा से चलकर

जब भी कोई मुझसे पूछता है तुम किस शहर की हो, मैं बड़े चक्कर में पड़ जाती हूँ। क्या कहूँ! कहाँ की बताऊँ अपने को। क्या लोगों को नहीं मालूम कि सरकारी नौकरी करनेवाले बाप के बच्चे किसी एक जगह के नहीं होते। वे डेढ़-दो साल के लिए शहर में डेरा डालते हैं। तबादले का कागज आते ही वे ट्रक में सामान डाल अगले अनजान शहर की तरफ निकल पड़ते हैं। दस दिन में उनके स्कूल बदल जाते हैं, बीस दिन में बोली बानी। सरकारी बंजारे!

उत्तर प्रदेश की नगरी मथुरा के जिस लघुत्तम एकांश वृन्दावन में जन्म लिया, उसे कभी ठीक से देखा भी नहीं। वृन्दावन इसलिए क्योंकि वहाँ कैनेडियन मिशनरियों ने ऐसा अस्पताल स्थापित किया था जहाँ पेट चाक कर बच्चे पैदा करवाने की व्यवस्था थी। पापा आगरे में अंग्रेजी साहित्य में एम.ए. कर रहे थे। माँ दादी-बाबा के साथ मथुरा में रहती थीं। मुझसे पहले मेरी बड़ी बहन बेबी भी वृन्दावन में, उसी अस्पताल में पेट चाक से पैदा हुई थी।

मथुरा मेरी कहानियों में भी धड़कती रहती है—कभी आवेश बनकर, कभी परिवेश बनकर। मथुरा की यादें, दराज में पड़े मुड़े-तुड़े, कागजों की तरह हैं, जिनमें तारतम्य नहीं बैठा पाई हूँ।

होली दरवज्जे से कोई गली दाईं ऊँची चढ़ान चढ़ती चली जाती थी जिसे शायद सतघड़ा कहते थे। पहली मंजिल का मकान। सावन में कमरे में झूला डलता। हरियाली तीज पर बाबा हरे रंग की छोटी-छोटी धोतियाँ लाते हमारे लिए। झूले के गीत, सावन के लोकगीत आज भी अपनी धुन सहित मेरे कानों में गूँज उठते हैं।

'बाग में पपीहा बोले मैं जानूँ कोई आया रे
झूला झूले रे कदम तले राधे भीगें संग नंदलाल'

बचपन की मथुरा की हर गली ढलवाँ थी। हर गली का गन्तव्य, एक छोर पर घर, दूसरे छोर पर जमुनाजी। याद नहीं आता कभी किसी ने यमुना नदी को

यमुना कहकर पुकारा हो। प्रयाग की गंगाजी की तरह मथुरा की जमुनाजी। बोलते समय म के नीचे की मात्रा भी गायब हो जाती। सब कहते 'जमनाजी'।

जमुनाजी के कछुओं की स्मृति है। उनसे जुड़ी अनेक डरावनी कहानियाँ आधी-अधूरी याद आती हैं। यह कभी समझ नहीं आया कि हम बच्चों को जमुनाजी में डुबकी क्यों लगवाई जाती थी जबकि शाम को दादी, बाबा, बुआ, कोई-न-कोई किस्सों की पुरानी पिटारी खोल डालते, "अरे ध्यान से न्हवइयो। भार्गवजी की नतनी को येई बिसरांत घाट पर बुड़का मार कै ले गयो थो।" "तोते की बहन की तो उँगलियाँ खा गयौ।"

दादी-बाबा के किस्सों में जमुनाजी के कछुओं के अलावा मगरमच्छ भी थे जो पूरी लड़की साबुत निगल जाते। अब सोचती हूँ कि जमुनाजी के कछुए और मगरमच्छ छाँट-छाँट कर लड़कियों को ही क्यों काटते थे। कभी यह नहीं सुना कि फलाने के लड़के को मगरमच्छ उठाकर ले गया।

जब नानकनगर में बाबा की कोठी बन गई, रहने, घूमने-फिरने की खुली जगह मिलने लगी। अब बस एक चीज की कमी थी—वह था समय। हम गर्मी की छुट्टियों में ही आ पाते, कभी पापा-मम्मी के साथ तो कभी अकेले। जब हम दोनों बहनें ही आतीं, दादी-बाबा ढेर लाड़ लड़ाते। दिन में बाबा दुकान से तरह-तरह की चीजें भिजवाते, कभी तेल की खस्ता कचौड़ी, कभी लुकार, कभी नारियल की गिरी के चकपहिए। उस कचौड़ी का खस्तापन और स्वाद, आलू की रसेदार तरकारी, यहाँ तक कि ढाक के उन हरे दोने की सुगन्ध अभी तक स्मृति की जिह्वा पर बैठी हुई है ज्यों की त्यों। पता नहीं मथुरा का रिश्ता जीवन के पहले-पहले स्वाद, सुगन्ध और साहित्य से क्यों जुड़ा हुआ है।

शाम को हम बहनें छत पर छिड़काव करतीं, सबकी चारपाइयाँ बिछातीं और नीचे रसोई से लाकर खाना ऊपर लगातीं। ठंडी छत पर ब्यालू का स्वाद अद्वितीय होता। जब हम लेटने लगते, बाबा कहते, "लटूरबाबा ने मेरे पैर तो दबाए ही नहीं।" हम दोनों दौड़ पड़तीं जबकि लटूरबाबा सिर्फ मेरा नाम था क्योंकि मेरे आगे के छोटे-छोटे बाल चोटी से निकल मेरी आँखों में पड़ते रहते थे। बाबा कहानी शुरू करते। उनकी कहानियों में लुटेरे और बटमार होते, सराय और भटियारिनें होतीं, व्यापारी और साहूकार होते। चोर लुटेरे हमेशा चतुर होते, साहूकार व्यापारी हमेशा घोड़े बेचकर सोनेवाले होते जिनकी नींद लुट जाने पर ही टूटती; भटियारिनें हमेशा छबीली होतीं। लेकिन बाबा को यह बर्दाश्त नहीं था कि साहूकार की हार हो, इसलिए वे कहानियों में एक चेतक घोड़ा डाल देते जिसे सरपट दौड़ाकर चोर पकड़ लिया जाता। कहानी का अन्त इस तरह होता—"तो लल्ली चोर बटमार को

वह मार पड़ी कि उसकी अन्टी गई खुल और साहूकार को अपना माल तो मिला-ही-मिला, साथ में और माल भी मिल गयौ जो वह लछमनदास के यहाँ से लायौ थौ।'' यह लछमनदास भी हर कहानी में टपक पड़ता था। दादी सुनातीं—सौंताल की कहानी, मोरा और सारंग नैनी की कहानी, फूलनदेई और ओलनदेई बहनों की कहानी। उनकी कहानियों में स्त्रियों के आँसू होते, पुरुषों के पाषाण हृदय होते और ऐसे पंछी पखेरू होते जो अचानक मदद को आ जाते।

घर के करीब से रेल लाइन जाती थी। रात नौ बजे फ्रंटियर मेल गुजरती। इंजन की भट्टा-सी आँख की चौंध सीधी हमारी आँखों पर पड़ती। दादी कहानी के बीच में लम्बी साँस लेकर कहतीं, ''चलो लड़कियों, सो जाओ। लगता है बिद्दाभूषण आज भी नईं आयगौ।'' मैं हँसती—''दादी, पता तो है पापा सोलह को आएँगे। फिर भी तुम रोज यही कहती हो।'' उन्हें बेटे के आने की प्रतिदिन आस लगी रहती।

ताज्जुब यह कि हम कितने थोड़े दिन वहाँ रहते थे पर कितना ज़्यादा ग्रहण करते थे। हालाँकि ऊपर से देखने पर यह सिर्फ एक जगह अपने दादी, बाबा, बुआ, चाची, मामा, मामी के साथ रहना भर था, वह भी कुछ दिनों के लिए, लेकिन अन्दर-ही-अन्दर यह मुझे कृति सम्पन्न कर रहा है, यह तब कब सोचा था। वैसे मथुरा में रहनेवाले जानते हैं कि उस मिट्टी के कण-कण में साहित्य बसा है, कहीं कथा-कहानी तो कहीं कविता। मथुरा के लोग बातों के रसिया हैं। कृष्ण काव्य में सूरदास के अलावा मथुरा के जन-जन ने अपनी कल्पना का जो रस उसमें उँड़ेला है उसी पर यह काव्य टिका हुआ है। मथुरा-वृन्दावन के मन्दिरों में सगुण भक्ति का अतिरेक बालकृष्ण और छैलबिहारी की ऐसी लीलाएँ रचता है कि वे एक नहीं अनेक शताब्दियों के महानायक कहे जा सकते हैं। मथुरा जनपद में धर्म, भक्ति, इतिहास, किंवदन्ती और कल्पना इस तरह घुल-मिल गई हैं कि जब आप किसी से बात करते हैं तो यह नहीं पता चल सकता कि उसमें यथार्थ, श्रुति और स्मृति की मिकदार क्या है।

तीनों बुआओं की अपनी-अपनी कष्टदायक जिन्दगी थी, पर हम बच्चों से मिलने आतीं तो कैसी लहककर मिलतीं। बड़ी बुआ, कच्ची सड़क, गली रावलिया से आते वक्त हमारे लिए खुरचन लेकर आतीं जिसे चखते ही केवड़े की सुगन्ध से मुँह भर जाता। भग्गो बुआ हिन्डौन से आतीं जहाँ फूफाजी पत्थर का व्यापार करते थे। वे हम सबको दुपहर में अधन्ने-अधन्ने की मलाई बरफ खिलातीं। गली में मलाई बरफवाला छोटी हारमोनियम जैसी पेटी में कपड़े से लिपटी मलाई बरफ लाता जो वह हरे पत्ते पर चाकू से पतली-पतली परत काटकर, बड़े प्रेम से हम

सब को देता। इसी तरह फालसे, खिन्नी, झरबेरी, कसेरू और लुकाट में खूब रस-रंग भरा रहता।

कभी-कभी सारा सन्तुलन गड़बड़ा जाता। खास तौर पर जब भारत चाचा और पापा इकट्ठे घर आते। दोनों के परिवार साथ होते। छोटी-छोटी घटनाओं पर कलह मच जाती।

पापा के पास दो चश्मे हैं। दादी कह रही हैं—''च्यों बिद्दा भूषण जे चसमे फैसन में बनवाये हैं?''

वे अपनी आँखें मलती हैं, ''मोय तो कछु टिपै नायं। एक मोय दे दै।''

सब हँस पड़ते हैं। दादी, गुस्से में हैं।

पापा कहते हैं, ''जीजी तुम मेरे साथ डॉक्टर के चलना। तुम्हारी आँख जँचवा कर चश्मा बनवा दूँगा।''

दादी उलाहना देती हैं, ''अरे जा तू आँख जँचवाएगा। इत्ती तेरी कमाई और उत्ती भारतभूषण की। कभी माँ-बाप पे छदाम भी खर्च नायं करौ।''

भारत चाचा के घाव फूट पड़ते, ''जब मैं आठवीं में था, आपने घर से निकाल दिया। हम दोनों भाई ट्यूशनें कर-करके पढ़े। क्या दिया माँ-बाप ने!''

बहस दूध की तरह फटती और फैलती जाती। बीच में कोई बुआ फुटनोट जड़ देतीं—भाईदूज पर धोती न मिलने का, सलूनों पर नेग न भेजने का—और कलह कुंड को हवा मिल जाती।

दरअसल दोनों कामयाब भाई परिवार की अपेक्षाओं का आकलन नहीं कर पाए। परिवार ने पढ़ाई का खर्च देना बन्द किया था, अपना कब्जा कहाँ छोड़ा था। वस्तुतः यह संयुक्त परिवार का एकल परिवार की इकाई के विरुद्ध संघर्ष था।

मथुरा के ही एक और घर की स्मृति है। मामा-घर। मेरे चार मामा हैं। वे 1947 में एबटाबाद से विस्थापित होकर मथुरा आए थे। नाना-नानी एबटाबाद में ही दिवंगत हो गए। एबटाबाद बहुत दूर था। एक बार हम वहाँ गए थे। हम छावनी में रहते थे जहाँ बड़े-बड़े मैदान थे। बैरकनुमा दुकानें थीं। घास का टीला पार करते ही गोरखा रेजिमेंट के घर थे। एक बार घर में अचानक मेहमानों के आने पर नानी ने हमें कान्छा लोगों के घर अचार लाने भेज दिया। धनसिंह की बीवी ने हमें नीबू की जगह बोटी का अचार दे दिया। रास्ते भर हम अचार चाटते गए। अचार बड़ा स्वादिष्ट लगा। घर पहुँचने पर हमें बड़ी डाँट पड़ी।

शाम के वक्त हम एक बैरकनुमा दुकान में जाते जिसे सब कॉपीछाप कहते थे। जरूर उसका नाम कॉफी शॉप रहा होगा। वहाँ कॉफी तो मिलती ही थी, लैमन

सोडा की कंचेवाली बोतल भी मिलती, साथ में कागज की नली। लैमन पीते हुए मुझे चिन्ता लगी रहती कहीं कंचा मेरे पेट में न चला जाए। एबटाबाद में हमें कई नायाब चीजें मिलतीं जो अपने घरों में नहीं मिलती थीं। नानी हरेक की थाली में तले हुए काजू और पिस्ते जरूर रखतीं। इससे खाने की थाली एकदम खास हो जाती। वहाँ हम हरे बादाम, चैरी, खुबानी और सेब खाते।

नानी के बोलने के अन्दाज में आत्मीयता के साथ आश्चर्यलोक के उच्छ्वास भरे होते। वे बतातीं, "अरे इन्दु, अबकी बार तो ऐसा चिल्ला जाड़ा पड़ा कि पूछोई मत। नलों के पानी जम गए। लोहे के पाइप गरमा-गरमा कर पानी निकाला। पीछेवाली टीन की छत से जमी हुई बर्फ की सलाखें लटकती थीं। जो बूँद गिरे वह जम जाए। घी तो ऐसा कर्रा हुआ कि कलछी टूट जाए पर घी न निकले।"

बोलने, सोचने की आदतें ऐसे ही पीढ़ी-दर-पीढ़ी पड़ती होंगी। मेरी ममी की भी आदत थी, नवम्बर के बाद जब दिसम्बर के दिन आते, वे घी का डब्बा उघाड़कर देखती और कहतीं, "अब तो चिल्ला जाड़ा पड़ने लगा। देखो घी कैसे पत्थर हो रहा है।" मैं उनकी हँसी उड़ाती, "घी का डब्बा ममी का मौसम विभाग है।"

हम कभी सर्दियों में एबटाबाद नहीं गए लेकिन वहाँ की बर्फों में लोगों के जिन्दा दफन हो जाने की खबरें सुनने में आतीं। दिल्ली से एबटाबाद जाने में रेल किराया भी काफी खर्च होता था। सन् 1942 में जब पापा एल.टी. कर रहे थे, नानी का देहांत हुआ। माँ हम दोनों बहनों के साथ मथुरा में थीं। वे अपनी माँ की मृत्यु पर नहीं जा सकीं, इसकी कलप उन्हें जन्म भर रही।

1947 के दंगे देखने के लिए नाना जीवित नहीं रहे। 1946 में उनका देहांत हो गया। उस समय तक एबटाबाद में हिन्दुओं के मन में असुरक्षा बोध पैदा हो चुका था। नाना की सर्राफे की दुकान और गल्ले का काट्रैक्टवाला काम दोनों में खतरा और खिचखिच थी। नानी के मरने के बाद मामा लोग सपरिवार मथुरा आ गए। एक मामा जो जमा पूँजी सँभालने पीछे रह गए थे, बहुत तकलीफ उठाकर काफिले के साथ पैदल दिल्ली पहुँचे और वहाँ से रेल द्वारा मथुरा। एबटाबाद में हमारी कई दुकानें और मकान थे। लेकिन दावे के कागजों के आधार पर मामाओं को छत्ता बाजार में महज एक बड़ी दुकान और कृष्णनगर में एक विशाल मकान मिला। जाते ही नहीं मिल गया। पहले वे किराए के मकान में रहे। वर्षों से एबटाबाद में रहने के कारण मामाओं का बोलचाल का लहजा पंजाबी हो गया था। उन्हें मथुरा में शरणार्थी समझा गया। शायद इसी भ्रम को काटने के लिए

उन्होंने अपनी केमिस्ट शॉप का नाम रखा 'फ्रंटियर गुप्ता स्टोर'। वर्षों यह दुकान उस इलाके का प्रमुख प्रतिष्ठान थी जहाँ दवा लेनेवाले, मामा को डॉक्टर साहब कहते।

मामा लोग का किराए का मकान चढ़ैया पर था। उसमें बड़े-बड़े हॉल थे। ऊपर की छत पर छिड़काव कर सबके बिस्तर लगाए जाते। बड़े मामा का बेटा श्याम मेरी उम्र का था। छोटे मामा हम दोनों का सामान्य ज्ञान जाँचते। अंग्रेजी की परीक्षा लेते। वह मुझसे तेज निकलता। मामा-घर में आर्थिक समृद्धि थी। लेकिन उस घर में प्रतिष्ठा के पैमाने बदल रहे थे। एक बार मामा ने ममी से कहा, "इन्दु, तुम तीसरे दर्जे में आती हो इससे हमारी बड़ी नाक कटती है। कम-से-कम इंटर में तो आया करो नहीं तो हम स्टेशन पर उतारने नहीं आएँगे।"

सलूनों पर ममी राखी भेजतीं। भाईदूज पर टीका, भतीजों के लिए खिलौने और मिठाई के रुपए। मामियाँ हाथ नचाकर कह देतीं—"तुम्हारा कोई टीका-वीका नहीं मिला इस बार।" वे पंजीकृत पार्सल और पत्र की पहुँच भी नकार देतीं। सन्देश एकदम साफ था। धीरे-धीरे ममी ने राखी भेजनी बन्द कर दी। लेकिन हर रक्षाबन्धन और भाईदूज पर ममी उदास हो जातीं। चार भाई, चारों हृदयहीन। दूसरे मामा अपनी पत्नी के प्रति भी हृदयहीन थे। दूसरे मामा गोरे चिट्टे और सुन्दर थे। पत्नी उनका विलोम थीं। वे मामी से चौदह साल नहीं बोले। बाद में यह एक लँगड़ाता हुआ दाम्पत्य रहा। मामा घर हो या दादा घर—मैंने तब देखा कि स्त्रियों और पुरुषों में मेलजोल या मुहब्बत जैसा भाव दिख पाना कठिन था। ज़्यादातर पुरुष अपना वक्त पुरुषों में बिताते और महिलाएँ, बच्चों और महिलाओं में।

पापा गाजियाबाद की प्रिंसिपली छोड़कर आकाशवाणी दिल्ली आ गए थे। संघ लोक सेवा आयोग से चयनित होकर वे प्रोग्राम एक्जीक्यूटिव के पद पर नियुक्त हुए थे। वे अपने काम और पद को इतना महत्त्व देते थे कि हमें लगता हमारे पिता साक्षात् भारत सरकार हैं। हिन्दी, अंग्रेजी साहित्य के किसी सवाल पर उनके साथ बहस करना उनकी प्रतिभा से टकराना था। लोग जीवन से साहित्य में जाते हैं, वे साहित्य से जीवन में पहुँचते थे। वे किताबों में डूबे रहते। सुबह दफ्तर जाने से पहले अखबार, रेडियो, पत्र-पत्रिकाएँ और पुस्तकें—शाम को वापस लौटकर यही क्रम। रात में आँखों में आइड्रॉप डाल-डालकर पुस्तक पढ़ते। उसमें लाल पेंसिल से निशान लगाते। बड़े होने पर मुझे लगा कि किताबों से उठे सवालों में कई बार उनके पैर बुरी तरह उलझ जाते थे। वे दोस्तों से पूछते, "हैमलेट ने अपने पिता के हत्यारे को मारने में इतनी देर क्यों की?" 'किंग लियर' पढ़कर वे उदास हो जाते। वे स्वयं को लियर से इतना एकात्म कर लेते कि हमसे पूछते,

"क्यों, अगर मैं आकर तुम्हारे पास रहूँ तो इस सारे सामान का क्या होगा? किताबें तो जाएँगी-ही-जाएँगी।"

किताबों से मुझे कोई परहेज नहीं था। न ही रवि को। मैं हँस देती। पर मेरी दीदी कहती, "पापा, मेरा दो कमरों का मकान! ये सब कबाड़ा लेकर आए तो हम लोगों को तो बाहर बरामदे में रहना पड़ेगा।" पापा कहते, "देखा इन्दु, ये मेरी बेटियाँ, रीगन और गॉनेरिल बनी हुई हैं। ओफ इन्दु, तुमने कोई कार्डीलिया क्यों नहीं पैदा की!" मुझे धक्का लगता क्योंकि मैं मन-ही-मन मानती थी कि मैं उनके प्रति कार्डिलिया से भी ज़्यादा सहिष्णु हूँ। खैर, ये तो बाद की बातें हैं जो पहले याद आ गईं।

बिचले मामाजी राष्ट्रीय शर्करा संस्थान में प्राध्यापक नियुक्त हो गए थे। वे कभी-कभी हमारे घर आते। पापा की सारी गतिविधि नज़रअन्दाज कर वे पूछते, "जीजाजी, आपकी तनखा फोर फिगर हुई या नहीं?"

ममी का चेहरा रुआँसा हो जाता पर पापा बहादुरी से मुकाबला करते—"मैं भारत के राष्ट्रपति की तरफ से कागजों पर दस्तखत करता हूँ। है किसी की इतनी इज्जत?"

बिचले मामाजी एक हाथ के अँगूठे और तर्जनी को आपस में मसलते हुए कहते, "इज्जत मतलब कीमत।"

मामा घरों से संवाद के सभी सिलसिले खत्म होते गए। धीरे-धीरे रिश्तों की रस्म अदायगी भी खत्म हुई।

ममी और पापा के मन में अपना-अपना घर छूटने का दंश उम्र भर बना रहा। उनके अन्दर एक अप्रवासी का प्रवेश हो गया। सरकारी नौकरी में जहाँ पहुँच जाते वहाँ कुछ देर को ऐसे बस जाते जैसे यहीं से उगे हों। वहाँ से तबादला होने पर, ट्रक में सामान लदते ही, वे ऐसे मुँह फेरते जैसे कभी कोई नाता ही न था। पापा कहते, "बैठे होंगे अज्ञेय कितनी नावों में कितनी बार। हम तो रहे हैं कितने शहरों में कितनी बार।" बचपन में पापा के तबादलों ने हमें भारत दर्शन करवाया; बड़े होने पर जिन्दगी की ठोकरों ने घाट-घाट का पानी पिलवा दिया।

सरकारी नौकरी में आने से पहले पापा कई नौकरियों में रहे। चम्पा अग्रवाल इंटर कॉलेज और श्रीराम कॉलेज ऑफ कॉमर्स में प्राध्यापन के बाद सिर्फ इकतीस साल

की उम्र में वे भिवानी के वैश्य कॉलेज में प्रिंसिपल बन गए। उस जमाने में प्रिंसिपल का पद रोबदाबवाला था। भिवानी वे सिर्फ एक साल रहे। उसके बाद वे शम्भूदयाल इंटर कॉलेज में प्रिंसिपल बनकर गाजियाबाद आ गए। पापा को दिल्ली से लगाव था। वे हमेशा दिल्ली के करीब रहना चाहते थे।

जब भिवानी से हम चले तो ममी ने कहा—"अच्छा हुआ, बन्दरों से जान छूटी। जहाँ देखो बन्दर-ही-बन्दर।" एक बार हम शहर से बाहर गए थे। बन्दरों ने मकान में घुसकर घर के सामान की दुर्गति कर दी थी। वैसे भी बन्दरों का कपड़े उठाकर ले जाना, मेज पर से फल उठाकर भाग जाना भिवानी में रोज की घटनाएँ थीं। हम लोग मथुरा के बन्दरों को भी देख चुके थे।

सन् 1947 में गाजियाबाद भारत विभाजन की आँच झेल रहा था। पिंडी लाहौर से भागकर आनेवाले लोग सिर्फ दिल्ली को अपना ठिया नहीं बना रहे थे। उनका मुँह गाजियाबाद की तरफ भी बराबर था। कभी भी अफवाह फैलती—'आज आधी रात को पाकिस्तानी आकर हमला बोलेंगे।' हमें तब तक शहर में मकान नहीं मिला था। हम शम्भूदयाल कॉलेज की विज्ञान प्रयोगशाला में रह रहे थे। हमले की आशंकावाली रात, कॉलेज के चपरासी और चौकीदार छत के ऊपर ढेर-सा फूस बिछा देते और एक कोने में ईंटों के अद्धों का ढेर लगा देते, "बेबी लोग, दुबककर सोना, हाथ-पैर बाहर एकदम नहीं निकालना। फिर भी अगर अल्ला-मुल्ला चढ़ आएँ तो ये अद्धे उन पर मारना।" वे समझाते।

कॉलेज की दीवार से सटा जिला अस्पताल था, जहाँ मरीजों की भीड़ लगी रहती। एक बार मैंने देखा वहाँ बुरका पहने एक औरत बेंच पर बैठी हुई थी। उसके पास उसका परेशानहाल शौहर खड़ा था। औरत के गाल पर चाकू चलने का घाव था और एक कम्पाउंडर, उसका गाल बिना सुन्न किए, टाँके लगा रहा था। दीदी ने कहा, "हाय! इस मरी को तकलीफ नहीं होती। कैसे सिलवा रही है जैसे गाल नहीं रूमाल हो।" मैंने कहा, "जब इसे चाकू मारा गया तब कितनी तकलीफ हुई होगी।"

एक और बात याद आती है। उन दिनों हमारे एक निजी सेवक ने डाकघर में डाक बाँटने का काम पकड़ लिया था। फुरसत मिलने पर वह कभी-कभी आ जाता और बाजार वगैरह का काम कर देता। एक दिन आकर बोला, "बीबीजी जरा माचिस देना।" माचिस लेकर उसने चिट्ठियों के एक बड़े पुलिन्दे में आग लगा दी। पूछने पर निहायत लापरवाही से बोला, "सब मुसल्लों की हैं। अब चिट्ठियाँ तो पाकिस्तान जाएँगी नहीं। सब भाग गए यहाँ से।" ममी के मन में पाकिस्तान का मतलब अपना वतन था। उन्होंने शिवचरण से कहा, "क्यों रे! भूल

गया, तू रोज मुझसे चवन्नी लेता था। 'शहनाई' पिक्चर में रेहाना का नाच देखने के लिए। आज तू मुसल्लों को कोस रहा है।''

यह सच बात थी। शहनाई फिल्म देखे बिना शिवचरण को नींद नहीं आती थी। वह रोज रात 9 से 12 बजे का शो देखता। जैसे ही फिल्म में 'मार कटारी मर जाना, ये अँखियाँ किसी-से लगाना ना, ओऽऽ लगाना ना।'' गाना खत्म होता, शिवचरण हॉल के बाहर चला आता।

ममी की बात से शिवचरण खिसिया गया। फिर वह कई दिन नहीं आया।

डाकघर से निकल जाने के बाद वह फिर हमारे यहाँ काम करने लगा। सन् 1948 की बात है। एक शाम वह बाजार से लौटकर जोर-जोर से रोने लगा। चीख-पुकार के बीच उसने कहा, ''बीबीजी, आज मैं रोटी नहीं खाऊँगा। गांधी बाबा को गोली लग गई। गांधी बाबा मरते हुए बोले—'हे राम'। पूरे शहर में जो मुँह जूठा करे वह पाकिस्तान जाए।''

उस उमर में, लगभग सात साल की मैं गांधीजी की प्रार्थना सभाएँ देख चुकी थी। एक प्रार्थना सभा में मैंने गांधीजी से सवाल भी किया था—''गांधी बाबा, आप नंगे क्यों रहते हो?'' उत्तर न देकर गांधीजी ने मुझे गोद में उठा लिया था और प्यार कर उतार दिया।

गांधीजी का अन्तिम संस्कार देखने और श्रद्धांजलि देने हम सब दिल्ली गए थे। हर आदमी की ज़ुबान पर एक ही बात थी, 'अब देश का क्या होगा'? लक्खा भीड़ में अपनी जगह पर खड़े रहना दुश्वार था। पापा ने हम दोनों बहनों को, थोड़ा पीछे हटाकर एक एम्बेसडर कार के ऊपर चढ़ा दिया। वहाँ पहले से ही कई लोग खड़े थे। तभी कहीं से कार का मालिक आया और बोला, ''हें-हें, मेरी कार पिचक जाएगी। इस पर से उतर जाइए।'' लोग कार की छत से नीचे कूद गए। हम 'पापा'-'पापा' चिल्लाने लगे। तभी कार मालिक ने कहा, ''नहीं बच्चो, तुम्हारे बोझ से कुछ नहीं होगा, खड़ी रहो।''

हमारे घर में हर महत्त्वपूर्ण घटना अथवा विषय पर पापा बड़े विस्तार से चर्चा करते। यही ढंग भारत चाचा का था। मुझे याद है इन्हीं दिनों पापा ने हमें गांधीजी की आत्मकथा का संक्षिप्त संस्करण लाकर दिया था। हमें जन्मदिन पर भी किताबें ही मिलती थीं पापा से। वे शिक्षा में मनोरंजन मिला देते। वकेब्युलरी गेम के अन्तर्गत वे हमें कुछ शब्द लिखकर देते और कहते, ''इनके पर्यायवाची शब्द सोचकर लिखो।'' सात साल की उम्र में मुझे एक भी दिन ऐसा याद नहीं जब मैं बिना कुछ पढ़े, पापा की नज़र बचाकर सो सकी हूँ। दोपहर में सोना हमारे घर में दंडनीय अपराध था। गाजियाबाद में हमारा स्कूल 'कन्या वैदिक विद्यालय'

डासना गेट पार कर टाउन हॉल वाली सड़क पर था। हम दोनों बहनें पैदल स्कूल जातीं। हमारे स्कूल के बस्ते में एक थैला और कुछ पैसे रखे होते। वापसी में हम घर के लिए सब्जी खरीदते हुए जातीं। वही अभ्यास मेरा अब तक पड़ा हुआ है। मुझे इसमें कुछ भी असंगत नहीं लगता कि ऑफिस से निकलकर घर का सामान खरीदूँ और लदी-फँदी घर लौटूँ।

यों तो दिल्ली में ही डेढ़ साल की उम्र में मुझे चेचक, काली खाँसी और गर्दनतोड़ बुखार जैसी बीमारियाँ हुई थीं पर उस वक्त की मुझे कोई स्मृति नहीं रही। इस बार सन् 1950 में दिल्ली आना पूरे होशोहवास में आना था। पापा के मन पर पुरानी दिल्ली चढ़ी हुई थी। इसलिए कूचा पातीराम में मकान लिया। यहाँ कमरों में दिन में भी बिजली जलानी पड़ती। इन्द्रप्रस्थ स्कूल में नाम लिखाया गया पर मुझे वहाँ का बहनजीमय माहौल एक दिन भी अच्छा नहीं लगा। किसी तरह कक्षा उत्तीर्ण हुई। हाँ, पुरानी दिल्ली की रौनक का मुझ पर प्रभाव पड़ा। दरअसल जब हम किसी शहर को नया अथवा पुराना कहते हैं हम भूल जाते हैं कि ये दो समानान्तर संसार अपनी तरह से वहाँ रहनेवालों को समृद्ध करते हैं। कोई किसी का स्थानापन्न नहीं हो सकता। जामा मस्जिद पर सेंट्रल बैंक की सीढ़ियों पर, मटके में लगे ठंडे दही-बड़े मिलते थे। पापा हमें शाम को वहाँ ले जाते और दही-बड़े खिलाते हुए कहते, ''हम नेहरूजी से ज़्यादा खुशकिस्मत हैं, तुझे मालूम है मुन्नी?''

''क्यों?''

''क्योंकि नेहरूजी सेंट्रल बैंक की सीढ़ियों पर बैठकर दही-बड़े नहीं खा सकते।''

मैं पापा की बात की कायल हो जाती। दरअसल पापा के अन्दर एक मौलिक क्रांतिकारी रचनाकार जब तब करवट लेता रहता। लेकिन उनका शिक्षक-प्रशिक्षक व्यक्तित्व उसे बार-बार दबा देता। ऊपर से वे अपनी इतनी ऊर्जा नौकरी में लगा देते। जाने कितने लोगों को उन्होंने वार्ता लिखने का ढंग सिखाया। वे पहले विषय सुझाते फिर भाव समझाते और अन्त में रेडियो की भाषा सिखाते। अगर सीखनेवाला राजी हो तो उनके हाथों वह जीवन भर के लिए प्रथम श्रेणी का वार्ताकार बनकर निकलता। पापा अपने शिष्य का बहुत दूर तक साथ देते। उसकी वार्ता सुनते, गुण-दोष गिनाते और अच्छा प्रसारण होने पर ऐसे खुश होते जैसे वे ही लेखक हों और वे ही वार्ताकार। उन दिनों दूरदर्शन आरम्भ नहीं हुआ था। आकाशवाणी की प्रतिष्ठा तब सर्वोच्च थी। आकाशवाणी में कला अनुरागी, साहित्य प्रेमी अधिकारी रखे जाते थे। रेडियो कार्यक्रम का मानदेय तब बहुत कम

था पर सम्मान बहुत ज़्यादा। दिल्ली की एक साहित्यिक गोष्ठी की याद मन में आज तक उजली है।

रविवार था। बैठक में जमीन पर गद्दे लगाकर बिछात की गई। एकदम सफेद चादरें। अड़ोस-पड़ोस से माँगकर गाव तकिए लगाए गए। रसोई में आठ बजे सवेरे से ही अँगीठी दहक उठी। ममी बैठी जग में केवड़े का पानी बना रहीं थीं। हम बच्चों को समझा दिया गया देखो शोर मत मचाना। कहानी गोष्ठी होनेवाली है। जैनेन्द्र कुमार आएँगे। चुपचाप पीछे बैठकर उनका कहानी पाठ सुनना। साढ़े नौ बजे तक बैठक भर गई। उस समय के दिल्ली के प्रमुख साहित्यकार, कलाकार बड़े सहज भाव से कूचा पातीराम की उस सँकरी गली से हमारे यहाँ आए। इन्द्र विद्यावाचस्पति, प्रभाकर माचवे, रेवतीसरन शर्मा, विजयेन्द्र स्नातक, अमरनाथ सरस, विष्णु प्रभाकर, चन्द्रगुप्त विद्यालंकार और अन्य अनेक। कुछ ही देर बाद जैनेन्द्रजी आ पहुँचे। मैं साँस रोककर उन्हें देखती रह गई। झकाझक कुर्ते-पाजामे में गौरवर्णी व्यक्तित्व से ऐसा तेज प्रकट हो रहा था कि लगा कमरे में कई बल्ब और जल उठे। मैंने पाया जितने रचनाकार थे सभी में कोई-न-कोई विशेषता थी। जैनेन्द्रजी ने अपनी कहानी का पाठ किया। उस पर परिचर्चा रही। पर मैं तो पानी की, चाय की ट्रे लाते हुए, एलिस इन वंडरलैंड की तरह बस लेखकों को देखती रही। जैनेन्द्रजी की अस्फुट आवाज, दार्शनिक अन्दाज और दिव्य रहस्यवाद का जादू कई दिनों तक मेरे मन पर तारी रहा।

सिर्फ एक साल में पापा का तबादला हमें नागपुर ले आया। एकदम नया नगर। भाषा अनजानी। सेंट जोजेफ कॉन्वेंट के ठीक सामने हमारा घर। स्कूल में अपने-आप जाकर फीस जमा की और दाखिल हो गए। तब तक बोलचाल में इंग्लिश रवां नहीं हुई थी। एक दिन मिस ने कहा, "क्लास की कबर्ड (आलमारी) में से रजिस्टर लाकर स्टाफरूम में मुझे दे जाना।" मेरे साथ मेरी सहपाठी चाँदनी थी। रजिस्टर हमें आलमारी में नहीं मिला। हम दोनों सोचने लगीं मिस को कैसे बताएँ यह बात। चाँदनी ने वाक्य रचने की जिम्मेदारी मुझ पर डाली और मुँह में दही जमा लिया। मैंने हिन्दी में वाक्य बनाया। हर शब्द पर इंग्लिश चिड़िया बैठाई और स्टाफरूम में जाकर धड़ल्ले से कह दिया, "द रजिस्टर देयर नाट इज।"

इसके पहले कि मिस मुझे टोकतीं वहाँ बैठी एक वरिष्ठ शिक्षिका ने मिस जोजेफ को लताड़ दिया, "तुम्हें पढ़ाते छह महीने हो गए मिस जोजेफ। तुम अपनी छात्राओं को एक सादा वाक्य बनाना भी नहीं सिखा पाईं। मुझे तुम्हारी शिकायत

करनी पड़ेगी।" मिस जोजेफ का रंग उड़ गया। उस दिन से छह दिन के अन्दर उन्होंने मुझे अंग्रेजी के कई वाक्य रटा दिए और एक दिन मेरे ज्ञान का प्रदर्शन भी रख दिया। मैंने भी इतनी मेहनत की कि हर विषय में अव्वल आकर छठी से सीधी आठवीं में पहुँच गई। डबल प्रमोशन।

सहेलियों के साथ मैंने शहर का अनुसन्धान अपनी तरह से कियां था। स्कूल से छुट्टी पाकर मैं अपनी टोली के साथ फक्के मारती घूमती। कभी हम मॉडल होटल जाकर फूल तोड़कर लाते, कभी चैपेल के पीछे पड़े रंगीन कागज बटोरते; कभी जंगल जलेबा तोड़ने, सड़क किनारे के पेड़ों पर पत्थर चलाते; कभी डनलप टायर के दफ्तर जाकर डनलप का कैलेंडर माँग लाते। नागपुर में भयंकर गर्मी पड़ती। धूप इतनी चटख कि परिन्दे भी उड़ना बन्द कर दें। दोपहर में बाहर निकलने की सख्त मनाही थी पर माँ की आँख लगते ही मेरे हौसले बुलन्द हो जाते। मेरी आवारगी की साथिनें थीं—सरोजनी नायडू, आशा सिंह, सम्मन और गुरजीत। मन लगाने के अड्डों की हमारी जानकारी विचित्र थी। कई बार हम चारों, दो आने घंटे पर किराए की साइकिल लेकर साइकिल चलाने का अभ्यास करतीं। प्रायः मैं साइकिल से गिर पड़ती। मेरे घुटने अकसर फूटे रहते। फ्रॉक भी इतनी लम्बी नहीं होती कि चोट छुप जाए। घर पर ममी रुई में टिंचर-आयोडिन लेकर तैयार बैठी होतीं। तब भाषण, थप्पड़ और टिंचर एक साथ मिलते।

नागपुर के सनीचरी बाजार में हर चीज पायली से नपती थी। पायली एक किस्म की नपनी थी, आजकल के जग जैसी, किन्तु लोहे की बनी। वहाँ चावल, दाल, साबुत नमक, चीनी, हर चीज पायली से मिलती। बाँट-तराजू का झंझट नहीं था। घर पर कई बार चावल विनिमय करनेवाली ऐसी स्त्रियाँ आतीं जो एक पायली बारीक चावल देकर दो पायली मोटा, राशन का चावल नापकर ले लेतीं। पूरी बस्ती की गृहणियाँ खुशी-खुशी उनका यह विनिमय स्वीकार करतीं।

नागपुर की सनीचरी में लम्बी सँकरी टोकरियों में छोटे-छोटे सन्तरे मिलते थे। ये रस निकालने के काम आते। पूरी सनीचरी में सन्तरों की महक ऐसी बसी रहती कि लगता यहाँ किसी ने सन्तरे के रस का छिड़काव किया है। दस रुपए सैंकड़ा, पन्द्रह रुपए सैंकड़ा और सैंकड़ा होता एक सौ चालीस का। दीनता और अशिक्षा का शिकार ग्रामीण दुकानदार किसी भी कीमत पर अपना माल खपा सकने में ही अपने को धन्य समझता। नागपुर के लोग भी बहुधा सन्तरे के पेड़ जैसे होते—हल्का ठमका हुआ-सा कद, औसत लेकिन आत्मसम्मान से परिपूर्ण।

बाजार के अन्तिम छोर तक आते-आते सन्तरों की महक तीखी सड़ाँध में तब्दील हो जाती। वहाँ एक किनारे सड़े, पिचके फलों का अम्बार लगा रहता।

कस्तूरचन्द पार्क हमारे घर से ज़्यादा दूर नहीं था। वहाँ हर छठे छमासे एक बड़ी नुमाइश लगती। उसमें आनेवाले खेल-तमाशे हमें मुँहज़ुबानी याद थे : मौत का कुआँ, हा हा ही ही गैलरी, दो सिरवाला बालक, मैरी गो राउंड और जायंट व्हील। प्रवेश शुल्क था एक आना। नुमाइश आने के पहले हफ्ते ही पापा हमें पूरी नुमाइश की सैर करवा देते, छोटे-मोटे खिलौने खरीद देते और फिर वे अपने काम में लग जाते। मुझे इतने से चैन कहाँ। शाम को नुमाइश की बत्तियाँ आँख मार-मारकर न्योता भेजतीं। सरोजिनी और सम्मन की दिलचस्पी प्लास्टिक के खिलौनोंवाली दुकान में थी। आशासिंह और मैं मैरी गो राउंड में घूमना चाहती थीं।

आखिरकार हम सबने एक रास्ता निकाला। नुमाइश के चारों ओर चटाई की दीवारें खड़ी की गई थीं। हमने दो चटाइयों को खिसका-खिसकाकर बीच में इतनी जगह बना ली कि हम वहाँ से नुमाइश में घुस जाएँ। चोरी से नुमाइश का मजा लूटने का प्रोग्राम कई दिनों तक निर्विघ्न चला। अचानक एक दिन हम लोग नुमाइश के चौकीदार कांछा की चंगुल में आ गए। उसने हमें घुसते हुए पकड़ लिया। उसने कहा, "हैं बेबी लोग, तुम चोरी करता, ठहर जाओ, हम पुलिस को बुलाता है।"

पुलिस का नाम सुनते ही सम्मन का तो सुथना गीला हो गया। बाकी बचीं हम तीनों की भी सिट्टी-पिट्टी गुम। अपने हिस्से के तमाम खिलौने कांछा को देकर आखिरकार हमने छुटकारा पाया।

पटवर्धन पार्क से जुड़ी एक घटना थी लता मंगेशकर का नागपुर आना। इसी पार्क में उनका कार्यक्रम था। कई दिनों से कार्यक्रम के टिकट बिक रहे थे। मुफ्त पास हाथोंहाथ खत्म हो गए थे। आकाशवाणी ने इस शाम का सीधा प्रसारण रखा हुआ था। मैं जाना चाहती थी। दीदी भी। पर पापा ने कहा, "नहीं, वहाँ जाकर क्या करोगी। रेडियो पर सुन लेना।"

मन मारकर मैं घर में ठहर गई। अजीब बात यह भी थी कि पापा रेडियो में काम करते थे पर हमारे घर में रेडियो नहीं था। एक दिन धोबी के भगेलू बेटे ने कहा, "बाबूजी, अगर आप मुझे पैंसठ रुपए दें तो मैं रेडियो बना दूँ।"

थोड़े मोल भाव के बाद उसे चालीस रुपए देना तय हुआ। चौथे रोज वह जो रेडियो बनाकर लाया वह देखने में एक बौड़म नाव जैसा ढाँचा था। एस्बैस्टस के एक चौकोर टुकड़े पर कुछ कलपुर्जों की सहायता से दो लम्बे बल्ब खड़े किए गए थे। उनके बीच में मजबूत गोल डोरी बँधी थी। प्लग लगाने और बटन घुमाने से वह टुनटुन बजने भी लगा। घर में रौनक आ गई।

इसी रेडियो पर हमने लता मंगेशकर का सजीव कार्यक्रम सुना। दिन में लताजी रेडियो स्टेशन पर आमन्त्रित थीं। वहाँ उन्होंने मराठी और हिन्दी गीतों का प्रसारण किया। 'जा मुली जा तिल्या घरी तू सुखी रहा' (जा बेटी पति के घर में तू सुख से रहना) गीत में आवेग, आशीष और वेदना का अद्भुत ज्वार था।

आकाशवाणी स्टूडियो से लताजी बहुत स्नेह सम्मान के साथ विदा हुईं। शाम को पटवर्धन पार्क में उनकी संगीत सभा का अनुभव उतना ही कड़वा रहा। उनके नाम पर पार्क में हजारों की भीड़ उमड़ पड़ी थीं। सभा में कुछ लोग लगातार फिल्मी गानों की फरमाइश कर रहे थे जबकि लताजी गैर फिल्मी गानों के लिए आमन्त्रित की गई थीं।

यकायक वहाँ बैठे लोगों में हलचल मच गई। किसी मनचले ने एक लड़की का दुपट्टा खींच दिया। लड़की के साथ उसका भाई था। भाई ने ऐतराज किया। मनचले के साथ कुछ और मनचले भी थे। सब भाई से भिड़ गए। यकायक भगदड़ मच गई। लताजी को तो तुरन्त मंच के पीछे सुरक्षित जगह पर ले जाया गया, पर पार्क में आई महिलाओं, लड़कियों को काफी संकट झेलना पड़ा। वे वहाँ से गिरती-पड़ती भागीं। किसी के चोट लगी, किसी का दुपट्टा गिर गया।

अगले दिन लोकल अखबारों ने इस घटना को खूब उछाला। कई दिनों तक अफवाहें उड़ती रहीं कि पटवर्धन पार्क में डेढ़ सौ दुपट्टे गिरे पाए गए, वहाँ पच्चीस साड़ियाँ फटी मिलीं। लोग पटवर्धन पार्क को लता मंगेशकर पार्क कहने लगे।

हम जो अपने बेढब रेडियो पर कार्यक्रम सुन रहे थे, लताजी के एक गीत के बीच में खड़-खड़, भड़-भड़ आने पर यही समझे कि भगेलू का बनाया रेडियो दम तोड़ रहा है।

पापा ने ऑफिस से आकर सारा किस्सा बताया। उन्हें बड़ी तकलीफ हुई थी– "इतनी बड़ी कलाकार शहर के बारे में क्या धारणा लेकर वापस गई होंगी।"

यह तो एक दुर्घटना थी वरना नागपुर शान्त शहर था। शास्त्रीय संगीत सभाओं में वहाँ सैकड़ों की संख्या में श्रोता आते। आकाशवाणी से इन सभाओं का सजीव प्रसारण होता। श्रोताओं को इस बात का एहसास रहता। वे बड़े शऊर से बैठते। जो सेवक पान और जल की ट्रे घुमाता वह भी बेआवाज अपना काम करता। वे संगीत सभाएँ मेरे सांस्कृतिक जीवन की पाठशाला जैसी थीं। पापा एक-एक कलाकार को महाकाय व्यक्तित्व की तरह हमारे सामने प्रस्तुत करते।

एक बार कर्नाटक संगीत के एक शास्त्रीय संगीत कलाकार आए। उनका नाम हम बहनों को याद नहीं हो रहा था। पापा ने कहा, ''शाम तक उनका नाम याद कर मुझे सुनाओ नहीं तो संगीत सभा में तुम नहीं जाओगी।''

फिर क्या था। मैं और दीदी दिन-भर दोनों कमरों और बालकनी का चक्कर लगाते हुए रटते रहे—सर्वपल्ली कर्रकुडी सम्भाशिवा अय्यर। बहुत वर्षों बाद पता चला कि यह कलाकार एम.एस. शुभलक्ष्मी के गुरु रहे थे।

नागपुर में पूना की ही तरह गणेश चतुर्थी से अनन्त चतुर्दशी तक दस दिन, जगह-जगह संगीत, साहित्य कला और नाटक के कार्यक्रम आयोजित होते। सुगम संगीत प्रतियोगिताओं में कई बार दीदी को पुरस्कार भी मिला। मुझे भी नागपुर के एक उस्ताद से शास्त्रीय गायन सिखाने की जिद पापा ने पकड़ी पर कामयाब नहीं हुए। पहले ही स्वर संधान 'सा' में साँस खींचकर आऽऽऽ करने में मुझे हँसी और खाँसी का दौरा पड़ गया। संगीत अभ्यास दम तोड़ गया।

लेकिन पापा क्या जो बच्चों को चैन से जीने दें। उन्हें कोई-न-कोई धुन सवार हो जाती। हम दोनों कॉन्वेंट में इंग्लिश माध्यम से पढ़ रही थीं। इसलिए हिन्दी को लेकर पापा चिन्तित रहते। उन्होंने राष्ट्रभाषा प्रचार समिति वर्धा की हिन्दी परीक्षाओं में हमारा नाम लिखवा दिया। ये कक्षाएँ शाम को होती थीं। सेंट जोजेफ की ही दो अध्यापिकाएँ जो आपस में बहनें थीं, नरगिस भरूचा और गवि भरूचा अपने घर पर प्रारम्भिक से लेकर कोविद् पाठ्यक्रम की कक्षाएँ लेती थीं। वहीं से मैंने प्रारम्भिक और प्रवेश परीक्षाएँ उत्तीर्ण कीं। जब परिचय में प्रवेश लिया तब बीच साल में ही पापा का तबादला हो गया।

नागपुर की एक और महत्त्वपूर्ण स्मृति है—गजानन माधव मुक्तिबोध की उपस्थिति की। एक दिन वे पापा के साथ रेडियो स्टेशन से घर आए थे। वे बेहद लम्बे और नुकीली हड्डियोंवाली देह के थे। वे स्टडी में आकर जमीन पर बिछे बिस्तर पर जब बैठे उनके पैर का पंजा चादर पर जैसे छप गया। अरे बाप रे! इतना लम्बा पंजा था। उनके गालों की हड्डियाँ उभरी हुई थीं, आँखें फटी-फटी। वे बीड़ी पीते थे और मुट्ठी बाँधकर कश लगाते। हमारे घर में कोई राखदानी नहीं थी। जब तक ममी ने कोई कंडम तशतरी इस काम के लिए लाकर रखी, वे ज़मीन पर राख झाड़ चुके थे। वे बहुत देर तक बातें करते रहे थे। पापा उनसे वार्ताओं की एक शृंखला करवाना चाहते थे। पर वे लगातार इसमें फँसने से बच रहे थे। बाद में एक बार हम सब राजनांदगाँव उनके घर भी गए थे। उनका मकान लम्बे क्वार्टर जैसा था। हम सब छत पर सोए थे। रात में अपनी गहरी भारी आवाज में उन्होंने अपनी कविताएँ सुनाई थीं। बीच में रुककर अपनी पत्नी शान्ताजी से

कहा था, "एका, एका।" (सुनो, सुनो) शान्ताजी ने करवट लेते हुए कहा, "मला झोपायचा।" (मुझे सोना है) अँधेरे में मुक्तिबोधजी की बीड़ी की गन्ध और खाँसी की ठसक आती रही। उन्होंने पापा से कहा, "कविता से कमाई नहीं है पार्टनर। सोचता हूँ कहानी लिखनी शुरू करूँ।"

एक और परिवार की याद उभरती है। रेडियो स्टेशन में लीला चिटनिस के भाई मोहन नगरकर पापा के साथ ही पैक्स थे। पहले वे फिल्मों में संघर्ष करते रहे थे। दो-एक अधबनी फिल्मों के साथ-साथ उनका फिल्मी भविष्य भी डब्बे में बन्द हो गया तो उन्होंने आकाशवाणी में नौकरी कर ली। तब ऐसे लोगों की भरमार थी जो फिल्मों से हताश होकर सरकारी सेवा में आए अथवा आकाशवाणी से छलाँग लगाकर फिल्मों में जा पहुँचे। मोहन नगरकर बड़े स्टाइल से कपड़े पहनते। पापा मजाक करते, "तुम प्रोड्यूसर का सूट लेकर भाग आए, कल किसी ने बताया।" नगरकर भी पीछे नहीं रहते। वे पापा से कहते, "आपने कभी लिम्बू चा लोंचा खाया है?" पापा का अनुसन्धान विभाग तत्काल सक्रिय हो जाता। वे मराठी की प्राइमर खरीद लाते। उसमें लोंचा शब्द नदारद होता। वे विमल चोरघड़े से पूछते। विमल हँस पड़ती। पापा आश्वस्त हो जाते कि यह कोई अप्रिय बात नहीं है। एक दिन मस्ती में पापा ने अपने बॉस नन्दलाल चावला से पूछ लिया, "चावला साहब, आपने कभी लिम्बू चा लोंचा खाया है क्या?" चावला, साहब की तरह तन गए। उन्हें लगा अग्रवाल कोई ऐसी वैसी बात पूछ रहे हैं।

नगरकर धरमपेठ रहते थे। वहाँ तक जाने में हमारी पिकनिक मन जाती। उनका बेटा मिलिन्द मुश्किल से तीन साल का था। मैं उसे पकड़कर प्यार करती तो वह गाल पोंछता हुआ रोता, "आई ममताताई मला त्रास देतो।" मिसेज नगरकर बड़ी कायदे की थीं। मिलिन्द अगर आधा पराठा खाना चाहता तो वे ठीक आधा पराठा बेल कर सेंकतीं।

मोहननगर के मकान में चार फ्लैट थे। चारों में आकाशवाणी के अधिकारी रहते। नीचे स्टेशन इंजीनियर मिस्टर पै का परिवार था, ऊपर मिस्टर कृष्णास्वामी का। दोनों ही घरों में हमें नए शब्द सीखने को मिलते। तमिल के शब्द 'वणक्कम, तन्नि, पो, इंगवा, सापड़वा' तभी के सीखे हुए हैं। पिछले दिनों कोयम्बटूर जाने पर ये शब्द खूब काम आए। मिस्टर पै के घर में थोड़ी अंग्रेजियत थी, उन्हीं की फैलाई। उनकी लड़की विनया बड़ी मासूम-सी थी। कभी वह दुपहर में रस्सी कूदने बाहर की ओर आ जाती। उसकी माँ खिड़की से थोड़ा-सा मुँह निकालकर आवाज लगाती, "विनया, धूप में तुम काली हो जाओगी। अन्दर आओ।" जब मैं ममी

को यह बात बताती, ममी मुझे एक थप्पड़ लगाते हुए कहतीं, ''वह अपनी माँ का कहना सुनती है इसीलिए देख कैसी परी जैसी है। एक तू है न शक्ल न अक्ल। जन्मी थी औलाद। सारा दिन धूप में फक्के मारती घूमती है।'' मेरे लड़कपन में ममी मुझे लेकर हमेशा हताश और निराश रहीं।

अब जब नागपुर की धूप हमें चाँदनी लगने लगी थी, सेंट जोजेफ कॉन्वेंट में हम दोनों बहनें हर साल अव्वल आने लगी थीं तो यकायक पापा का फिर तबादला हो गया। उस जमाने में आज जैसी अनुशासनहीनता नहीं थी। आज तो जिसका तबादला होता है वही तबादला रुकवाने मन्त्रालय पहुँच जाता है। तब तबादले का मतलब तखलिया होता था। तबादला होते ही सिर्फ छह दिनों में सब काम किए जाते—स्कूल से स्थानान्तरण प्रमाणपत्र बनवाना, दूसरे शहर का निर्गतपत्र प्राप्त करना, ट्रक से सारा सामान नए शहर में भेजना और खुद गाड़ी में बैठ रवाना हो जाना। मुझे याद है जब नागपुर से हम चले तो स्टेशन पर पापा अपने मित्रों और सहकर्मियों से विदा ले रहे थे, ममी महिलाओं से गले मिल रही थीं, दीदी अपनी सहेलियों के पते डायरी में उतार रही थी और मैं मूर्खों की तरह खिड़की से हाथ हिला रही थी और मन-ही-मन कह रही थी 'नागपुर टा-टा, पटवर्धन पार्क बाय-बाय।' मैं छोटी थी, मेरी सहेलियाँ भी छोटी थीं। उनका स्टेशन आने का सवाल नहीं था।

बम्बई तब मुम्बई नहीं बना था।

बम्बई में नया घर, नए लोग, नई चमक थी, पर मेरे अन्दर महीनों, सन्तरों की तरह नागपुर महकता रहा। कभी सरोजिनी याद आती, कभी सम्मन। कभी अपना साइकिल चलाना याद आता तो कभी स्कूल के कौतुक—जब सुधा केकरे, मन्दा करन्दीकर और आशा पाटकी कहतीं, ''मराठी सीखनी है तो पहले बोल के दिखाओ—'चाँदी चा चमचा चाँगला चकचकात आहे'। मराठी के च अक्षर का उच्चारण विशिष्ट था। वह च और स की संयुक्त ध्वनियों से बनता था। अगर कह दिया 'साँदी सा समसा' तो गलत होगा। बोलना तो मैं नहीं सीख पाई पर अपनी सहेलियों को यह पहेली पूछकर निरुत्तर कर दिया करती—मैं कहती, ''तुम बोल कर दिखाओ, 'शी सैल्ज सी शैल्ज आन द सी शोर' अथवा 'पके पेड़ पर पका पपीता'।''

बम्बई में भी अनेक मराठी भाषी सहेलियाँ बनीं। मराठी क्या हर भाषा की बनीं। वहाँ हमारी कक्षा ही समस्त भारत का छोटा नक्शा थी। हैरानी की बात

यह थी कि प्रत्येक भाषा-भाषी हिन्दी बोलने की कोशिश जरूर करता था। वहाँ मैं सामान्य वाक्य भी बोलती तो मेरे सहपाठी कहते, "बाप रे! कितनी टंग ट्विस्टिंग (जटिल) हिन्दी बोलता तुम भैया लोग।" बम्बई में अग्रवाल होना भैया होना है, उत्तर प्रदेशवाला भैया जिसके पास तबेला हो और जो दूध-घी का कारोबार करे।

अंधेरी पूर्व में उस वक्त एक नई बस्ती बसी थी जमनालाल बजाज नगर। उसे संक्षेप में जे.बी. नगर या वामनपुरी कहते थे। यों तो वहाँ सभी जातियों के लोग रहते थे, पर मारवाड़ी परिवार कुछ ज़्यादा थे। हमारा घर बस्ती के बीचोबीच था, चारों तरफ हरियाली से घिरा। चारदीवारी के अन्दर दो भागों में बँटा खूबसूरत लॉन। तीन सीढ़ियाँ चढ़कर पहले बरामदा था, दो तरफ से खुला। यहाँ खड़े होकर बम्बई की बारिश देखना रोमांचक था।

जे.बी. नगर का जीवन अलग सुरताल में धड़कता। वहाँ की महिलाएँ कहतीं, "हमारे मिस्टर तो बम्बई गए हैं, रात में लौटेंगे।" बिलकुल ऐसे गाजियाबाद में सुना था, "वे दिल्ली गए हैं, देर से आएँगे।" यानी तब गाजियाबाद जे.बी. नगर बड़े दूर के उपनगर माने जाते थे।

हमारी बस्ती में बम्बई के अलावा छोटा-सा राजस्थान भी था। तीज, गणगौर और बसौढ़ा जैसे पर्वों पर यह बाहर दिखाई दे जाता। स्त्रियाँ बड़े चटकीले रंगों के ओढ़ने पहनकर बड़ की पूजा, देवी स्थापन और मेहँदी माँडना करतीं। रक्षाबन्धन से कई दिन पूर्व मखमल के कपड़े पर कलाबत्तू, सलमे और सितारे से लड़कियाँ राखी बनाना शुरू कर देतीं। उनकी कढ़ाई इतनी महीन होती कि राखी कलाकृति बन जाती।

अंधेरी और जोगेश्वरी के ठीक बीच में सेंट ब्लेजेज स्कूल था जहाँ हमें दाखिला मिला। स्कूल जाने के लिए हमें दो बसें बदलनी पड़तीं। एक बस से हम जे.बी. नगर से अंधेरी स्टेशन आते। फिर हम पुल पार कर पश्चिम दिशा से अगली बस पकड़ते। स्कूल में सहशिक्षा थी। प्रवेश के पहले दिन मैंने क्लास में पहुँचकर शिक्षक से पूछा, "सर, मैं कहाँ बैठूँ?"

मिस्टर होडीवाला ने सिर से पैर तक मेरा जायजा लिया—दुबली-पतली सिलबिल-सी साधारण सूरत की लड़की जिसका स्कर्ट बार-बार कमर से खिसक रहा था और जो एक हाथ में किताबों का ढेर पकड़े हुए थी और दूसरे में पेन।

इतनी देर में पहली पंक्ति के एक लड़के ने अपनी सीट से थोड़ा-सा खिसककर, सीट थपथपाते हुए कहा, "कम एंड सिट हियर।"

सारी क्लास हँस पड़ी। मैं घबरा गई। होडीवाला सर ने लकड़ी का डस्टर मेज पर खटखटाकर क्लास को चुप किया और गम्भीर आवाज में कहा, "तीसरी लाइन में दूसरा सीट, गो।" होडीवाला सर गणित पढ़ाते थे जो कभी भी मेरा प्रिय विषय नहीं रहा। वे हर लड़की को मिसिबाबा और हर लड़के को रास्कल कहते। उनकी आदत थी सवाल दे देने के बाद क्लास में टहलकर हर विद्यार्थी की कॉपी जाँचते। उनका मानना था कि सवाल हल करने का तरीका भी सही होना चाहिए। पढ़ाते वे अच्छा थे लेकिन उनकी एक आदत से क्लास की लड़कियाँ परेशान रहतीं। जब वे लड़कियों की कॉपी जाँचते और सवाल सही निकलता तो कहते, "नाउ लेट मी गिव यू ए बिग पैट।" शाबाशी देने में वे छात्रा की पूरी पीठ पर हाथ फेरते, कुछ ऐसे कि लड़की काँप जाती। आधी छुट्टी में, कैन्टीन में उसल पाव खाती हुई लड़कियाँ एक-दूसरे से पूछतीं, "होडीवाला सर पीठ में क्या ढूँढते हैं?" सर की शैक्षिक योग्यता सिर्फ एस.टी.सी. थी। हम सबने इसका खुलासा किया था—"संडास टिकट कलेक्टर।"

क्लास में लड़कों की उपस्थिति से लड़कियों में एक चेतना बनी रहती थी कि उन्हें कैसे बोलना-चालना-बैठना है। यही चेतना लड़कों में भी रहती। लड़कों में हम लड़कियों के प्रति संरक्षण भाव भी था। एक बार सारी क्लास 'बैनहर' फिल्म देखने गई तो लड़कों ने बिलकुल सुरक्षा सिपाहियों की तरह हॉल में हमारी देखभाल की। आपस में शरारत कभी हो जाती पर बेअदबी कभी नहीं होती।

पहली बार आँखों पर चश्मा भी बम्बई में ही लगा। पहले पहल बड़ी शर्म आई। कोई क्या कहेगा? कुछ दिन चश्मे का सर्कस ऐसे चला कि श्यामपट देखते समय मैं लगा लेती और बाकी समय उतार लेती। मेरे बराबर एक लड़का बैठता था कुमारस्वामी। उसने झल्लाकर एक दिन कहा, "स्टॉप इट ममता। या तो इसे पहनो या फेंक दो—इतनी छोटी-सी बात तय नहीं कर सकतीं क्या?"

स्कूल में हम बहनें 'अग्रवाल सिस्टर्स' के नाम से जानी जाती थीं। दोनों पढ़ने में अच्छी थीं। दीदी तो बेहद सुन्दर थी। उसके और मेरे संघर्ष में विलोम था। वह लड़कों के बीच प्रतिष्ठा पाती, मैं लड़कियों के बीच। मेरी बहुत सहेलियाँ बनीं।

बम्बई की अटपटी हिन्दी से परिचय होता गया। बम्बई का बेढब व्याकरण भी अच्छा लगने लगा। मेरी पक्की सहेली लूड्र्स परेरा गोरेगाँव में रहती थी। मेरी वजह से वह जोगेश्वरी से लोकल न पकड़, अंधेरी से पकड़ती। हम दोनों

प्लेटफार्म पर, बातों में मशगूल बैठी रहतीं, एक ही कागज से भेलपुरी खातीं। हमारी बातें खत्म होने में न आतीं, भेलपुरी खत्म हो जाती। लोकलें आतीं, चली जातीं।

बम्बई में हम हर तरफ फिल्म स्टूडियो से घिरे हुए थे। अंधेरी से जे.बी. नगर तक के रास्ते में पाँच स्टूडियो पड़ते। एक स्टूडियो स्कूल के पास था। फिल्मों के तरुण बोस, ब्रजेन्द्र गौड़, इन्दीवर और सी.एस. दुबे तब युवा तुर्क माने जाते थे। सब पापा के दोस्त थे। हमें कई बार फिल्म की शूटिंग देखने का मौका मिला। दो बार रैफिल की टिकट बेचने के सिलसिले में भी हम कई फिल्मी सितारों के घर पहुँच गए।

फिल्मों से भी ज़्यादा असर उन नाटकों का पड़ा जो बम्बई में देखे। पृथ्वीराज कपूर के नाटक 'पठान', 'दीवार' और 'आहुति' का बड़ा गहरा प्रभाव मन पर पड़ा। इनमें बड़ी सादगी से देश विभाजन, दहेज और वर्ग विषमता जैसी समस्याओं को दर्शाया गया था। ये कुछ 'बड़बोले' किस्म के नाटक थे पर अपने उद्‌देश्य में सफल। सभी में अन्तिम दृश्य एक आघात की तरह आता था। 'आहुति' नाटक में जब अन्त में पृथ्वीराज कपूर, बेटी की लाश अपनी बाँहों पर उठाए स्टेज पर आते, सारा हॉल हाहाकार कर उठता। सुहाग के लाल जोड़े में सजी बेटी जैसे हर घर की बेटी हो। इन नाटकों में एक तरफ पृथ्वीराज कपूर की वजनी शख्सियत और उनका नाटकीय अन्दाज था, दूसरी तरफ शम्मीकपूर और शशिकपूर की सींकिया उपस्थिति। नाटक खत्म होने के बाद पृथ्वीराज कपूर मंच से नीचे आते। वे अपने कन्धों से शाल उतार, हाथों में लेकर कुछ पल आँख बन्दकर, सिर झुकाकर, संकल्प शक्ति बटोरते और फिर शाल को झोली की तरह फैलाकर खड़े हो जाते। उनका मस्तक ऊँचा रहता, आँखें सामने की दीवार को सम्बोधित होतीं और उनका रोम-रोम याचक की भूमिका में भी दाता के गौरव से मंडित होता। दर्शक उनके व्यक्तित्व के वैभव से खिंचे चले आते। ज़्यादातर उनकी झोली नोटों से भर जाती। हिन्दी रंगकर्म को जीवित रखने के लिए पृथ्वीराज कपूर ने वर्षों ऐसा किया। उनकी वह गुरु गम्भीर मुद्रा—भव्य, विराट और विपुल व्यक्तित्व तसवीर की तरह मेरी आँखों में बसा है। एक अद्‌भुत रंगकर्मी, कला का दाय माँगता हुआ, पर अपनी शर्तों पर। माँगने की अदा ऐसी कि याचक दाता लगे और दाता याचक।

छठे दशक की बम्बई की छटा निराली थी। कभी हमें वी.जी. जोग का वायलिन वादन सुनने का अवसर मिल जाता तो कभी रतनजंकर का जलतरंग। किसी दिन हम कमला नेहरू पार्क के विशाल जूते में चक्कर लगाते तो किसी दिन

डबल डेकर बस में बैठ हाजी अली पर समुद्र के छींटे अपने चेहरे पर महसूस करते। पापा हम तीनों को बम्बई बुला लेते और हम खूब घूमते। कभी रेडियो की किसी उबाऊ संगीत सभा में फँस जाते। ध्रुपद धमार हमारी जान ले लेता। कलाकार के पीछे नेवी ब्लू पर्दे पर सिल्क का मोनोग्राम लगा रहता, 'बहुजन सुखाय बहुजन हिताय'। मैं और दीदी कहते, 'बहुजन दुखाय बहुजन सताय'।

स्कूल के स्तर पर मेरी मानसिकता में कुछ बदलाव हो रहे थे। एक बार पिकनिक पर कार्ला केव्ज गए तो मैंने पाया कि मेरी क्लास की हर लड़की की जेब में एक ब्वायफ्रेंड था। वे चट्टानों की ओट में अपनी दोस्ती के किस्से सुनातीं, खिल-खिल हँसतीं, उनकी आँखों में चोरबत्तियाँ जलतीं। मैं चौदह की उम्र में दस साल की लगती, मेरी आँखों पर चश्मा था, चेहरे पर चेचक के निशान। ब्वायफ्रेंड का दूर-दूर तक कोई आसार नहीं था। एक बार स्कूल में दो दिन की छुट्टी पड़ी। इन दो दिनों में मैं मन-ही-मन कुछ बनाती रही। तीसरे दिन स्कूल खुलने पर मैंने रिसेस में उसल पाव खाते हुए राजकुमार, गर्टरूड और लूर्ड्स के सम्मुख रहस्य का पिटारा खोल डाला, "पता है इतवार को हम लोनावला गए थे। वहाँ देवलाली से नेवी के लड़के आए हुए थे। हाय, क्या तो उनका यूनिफार्म। उनमें से तीन तो बड़े फ्रेंडली हो गए।"

गर्टरूड ने अविश्वास से कहा, "तीन-तीन।"

मैंने कहा, "उनमें सबसे हैंडसम तो श्यामसिंह था। छह फुट लम्बा, टी.डी.एच. (टॉल डार्क एंड हैंडसम)। उसने वादा किया है बम्बई आएगा।"

राजकुमार ने ऐंठकर कहा, "क्यों नहीं, तुम तो मिस इंडिया हो, क्या समझती हो अपने-आपको?"

एक पल को मैं डगमगाई फिर दूनी हेकड़ी से मैंने कहा, "मेरी पसन्द तुम्हारी पसन्द से बेहतर है।"

राजकुमार क्लास की एक मोटी लड़की पद्मा तोलानी के साथ अकसर नज़र आता था इसीलिए मैंने ऐसा कहा था।

दरअसल श्यामसिंह मेरे सपनों का यथार्थ था। मैं उसे जितना चाहे सुन्दर, सकाम और सन्नद्ध बना सकती थी। महीने-भर मैंने सभी सहेलियों को खूब छकाया, इतना कि उन सब के ब्वायफ्रेंड फीके पड़ गए।

एक दिन अकेले में मुझे लगा अब मजाक की इन्तहा होती जा रही है। कल्पना के ब्वायफ्रेंड के साथ कुछ मजा भी नहीं आ रहा था। सो एक दिन इतना बड़ा गुब्बारा मैंने खुद ही फोड़ डाला। सहेलियों के चेहरे पर रंग लौटा लेकिन लड़के अविश्वास से ताकते रह गए कि मैं पहले सच बोल रही थी या अब बोल रही

हूँ। मुझे यह सोच-सोचकर बड़ा आनन्द आता रहा कि मैं 'मिल्ज़ एंड बून' जैसा एक हीरो सिर्फ शब्दों के सहारे जिन्दा कर सकती हूँ। दूसरी तरफ घर में पापा थे जो हम दोनों बहनों से कहते रहते, "जो भी काम करो उसमें शिखर पर रहो। माउंट एवरेस्ट पर सिर्फ एक के लिए जगह होती है, इससे ज़्यादा नहीं। यह भूल जाओ कि तुम लड़की हो।"

दरअसल बम्बई बार-बार जाना हुआ—1953 से 1955, 1965 से 1970 और 1985 फिर 1989। हर बार एक नया स्पन्दन लेकर लौटी। जब तक बम्बई में समुद्र है, लोकल गाड़ियों की भागदौड़ है, दोस्त परिवार हैं तब तक इसकी बाँहें मुझसे लिपटने को आतुर रहेंगी।

पूना की प्रेम कहानी

बम्बई अभी पूरी घूमी भी नहीं थी कि सन् 1955 में पापा का तबादला पूना हो गया। वर्तमान का पुणे। नाम बदलने से क्या होता है। पूना आज भी पूना है, उतना ही प्यारा, प्रीतिकर और पूर्ण नगर। बम्बई की तुलना में छोटा मगर आत्मीय। यह सोचकर अजीब खुशनुमा एहसास होता है कि सभी छोटे नगर कैसे अपने अन्दर वह गुनगुनापन समोए रखते हैं जो आपको बरसों गरम रखता है। आँखों में उतर आती है बन्द गार्डन की शाम, सुन्दर साफ सड़कें, किनारे के कैफे और छोटा-सा बाँध जिस पर से पानी गरारे करता-सा ढुलकता रहता, अहर्निश। शहर में एक नदी; नहीं दो नदियाँ जैसे दो सखियाँ—क्योंकि उनके नाम हमेशा इकट्ठे बोले जाते—मूला, मूठा।

इन्हीं मूला-मूठा नदियों के मिले-जुले किनारे पर हमारा मकान था, ताड़ीवाला रोड का आखिरी मकान। पूना में सभी मकानों में सादगी और सौन्दर्य का अद्भुत समन्वय है। हमारे घर में भी था। इस आखिरी छोर पर सिर्फ तीन मकान थे जिनमें चार किराएदार रहते थे। सभी मकानों में आगे हरा भरा लॉन, पीछे क्यारी के लिए कच्ची जगह। जैसा हर शहर में होता था, यहाँ भी हुआ। अच्छे कॉन्वेंट स्कूलों का पता लगाकर उनकी एक सूची बनाई गई, प्रवेशपत्र मँगवाए गए और मुझे कुरुक्षेत्र में छोड़ दिया गया। पापा को समय नहीं। वे दफ्तर के रणक्षेत्र में भिड़े हैं।

किसी ने बताया सेंट हेलेनाज कॉन्वेंट एकदम उत्तम है। ममी के साथ वहाँ पहुँची। ये अक्टूबर के दिन थे। सत्र के मध्य में एक रंगरूट को भर्ती करना सिस्टर ब्रेगेन्जा को किसी भी तरह रुचिकर नहीं था, भले ही मैं बम्बई के सेंट ब्लेजेज कॉन्वेंट का टी.सी. और अंकपत्र लेकर आई थी। अब क्या हो?

"कोई रास्ता?" ममी ने पूछा।

"एक ही तरीका है। लड़की गणित और इंग्लिश में परीक्षा दे। उत्तीर्ण हो गई तो दाखिला मिल सकता है।"

"परीक्षा कब होगी?"

"अभी, इसी वक्त।"

माँ के अन्दर इतनी तटस्थता थी कि मुझसे कहा, "तू टेस्ट देकर आ। मैं कहाँ तक बैठूँगी। मुझे और भी दस काम हैं। ये ले रिक्शे के पैसे। सँभालकर रख ले।"

ममी रिक्शे में यह जा और वह जा।

मैं अपनी माँ के व्यवहार की अभ्यस्त थी। मुझे तकलीफ नहीं हुई। वैसे भी जितनी देर माँ साथ होती मैं तनाव में रहती।

माँ अंग्रेजी नहीं जानती थीं। लेकिन वे यह बात स्वीकार करना नहीं चाहतीं। जब कोई उनसे कहता, "डू यू स्पीक इंग्लिश?" वे तपाक से कहतीं, "यस!" उसके बाद का वार्तालाप अजब होता। वे हर बात का जवाब 'यस', 'नो' और 'आई सी' से देतीं। कभी तुक्का पड़ जाता कभी नहीं पड़ता। पर वे इतनी सुन्दर, फैशनेबिल और गुड़िया जैसी थीं कि बोलनेवाले का मन यों ही बाग-बाग हो जाता। उन्हें इंग्लिश सिखाने के समस्त प्रयत्न फेल हो गए जब वे इज़ को इज और शुगर को सुगर कहती रहीं। जाने कैसे उन्होंने पंजाब मैट्रिक और प्रभाकर की परीक्षाएँ पास की होंगी।

जिस ओर कुआँरी मरियम की गुफानुमा प्रतिमा स्थापित थी, वहाँ पादरिनों और शिक्षिकाओं के आवास थे। मुझे वहाँ ले जाकर गलियारे में बैठा दिया गया। एक वृद्ध कृशकाय स्त्री ने पीछे के विशाल काँच के दरवाज़े से आकर कहा, "सिट डाउन माय चाइल्ड।" उसने एक हस्तलिखित प्रश्नपत्र दिया जिसकी एक तरफ गणित और दूसरी तरफ इंग्लिश के सामान्य प्रश्न थे।

गलियारे में लम्बी-सी मेज के दोनों ओर बेंचें पड़ी हुई थीं। सुबह का समय था। खुशनुमा मौसम था। मैंने अंग्रेजी निबन्ध लिखना शुरू किया। काँच के दरवाज़े से अन्दर का दृश्य मुझे साफ नज़र आ रहा था। वही वृद्ध, कृशकाय स्त्री, जो मेरी परीक्षक थी एक बड़ी-सी मेज के आगे बैठी नाश्ता कर रही थी। वह टोस्ट पर मक्खन लगाती और फिर अपनी पतली, गुलाबी जीभ निकालकर छुरी को चाट लेती। मुझे हर बार लगता उसकी जीभ कटकर प्लेट में गिर जाएगी। थोड़ी देर में, काले रंग की एक बिल्ली उसके पास आ बैठी। मिस विल्सन ने प्लेट में दूधदानी से दूध डाला और बिल्ली के आगे रख दिया। कई दशक बाद अपर्णा सेन की फिल्म '36 चौरंगी लेन' में हू-ब-हू यह दृश्य देखा तो मन धक् से रह गया, अपर्णा सेन के पास मेरा अनुभव कैसे पहुँचा। मुझे 'विंडो व्यू' अर्थात् 'खिड़की का दृश्य' पर निबन्ध लिखना था। मैंने यही सब लिख डाला। कमरे

और फर्नीचर का वर्णन कर दिया। बाकी प्रश्न ग्रामर के थे। फटाफट कर दिए। गणित मेरा गड्ढा थी। किसी तरह पार लगाई। उत्तर पुस्तक मिस विल्सन को दी।

'कल आना' उन्होंने कहा और दरवाजा बन्द कर लिया। छोटी रिसेस में सेंट हेलेना की छात्राएँ बाहर निकलीं तो उन्हें देख मैं धक् से रह गई। उनका यूनिफार्म हरे रंग का था। मेरा नापसन्द। उन सबने एक चोटी बना रखी थी, वहाँ के नियमों के अन्तर्गत। नाकाबिले बर्दाश्त।

परीक्षा में उत्तीर्ण हो गई पर सेंट हेलेना नहीं गई मैं। एक चोटी बनाना 1955 में पिछड़ेपन की निशानी थी। और हरा रंग! पेड़ों पर अच्छा लगता है, परदों पर फबता है, घास को सोहता है पर बदन पर? नहीं, नहीं, नहीं।

मैंने सरदार दस्तूर नौशेरवान पब्लिक स्कूल में दाखिला लिया। यहाँ द्वितीय भाषा के रूप में फ्रेंच पढ़नी पड़ी। कोई बात नहीं। न जाने कितनी भाषाओं की रगड़ लग कर मेरी शब्दावली बनी, उच्चारण बोध विकसित हुआ और जिज्ञासाओं के द्वार खुले। दस्तूर पब्लिक स्कूल की प्राचार्या मिसेज भरूचा फ्रेंच सिखाती थीं। एक दिन घुटने के लिए फ्रेंच शब्द जेनों का उच्चारण मैंने गेनो कर दिया। सारी कक्षा ठठाकर हँस पड़ी। मिसेज भरूचा ने अपने कटे बाल और लिपस्टिक रँगे होंठ फैलाकर कहा, "तुम सौ साल में फ्रेंच नहीं सीखोगी ममता।" पूना में गेनू नौकर-चाकरों का नाम हुआ करता था। जेनो शब्द में भी ज और श की मिली, जटिल ध्वनियाँ होती हैं।

मेरा मन हाहाकार कर उठा। लेकिन स्कूल छोड़ने की बात मन में नहीं उठी। उठा आक्रोश और अभिमान। अब फ्रेंच सीखकर, बोलकर दिखाऊँगी। सारे विषय सरकाकर मैं फ्रेंच में लग गई। पापा ने अपनी शेल्फ से इंग्लिश-फ्रेंच शब्दकोश भेंट कर दिया और एस.एस.सी. में मैंने फ्रेंच में प्रथम श्रेणी के अंक प्राप्त किए। इसी आधार पर 1957 में मेरा प्रवेश वाडिया कॉलेज में हो गया, डेढ़ सौ रुपए की छात्रवृत्ति, सो अलग। साथ ही वे लड़कियाँ जो बहुत ऊँचे तबके से आती थीं, एकदम हैरान रह गईं।

पूना नगर में यों तो कई कॉलेज थे, पर वाडिया कॉलेज सबसे लोकप्रिय माना जाता था। आधुनिक भी। वहीं फर्ग्युसन कॉलेज परम्परावादी और डेक्कन कॉलेज व्यावसायिक। मुझे वाडिया कॉलेज जरा भी अपरिचित नहीं लगता था। मेरी बहन पहले ही दो वर्षों से वहाँ पढ़ रही थी। पढ़ाई के साथ-साथ उसने शास्त्रीय नृत्य, संगीत और अभिनय में ढेर-सा नाम कमाया था। उस समय दीदी के सहपाठियों में बहुत से ऐसे विद्यार्थी थे जिन्होंने आगे चलकर अपनी-अपनी दुनिया में प्रसिद्धि

पाई। याकूब सैय्यद, मोहन बाली, देवेन वर्मा तब कॉलेज के मंच पर अपनी प्रतिभा प्रदर्शित करते। अभिनेत्रियों में दीदी खुद, वैजू व सुनयना देसाई नज़र आतीं। वैजू वैजयन्ती वर्णेकर ने अभिनय में ख्याति पाई तो सुनयना देसाई सुप्रसिद्ध कत्थक नृत्यांगना बनीं। याकूब की तो अगली पीढ़ी भी फिल्म और टेली कलाकार बन गई। देवेन वर्मा ने हास्य कलाकार के रूप में नाम कमाया।

लेकिन कुछ बातें 1956 की। यही अक्टूबर के दिन थे। दीदी पूना विश्वविद्यालय की ओर से युवा महोत्सव में भाग लेने दिल्ली गई हुई थी। उसका चयन रेडियो रूपक आइटम में प्रमुख भूमिका के लिए हुआ था। घर पर हम तीन थे, तीनों अपनी-अपनी तरह से व्यस्त। तभी मथुरा से खबर आई, बाबा के निधन की। पापा-ममी का तत्काल वहाँ जाना ज़रूरी था। मैं अभी सोलह साल की भी नहीं हुई थी। मेरे ऊपर घर और घर के ऊपर मुझे अकेला छोड़ा नहीं जा सकता था। भारतीय सेना में अपने मित्र ओमप्रकाश अग्रवाल के घर मेरा रहने का प्रबन्ध कर माता-पिता अगली गाड़ी से मथुरा चले गए। यह दीपावली के आस-पास का समय था। मेरा मन अनमना था। बाबा की यादें आतीं। उनका पतला चेहरा, प्यारी हँसी और लम्बा कद आँखों में डोलता पर क्या कमाल कि उनका गुस्सा दूर-दूर तक दिखाई न देता। कैसी अद्‌भुत महिमा से मृत्यु ने उन्हें मंडित कर दिया था कि वे खलनायक की जगह नायक बन रहे थे। 'डेथ द लेवलर' जैसी कविताएँ बार-बार याद आतीं।

ओ.पी. अंकल स्टेशन के सामने ड्रीमलैंड होटल की इमारत में एक बड़े-से फ्लैट में रहते थे। उनकी दो बेटियाँ और दो बेटे थे।

उनके बीच जाकर रहना अच्छा लगा। आंटी बड़े प्रेम से हम सबको चौके में बिठाकर खाना खिलातीं। वे हर कटोरी में हींग, लालमिर्च का छौंक लगाकर धुली उड़द की दाल परोसतीं और हाई स्कूल में अपने प्रथम श्रेणी में उत्तीर्ण होने की बात बतातीं। उनके सभी बच्चे सुन्दर और प्रतिभावान थे। लेकिन पहला नरेन्द्र कुछ अलबेला, कुछ बागी। उन दिनों नरेन्द्र भैया सी.ए. के द्वितीय वर्ष में थे। उन्हें वह सब चाहिए था जो उन दिनों की युवा पीढ़ी का अधिकार था, खुला जेब खर्च, मोटर बाइक और मनमानापन। इसी के चलते घर में खटपट होती। आंटी को लगता कि नरेन्द्र की हिमाकत देख उनका बेटा अनिल भी बिगड़ जाएगा। वे अंकल को उकसातीं कि नरेन्द्र को रोकें। ओ.पी. अंकल इस किचकिच से खिन्न हो जाते। यह तो हमें बाद में सभझ आया कि अंकल की दो शादियाँ हुई थीं। पहली पत्नी से नरेन्द्र और कुसुम थे, दूसरी से शशि, अनिल और रवि।

शायद दो दिन बाद ही दीवाली थी। शाम का वक्त था लेकिन झुकपुका नहीं हुआ था। घर में लक्ष्मी पूजन होने जा रहा था। तभी नीचे से मेरे नाम की पुकार हुई। मुझसे पहले, ओ.पी. अंकल के बड़े लड़के नरेन्द्र भैया खिड़की पर पहुँच गए। नीचे मेरी दीदी खड़ी थीं, हाथ में अपनी छोटी अटैची थामे। वह ताड़ीवाला रोड से पद्मनाभन आंटी से सुन आई थीं कि माता-पिता बाबा के निधन पर मथुरा गए हैं और मैं ड्रीमलैंड में ओ.पी. अंकल के यहाँ हूँ। दोनों ने एक-दूसरे को देखा, दीदी और नरेन्द्र भैया ने। प्रथम दृष्टि का प्रेम इसी को कहते होंगे। दीदी ऊपर आई, पूजन में सबसे पीछे बैठीं। भैया भी पीछे बैठे। बाकी के बच्चे ठस-ठसकर आगे बैठे। प्रतिभा और नरेन्द्र की नज़रें एक-दूसरे से परिचय प्रगाढ़ करती गईं।

यह मेरे जीवन की, मेरी आँखों के आगे जन्म लेती, पहली प्रेम कहानी थी। मेरी नहीं, प्रतिभा की। इस प्रेम कहानी का नायक मिल्ज एंड बून के रोमांटिक नायकों जैसा था, लम्बा, सुन्दर, साँवला और दिलफेंक। नायिका एकदम डेनिस रॉबिन्स के उपन्यासों की नायिका जैसी थी, रूपगर्विता। चपल चंचल गात। नायक की उम्र 20, नायिका की उम्र 17। अगले से अगले रोज भाईदूज थी। सवेरे घर में टीके का आयोजन था। रवि और शशि—बहनों ने बड़ी मेहनत से टीके का थाल सजाया। उन्होंने नरेन्द्र भैया और अनिल के माथे पर टीका लगाया तो मैंने भी लगा दिया। प्रतिभा उस वक्त इधर-उधर कहीं सटक गई। कुछ देर उसकी राह देखी गई फिर टीके का अनुष्ठान पूर्ण मान लिया गया। घर के लोग उन दोनों के बीच उगते परस्पर प्रबल आकर्षण को पहचान रहे थे पर अभी कोई उस पर उँगली नहीं रख रहा था।

वाडिया कॉलेज में दीदी एक हस्ती थी। नाटकों में अभिनय से लेकर शास्त्रीय नृत्य, गायन, वाद-विवाद प्रतियोगिता और रेडियो अभिनय तक में वह तेजी से अपनी पहचान बना रही थी। लड़के-लड़कियों का एक बड़ा समूह उसका प्रशंसक था। हमारे घर में लड़के-लड़की की दोस्ती को हौवा नहीं माना जाता था। नरेन्द्र और प्रतिभा मिलते रहे, कभी घर में, कभी कैफे में, कभी सिनेमाहॉल में। कभी-कभी मुझे भी साथ ले जाते। नरेन्द्र भैया मुझे एक चॉकलेट दिला देते और फिर प्रतिभा के साथ बातों में मशगूल हो जाते।

कुछ लोगों के कहने पर, कुछ अपनी परख पर जब घर को लगा कि यह सम्बन्ध दोस्ती के अलावा कुछ और रुख लेता जा रहा है, हमारे माता-पिता पेशेवर विरोधी की भूमिका में आ गए। पापा को ज़्यादा धक्का इस बात का लगा कि पढ़ने-लिखने की उम्र में उनकी तेजस्वी बेटी कितनी औसत वजह के चलते तबाह

हो रही है। जब प्रतिभा शाम को देर तक घर न लौटती, पापा भीगी आवाज से मुझसे कहते, "यू बी फेथफुल टू मी मुन्नी। बेबी हैज चीटेड मी।" मैं संकल्प कर लेती, लड़कों से बात नहीं करनी, दोस्ती तो हरगिज नहीं।

जीवन के बारे में यही अच्छा है कि वह समयसारिणी बनाकर नहीं जिया जाता। कौतूहल और विस्मय उसमें मिले-जुले आते हैं। मुझे हर चीज, हर बात तब तिलिस्म नज़र आती। पीछे की क्यारी में सेम की बेल में फूल आते—पता भी न चलता कि दो दिन बाद नन्हीं-नन्हीं फलियों से बेल लद जाती—मैं सोचती किस क्षण यह जादू हुआ। अगर रात-भर क्यारी में बैठूँ तो पकड़ पाऊँ उसे। पूना की प्रसिद्ध दुकान कयानी बेकरी से हमारे यहाँ ब्रेजिलियन नट्स मँगाए जाते। ये बड़े मीठे, कुरकुरे बिस्किट थे जिनके बीचोबीच छेद रहता। पापा कहते, "ममता नट्स बाद में; पहले एटलस निकालकर ढूँढो, ब्राज़ील कहाँ पर है?"

जब अँधेरा घिर आता, एक आदमी साइकिल पर लकड़ी की छोटी-सी पेटी बाँधकर ताड़ीवाला रोड पर चक्कर लगाता और पुकारता—'आलेपाक, आलेपाक।' उसका पुकारने का ढंग और आने का समय हमेशा एक ही रहता। उसके आने का मतलब होता सात बज चुके। आलेपाक अदरक, चीनी, कालीमिर्च वगैरह के मिश्रण की कतली जैसी जमी हुई मिठाई होती थी, कुछ-कुछ चिक्की जैसी। कहते हैं उसे खाने से खाँसी और गले की खराश में आराम मिलता था। आलेपाक बेचनेवाला एक हाथ से अपनी डगमग साइकिल सँभालता, दूसरा कान पर रखकर, कुछ नकियाए स्वर में आवाज लगाता 'आलेपाक आलेपाक घ्या।' वह मुझे परियों की कथा का कोई भटका हुआ पात्र लगता।

पापा को दफ्तर जाने में दिक्कत होती थी। रिक्शे उन दिनों भी महँगी सवारी थी। पापा ने साइकिल खरीदी। रैले की। साइकिल बड़ी शानदार थी। एकदम चमचमाती हुई, काली, कलकत्ते वाली। पीछे कैरियर के नीचे लाल रंग का गोल इंडिकेटर और आगे चमचम स्टील का हैंडिल। हम उसे देखते नहीं अघाते। शुरू में तो मैं कई बार रात में उठ-उठकर साइकिल देखती। मेरी नज़रों को वह बेहद ऊँची चीज नज़र आती, एकदम शाही सवारी। पापा सुबह आवाज लगाते, "मुन्नी, गाड़ी साफ करो।" मैं उसे रगड़-रगड़कर पोंछती। वैक्सपोल ग्लो से उसे चमकाती। मन-ही-मन पापा की कृतज्ञ होती कि उन्होंने अपनी गाड़ी छूने की अनुमति दी। हमारे घर में वर्षों साइकिल को गाड़ी इस अन्दाज में कहा जाता रहा जैसे रैले की यह दुपहिया सवारी, फोर्ड कम्पनी की चार पहिया मोटर कार

हो। पीछे कैरियर पर पापा का ऑफिस बैग लगाना, रोज फाटक तक के रास्ते का मुआयना करना कि कोई कील वगैरह तो नहीं पड़ी है और शाम को पापा के वापस आने पर उनके हाथ से साइकिल थाम अन्दर कमरे में रखना मेरे विशेष अधिकार थे।

स्कूल में एक-से-एक शानदार लड़कियाँ पढ़ती थीं। एक बार फरीदा ने अपने घर पर सालगिरह की पार्टी दी। उसने मुझे भी बुलावा दिया। अब दो दिक्कतें पेश आईं। क्या पहनकर पार्टी में जाऊँ और क्या उपहार दूँ। पापा ने दूसरी समस्या का तत्काल हल ढूँढा। घर में नई पुस्तक थी—डैफ्ने ड्यू मॉरिए की 'रेबेका'। अद्‌भुत उपन्यास था। पापा ने कहा, "यही दे दो।" मैं कुछ निराश हुई। जन्मदिन पर किताब देने का चलन तब भी नहीं था। मैं उसे चमचमाता हुआ पेन या फ्रॉक का कपड़ा देना चाहती थी पर पापा का कहा कैसे टालती। पार्टी ड्रेस की समस्या का समाधान ममी के जिम्मे था। ममी दोपहर में दीदी की एक पुरानी कंडम ड्रेस और कैंची लेकर मेरे कमरे में आईं, नाप लेने। उन्होंने कहा, "मुन्नी इसमें से तेरा बढ़िया स्कर्ट निकल जाएगा। ब्लाउज है ही स्कूलवाला।"

मेरा मन पार्टी से बुझ गया। मैंने माँ की तरफ ध्यान से देखा। वे घर में भी तीन बार कपड़े बदलतीं और चार बार मेकअप। उनके होंठ कभी लिपस्टिक विहीन नहीं होते। वे अच्छी-से-अच्छी रसोई बनातीं। पर मेरी पोशाक के नाम पर उनके पास सिर्फ कैंची और उतरन थी।

मैंने कहा, "रहने दो, माँ, मैं वही पहन जाऊँगी, मामा की शादीवाली फ्रॉक।"

फरीदा का घर शहर के बाहर था। जब मैं इतवार को उसके यहाँ पहुँची, उसने पूछा, "अरे ममता, इतनी दूर कैसे पहुँची?"

मैंने शान से कहा, "पापा गाड़ी से छोड़ गए। अब वापस भेजना तुम्हारे जिम्मे।"

"हाँ, हाँ, क्यों नहीं?" उसकी ममी ने कहा।

सारी शाम अच्छी बीती। चलते समय फरीदा पोर्च तक आई और उसने सबसे विदा ली।

मेरे मुँह से निकल पड़ा, "गाड़ी कहाँ है?"

सामने बड़ी-सी अम्बेसडर खड़ी थी जिसमें और लड़कियाँ भी जाने के लिए बैठी थीं। मुझे पता ही नहीं था कि मुझे उसमें बैठना है। मैं सोच रही थी कोई सेवक साइकिल पर मुझे छोड़ने जाएगा।

सभी लड़कियाँ हँस पड़ीं—"इतना मोटा चश्मा लगाती हो और गाड़ी भी नहीं दिखती।"

फरीदा बोली, "तुम्हारी गाड़ी का ब्रान्ड क्या है?"

"रैले।" मैंने गर्व से बताया।

'फिस्स' करके एक साथ कई लड़कियों की उपेक्षा भरी हँसी निकली। रास्ते भर मुझे चुप-सी लगी रही। उस वक्त मैं झुंड में भी अकेली पड़ गई। मुझे लगा यह मेरी दुनिया नहीं। उस दिन मैं अनायास थोड़ी समझदार हो गई। कार में बैठी सभी लड़कियाँ मुझे मक्कार, मतलबी और मनहूस लगने लगीं। मैंने अपने आँसुओं को रोककर सिर ऊँचा किया और ताड़ीवाला रोड के मोड़ पर उतर गई।

लड़के इस लिहाज से अच्छे थे कि वे लड़कियों का मजाक नहीं उड़ाते थे। वे छोटी-छोटी बातों की सराहना करते। लड़कों के अन्दर आत्मविश्वास भी अधिक था। छोटी-मोटी आलोचना से वे टूटते नहीं थे बल्कि और दृढ़ होते जाते।

पूना तेजी से आधुनिक हो रहा था तो इसके पीछे उन लोगों का बड़ा हाथ था जो रोज यहाँ से बम्बई जाते और आते। वे अपने साथ बम्बई की वस्तुएँ ही नहीं, विचार भी लाते। वे एक निराली किस्म की आचार संहिता लाते। देखा जाए तो वे रोज सुबह थोड़ा-सा पूना ले जाकर बम्बई में छोड़ देते और थोड़ी-सी बम्बई पूना में ले आते। गागर में सागर और सागर में गागर जैसा। इस तरह पूना जो अन्यथा पूर्णतः एक मराठा नगर बनता, सार्वभौमिक इकाई बनता गया।

शाम को झुकपुका होते ही पूना की सड़कें सतरंगी गुलदस्ते जैसी गमकतीं। हमारी बगिया में रातरानी, नीरा जाधव के कम्पाउंड में रजनीगन्धा और हँसमुख भाई के पिछवाड़े सहजन के फूल अलग-अलग धूम मचाते। उतरती रात में सड़क पर घूमते हुए हम गन्ध से पहचान लेते कि हमारे कदम कहाँ तक पहुँचे हैं। घर लौटकर चुपके-चुपके पापा की किताबें खखोरना, अपनी कॉपी में भूगोल के नक्शे स्प्रे पेंटिंग से बनाना और देर रात अपना यूनिफार्म प्रेस करना मेरे रोज के काम थे। दीदी एक सम्पूर्ण नाटक 'हार की जीत' में मुख्य भूमिका निभा रही थी। वह रिहर्सल से आकर घर में फिर रिहर्सल शुरू कर देती। कमरे की कुर्सियाँ इधर-उधर सरकाकर मंच लायक जगह निकालती और कमर को बल देकर हाथ आँखों पर रखकर अस्फुट स्वर में गा उठती—"मेरी जिन्दगी एक ऐसा दिया जो

जले भी नहीं और बुझे भी नहीं।'' दीदी गाते-गाते भावुक हो जाती। उसे अपना प्रेम प्रसंग टीस जाता और वह सुबकने लगती। तब मैं बड़ी बहन बन जाती और उसे थपक-थपककर सुलाने लगती।

मम्मी और दीदी बड़ी जोर से और बड़ी जमकर बीमार पड़ती थीं। एक बार दीदी को न्युमोनिया हो गया। नाजुक तो वह थी ही, बुखार ने कसकर पकड़ लिया। उसे ससून हास्पिटल में भरती किया गया। सरकारी सेवा का सबसे बड़ा लाभ ऐसे ही संकट के अवसर पर सामने आता था। तब उप केन्द्र निदेशक का पद इतना बड़ा समझा जाता था कि उसके परिवार के सदस्यों को ससून जैसे अंग्रेजीदाँ अस्पताल में प्राइवेट वार्ड की सुविधा मिला करती। पापा-मम्मी ने दीदी को हास्पिटल में दाखिल कर मेरी रात ड्यूटी लगा दी और स्वयं घर चले गए। ससून हास्पिटल में लम्बी-लम्बी खिड़कियाँ थीं, बिना ग्रिल वाली। उनमें शीशे के पल्ले लगे हुए थे। शीशे का विशाल दरवाजा था, रात में जिसकी चिटखनी लगाने की मनाही थी। दीदी की बीमारी की पहली रात यकायक नरेन्द्र भैया राबिनहुड की तरह खिड़की से कूदकर कमरे के अन्दर आ गए।

मैं डर के मारे सन्न रह गई। लैला-मजनूं तो गले लगकर रोने लगे, मेरी डर के मारे घिग्घी बँध गई। उस रात का आलम यह था कि सिपाही था डरपोक और मुजरिम थे शहजोर। उतनी देर दीदी की तबीयत भी जैसे ठीक हो गई थी। मैंने कहा, ''नरेन्द्र भैया, आप चले जाइए, नहीं तो मैं पापा को फोन कर दूँगी।''

नरेन्द्र भैया ने एक हाथ के झटके से फोन का तार अलग कर दिया, ''कर, फोन करके देख तू।''

थोड़ी देर हाय तौबा करने के बाद मैं हारकर गलियारे में चली गई।

पता नहीं कब भैया गए।

सुबह दीदी की तबीयत बेहतर थी।

रिक्शे में तीन तरफ तकिए लगाकर, दीदी को राजकुमारी की तरह बिठाकर घर लाया गया। यह काम मेरे जिम्मे था कि जितने दिन दीदी कमजोरी के कारण स्वयं न पढ़ सकें, मैं उसे 'ध्रुवस्वामिनी' और 'यशोधरा' पढ़-पढ़कर सुनाती रहूँ और उसके निर्देशानुसार नोट्स भी तैयार करूँ। काफी हिन्दी साहित्य की खुराक मेरे गले इसी तरह उतारी गई कि दीदी को अपनी किताबें खुद पढ़ने की फुर्सत या फितरत न होती तो मुझे ड्यूटी पर तैनात कर दिया जाता। इसी तरह जिन नाटकों में दीदी की भूमिका होती उनके संवाद उससे पहले मुझे कंठस्थ हो जाते क्योंकि स्क्रिप्ट पढ़कर तो मैं ही सुनाती थी। मुझे इन नाटकों के रिहर्सल देखना

भी अच्छा लगता। कई बार तो सम्पूर्ण नाटक मेरी जुबान पर होता। रात में बिस्तर में लेटे-लेटे हम दोनों पूरा नाटक दोहरा डालतीं। दूसरे कमरे से ममी आवाज लगातीं—"मुझे रेडियो का नाटक तो सुनने दो, बन्द करो अपनी डायलॉगबाजी।" पूना में नागपुर और बम्बई की तरह ही गणेश चतुर्थी से अनन्त चतुर्दशी तक सांस्कृतिक कार्यक्रमों की धूम मची रहती। नाटक, संगीत और व्याख्यान प्रतियोगिताएँ होतीं। रंगोली स्पर्धा रखी जाती। तब छोटे-छोटे पुरस्कार हुआ करते थे। हम एक पेन या पान की तश्तरी जीतकर ऐसे खुश हो जाते जैसे राष्ट्रीय पुरस्कार पाया हो। घर में एकदम स्वाधीनता थी। पापा-ममी दिल खोलकर शाबाशी देते और हर आगन्तुक को हमारी सफलता की गाथा सुनाते। छुट्टी के दिन हम कभी-कभी शनिवारवाडा देखने जाते। पापा टूरिस्ट गाइड की तरह हमें हर जगह का इतिहास बताते चलते। ताज्जुब यह कि हमारे पास न कैमरा होता न टेपरिकार्डर लेकिन एक-एक शब्द-चित्र हमारे मस्तिष्क में अंकित होता जाता जो आज भी मौजूद है। शनिवार पेठ जाते तो शनिवारवाडा हमें अपने पूरे वैभव में दिखाई देता, हालाँकि वह उन्नीसवीं सदी में तीन चौथाई जलकर खाक हो चुका था। हमें यह भी विस्मयकारी लगता कि कैसे यह किला शनिवार को बनना शुरू हुआ और कई साल बाद शनिवार को ही बनकर तैयार हुआ। मैं पापा से पूछती, "पापा क्या इसमें आग भी शनिवार को लगी?" ममी कहतीं, "लगता है शनिवारवाडा के ऊपर बड़ी जबरदस्त साढ़ेसाती लगी थी।" दीदी को बाजीराव और मस्तानी की प्रेम कहानी याद आ जाती। एक और जगह ने पूना में बहुत प्रभाव छोड़ा। वह जगह थी आगाखाँ पैलेस। पहले उसके नाम से ऐसा लगा जैसे यह पूना का हिस्सा नहीं है। वहाँ ज़्यादातर जगहों के नाम पेठ या टेकरी से थे। सप्ताह के हर दिन के नाम पर पेठ था जैसे सोमवार पेठ, रविवार पेठ, मंगलवार पेठ, बुधवार पेठ, गुरुवार पेठ और शुक्रवार पेठ। शनिवार पेठ तो है ही सरनाम।

पर हमारे घर का सिद्धान्त था, थ्योरी घर से पढ़कर चलो, प्रेक्टिकल ठिकाने पहुँचकर देखो। जाने कितने लेख और सन्दर्भ आगाखाँ महल पर हमें पढ़ाए गए। जब हम वहाँ पहुँचे मुझे लगने लगा जैसे यह इमारत मैंने पहले ही देख रखी है।

मूला-मूठा नदियों के उस पार एक सड़क अहमद नगर की तरफ जाती थी। अकसर मूला-मूठा के इस किनारे खड़े होकर हम एक लाल इमारत देखकर कहा करते थे, वह है डेक्कन कॉलेज और वह दूर दिख रही है यरवडा जेल। इसी सड़क पर आगे, मोड़ के बाद, आगाखाँ महल आता था। एकदम सफेद संगमरमर का

बना महल प्रतिदिन दर्शनार्थियों से भरा रहता। महल के चारों ओर लम्बे गलियारे थे। पिछवाड़े का हिस्सा महात्मा गांधी के आवास से सम्बन्धित स्मारक की शक्ल में था। पश्चिमी हिस्से में एक तरफ कस्तूरबा गांधी और महादेव भाई देसाई की समाधियाँ थीं। प्रायः ऐसा होता कि शोर मचाते बच्चे और विद्यार्थी भी इन सफेद स्फटिक समाधियों के सामने खड़े होकर चुप हो जाते, मौन और स्तब्ध। मैं सोचती लोग इस जगह को महल के रूप में देखने आते हैं या जेल के रूप में जहाँ महात्मा गांधी ने अपने कारावास के इक्कीस महीने काटे और अपने दो प्रियजनों को खो दिया। आगाखाँ महल का दुमंजिला भवन इतना शान्त, स्वच्छ और स्तब्धकारी लगता था कि यथार्थ की जगह दिव्य लोक लगने लगता।

हिन्दी की पहली रंगीन फिल्म 'झनक झनक पायल बाजे' हिन्दविजय टॉकीज में आई। तय हुआ यह फिल्म देखी जाए। दीदी रोहिणी भाटे से कत्थक नृत्य सीख रही थी। उसने कहा, "रोहिणी भाटे ने कहा है फिल्म सबको देखनी है, इसमें संध्या (नायिका) का फुटवर्क अद्भुत है।"

दीदी के मन में आया कि झनक झनक देखनी है तो पायल पहनकर देखी जाए। पापा को यह विचार बड़ा अद्भुत लगा कि 'झनक झनक' देखनी है तो पायल पहनी जाए। आखिर दीदी नृत्यांगना बनने की राह पर थी। रोहिणी भाटे की प्रतिभाशाली शिष्याओं में दीदी का शुमार था। प्रतिभा यथानाम तथागुण थी। बाजार से, शायद लक्ष्मी रोड जाकर, पायल खरीदी गई।

मैंने सोचा पिक्चर जाने के लिए मैं भी कुछ नायाब करूँ। मैंने साड़ी पहनने की ठानी। पहली बार। पहनावे के रूप में साड़ी बहुत आकर्षित करती थी लेकिन उसे बाँधना मेरे बस की बात नहीं थी। दीदी तो झट से साड़ी और पायल पहनकर तैयार हो गई। रह गई मैं। जितनी बार ममी मुझे साड़ी पहनाएँ मैं खोलकर डाल दूँ 'लपेटा लग रही है, फूल रही है, पल्ला लम्बा है, ऊँची बँधी है।' पद्मनाभन आंटी ने किसी तरह मुझे साड़ी पहनाकर पिक्चर के लिए रवाना किया।

फिल्म का बड़ा गहरा प्रभाव मन पर पड़ा। पापा एक फिल्म समीक्षक की तरह कभी गानों की ओर हमारा ध्यान आकर्षित करते तो कभी संवादों पर।

यकायक मध्यान्तर हुआ तो सम्मोहन टूटा। हॉल में बत्तियाँ जलीं और मैंने पाया साड़ी तो मेरे बदन पर है ही नहीं। कमर से खुलकर साड़ी सीट के नीचे और पल्लू खिंच खिंचकर पीछे ढेर हो गया था। मैंने होंठ बिसूरते हुए कहा, "ममी! मेरी साड़ी।"

दीदी और ममी ने मेरी हालत देखकर हँसना शुरू कर दिया। मैं घबराकर उठ खड़ी हुई। पेटीकोट-ब्लाउज में अवतरित मेरा हुलिया देख पापा बोले, "बड़ा शौक

चर्राया था लड़की बनने का, देख लिया न।" वे ममी से बोले, "कोई बात नहीं। बच्ची है। परकर पोलका तो पूना में सब लड़कियाँ पहनती हैं। तुम इसे टॉयलेट में ले जाकर सँभाल दो।"

टॉयलेट में एक बार फिर साड़ी बाँधने की कवायद शुरू हुई। अन्दर आ पहुँची एक सदय महिला ने अपनी चूड़ियों से सेफ्टीपिन खोल-खोलकर साड़ी को मेरे जिस्म पर करीने से सँवार दिया। मुझे ममी पर बड़ा गुस्सा आया। क्या वे घर पर पिन लगाकर मुझे साड़ी नहीं पहना सकती थीं। पर उनकी दिलचस्पी अपने बच्चों में थी ही नहीं।

पूना के आस-पास के स्थान अपनी प्राकृतिक शोभा में अपूर्व थे। पश्चिमी घाटों का उतार-चढ़ाव और कटाव, तराइयों की हरियाली, थोड़ी-थोड़ी दूर पर फूटते सोते और इस सब के समानान्तर सड़क के आड़े-तिरछे मोड़ बम्बई से पूना के रास्ते में ही अपनी छटा दिखा देते। ऊपर से रास्ते में लोनावला खंडाला आ जाते। ये दोनों हिल स्टेशन जैसे बम्बई-पूना के दो फेफड़े। दोनों के बीच में सिर्फ 5 मील की दूरी थी। जब जिसे खुलकर साँस लेनी होती वह दो दिन के लिए लोनावला खंडाला आ जाता। लोनावला का एक और आकर्षण वहाँ की तरह-तरह की चिक्की भी था। चिक्की एक घरेलू किस्म की मिठाई या पाक था जिसने वहाँ कुटीर उद्योग की हैसियत पाई थी। गुड़ या चीनी में पगी हुई तरह-तरह की चिक्की स्टेशन से ही ग्राहक को पुकारने लगती। हर किस्म और दाम की चिक्की के डिब्बे ट्रे में सजाए दुकानदार रेल की खिड़की के पास आवाज लगाते, चिक्की, चिक्की घ्या आणि गोड़-गोड़ बोला (चिक्की लो और मीठा-मीठा बोलो)। सींगदाना (मूँगफली), तिल, नारियल, काजू और चने की दाल की चिक्की उन दिनों मिला करती थी। लोनावला में सैलानियों के ठहरने के लिए अनेक 'हट' और कॉटेज मिल सकती थीं। एकान्त की खोज में निकले प्रेमियों और नव-विवाहितों के जोड़े उस ठंडे हिल स्टेशन का तापमान थोड़ा बढ़ा देते। यही हाल खंडाला का था। वहाँ किसी-न-किसी फिल्म की शूटिंग चलती रहती। कभी-कभी नैशनल डिफेन्स अकेडमी खडकवासला के कैडट वहाँ आ जाते। उनके कड़ियल बदन और कड़क यूनिफार्म देखकर लड़कियों के कलेजे में हूक उठा करती और वे सपने देखने लगतीं। स्कूल के दिनों में एक गुदगुदी पैदा करनेवाला जुमला था—'तुझा साखरपुड़ा झाला काय?' (तेरी सगाई हो गई क्या?) 'उसने कहा था' कहानी में आया संवाद 'तेरी कुड़माई हो गई?' जैसा ही मनभावन यह सवाल था। एक और

वाक्य की वहाँ वार्षिक उपस्थिति थी। दशहरे के दिन या मकर संक्रांति के पर्व पर या दोनों अवसरों पर एक खास पेड़ की पत्ती और तिल-गुड़ की छोटी-सी पुड़िया सब लोग आपस में बाँटते और कहते, 'तिल गुड़ घ्या आणि गोड़-गोड़ बोला।' (तिल-गुड़ लो और मीठा-मीठा बोलो) उस पत्ती को सोनपत्ती कहते थे। शुभकामना को इतना सादा, स्पष्ट और सात्विक बनाया जाना जैसे पूना के नागरिकों की मौलिक परिभाषा थी। हम लोगों को बहुत जल्द समझ में आ गया कि पूना ऐसा नगर है जहाँ बनावटी कुछ भी नहीं है।

वैसे उस जमाने में भी मराठी भाषी लोग पूना को पुणे ही कहते थे। 'पूना' नाम अंग्रेजों का दिया हुआ था और यह माना जाता था कि पूना में दो तरह का शहर है, एक साहित्य, संस्कृति, धर्म और संगीत का गढ़ पुणे, दूसरा रेसकोर्स, मिलिटरी क्षेत्र और कैम्पवाला पूना। पूना में अंग्रेजों के ठाठ-बाट जताते कई ठिकाने थे। मेरा स्कूल कैम्प में था। उसी सड़क पर 'दोराबजी एंड संज' नाम का शानदार, बड़ा-सा स्टोर था जहाँ से हमारे घर में टिन के गोल डब्बों में पैक किया हुआ मक्खन और क्राफ्ट चीज आता। क्विकर ओट्स, बेक्ड बींस, मैकरोनी जैसी चीजें 'दोराबजी' से ही लाई जातीं हालाँकि इन खाद्य पदार्थों को खाने में वैसा मजा न आता जैसा खरीदने में। पापा के व्यक्तित्व में एक देशज हिन्दुस्तानी और एक अंग्रेजीदाँ काला साहब दोनों साथ रहते थे। कभी देशज प्रबल हो जाता तो वे बाजरे की बेड़मी और बथुए के रायते में रस लेने लगते। कभी दूसरा घुसपैठ करता तो वे ममी से कहते, "आज सूप बनाओ और टोस्ट सेंको।"

एक बार पद्मनाभन का छोटा भाई देवराज आया हुआ था। मेरी उम्र का लड़का, बेहद संजीदा शख्सियत। सुन्दर था, गोरा, तीखी नाक, प्रशस्त माथा। यकायक तय हुआ बन्द गार्डन घूमने चला जाए। मैंने अन्दर आते हुए सोचा मुझे भी कुछ सुन्दर लगना चाहिए। मैंने मुँह धोकर काफी तादाद में पाउडर लगा लिया। ममी ने मेरा चेहरा देखा और किचकिचाती हुई मेरी तरफ बढ़ीं, "यह क्या कार्टून बनाया है? मुन्नी, चल मुँह धो अपना।" उस वक्त ममी ने आधे होंठ पर लिपस्टिक लगाई हुई थी और आधा बाकी था। वे फिल्मों की खलनायिका जैसी लगीं मुझे। मैंने बाथरूम की तरफ मुड़ते हुए कहा, "मैं मुँह धो लूँगी पर पहले तुम लिपस्टिक तो लगाओ, नहीं तो देवराज सोचेगा आंटी हैं या कार्टून।"

शब्दों को ज्यों का त्यों जड़ देने का मेरा स्वभाव तभी से विकसित हुआ। मुझे याद है कि एक बार विज्ञान की शिक्षिका ने मेरी कॉपी देखकर कहा, "ओ!

आय एम फेड अप।'' मैंने तभी उससे कहा, ''आय एम ऑलसो फेड अप'' (मैं भी तंग आ गई हूँ)।

हँसमुख भाई का असली नाम अरविन्द भरूचा था। वे कान्ताबेन के भाई थे। और भारतीय तेल निगम में अधिकारी थे। उन्हीं के उकसाने से हमारे घर खाना पकानेवाली गैस की स्थापना हुई थी। वे सदा प्रसन्न रहते थे और शादी की बात चलने पर कहते, ''अग्रवाल साब, क्या आपको मेरे हँसते चेहरे से कोई दुश्मनी है?''

पापा चुप रह जाते।

हँसमुख भाई, खूबसूरत थे लेकिन इंग्लिश को वे गिंगलिश की तरह बोलते। मतलब गुजराती लहजे में। इस पर उनका बस नहीं था। लेकिन वे दोस्त आदमी थे। घर में उनका एक-एक सदस्य से संवाद था। पापा उन्हें अपना खास दोस्त मानते तो ममी उन्हें अपना। कभी भाई-बहन दोनों आ जाते तब बातों में जो बातें निकलतीं, पता ही न चलता कब रात के ग्यारह बज गए।

लेकिन हँसमुख भाई सबसे ज़्यादा मुझे पसन्द करते। उन्होंने मुझे नया नाम दे रखा था—'मीमी'। घर आते ही वे पूछते, ''मीमी है?'' उन्हें पता चले मैं नहीं हूँ तो तुरन्त वापस जाने को उद्यत हो जाते। ममी के टोकने पर कहते, ''कोई खास बात नहीं इन्दुबेन, पर घर मीमी से ही घर लगता है।''

ममी कुछ समझ न पातीं। हमारे घर में हमेशा दीदी के प्रशंसक आते थे—हँसमुख भाई की बातें सुन कर ममी कहतीं, ''बावला है, तभी तो अभी तक शादी नहीं हुई इसकी।'' हँसमुख भाई को अंग्रेजी फिल्में देखने का बड़ा शौक था। वे अकसर पापा के पीछे पड़ते, ''अग्रवाल साब, चलिए 9 से 12 'टु कैच ए थीफ' देखी जाय।''

''मैं थका हूँ, 11 बजे मुझे नींद आ जाएगी।'' पापा कहते।

''कोई बात नहीं, आप सोना। मैं और मीमी देखते रहेंगे फिल्म।'' 'नेवर से गुडबाय', 'द सेवन इयर इच', 'बाइसिकिल थीफ' तभी की देखी फिल्में हैं। 'वार एंड पीस' भी उन्हीं दिनों देखी थी जब उन्होंने हॉल में ही ऑड्रे हैपबर्न को देखकर कहा था, ''इसकी कॉलरबोन्स एकदम मीमी की कॉलरबोन्स जैसी हैं।'' उस फिल्म शो में दीदी, ममी और पापा भी साथ थे। सबको आश्चर्य हुआ कि हॉलीबुड की ग्लैमर स्टार ऑड्रे हैपबर्न और उनके घर की सिलबिल लड़की मीमी में क्या समानता हो सकती है।

हँसमुख भाई के पास स्कूटर था। कभी सुबह मैं तैयार होकर स्कूल के लिए निकलती। पीछे से हँसमुख भाई आ जाते। वे मुझे स्कूटर की पिछली सीट पर बैठा कर स्कूल तक छोड़ देते। ताड़ीवाला रोड पर मेरी दो-एक सहेलियाँ रहती थीं। वे जब देख लेतीं तो मुझे बड़ा छेड़तीं, "बता, वह हैंडसम कौन था जिसके स्कूटर पर तू चली जा रही थी।" मैं कहती, "अरे, वे तो हँसमुख भाई हैं, उनका क्या पूछना।" मुझे इतनी चेतना ही न होती कि यह कोई विशेष बात है।

एक शाम दीदी ने बताया कि आज रोहिणी भाटे की क्लास से निकलकर वह रिक्शा ढूँढ रही थी कि हँसमुख भाई दिख गए। उन्हीं के स्कूटर पर मैं घर आई। उस रात मुझे इतनी रुलाई आई कि रुके ही न। माँ तो थोड़ी देर की पूछताछ के बाद अपने कमरे में सोने चली गईं पर मैं रोती रही। आखिर दीदी ने कहा, "तू इसलिए तो नहीं रो रही कि मैं हँसमुख भाई के साथ आई।" मैंने सिर हिलाया 'हाँ'।

गनीमत थी कि इस पचड़े का पता हँसमुख भाई को नहीं लगा। लगता तो वे ताज्जुब करते, "अरे! मीमी कभी रो भी सकती है क्या?" सबकी आँखों में मेरी तस्वीर एक टॉमबाय की थी जो सारे दिन दौड़-भाग, उछलकूद में लगी रहती थी और कोई मुझे मेरा लड़की होना जताता तो मैं कई गुना वेग से प्रतिवाद करती, मैं लड़की कहाँ हूँ, मैं तो लड़का हूँ।

गर्मियों की लम्बी दोपहरियों में जब पापा दफ्तर में होते और माँ अपने कमरे में आराम कर रही होतीं, मैं बाहर की बैठक में किताबों के रैक खखोरती। तॉलस्तॉय की 'वॉर एंड पीस' तथा 'अन्ना कैरेनिना' वहीं मेरे हाथ लगीं। 'वार एंड पीस' फिल्म देख चुकी थी इसलिए नताशा और लेविन का प्रेम तो समझ आया पर विश्व इतिहास की सही जानकारी न होने के कारण युद्धवाले पृष्ठ नीरस व दुर्बोध लगे। इसी तरह 'अन्ना कैरेनिना' में व्रॉन्सकी और अन्ना का परस्पर सम्मोहन अच्छा लगा, पूरी तरह समझ नहीं आया। अज्ञेय का 'शेखर एक जीवनी', 'नदी के द्वीप', यशपाल की कहानियाँ, वृन्दावनलाल वर्मा का 'कचनार' और 'मृगनयनी' उन्हीं दोपहरों की खोज थीं। ताज्जुब की बात यह थी कि पाठ्यक्रम से बाहर की पुस्तकें इतना आकृष्ट करती थीं और पाठ्यक्रम में लगी साहित्य की पुस्तकें ऊब जगातीं। चार्ल्स डिकेन्स का 'ए टेल ऑफ टू सिटीज' तथा ठैकरे का 'वेनिटी फेयर' पढ़ने में जरा मन न लगता। उस समय शेक्सपियर का नाटक 'ए मिडसमर नाइट्स ड्रीम' भी अच्छा नहीं लगा। सोलहवीं शताब्दी की इंग्लिश इतनी अझेल थी जबकि दीदी की पाठ्यपुस्तक बर्नार्ड शॉ का ड्रामा 'आर्म्स एंड द मैन' मैंने एक बैठक में पढ़ डाला।

किताबों से परिचय और प्रेम का कुल किस्सा कुछ ऐसा है कि कई बार किताबें हमसे ज़्यादा वयस्क होती हैं, वे हमें उलझाती हैं, समझाती हैं, हमारी कल्पना शक्ति की परीक्षा लेती हैं। कई बार हम किताबों से ज़्यादा वयस्क होते हैं, हम किताब को एक बार पढ़कर पटक देते हैं जैसे कोई पहेली झट से हल हो गई हो।

महापुरुषों की आत्मकथाओं, जीवनियों ने मेरा जीना हराम कर रखा था। ये मुझे अनिवार्य पाठ्यक्रम की तरह पढ़ाई गईं। पापा दफ्तर से आकर सवाल पूछते और अगर कोई तथ्य मैं भूल जाती तो वह अध्याय मुझे दुबारा पढ़ने की सजा मिलती। मेरा मन होता ये मोटी-मोटी किताबें मैं जाकर मूला-मूठा नदियों में फेंक आऊँ।

आज यह सोचकर शर्म आती है कि जो भी गतिविधि मुझे शिक्षा और परिष्कार देने के लिए रखी जाती थी, मुझे कितनी नागवार गुजरती थी। स्कूल अच्छा लगता था, वहाँ मैं सफल विद्यार्थियों में शुमार थी लेकिन कक्षा में प्रथम एक और लड़की आती। उसका नाम आदर्श जैन था। हर विषय के क्लास टेस्ट में वह प्रथम स्थान पाती। एकदम गुपचुप, सुन्दर-सौम्य मुखाकृतिवाली आदर्श बताती कि वह शाम सात बजे सो जाती है और अगली सुबह सात बजे उठती है। मेरे लिए यह ताज्जुब का सवाल था कि वह पढ़ती किस वक्त है। मेरे लिए तो शाम सात बजे पढ़ाई शुरू करने का समय था जब आलेपाक की आवाज सड़क से सुनाई पड़ने लगे। हमारे घर में जागने और सोने का समय रेडियो से निर्धारित होता था। जब रेडियो कहता, 'रात के ग्यारह बजे हैं, हमारी तीसरी और आखिरी सभा समाप्त होती है, जयहिन्द।' तब रेडियो बन्द कर हम लोग सोने जाते और सुबह जब सिग्नेचर ट्यून रेडियो पर सुनाई पड़ती, मैं नींद में भी समझ जाती कि पापा जग गए हैं, ममी सुबह की पहली चाय बना रही हैं और खुदा सही सलामत है।

स्कूल घर से काफी दूर था। लेकिन मैं, कान्ता चोपड़ा और उसकी बहन मिलन पैदल ही स्कूल जाते। बातों में दूरी का पता ही न चलता। रास्ते में मेरी प्रिय टीचर मिसेज खान का घर पड़ता। हम उनके घर जाते। गुडमार्निंग, गुडमार्निंग होता। मैं पूछती, "मिस कोई सामान ले जाना है आज?" मिसेज खान लड़कियों के होमवर्क की कॉपियों की गड्डी और पानी का थर्मस मुझे पकड़ा देतीं। हम तीनों लड़कियों में यह सामान उठाने की होड़ लग जाती। बाद में मिसेज खान अपने पति की मोटरबाइक पर बैठकर स्कूल पहुँचतीं। हिन्दबाला खान गुजराती ब्राह्मण थी, उनके पति पठान थे और एस्सो कम्पनी में काम करते थे। उन दोनों

का प्रेम विवाह हुआ था और हम छात्राओं के लिए उनका जोड़ा पृथ्वीराज-संयोगिता, रोमियो-जूलियट और सोहनी महीवाल से उन्नीस नहीं था।

लेकिन कितनी अजीब बात है कि जिस दिलेरी के लिए मुझे मिसेज खान पसन्द थीं वही दिलेरी मैं अपनी दीदी में बर्दाश्त नहीं कर पाती थी। वह मुझे विश्वास में लेना चाहती, "नरेन्द्र की एयरफोर्स ऑफिसर की ट्रेनिंग खत्म होते ही हम दोनों भाग जाएँगे और शादी करेंगे।" मैं दीदी को, डंडा पटक सिपाही की तरह डपट देती, "तुम चाहती हो पापा-ममी जहर खा लें। तुम उन्हें धोखा दोगी?"

दीदी कनपटी के पास उँगली घुमाते हुए कहती, "तू तो क्रैक है। जब तेरा लव अफेयर होगा न तब पूछूँगी।"

मैं जीभ निकाल देती।

हम दोनों में कई-कई दिनों का अनबोला हो जाता। दीदी से मिली इस तरह की जानकारियों से मेरी यन्त्रणा बढ़ जाती। ये बातें ममी-पापा को बताने से उसे मार पड़ती और न बताने से मेरा भार बढ़ता। मैं अज्ञता और विज्ञता दोनों से बचकर रहना चाहती। मैं जानबूझकर अपने को स्कूली और गैर स्कूली किताबों में झोंक देती। कभी कान्ता के साथ बन्द रोड पर घूमने निकल जाती। इस सड़क के दूसरे छोर पर एक निहायत सुन्दर मकान जापानी शैली में बना था जिसका नाम था शांग्रिला। गुलाबी रंग के इस स्वप्निल घर को निहारकर मन की उदासी हलकी होती।

एक शाम हँसमुख भाई के यहाँ गई तो वे दर्द से कराह रहे थे। उनके कन्धे में बेहद दर्द था। कान्ताबेन भरूच गई हुई थीं, बा और बप्पा के पास। मैंने उनके कहने पर, दवाइयों के शेल्फ से ढूँढकर विन्टोजिन दर्दनाशक क्रीम उनके कन्धे पर लगा दी। उसकी तीखी गन्ध जरूर मेरे हाथों में बस गई होगी। घर पर आई तो ममी ने तुरन्त तहकीकात की "यह विन्टोजिन की बू कहाँ से आ रही है।" मैंने बता दिया। ममी ने मुँह बनाया, "हँसमुख भाई के दर्द है तो यहाँ आ जाते। हम गर्म पानी की थैली से सिकाई कर देते। लड़की से विन्टोजिन लगवाने का क्या मतलब।"

पापा के दफ्तर से लौटते ही ममी ने मेरी शिकायत की। पापा ने बात समझते ही ममी को डाँट लगाई, "क्या हो गया जो उसने दवाई लगा दी। तकलीफ में कोई लड़की-लड़का नहीं देखा जाता। फिर यह तो मेरा लड़का ही है।" मैं निर्भय हो गई। एक फिजूल-सा अपराधबोध ममी मेरे अन्दर डाल रही थीं, उससे मैं मुक्त हुई।

ममी ने अपना आरोप हलका करते हुए कहा, ''नहीं जी, मैं तो यह कह रही थी कि यह सारा दिन आस-पड़ोस के कामों में दौड़ती फिरती है। कभी पद्मनाभन को सब्जी लाकर देती है, कभी मीरा को साइकिल चलाना सिखाती है, लोग क्या कहते होंगे।''

''सब इसकी तारीफ करते हैं।'' पापा ने कहा और मुझे उबार लिया। पापा मुझे घर की तुच्छताओं से इसी तरह बचा लेते थे। वे मुझे समझाते यह बड़ा अच्छा मौका है, महाराष्ट्र में हो, मराठी सीखो। मराठी साहित्य के बड़े लेखकों को पढ़ो। ना.सि.फड़के, वि.स. खांडेकर, साने गुरुजी, पु.ल. देशपांडे, इरावती कर्वे की रचनाओं के अनुवाद पूना में ही पढ़ने को मिले। पु.ल. देशपांडे के नाटक स्टेज पर भी देखे। पूना में रंगकर्म की समृद्ध परम्परा थी। हम लोग टिकट लेकर हॉल में जाते। हॉल खचाखच भरा रहता। कई नाटकों के फिल्म की तरह दिन में तीन-तीन प्रदर्शन होते।

एक और बात विस्मय से भर देती थी। किसी भी नगर का त्योहार मनाने का अपना ढब होता है। पूना में त्योहारों पर उमंग तो थी पर दिखावा नहीं था। कुछ त्योहार कृषि से सम्बन्धित थे। अगस्त के महीने में एक ऐसा त्योहार आता था, पोला। इस दिन बैलों की पूजा की जाती और बैलगाड़ियों की दौड़ स्पर्धा होती। बिलकुल मदर इंडिया जैसा दृश्य उपस्थित हो जाता। रंग-बिरंगे सींगोंवाले बैलों के ऊपर चटख रंग के कपड़े डले होते। जब वे दौड़ते तो लगता बैल नहीं रंग दौड़ रहे हैं। सभी किसान अपने बैलों के सींग अलग-अलग रंगों में रँगते। बैलों के गले में मोटे मनकों की माला होती। एक सींग लाल तो दूसरा पीला। एक नीला तो दूसरा सफेद। बैलों के सींग बड़े भव्य होते, ऊँचे और मुड़े हुए जैसे कोई शस्त्र। कई बार हम पूना के आस-पास के इलाकों में घूमने जाते। दूर से रंगों की छटा देखने भर से पता चल जाता कि गन्नों से लदी बैलगाड़ी आ रही है। गन्ने को महाराष्ट्र में ऊस कहते हैं। वहाँ गन्ने और अंगूर की बहुतायत है। मुझे लगता कितनी विचित्र बात है, एक ही मिट्टी से खट्टा और मीठा एक साथ उपज जाता है। मिट्टी का मतलब केवल ऊर्जा है।

यह नजारा मालेगाँव जाते हुए जरूर दिखता। वहाँ अंगूर के फार्म थे। अंगूर की बेल को आसरा देने के लिए, किसान एक ही ऊँचाई की छड़ी लगा देते। दूर से खेत बेहद कलात्मक लगते। सड़क के दोनों ओर अंगूर की दुकानें सजी होतीं। काले और हरे रंग के अंगूरों के झुमके दुकानों में रस्सी के सहारे लटके दिखते। दूर से तो ये सुन्दर लगते ही, पास से इन्हें हाथ में लेने का मन होता। मैं कहती, ''पापा, ये अंगूर तो इतने सुन्दर हैं, खाने की जगह इन्हें पहन

लो, कानों में टॉप्स की तरह, अँगूठी में नगीने की तरह, माला में पेंडेंट की तरह।''

ममी कहतीं, ''यह तो पागल है'' और अंगूर का एक गुच्छा खरीद लेतीं। हडपसर और मालेगाँव में गन्ना पेराई की मिलें लगी थीं। दोनों रास्तों पर ऊस से लदी बैलगाड़ियाँ खड़ी अपनी बारी का इन्तज़ार करती रहतीं। हडपसर वह जगह थी जहाँ नाना फड़नवीस ने सबसे पहले गन्ने की खेती इसलिए करवाई थी कि उनके हाथी भूखे न रहें। मालेगाँव के रास्ते में फूलों के भी फार्म थे। एक तरफ शेवन्ती के पीले फूलों की भरमार थी तो दूसरी तरफ रजनीगन्धा के सफेद फूलों की। रजनीगन्धा को वहाँ के लोग 'गुलछड़ी' कहते। वाकई रजनीगन्धा की डंडी एकदम छड़ी जैसी सीधी, पतली और ऊर्ध्वमुखी थी, फुनगी पर धवल सुवासित फूलों का छोटा-सा गुच्छा। जब भी कभी मैं रजनीगन्धा के फूल देखती हूँ, मेरी आँखों के अलबम में गुलछड़ी का वह फार्म आ जाता है किसी तस्वीर की तरह। इन पचास वर्षों में यह तस्वीर न धुँधली हुई है न मैली। सच ही है लड़कपन में समय चील सा उड़ता है। यह तो बाद में ही होता है कि समय कभी कील-सा कसकता है। समय चमगादड़-सा फड़फड़ाता है, भीगी, उदास यादों के भार से, समय तीर-सा चीरता है काल को। ऊर्ध्वगामी, पार्श्वगामी, पृष्ठगामी। समय कोई आलपिन तो नहीं, जिसे कागज में चुभो कर बाँध लिया जाए। आधी सदी बाद भी। कुर्सी पर बैठे-बैठे हम उड़ते हैं समय के संग-संग।

पढ़ाई, लिखाई और कविताई : इन्दौर

अभी तो मैं मराठी भाषा और उसकी शब्द सम्पदा के प्रति सचेत ही हुई थी। सड़क पर चलते 'लोनी, तूप, चक्का' जैसे नामपट्ट दुकानों पर पढ़ने का कौतुक बना हुआ था जो अपने अनुवाद 'मक्खन, तेल और चक्का' से ज़्यादा जीवन्त था। फिल्मों और नाटकों के नाम पढ़ते-पढ़ते मराठी के संग आत्मीयता पैदा होती गई थी। 'श्याम ची आई', 'एकच प्याला', सुन्दर मी हो नार', तुझा साठी तुझा पाशी' ये सब शीर्षक जादू जगाते थे। पूना में मराठी के दो-तीन सौ शब्द हमारे शब्दकोश में जुड़े और भोजन में दस-बीस व्यंजन। वहाँ खाई पूरनपोली का अनोखा मीठा स्वाद, भाकरवाड़ी का चटपटापन और लहसुन चटनी की तीखी तरंग अच्छी लगने लगी थी। कि लो आ गया फरमान तबादले का। पता चला इन्दौर जाना होगा पापा को। लेकिन तबादला केवल पापा का नहीं हम सब का होता। आजकल अगर के.जी. में भी बच्चा पढ़ता है तो पिता के तबादले पर उसका स्कूल नहीं बदला जाता। बच्चे की पढ़ाई की दुहाई देकर या तो तबादला रुकवाया जाता है अन्यथा बच्चे की माँ उसके स्कूल की खातिर वहीं रह लेती है। बच्चे की पढ़ाई में नवयौवना माएँ अधेड़ हो जाती हैं पर बच्चे का स्कूल और शहर नहीं बदलतीं।

हमारी शल्यक्रिया बार-बार होती। इधर पापा का तबादला, उधर हमारा बस्ता गोल। पापा के बिना ममी एक दिन भी नहीं रहेंगी। हमारा क्या है, सखी-सहेलियों को भुलाने में दो-चार दिन तकिए और रूमाल गीले करेंगे, फ्रेंच की जगह संस्कृत पढ़ लेंगे, बन्द गार्डन की जगह नौलखा में घूम लेंगे पर ममी-पापा का हंसों का जोड़ा अलग नहीं होगा।

विदा, विदा, विदा। बन्द गार्डन—विदा! वाडिया कॉलेज—विदा! ताड़ीवाला रोड—विदा! हँसमुख भाई—विदा! लौटकर आना अब कब होगा, किसे पता! हम तो हैं सरकारी बंजारे। कहीं और जाकर रुकेंगे अपनी रेल के पहिए। कहीं और का पानी पिएँगे। कहीं और की हवा में साँस लेंगे अब। दिल की चोटें

किसी को नहीं दिखानी हैं। वहाँ जाकर यही कहना है—'अरे! हम तो आपके ही शहर के हैं!'

पूना छोड़ते वक्त मैंने छल-छल आँखें कसमें खाईं 'लिखूँगी, लम्बी-लम्बी चिट्ठियाँ लिखूँगी तुम्हें, मुझे भूल न जाना।' कान्ता चोपड़ा, सरला वलेचा, दौलत पटेल ने हौसला दिलाया—'हम भी लिखेंगी, पता देती जाओ।'

हँसमुख भाई ने घर से ही विदा दी—"मीमी, मैंने इन्तज़ार किया पर तुम बड़ी ही नहीं हुईं। यू मस्ट ग्रो अप नाउ।"

कान्ता बेन बाहर फाटक तक आईं—"मेरा भाई पहले ही डेढ़ भाखरी खाता था, आज तो अर्धा ही खाएगा। अच्छा मीमी, आऊजो।" (फिर आना)

अपना पिट्ठू पीठ पर लाद पहुँच गए क्या नए शहर! नहीं। पहले घर में मध्य प्रदेश और इन्दौर का नक्शा आया, रेल टिकट बाद में। समझाया गया—देखो, ज़्यादा फर्क नहीं है पूना और इन्दौर में। यहाँ शनिवारवाड़ा है तो वहाँ राजवाड़ा। यहाँ यरवडा जेल है तो वहाँ जेल रोड। और तो और यहाँ काँदा पोहा है तो वहाँ मटर पोहा। यानी ज़्यादा फर्क नहीं।

बहुत फर्क है। जानलेवा फर्क।

इस सोलह साल की उम्र से पूछो तो बहुत फर्क है। कहाँ यह माचिस की डिब्बी में बन्द करने लायक नन्हा-मुन्ना पूना, कहाँ वह आदिवासियों का इलाका जहाँ सीधी कोई रेलगाड़ी तक नहीं जाती। खंडवा या रतलाम से गाड़ी बदलनी पड़ती। पूना की सड़कों और बाजारों में हजार सपने, सौन्दर्य और सम्भावनाएँ सजी नज़र आती थीं। कहाँ मिलेगा वाडिया कॉलेज का वह उन्मुक्त उल्लास। कोई पूछे, अगले शहर पार्सल किए जाने से पहले बच्चों के सपनों की बाँधाजूड़ी कैसे होती है।

किसी ने सालगिरह पर फोटोफ्रेम दिया था। माँ कहती हैं फेंको इसे। कितनी मुश्किल से वे नौ गेंदें और पचास गिट्टे इकट्ठे किए थे। माँ झींकती हैं—"कबाड़ा इकट्ठा करने की बड़ी बुरी आदत है तुझे। तेरा टीनटपारा कहाँ रखूँ?"

दीदी के घुँघरू, लहँगे, आधा जोड़ी चप्पलें, यहाँ तक कि फिल्मी गानों की कापियाँ भी अलग पेटी में रख ली गई हैं। मैं बिल्ली की तरह अपनी चीजें छुपाती फिर रही हूँ कभी दीदी की पेटी में, कभी पापा के बक्से में।

जो भी हो, शहर बदलने पर एक अच्छी बात यह होती है कि हम वही होते हुए भी नए हो जाते हैं। हमारे लत्ते, लतीफे और लंतरानियाँ नई हो जाती हैं। हम ऐसे हो जाते हैं जैसे दीये में नई बत्ती डाल दी गई हो या तेल टपका दिया हो। उसी घिसे-पिटे समस्याग्रस्त जीवन का मुकाबला हम नए नगर में नए सिरे से करते

हैं। हमारी उत्कंठा और विस्मय हमें वापस मिल जाते हैं। हम अपने जीवन के बल्ब को कपड़े से पोंछकर जैसे वापस लगाते हैं तो वह थोड़ी और तेज रोशनी देने लगता है। नए शहर के पेड़ कुछ ज़्यादा हरे, सड़कें कुछ ज़्यादा चौड़ी और गलियाँ कुछ ज़्यादा दिलचस्प नज़र आती हैं। शहर की भाषा यदि अलग हुई तो हर एक शब्द नई साक्षरता का सुख देता चलता है। उच्चारण अलग हो तो भी नए सिरे से समझना पड़ता है।

इन्दौर की भाषा तो हिन्दी ही थी पर वहाँ मालवा के शब्द प्रयोग नितान्त विलक्षण और विशिष्ट थे। उनकी कुछ-कुछ छटा अभी भी 'जनसत्ता' में प्रभाष जोशी के साप्ताहिक लेखों में मिल जाती है। जैसे—'उन्होंने' की जगह 'उनने', 'हम' की जगह 'अपन' और 'हमारे' की जगह 'अपने'। इन्दौर में पोहे को पोआ कहते हैं और सुबह को सुबे। वहाँ कई शब्दों का उच्चारण अनोखापन लिए हुए है। यह बात हिन्दी और अंग्रेजी दोनों भाषाओं के मौखिक प्रयोग पर लागू होती है। लेकिन वहाँ के लोगों को एक-दूसरे की बात समझने में कतई दिक्कत नहीं होती। एक कहता है 'शरद जोशी तो राहुल बारपुते का बड़ा पेट था' अर्थात् पैट था, प्रिय था। दूसरा कहता है, 'मैच शुरू होने से पहले थोड़े स्नेक्स हो जाएँ' यानी मैच से पहले स्नैक्स हो जाएँ, नाश्ता हो जाए।'

हम तो परदेसी थे सो परदेसी जैसी कॉलोनी में हमें अपना पहला बसेरा मिला– मनोरमागंज। उन दिनों मनोरमागंज के जिस अहाते में हमें षटकोण टैरेस का वह लाल मकान मिला वहाँ सब ऐसे ही बाशिन्दे थे जो कहीं और से आए थे। दरअसल यह डॉक्टरों की कॉलोनी थी और डॉक्टर कुछ इस अन्दाज में वहाँ थे गोया वे आकर भी अभी आए नहीं हैं। कोई रायपुर मेडिकल कॉलेज की तारीफ करता तो कोई भोपाल मेडिकल कॉलेज की। ऐसा लगता जैसे इन्दौर मेडिकल कॉलेज सबसे फिसड्डी है।

यह सच नहीं था। इन्दौर का महात्मा गांधी मेडिकल कॉलेज बहुत प्रतिष्ठित संस्थान था और उससे सम्बद्ध सातमंजिला शानदार महाराजा यशवन्तराव अस्पताल था जिसे सब लोग एम.वाय. कहते थे। एक-से-एक प्रसिद्ध डॉक्टर इन्दौर में थे जिन्होंने यश और धन दोनों कमाए थे। लेकिन इन्दौर आकर अपने को फँसा हुआ अनुभव करने के पीछे एक कारण था। मध्य प्रदेश की राजधानी, 1956 में भोपाल स्थानान्तरित हो जाने से इन्दौर का महत्त्व काफी कम हो गया था। सभी बड़े कार्यालय इन्दौर से हटाकर भोपाल पहुँचा दिए गए थे। जो बचे थे वे भी सहमी साँसें ले रहे थे। पता नहीं कब तबादले का फरमान आ जाय या समूचा कार्यालय ही भोपाल भेज दिया जाय। इन्दौर-भोपाल कहने को जुड़वाँ नाम

की तरह बोले जाते पर इन्दौर के मन में भोपाल के लिए काफी शिकवा था। इन्दौर को अपने इतिहास व भूगोल पर गर्व रहा था।

जानकार लोगों ने हमें पहले ही हफ्ते बता-जता दिया कि इन्दौर कोई मामूली शहर नहीं है। मैंने इन तथ्यों को इसलिए भी ग्रहण किया क्योंकि इन्दौर की स्थापना में मराठा सत्ता की ऐतिहासिक भूमिका थी। जिस शहर के विकास के पीछे साढ़े तीन हजार साल लगे हों वह विलक्षण तो होना ही था। होलकरों का इन्दौर में वर्चस्व रहा। उन्होंने इसे आधुनिक, शैक्षिक और वाणिज्यिक बनाया। पूना और इन्दौर के बीच इतिहास का सेतु यह था कि इन्दौर में बसने से पूर्व होलकर वंश पूना से 40 मील दूर फल्टन परगने में नीरा नदी के किनारे बसे हुए होलगाँव में निवास करने लगा। इन्दौर के संस्थापक मल्हार राव होलकर का जन्म इसी होलगाँव में हुआ। यह वंश मल्हार राव से पहले अपना उपनाम 'वीरकर' रखता था किन्तु मल्हार राव ने अपने गाँव के नाम पर अपना उपनाम होलकर रखा। मल्हार राव ने अपनी सैनिक वीरता और व्यावहारिक सूझबूझ से जो 20 परगने इनाम में पाए उनमें इन्दौर भी था। उन्होंने इन्दौर को नगर की तरह विकसित करने के प्रयत्न किए जैसे अच्छे कारीगरों को इन्दौर में लाकर बसाना, नगर के विस्तार को मुहल्लों में विभाजित करना तथा राजवाड़ा का निर्माण करना। उन्होंने इन्द्रेश्वर मन्दिर की स्थापना में भी सहयोग दिया जिसके नाम की तर्ज पर इन्दौर नगर का नामकरण हुआ। उनके बाद उनकी पुत्रवधू देवी अहिल्याबाई होलकर ने उनके अधूरे कार्य सँभाले। किन्तु निकटवर्ती सिन्धिया घराने और होलकर घराने की आपसी दुश्मनी में इन्दौर नगर को भारी नुकसान उठाना पड़ा। फिर भी इन्दौर को होलकरों ने अपनी स्थायी राजधानी बनाया हुआ था। अंग्रेजों ने भी इन्दौर को उसी रूप में रखा। इसलिए आजादी के सौ साल बाद मध्य प्रदेश की राजधानी बदल दिए जाने से इन्दौरवासी हक्केबक्के रह गए। उनकी आँखों के सामने शहर खाली होने लगा। हर कार्यालय को जैसे पहिए लग गए। सरक-सरक कर सभी महत्त्वपूर्ण विभाग भोपाल पहुँच गए।

इन्दौर के मूल निवासी अपनी साइकिलें आड़ी-तिरछी खड़ी कर चौराहों पर चर्चा करते—'इनका बस चले तो मालवा हाउस का टिकट कटाकर रातों-रात इसे भोपाल भेज दें। इसकी हरियाली को श्यामला हिल्स की धूल धक्कड़ चटा दें।' मालवा हाउस में इन्दौर का रेडियो स्टेशन था।

भोपाल में समस्त सरकारी कार्यालयों का डेरा श्यामला हिल्स था। इन्दौरवाले भोपाल का जिक्र कुछ ऐसे करते—क्या रखा है भोपाल में, टेढ़ामेढ़ा, ऊँचा नीचा। पहाड़ी पर बसा ऐसा शहर जहाँ आदमी सीधी सड़क को तरस

जाए। जर्दे और पान की पीक का शहर। नाम भी तो देखो, भोपले (कद्दू) जैसा बौड़म। हर पानवाला वहाँ शायर है। चार सौ साल पहले के किसी शायर के शेर चुराकर अपने को उस्ताद समझता है।

अपने शहर के आँसू पोंछने का यह एक ढंग था। इससे इन्दौर में एक क्षेत्रीयता भी पैदा होने लगी थी, एक नागरिक अभिमान—'हम तो ऐसे ही हैं।' इन्दौर के किसी छात्र में जरा-सी भी मौलिकता नज़र आती, इन्दौर उसे आसमान पर चढ़ा लेता। लेकिन भोपाल का कोई छात्र विशिष्ट योग्यता सूची में स्थान पाता तो इन्दौर मुँह बिचका देता।

मनोरमागंज में हमारे मकान के ठीक बगलवाले मकान में डॉ. एस.एस. गुप्ता का परिवार रहता था। हमें कभी न पता चलता कि डॉ. गुप्ता बाबू गुलाबराय के बड़े बेटे हैं अगर एक दिन अकस्मात पापा की नज़र बाबू गुलाबराय पर न पड़ी होती। उन दिनों वे बेटे के पास आए हुए थे। पापा उन्हें प्रणाम कर, उनके पास बैठ, इतने आह्लादित हुए कि इन्दौर भी उनके लिए आगरा-मथुरा बन गया। बाबूजी की तबीयत तब कुछ अच्छी नहीं थी और ज़्यादा समय वे अपने तख्त पर मसनद के सहारे बैठकर लिखने-पढ़ने का काम किया करते। जब वे लिखते-लिखते थक जाते तो अपनी पुत्रवधू दुलारी को पुकारते। दुलारी आंटी के ऊपर अपने तीन छोटे बच्चे विवेक, वीथी और वन्दिता को सम्हालने का पर्याप्त भार था पर वे हाथ का काम छोड़ बाबू जी के पास आतीं। दोपहर का काफी हिस्सा वे बाबूजी से डिक्टेशन लेने में बितातीं। वे बाबूजी की बहुत चिन्ता करतीं। शाम को कभी हमारे घर आतीं तो बातों के बीच उठ खड़ी होतीं—"मैं चलती हूँ, बाबूजी को खाना दे दूँ नहीं तो वे सो जाएँगे।" सिर्फ एक बार उन्होंने हँसते-हँसते शिकायत की—"लिखते-लिखते मेरे हाथ दुख जाते हैं पर बाबूजी का इतिहास खत्म नहीं होता। कल तो नींद में पेन ही छूट गया हाथ से। फिर बाबूजी बोले, 'जाओ बेटी, सो जाओ थोड़ी देर'।" हिन्दी साहित्य से मेरा परिचय इसी तरह हुआ। अब बाबू गुलाबराय के दर्शन कर लिए, चलो उनके निबन्ध पढ़ो। पापा के मुख से उनके संस्मरण सुनो। जितनी देर पापा अपने आगरा प्रवास के प्रसंग सुनाते, उनके गुरुओं को जानना सुखकर लगता लेकिन जैसे ही वे 'साहित्य और समाज' या 'हिन्दी काव्य विमर्श' जैसा लम्बा, उबाऊ लेख निकालकर पढ़ने को देते मेरा दिन बरबाद हो जाता। मैं तभी तय कर लेती हिन्दी साहित्य के लद्धड़ हिस्सों से दूर रहना है।

हमारे मकान के निचले हिस्से में डॉ. धीर रहते थे। उनके दो छोटे भाई थे। एक इंजीनियरिंग कॉलेज का छात्र था और दूसरा एयरफोर्स में पायलट। पायलट

भाई रामधीर की मृत्यु हवाई दुर्घटना में हो गई। उनकी माँ और बहन का रोते-रोते बुरा हाल हो गया लेकिन मुझे यह देखकर बड़ा धक्का लगा कि कालोनी के लोग सिर्फ इस बात पर चर्चा करते रहे कि इस परिवार को कितना मुआवजा मिलेगा। आनेवाले दिनों में लोग जैसे धीर परिवार की ज्यूरी बन गए। उनके घर में रेडियो बजता तो लोग कहते 'भाई के मरने का जरा दर्द नहीं है इन्हें, गाने सुने जा रहे हैं।' उनके घर के सदस्यों को अच्छे कपड़े पहनते देखकर कहते 'बेचारा राम मरकर भी अमीर कर गया इन्हें।' उस परिवार में एक सहज गाम्भीर्य और गरिमा थी। वे वर्षों रामधीर के वियोग की आँच में सुलगते रहे पर उन्होंने छाती पीट हाहाकार नहीं किया। मुझे तब हैरानी हुई कि लोग किसी के दुर्भाग्य से भी ईर्ष्या कर सकते हैं।

बहुत जल्द हमें सरकारी मकान आवंटित हो गया। राजधानी न रहने से इन्दौर में बहुत अच्छे मकान भी खाली पड़े थे। वहाँ छोटे-छोटे परिवारों को बड़े-बड़े बँगले दिए जा रहे थे। रेजिडेंसी क्षेत्र में हमें जो बँगला मिला वह महल की तरह विस्तृत और विशाल था।

अंग्रेज जा चुके थे पर रेजिडेंसी की सुन्दरता और स्वच्छता उनकी आत्माओं के जिम्मे थी। रेजिडेंसी की सड़कें साफ-सुथरी और सुनसान थीं।

इस बँगले की अवस्थिति आदर्श थी। मालवा हाउस से सीधी एक सड़क। दाएँ बाएँ हरी घास के मैदान। फिर चौराहा। चौराहे की एक तरफ सेंट रैफेल स्कूल। दूसरी तरफ का रास्ता आगे चलकर एम.वाय. अस्पताल, एम.जी. मेडिकल कॉलेज। फिर बाएँ सीधे ग्वालटोला और कोने से मुड़कर नसिया रोड। हमारे बँगले के फाटक से अन्दर का पथ मेहँदी की बाड़ से घिरा था। बाड़ की छँटाई न होने की वजह से वह बाड़ की जगह कबाड़ लगती थी। अन्तर्पथ खत्म होते ही बड़ा-सा गोल कच्चा अहाता जहाँ के बेतरतीब पेड़-पौधे पार कर बँगला शुरू होता; कुछ-कुछ धर्मवीर भारती के 'गुनाहों का देवता' उपन्यास के पम्मी और बर्टी के रोजविला जैसा। लम्बा-सा बरामदा, ऊँचे-ऊँचे विक्टोरियन आकार-प्रकार के दरवाज़े। अन्दर इतने बड़े हॉल कि मैं उनमें आराम से साइकिल चला लूँ। मैंने गिने, बँगले में कुल जमा 35 दरवाज़े थे, उससे ड्योढ़ी खिड़कियाँ, चार रसोईघर—एक में खड़े से खाना पकानेवाला चूल्हा, एक में बैठकर पकाने की अँगीठी। दो में पड़हरियाँ इस तरह से बनीं और सिंक ऐसे कोण पर लगा कि उन्हें रसोईघर ही समझा जाता। बरामदे के दो छोर पर दो छोटे स्वतन्त्र कमरे जैसे दो प्रहरी। बँगले में चूने की ताजा पुताई करवा दी गई थी पर फर्श की सीमेंट खुरदुरी और खूसट।

इस बदरंग ढाँचे को घर बनाने में माता-पिता जी जान से जुट गए। पापा ने एक कमरे में जमीन पर चौड़ी-सी बिछात कर अपना अध्ययन कक्ष बना डाला। आलमारी में किताबें लगा लीं और एक ट्रंक पर कपड़ा ढँककर लिखने का डेस्क भी निर्मित कर लिया। ममी ने रसोई की पड़छी पर बर्तन सजाए। उन्होंने आउट हाउस के निवासियों से बातचीत की। कई महत्त्वपूर्ण जानकारियों से लैस वे बाकायदा मेमसाब की भूमिका में आ गईं। आउट हाउस से उन्हें महरी और धोबन मिल गई। वहाँ एक ड्राइवर भी रह रहा था जो पिछले साहब और उनकी गाड़ी का लगातार गुणगान कर रहा था। हमारे पास न तो कार थी न ऐसा कोई पराक्रम कि ड्राइवर को उसके कमरे से हिला सकें। महरी की छोटी लड़की बूलो हमारे यहाँ दौड़भागवाले कामों के लिए रख ली गई।

दरअसल यह बँगला इतना बड़ा होते हुए भी पूरे का अर्धांश था। इसका आधा हिस्सा एक अन्य सरकारी अधिकारी माथुर साहब के नाम था जो अपने एक ईसाई सहकर्मी के साथ उसमें रहते थे। दोनों बँगलों के बीच में खपच्चियों का एक छोटा-सा, नीचा, दरवाजा था। माथुर साहब अविवाहित थे। उनके दोस्त का नाम जाने क्या था पर उसे सब मि. लाल कहते थे। उसकी तीन बहनें गर्मी की छुट्टियों में दिल्ली से आतीं और भाई के घर में दो-ढाई महीने रह जातीं। सबसे छोटी बहन मीना लाल सबसे आकर्षक थी। माथुर साहब उसे दिल दे बैठे। मि. लाल उदारमना थे। उन्हें माथुर पसन्द भी था। बहनों के आने के दिन माथुर लॉन में जोर से गाते—"शी'ल बी वेयरिंग पिंक पिजामाज वैन शी कम्स, वैन शी कम्स, यिप्पी आइ आइ आइ यिप्पी आई।" (वह गुलाबी सलवार पहनकर आएगी, जब आएगी, जब आएगी।)

दो साल बाद यह प्यार परिणय की पदोन्नति पा गया पर मीना लाल की माँ और बहनें इस रिश्ते से खफा हुईं। मीना लाल ने ईसाई धर्म छोड़कर हिन्दू धर्म अपना लिया। उसने कहा हिन्दू धर्म कहीं ज़्यादा उदार, उदात्त और गतिशील है। बहरहाल मीना और माथुर बेहद प्रसन्न प्रेमी बने रहे।

हमारे घर से थोड़ा दाईं तरफ की सड़क पर, एक और अहाते में श्री प्रभाग चन्द्र शर्मा रहते थे। प्रभाग जी आकाशवाणी में प्रोड्यूसर के पद पर नियुक्त थे। वे बड़े खुशमिजाज आदमी थे। प्रेम से बात करते, मुँह में हरदम पान भरे रहते और बात-बात में ठहाका लगाकर अपने थोड़े से बाहर झाँकते दाँतों का प्रदर्शन कर देते।

उन्हें पापा के काफी व्यंग्यबाणों का सामना करना पड़ता क्योंकि पापा की निगाह में आकाशवाणी की संस्कृति में प्रोड्यूसर योजना ऐपेंडिक्स की तरह अनावश्यक तथा अनुपयोगी थी।

पापा कहते—"प्रोड्यूसरों का क्या है। मुँह में पान दबाकर पाजामा-कुर्ता फरफराते दोपहर 12 बजे तक आकाशवाणी स्टूडियो में नमूदार होते हैं। याद करो बुखारी के जमाने का अनुशासन और ये तेली तमोली। रेडियो का सारा माहौल बिगाड़ दिया इन्होंने। ये क्या जाने फेड इन फेड आउट। संगीत के प्रोड्यूसर को पता नहीं यमन और जयजयवन्ती राग में क्या फर्क होता है, उससे पूछो धैवत सुर कहाँ लगता है, बोलती बन्द हो जाएगी। ड्रामे के प्रोड्यूसर को पता नहीं साउंड इफैक्ट क्या होता है? शान से तनखा ले रहे हैं। सारा काम कौन कर रहा है, एस.डी., ए.एस.डी. और पैक्स (केन्द्र निदेशक, सहायक केन्द्र निदेशक और कार्यक्रम अधिशासी।)

सड़क जहाँ मुड़ती थी वहीं कर्तार सिंह दुग्गल का बँगला था। वे इन्दौर आकाशवाणी में सहायक केन्द्र निदेशक थे। उनकी पत्नी आयशा दुग्गल डॉक्टर थीं। दुग्गल जी मित्रवत् व्यवहार में यकीन करते और अक्सर अपनी रचनाओं में खोए रहते। वे पंजाबी में लिखते थे पर उनकी बहुत-सी रचनाएँ हिन्दी में इस कदर छपती रहतीं कि उन्हें लोग हिन्दी का लेखक समझ बैठते। कभी-कभार उनका कोई पाठक अगर आकाशवाणी आकर उनसे मिलने की इच्छा प्रकट करता, पहले उसे रमेश बक्षी से मुखातिब होना पड़ता। दुग्गल साहब ने यह व्यवस्था की तो अपनी सहूलियत के लिए होगी, लेकिन रमेश बक्षी स्वयं भी लेखक, ऊपर से रेडियो के आलेख लेखक—उन्हें लेखक होकर लेखक की मातहती का दर्द सताता। वे आगन्तुक को समझाते—"जिसे आप हिन्दी का लेखक समझ रहे हैं उसे तो यह भी नहीं पता कि दुग्गल के 'द' में छोटे उ की मात्रा लगती है या बड़े ऊ की।"

रमेश बक्षी की प्रयोगधर्मिता उस समय परवान चढ़ी हुई थी। आए दिन उनकी कहानियाँ 'कहानी', 'नई कहानियाँ' और 'धर्मयुग' में छपती थीं। शहर की गोष्ठियों में वे अपनी पूरी हिमाकत और शरारत के साथ मौजूद रहते। वे हमारे ही कॉलेज क्रिश्चियन कॉलेज में एम.ए. हिन्दी के विद्यार्थी थे। उनकी ऊर्जा का उफान ऐसा था कि वे एक बैठक में कहानी लिख डालते और आधी बैठक में नाटक का आलेख। पापा कहते—"बक्षी में वह प्रतिभा है कि आप घास पर, गोबर पर, किसी विषय पर उससे लिखवा लो वह खड़े-खड़े लिख देगा।"

रमेश बक्षी की चर्चा एक और वजह से भी होती रहती। उसने जैनेन्द्र कुमार की खिलाफत का झंडा बुलन्द कर रखा था। जैनेन्द्रजी की कहानियों के अनिश्चयवाद, क्षणवाद और ओढ़ी हुई दार्शनिकता का बक्षी कटुतम आलोचक था। उसका तेवर लोगों को पसन्द आता लेकिन समझदार लोगों को जैनेन्द्र

साहित्य का महत्त्व पता था। फिर जिस गम्भीरता और शालीनता से जैनेन्द्रजी अपने ऊपर लगे आरोपों का प्रतिकार करते, वह स्वयं में साहित्य विवाद का एक अनुपम उदाहरण था। वे हर आरोप का एक दार्शनिक उत्तर दे डालते जो प्रत्युत्तर के स्थान पर प्रतिप्रश्न होता। न उनके चेहरे पर क्रोध दिखाई देता न आवेश।

हमारे ही कॉलेज में थे चन्द्रकान्त देवताले। हमसे दो क्लास आगे, चार साल बड़े। उन दिनों भी वे कम बोलते, उनकी बड़ी-बड़ी आँखें ज़्यादा बोलतीं। हरदम विस्मय से भरी देवताले की आँखें। तब भी वे कविता लिखा करते थे। पिकनिक पर, कवि गोष्ठी में उनकी कविता सुनने को मिलती। एक अचरज होता, अरे! इतना गुम लड़का भी प्रेम कविताएँ लिखता है। उनकी एक कविता लड़कियाँ बार-बार सुनना चाहती–'चाँदनी के फूल'। उसकी कुछ पंक्तियाँ थीं–'जरा तुम पास आओ/और आओ/गन्ध से बिखरे तुम्हारे केश में/खोंस दूँ ये चाँदनी के फूल'। इसी कविता में कहीं एक पंक्ति और थी–'दर्द को चम्पा सुँघा दें'। हर लड़की को लगता यह कविता उसी के लिए लिखी गई है। उनके लटपट उच्चारण से उनकी कविताओं का अर्थ-सामर्थ्य व सौन्दर्य और उभरकर सामने आता। एक दिन उन्होंने बड़े सहज ढंग से बताया–"मैं और कमल यादव शादी करने जा रहे हैं।" उन्होंने कमल से परिचय करवाया। अच्छा लगा। देवताले बाद में बेहद सिद्ध, प्रसिद्ध हुए, और भी अच्छा लगा।

इन्दौर की मिट्टी काफी उपजाऊ थी। उसमें भी क्रिश्चियन कॉलेज में तो साहित्य का कुछ ज़्यादा ही परिवेश था। सरोज कुमार इसी कॉलेज के धुआँधार डिबेटर और परमप्रिय कवि थे। खचाखच भरे सभागार में वे मुशायरा लूटना जानते थे। वे भी देवताले के सहपाठी थे यानी ये सब दीदी के साथ के छात्र थे। पर दीदी कॉलेज कब जाती थी। वह तो कैलेंडर के पन्ने पलटती, डाकिए का इन्तज़ार करती और नाटकों में अभिनय करती। कभी-कभी नृत्य के कार्यक्रम में सम्मिलित होती। हफ्ते में एकाध बार कॉलेज जाकर किसी-न-किसी मेधावी सहपाठी के सहयोग से अपनी पढ़ाई अद्यतन करवा लेती।

एक बार लायब्रेरी के बाहर दीदी ने सरोज कुमार से मैथिलीशरण गुप्त की एक पंक्ति का अर्थ पूछा–'खेला गई सो तो गई, बेला रही सो जो रही,' मैं साथ खड़ी थी। मैंने झट से खेला, बेला और जो का अर्थ बता दिया। सरोज कुमार ने 'यशोधरा' बन्द करते हुए कहा–"आप इन्हीं से पढ़ लिया कीजिए।"

वैसे सरोज की दिलचस्पी लड़कियों से मैत्री करने की बजाय उन्हें उपदेश देने में ज़्यादा थी। कॉलेज की तरफ से हम दोनों की टीम मध्य प्रदेश के समस्त कॉलेजों में डिबेट के लिए भेजी जाती। हम हर बार शील्ड जीतकर लाते। साथ

में व्यक्तिगत कप या किताब। लेकिन सरोज हर बार टोकते—"आप यह दीपक और बाती, सागर और सीपी जैसे पिटे हुए बिम्ब, अपनी स्पीच में क्यों डालती हैं। गनीमत है शील्ड हाथ से नहीं गई।" ऐसा आज तक नहीं हुआ कि सरोज ने मेरे भाषण की सराहना की हो हालाँकि शील्ड दोनों के प्रयत्नों से जीती जाती। सरोज कुमार का स्वभाव अभी भी वही है। कुछ वर्ष पूर्व एक कथा सम्मेलन में इन्दौर जाना हुआ। शायद टैगोर रोड पर विश्वविद्यालय के प्रशासनिक भवन के सभागार में गोष्ठी थी। सभागार में इन्दौर के नए-पुराने साथी थे। कई तो मेरे समकालीन। रवि ने मुझसे कहा—"अपने दोस्तों से बात नहीं करोगी?" चाय के अन्तराल पर मैं बड़ी उमंग से बाहर आई। जैसे ही मैं चाय का प्याला थाम, सरोज कुमार की तरफ बढ़ी मैंने देखा, वे हिन्दी की सबसे सुन्दर लेखिका से बातों में मशगूल हैं। बातचीत का अन्दाज वही था, लेखिका सहमति में सिर हिला रही थी और सरोज गम्भीर मुद्रा में उपदेश दे रहे थे।

वेद प्रताप वैदिक और विनय लाखे भी वाद-विवाद प्रतियोगिताओं में खूब हिस्सा लेते। दोनों मेरे कनिष्ठ थे फिर भी कभी-कभी उनके साथ टीम बन जाती। वैदिक जरा मगरूर थे पर विनय लाखे अपने नाम को सार्थक करते।

जब भी किसी शहर के भूगोल में अपने इतिहास के पृष्ठ पलटे, हमेशा अपनी बेवकूफियाँ याद आईं। ऐसा नहीं हो सकता कि मैं कभी एक भी अच्छा काम नहीं कर पाई। पर यादें हैं कि मेरी बेवकूफियों पर सत्तर एपिसोड का धारावाहिक लिख डालें।

अब इसी डिबेटवाली बात को लें। एक बार कॉलेज की ओर से खादी ग्रामोद्योग विभाग की एक डिबेट में विनय लाखे और मैं बोलने गए। हमेशा की तरह हमारे कॉलेज की जीत हुई। दोनों वक्ताओं को प्रथम पुरस्कार व्यक्तिगत श्रेणी में और शील्ड कॉलेज को देने की घोषणा की गई। यह भी बताया गया कि आचार्य विनोबा भावे के हाथों, अमुक दिन, सम्भवतः 2 अक्टूबर को पारितोषिक प्रदान किए जाएँगे।

1959-60 में देश में गांधी, खादी और आचार्य भावे, तीनों मात्र तीन शब्द नहीं, तीन आदर्श थे। आचार्य विनोबा भावे के आगमन की तिथि पर नगर में हलचल होनी स्वाभाविक थी। टाउन हॉल में समारोह आयोजित था। हमारे कॉलेज को बाकायदा निमन्त्रण पत्र के साथ विशेष पत्र प्राप्त हुआ कि प्रतियोगिता में विजयी विद्यार्थियों को भेजकर पारितोषिक ग्रहण कर लिए जाएँ। ठीक उसी दिन हमारे कॉलेज के वार्षिक समारोह का समापन सत्र था। उसमें छात्र संगठन का अध्यक्ष भाषण देता और अन्त में सभी उपस्थित छात्रों को लड्डू बाँटे जाते।

विद्यार्थियों द्वारा आयोजित कार्यक्रमों में समय का पालन कोई कठोरता से नहीं होता था। प्राचार्य, लंगर साहब भी इन तीन दिन अपना अंकुश हटा लेते।

मैं हमेशा की तरह विद्यार्थियों की भीड़ में फँसकर व्याख्यान सुन रही थी। विनय लाखे ने एक नहीं, तीन-चार बार मेरे करीब आकर याद दिलाया—"बहुत देर हो रही है, चलिए।"

मैंने हर बार उसे रोक दिया—"पहले लड्डू खा लें, फिर चलेंगे।" मैं सीनियर विद्यार्थी थी। विनय लाखे रोब में आ गया अथवा लिहाज में चुप लगा गया, पता नहीं चला।

कॉलेज की हलचल, भाषण, लड्डू सब का रस लेने के बाद हम दोनों अपनी साइकिलें दौड़ाते टाउन हॉल पहुँचे। वहाँ सभी स्थानीय अखबारों के संवाददाता, रेडियो के प्रसारण प्रभारी और मित्र-परिचित हॉल से बाहर निकल रहे थे। पापा, जो कभी मेरे किसी कार्यक्रम में आना ज़रूरी नहीं समझते थे, पता नहीं कैसे टाउन हॉल पहुँचे हुए थे। कार्यक्रम खत्म हो चुका था और पापा सबसे कह रहे थे—"पता नहीं ममता क्यों नहीं आई?"

उस दिन मुझसे ज़्यादा मलाल पापा को रहा। वे बार-बार कहते—"कॉलेज की गैदरिंग के लिए तूने इतने महान व्यक्ति को नगण्य समझा। मैं क्या कहूँ, तूने अब तक क्या सीखा?"

पता नहीं विनय ने या मैंने स्वयं पापा को विलम्ब का कारण भी बता दिया।

शाम तक यह दुर्घटना, प्रहसन में परिवर्तित हो गई। घर के लोगों को बाकायदा अभिनय कर बताया गया कि जिस समय तीन बार ममता अग्रवाल का नाम टाउन हॉल में पुकारा गया कि वह आकर विनोबा भावे के हाथों से पुरस्कार और शील्ड प्राप्त करे, ममता कॉलेज में दो लड्डुओं के लिए धक्कामुक्की कर रही थी।

पुरस्कार जीतने की खुशी हवा हो गई लेकिन कोई नसीहत भी न ले सकी। आज भी मैं लेट केट हूँ। समय प्रबन्धन जीवन का सबसे कमजोर पक्ष है। संकट के ऐसे तमाम अवसरों पर रोना और भगवान साथ-साथ याद आते हैं।

इन्दौर क्रिश्चियन कॉलेज के वार्षिक समारोह में एक दिन अखिल भारतीय कवि सम्मेलन जरूर आयोजित होता। मैंने पहली बार बच्चनजी, भवानी प्रसाद मिश्र, शिवमंगल सिंह 'सुमन', रमानाथ अवस्थी, देवराज दिनेश और बाबा नागार्जुन को उसी मंच से सुना। भवानी भाई जिस नाटकीय अन्दाज में 'गीत फरोश' कविता सुनाते, बीच में पॉज देकर संवाद सरीखी पंक्तियाँ बोल जाते, मन पर अद्भुत प्रभाव पड़ता। 'जी हाँ हुजूर मैं गीत बेचता हूँ, मैं किसिम-किसिम के

गीत बेचता हूँ' एक ही बार सुनने पर पूरी याद हो जाती। कुछ लड़कियाँ अपनी कॉपी में कविता उतारने की होड़ करती। एक कवि सम्मेलन से समूची कॉपी भर जाती। भवानी भाई के लिए सारे छात्र कुर्सियों पर खड़े होकर ताली बजाते।

एक बार बच्चन जी के साथ हमारे कॉलेज के लड़कों की खटपट हो गई। बच्चनजी कवि सम्मेलन में अपने नवीन काव्य संग्रह 'बुद्ध और नाचघर' की कविताएँ सुनाना चाहते थे। विद्यार्थी 'मधुशाला' सुनने को आतुर थे। बच्चनजी ने अपना घुँघराले बालों वाला सिर हिलाते हुए कहा—"जिस तरह से आप लोग मधुशाला के लिए दीवाने रहते हैं, उससे तो मुझे लगता है कि मधुशाला के बाद मैं सिर्फ घास खोदता रहा हूँ।" विद्यार्थी समवेत चिल्लाए—"सही है, सही है।" यह तो एक वाकया था। वैसे इन्दौर में और खासकर हमारे कॉलेज में कवियों का बहुत आदर-सत्कार होता। कॉलेज में कवि सम्मेलन के दिन दाल बाफला और बासुन्दी की दावत रखी जाती। सभी कविगण एक साथ बैठते और हम लड़कियाँ उन्हें गरम-गरम बाफले परोसकर खिलातीं।

तब तक गोपाल दास 'नीरज' अपनी यादगार कविता 'कारवाँ गुजर गया, गुबार देखते रहे' लिखकर प्रसिद्धि पा चुके थे। कहा जाता था कि उन्हें कवि सम्मेलन में बुलाना खेल नहीं है। जितना रुपया आप सारे कवियों को मिलाकर देंगे, उतना अकेले नीरज ले लेते हैं। हम 'धर्मयुग' में नीरज की फोटो भी देख चुके थे। एक बार पता चला होल्कर कॉलेज के कवि सम्मेलन में नीरज आ रहे हैं। वे उतरती नवम्बर के दिन थे जब दिन गरम और रातें ठंडी होने लगती हैं। कवि सम्मेलन हमेशा अपने घोषित समय से एक-डेढ़ घंटे देर में शुरू होते थे।

उन दिनों कवि सम्मेलन इन्दौर की संस्कृति में इस तरह शामिल था कि कवि सम्मेलन के लिए स्पेशल बसें चलाई जातीं। बहरहाल हम तो साइकिलवाले थे।

मेरी पक्की सहेली संध्या भाटिया होल्कर कॉलेज में पढ़ती थी, बाद में वहीं पढ़ाने भी लगी। हमने इरादा किया कि कवि सम्मेलन में जाकर नीरज को जरूर सुनना है। कई दिन पहले से तैयारियाँ शुरू की गईं। संध्या ने कहा, उसके पास एक स्वेटर है जिस पर मोती टँगे हैं, वह वही पहनेगी। उसके मेल की साड़ी आजकल में लेनी है। मैंने भी घर में जिद की। संध्या नए कपड़े पहनेगी तो मैं क्या पुराने कपड़ों में जाऊँगी। मैंने अपने पीले स्वेटर पर मोती लगा लिए। माँ ने समझाया, साइकिल चलाने में सलवार-कमीज ज़्यादा ठीक रहती है, वही पहनो। नहीं मानी उनकी बात। पापा बोले—"दस बजे के बाद वहाँ बिलकुल न रुकना और अकेली मत लौटना, दो-चार साथियों को लेकर चलना।"

यह तो मुझे सूझा ही नहीं कि कहूँ दिग्गज कवि तो बाद में कविता सुनाते हैं, दस बजे मैं कैसे आ सकती हूँ। संध्या के पास भी 10 बजे तक की अनुमति थी हालाँकि वह मुझसे डेढ़ साल बड़ी थी। रास्ते भर हम कविताओं की पंक्तियों पर बहस करती रहीं।

होल्कर कॉलेज भी पुणे के डैक्कन कॉलेज की तरह लाल रंग का भवन था लेकिन डैक्कन कॉलेज से कहीं ज़्यादा विशाल और भव्य। उसका परिसर बहुत बड़ा था। परिसर के अन्दर बड़ा-सा पंडाल लगाया गया था जो हमारे पहुँचने तक दो तिहाई भर चुका था।

जैसा हमें डर था वैसा ही वहाँ हुआ। आठ बजे कवि सम्मेलन शुरू हुआ। कुछ स्थानीय और क्षेत्रीय कवियों ने अपनी रचनाएँ सुनाईं। एक-एक कर सब हूट किए गए। मंच पर मसनद के सहारे नीरजजी विराजमान थे। सारी जनता केवल नीरजजी को सुनना चाहती थी। कवि सम्मेलन के संचालक के सम्मुख बेढब समस्या थी कि तुरुप के इस पत्ते को अभी खेल दे कि बाद के लिए सँभालकर रखे। रात की हवा में खुनकी आती जा रही थी। वयस्क सदस्यों के साथ आए छोटे बच्चे नींद में लुढ़कने लगे थे। कवि सम्मेलन में अभी रंग आया ही न था। मेरे पास घड़ी नहीं थी पर संध्या बार-बार घड़ी देखकर घबरा रही थी—''हायरे नौ बज गए, अभी तक नीरजजी की कविता नहीं हुई, क्या करें।'' अपनी घबराहट जब तक खुसफुस बाँटकर हमने मंच की तरफ देखा तो पाया नीरज तो मंच पर हैं ही नहीं। कहाँ गए, कब गए, यही सोचते हुए हमने कहा—''नीरजजी ने हमें तो गुबार ही बना दिया।'' उस समय शायद चन्द्रसेन विराट कविता पढ़ रहे थे और वह उस दिन की पहली जमाऊ कविता थी। चन्द्रसेन विराट हमारे ही कॉलेज से पढ़ने के बाद किसी अच्छी नौकरी में थे और उन दिनों अपनी एक कविता वे बड़ी खूबसूरती से सुनाते थे—'शरद की यह झिलमिलाती रात। गोरा चाँद पहली बार उगा।' वे उगा को ऊगा कहकर काफिया पूरा करते। इसमें आगे पंक्तियाँ थीं 'निज वक्ष पर रख दो तुम्हारा माथ। भोला चाँद पहली बार उगा।' अन्तिम पंक्ति लोग उनके साथ ही बोलना शुरू कर देते।

यकायक संध्या को युक्ति सूझी। उसने पंडाल में मौजूद एक छात्र को पता लगाने भेजा कि नीरजजी हैं या चले गए। अगले ही मिनट छात्र खबर लाया कि नीरजजी पीछे के क्लास रूम में विश्राम कर रहे हैं।

संध्या बोली—''ऐसा करते हैं पीछे चलकर नीरजजी से मिलकर आटोग्राफ ले लेते हैं और उनसे कहेंगे कि 'कारवाँ गुजर गया' की एक पंक्ति भी साथ में लिख दें। इस तरह उन्हें न सुन सकने का मलाल भी कम हो जाएगा।''

मुझे भी योजना बढ़िया लगी।

पीछे की तरफ कई कक्षाएँ बनी थीं जिनके बीचोबीच चौकोर अहाता था। एक कक्षा में बीमार-सा बल्ब जल रहा था जिसकी वजह से बाकी के कमरे और भी मनहूस लग रहे थे। अहाता तो एकदम मरघट नज़र आ रहा था।

मैं सोच रही थी, जीवन और प्रकाश से शून्य इस जगह में नीरजजी को आखिर क्या आराम मिल रहा होगा।

खैर हम दोनों उस कमरे की ओर गईं। नीरज एक कुर्सी पर बैठकर दूसरी कुर्सी पर पैर फैलाए हुए थे। सामने डेस्क पर एक बाटिल रखी थी जिसमें सुनहरा द्रव भरा था। पानी की बोतल भी नज़र आ रही थी।

उस तरफ बढ़ी तो हम धीरे-धीरे थीं, पर पलटकर चलीं, झपटकर। कवि भी उस समय उम्मीद नहीं कर रहे थे कि कोई वहाँ आ पहुँचेगा। उन्होंने लटपट चाल हमें लौटते देखा तो सँभलकर बैठे—"आओ-आओ।" उन्होंने कहा। हमें आश्वस्त करने को उन्होंने पुष्टि की—"मैं ही नीरज हूँ, तुम लोग मुझसे मिलने आई हो न!"

उनकी कौन सुनता। हमने तो बाहर आकर ऐसे साँसें लीं जैसे प्रलय से बच कर आई हों। हम दोनों के परिवारों में वातावरण इतना शुद्ध था कि सिगरेट, शराब या मांसाहार शब्द का उच्चारण भी हो जाए तो कुल्ला कर लेते थे। फिर ताजातरीन फिल्मों का भी हम दोनों पर बेहद असर था जिनमें नायिका की इज्जत लूटने से पहले खलनायक गटागट दारू पीते हुए दिखता था।

इन्दौर में दो साहित्यकार अनुपस्थित रहकर भी उपस्थित रहते थे। जिन दिनों ये नवीन अभियानों, आयोजनों, नियुक्तियों पर निकले होते, इन्दौरिए उनके किस्से सुना-सुनाकर अपना मन बहला लेते। ये थे शिवमंगल सिंह 'सुमन' और हरिकृष्ण प्रेमी। दोनों के परिवार इन्दौर में थे लेकिन ये दोनों भारत के किसी भी कोने में पाए जा सकते थे। हिमालय की गोद में से लेकर जालन्धर आकाशवाणी तक। सुमनजी की खासियत थी कि वे अपने एक वाक्य से कई पीढ़ियों के फासले नाप लेते। जैसे रेल में यदि आपके डिब्बे में सुमनजी यात्रा कर रहे हैं तो कवि सम्मेलन तो होना ही होना है। न वे सोएँ न दूसरों को सोने दें। आँखों पर पड़ते अपने बालों को एक झटके से पीछे फेंकते सुमनजी जब तक अगली पंक्ति पर आते, उनके नटखट बाल फिर आँखों पर आ जाते। लोग अपनी सीट से उठ-उठकर आते और सुमन जी के आगे मजमा जमता जाता। बीच-बीच में वे दूसरों को भी अवसर देते कि वे स्वरचित कुछ सुनाएँ। एक बार यात्री उनकी कविताओं के सम्मोहन में ऐसे बँधे कि बीच रास्ते उनके साथ जबलपुर पर उतर गए।

प्रेमीजी का परिवार इन्दौर के साजन नगर में किराए का मकान लेकर रहता था। उनकी दोनों लड़कियाँ आशा, उषा मेरी ही कक्षा में पढ़ती थीं। प्रेमीजी के दो लड़के थे। सब बच्चे अपने नाम के आगे विजयवर्गीय लिखा करते। प्रेमीजी की पत्नी उस जमाने की प्रबला नारी थी। उनका अनुशासन मानने के लिए प्रेमीजी तो उपलब्ध नहीं थे, वे बच्चों पर हुक्म चलातीं। शायद इसीलिए उनकी दोनों लड़कियों में बागी तेवर थे। आशा, उषा देखने में जितनी सुन्दर, सहज और संतुलित थीं, बात करने में उतनी ही अक्खड़ और बिन्दास। बहुत जल्द आशा की दोस्ती एक दौलतमन्द लड़के से हो गई जो हमारे कॉलेज का ही विद्यार्थी था। हम सबको यह बड़े कौतुक की बात लगती कि दोस्ती तो एक की थी किन्तु आहें दोनों भरतीं। लड़का जैन धर्म का अनुयायी था। दोनों समस्त जैन पर्वों का नियम से पालन करतीं। प्रदोष व्रत रखतीं और क्षमायावणी दिवस पर इष्ट मित्रों से बाकायदा हाथ जोड़कर जाने-अनजाने कृत्यों की क्षमा माँगती। आशा, उषा अपना जीवन एक धुन, एक लगन, एक राग में रमकर ऐसे जी रही थीं कि लगता इनके लिए वर्तमान कुछ नहीं है। वे हम लोगों की ओर निमीलित दृष्टि से देखतीं, हम कुछ कहते, वे कुछ सुनतीं, क्लास में सब सर की तरफ देखकर लेक्चर सुनते, आशा, उषा दरवाज़े की तरफ देखती रहतीं। सही अर्थों में वे लड़कियाँ कलाकार थीं। उन्होंने प्रेम को सम्बन्ध की जगह संगीत बना डाला। वे प्रेम का इकतारा गले में डाल निकल जातीं किसी ऐसे कोने में बैठने जहाँ कोई उन्हें टोके नहीं।

उनके मित्र में इतना साहस नहीं था। कॉलेज में वह उनसे बात करने से कतराता। यह पता लगाना भी मुश्किल था कि लड़कियों पर असर उसके शब्दों का था अथवा मौन का! दरअसल यह हमारे इन्दौर का खास ढंग था प्यार-मुहब्बत का। आजकल की तरह खट से प्यार नहीं हो जाता था। पहले कोई अच्छा लगा, चलो, अच्छा लगने लगा। उसकी तेजी, त्वरा, तेजस्विता, तेवर और तिश्नगी सब अच्छी लगने लगी। एक-दो सैशन बस इस देखा-देखी में निकल गए। पिकनिक के मौके पर पीप्ल्यापाला टैंक पर दोनों के बीच दो-एक मुक्तकों का आदान-प्रदान हुआ। आँखों की गहराई में थोड़ी-सी ताकाझाँकी हुई और तृप्त हो गए। बादलों के खटोले पर रात में भर नींद सोए। सपने सुहाने देखे। सोशल गैदरिंग में उसको मुखातिब कोई फड़कती हुई कविता सुनाई। चुनाव लड़ा, हीरो बने।

लड़का-लड़की, किसी को महामिलन की जल्दी नहीं। डेटिंग तक न होती। बस इस अच्छा लगने के भाव को अपनी अन्दरवाली जेब में सँभालकर रख लिया जाता। एकान्त में इसके सपने लेकर इसे और खूबसूरत बनाया जाता। उन दिनों

न मोबाइल फोन था न एस.एम.एस. लेकिन दिल-से-दिल का इंटरकॉम हर समय काम करता।

इस शहर का प्रेम करने का ढब भी बेढब था। यहाँ प्रज्वलित करनेवाला प्यार नहीं था। यहाँ ताउम्र तपाए रखनेवाला रुहानी लगाव था। ज़रूरी नहीं जिससे लगाव है उससे विवाह हो जाए। कई बार तो लफ़्ज़ों में कहने की नौबत ही नहीं आती थी कि ईलू। यों ही दो, चार, पाँच साल मद्धम आग में जलते-जलते खिसक जाते। लड़का-लड़की के घर की सड़कों पर से कभी दाएँ से गुजर जाता कभी बाएँ से। सीधे उसके घर के फाटक में दाखिल न होता। लड़का लड़की को देखने की खातिर घंटों कॉलेज के साइकिल स्टैंड पर बिता देता। वहाँ उस जैसे कई मरीज होते। पर कोई किसी-से साफ-साफ कुछ न कहता। बीत जाते दिन, महीने, साल। रहता कुछ उड़ा-उड़ा-सा हाल। बेतरतीब बाल, मायूस चाल।

तुझे देखने की खातिर वह सुबह से रात करना
कभी इससे बात करना, कभी उससे बात करना।

बड़ी लड़कैंया उमर में वार करता था इश्क। आज भी इन्दौर में जिस किसी से पूछकर देखें तो पता चलेगा विवाह की अवधि पच्चीस बरस, प्रेम की अवधि चालीस बरस। इन चालीस बरसों में एक बार भी कभी उसके प्रेम ने मुँह नहीं खोला होगा, बस गीले, सुलगे उपले की तरह धुँधुआता रहा होगा उसके मन-प्राण में। इसका न आदि है न अन्त। इस अनादि अनन्त अनुराग का अनाम और अज्ञेय रह जाना ही नियति है।

यह मैं राजा बेटे और रानी बिटियावाला प्यार बता रही हूँ जो पल्लू बचाकर किया जाता है। किसी एक के पिता का तबादला हुआ नहीं कि बरसों की तपिश पर सरकारी पानी फिर जाता। लड़का वार्षिकोत्सव में रोनी सूरत से गाना गा देता—'आँसू भरी हैं ये जीवन की राहें। कोई उनसे कह दे हमें भूल जाएँ'। यों तो उन दिनों मुगले आजम का गाना 'प्यार किया तो डरना क्या' बहुत लोकप्रिय था पर लड़की गुसलखाने में गुनगुना लेती—'तुम्हारी दुनिया से जा रहे हैं, उठो हमारा सलाम ले लो'। रतलाम तक आते-आते आखरी रुखसती हो जाती, आँसू पोंछ लिए जाते और दोनों मन-ही-मन सोचते, हमने कौन-सी जाहिर मुहब्बत की थी, अच्छा है दिल टूटने की आवाज नहीं हुआ करती।

शायद मैं गलत कह रही हूँ। हर शहर की तरह इन्दौर में भी दो तरह की मुहब्बतें थीं, एक निडर, दूसरी डरपोक। शरद जोशी और इरफाना सिद्दीकी ने निडर मुहब्बत की। उन दिनों यह प्रसिद्ध था कि इरफाना अपने घर के रोशनदान से कूदकर भाग निकली। सड़क पर शरद जोशी खड़े थे। उन दोनों का विवाह

राहुल बारपुते और शरद की बहन शारदा जोशी के नेतृत्व में हुआ। मुझे याद है दुबली-पतली इरफाना ने हमारे कॉलेज में बी.ए. में प्रवेश लिया था। वह बड़ी-सी गोल बिन्दी लगाती और सीधे पल्ले की साड़ी पहनकर हमें बताती—"आज मैंने ससुराली स्टाइल से साड़ी पहनी है।" इरफाना के साथ मैंने कई नाटकों में काम किया। इसी तरह का एक और प्रेमी युगल था—तेजस्विनी तावरे और मिस्टर सेन। दोनों हमारे कॉलेज में थे, तेजस्विनी बी.ए. में, मिस्टर सेन एम.ए. में। उन्हें कभी किसी ने खुलकर बात करते, घुलते-मिलते नहीं देखा। तेजस्विनी बड़े बाप की बेटी थी। कार से कॉलेज आती। कार से वापस जाती। बीच के तीन घंटों में चार कक्षाओं में उपस्थित रहती। जाने कैसे कौन से तार जुड़े कि एक दिन दोनों का पता न चला। उसके पिता अपने चार कारिन्दे लेकर प्रिंसिपल लंगर को धमकाने आए। पर दोनों विद्यार्थी वयस्क थे। पिता या प्रिंसिपल कुछ नहीं कर सके और तेजस्विनी तावरे तेजस्विनी सेन बन गई।

इसी शहर में लड़कियों की एक तीसरी किस्म भी सिर उठाने लगी थी। ये लड़कियाँ घर से दूर अकेली रहकर नौकरी कर रही थीं। इन्हें शादी की हड़बड़ी नहीं थी और विवादों से डरती नहीं थीं। उन दिनों लीक से हटकर जीवन जीनेवाली ये लड़कियाँ आकाशवाणी से सम्बद्ध थीं। आकाशवाणी सूचना, ज्ञानवर्द्धन, मनोरंजन का साधन होने के साथ-साथ स्वतन्त्र जीवन शैली का भी माध्यम था। रणजीत अहलूवालिया, हमीदा इब्राहिम और आरती सेन आकाशवाणी से सम्बद्ध थीं। ये नाटकों में अभिनय करतीं, कार्यक्रमों का संचालन करतीं और वक्त जरूरत उद्घोषणा भी कर लेतीं। तीनों तेवरवाली युवतियाँ थीं। चर्चा-अपचर्चा को वे एक हलकी-सी मुस्कान से अनदेखा कर जातीं।

हमारे इन्दौर में आकाशवाणी केवल आधुनिकता का नहीं वरन् शिक्षा और संस्कृति का भी केन्द्र था। उन दिनों कॉलेजों को कार्यक्रम करने के लिए आमन्त्रित किया जाता था। विद्यार्थी स्वयं नाटक लिखते, अभिनय करते और उसका सजीव प्रस्तुतीकरण किया जाता। कभी-कभी क्विज प्रोग्राम, सभी कॉलेजों को बुलाकर किया जाता। इन्दौर के तत्कालीन कमिश्नर युधिष्ठिर भार्गव प्रश्नोत्तरी का संचालन करते। हम विद्यार्थियों में इस कार्यक्रम के लिए अपार उमंग होती। इतना तो स्पष्ट था कि इन्दौर ऐसा नगर था जहाँ साहित्य, संस्कृति, शिक्षा की ललक के बिना किसी को सनद नहीं थी। उन दिनों वही उच्चाधिकारी लोगों की स्मृति में बने रहते जिनकी इनमें से किसी एक क्षेत्र में सुविज्ञता होती। आर.पी. नायक, युधिष्ठिर भार्गव, देवी सहाय इसी प्रकार के व्यक्ति थे। तब न कभी प्रशासनिक सेवाओं में भ्रष्टाचार के किस्से सुनने में आते न मैच फिक्सिंग के।

हमारे शहर में कर्नल सी.के. नायडू का बँगला था। वे और उनका परिवार एक बड़े-से बँगले में रहता था। बिलकुल साहबोंवाली शान-शौकत थी उस बँगले की। बड़ा-सा, हरियाला लॉन, पोर्च में बेंत की चमचमाती चार कुर्सियाँ, गैरेज में मोटर कार और कायदे से रखे हुए फूलों के गमले। उनका लड़का प्रकाश नायडू तब क्षेत्रीय मैचों में खेलने लगा था। उनकी लड़की चन्द्रा नायडू हमारे कॉलेज में इंग्लिश पढ़ाती थीं और महिला क्रिकेट मैच में विजेता रहतीं। दोनों बच्चे कर्नल नायडू की तरह दुबले-पतले, लम्बे और साँवले, सुन्दर थे। चन्द्रा जी ने हम दोनों बहनों को कई बार अपने यहाँ बैठाकर स्नेह-सत्कार किया। वे हमसे पढ़ाई की बात करतीं, हम उनसे क्रिकेट के किस्से सुनना चाहते। उनकी बैठक में, काँच की पेटी में मढ़ा हुआ एक मॉडल रखा रहता जो तार का बना हुआ था। उसमें एक लम्बा-सा घंटाघर बना था। नीचे एक दुबला खिलाड़ी बना था जिसके हाथ में हवा में लहराता क्रिकेट बैट था। मॉडल का सबसे सुन्दर हिस्सा था वह छोटी-सी गेंद जो घंटाघर की घड़ी को स्पर्श करती प्रतीत होती। मैं बार-बार सुनना चाहती उस कमाल के विषय में जो कर्नल नायडू ने छक्का मारकर किया था। ऐसा कहा जाता था कि बम्बई के जिमखाना मैदान पर कर्नल सी.के. नायडू ने अपने शॉट से रजा भाई टावर का घंटाघर तोड़ दिया था। चन्द्राजी दक्षिण भारतीय रीति-रिवाजों के दमघोटूपन पर चर्चा करतीं जिनके अन्तर्गत महीने में कुछ दिन उन्हें घर की किसी भी वस्तु, स्थल या व्यक्ति को छूना निषिद्ध था। वे लम्बी साँस भरकर कहतीं—''तुम खुशकिस्मत हो कि तुम्हारे माता-पिता दकियानूसी नहीं हैं।''

आज यह याद कर मुझे अपने पर आश्चर्य होता है तब चन्द्राजी की वेदना समझने की बजाय मैं उनके सजे-सजाए घर और सामान को देखकर लगभग ईर्ष्यालु होकर सोचती—'अपनी आजादी का क्या अचार डालें हम, जब घर में कायदे की एक कुर्सी तक नहीं है।' हमारे घर में एकदम कामचलाऊ फर्नीचर था—कुछ हलकी कुर्सियाँ, मूढ़े और मेज—सब बाँस का। तबादला होने पर इन चीजों को ढोने की जरूरत न पड़ती।

पर ऐसी भावना यदाकदा ही आई क्योंकि ज़्यादातर हमारा घूमना अपने जैसे घर-परिवारों में ही होता। अपने घर में यदि हमें रेडियो पर राग पूरिया धनाश्री और बागेश्री सुनने का सुख था तो सहेलियों के घर में बुधवार को बिनाका गीतमाला सुनने की उत्तेजना। रात के आठ बजे अमीन सयानी की बुलन्द आवाज 'बिनाका गीतमाला के दोस्तो' रेडियो सिलोन से उभरती और हममें आपस में होड़ लग जाती यह बूझने में कि आज कौन-सा गाना पहली पायदान पर होगा। गानों के बीच-बीच में कब, कितने कौशल से अमीर सयानी बिनाका टूथपेस्ट और

बिनाका टूथब्रश का गुणगान कर डालते, हमें खटकता ही नहीं। घर पहुँचकर ही यह जाहिर होता जब पापा कहते—"कहाँ थी, क्या कर रही थी?" ममी कहतीं—"राजिन्दर कौर के यहाँ बिनाका गीतमाला सुनी जा रही थी, और क्या कर रही थी?"

पापा कहते—"मैं कहता हूँ, रेडियो सिलोन बन्द हो जाना चाहिए। एक साँस में गाना सुनाकर अगली साँस में मंजन कैसे बेच लेते हैं लोग? रेडियो सिलोन रेडियो संस्कृति का मखौल है।"

हम शर्म से पानी-पानी हो जाते। मैं तय करती, अब से बिनाका गीतमाला नहीं सुननी है। आकाशवाणी इन्दौर से सुगम संगीत के अन्तर्गत नरेन्द्र शर्मा और वीरेन्द्र मिश्र के इतने सुन्दर गीतों का प्रसारण होता था। मैं पढ़ाई में चित्त एकाग्र करने की कोशिश करती पर मन रह-रहकर पड़ोस में चलते रेडियो सिलोन में अटक जाता।

पढ़ना महज कॉलेज में नहीं होता था, सड़क भी बहुत कुछ सिखाती थी। रास्ते में नौलखा बाग था। वहाँ की हरियाली, मौन खड़े पेड़, मैदान का विस्तार और सड़क के मोड़ हर बार नए विस्मय से भर देते। कोई-न-कोई कविता घुमड़ती हुई मन में चली आती। यह वह समय था जब दूसरों की कविता भी अपनी लगती, वह हमारी बात कहती। सड़क किनारे कनेर के पेड़ फूलों से भरे होते कि कौंध जातीं ये पंक्तियाँः

पीले फूल कनेर के
सिन्दूरी बडरी अँखियन से
फूले फूल दुपेर के।

गर्मी की तपती शाम में कभी हवा चल पड़ती तो याद आ जाता एक मीठी-सी कविता का टुकड़ा 'पुरवा जो डोल गई पुरवा जो डोल गई। घटा-घटा आँगन में जूड़े से खोल गई।' इसी कविता में आगे की पंक्ति थी 'ब्याहों की बात टली अगले सहालग तक। बात बहुत छोटी पर बहुतों को बहुत खली।' मेरी स्थिति यह थी कि कविता तो कंठस्थ हो गई, पर सहालग शब्द का अर्थ ही नहीं पता। यह और ऐसे बहुत से शब्द मात्र अनुमान से ही जाने गए।

कई शब्दों पर मन-ही-मन बड़ी माथापच्ची की। जैसे इकबाल का प्रसिद्ध गीत 'सारे जहाँ से अच्छा हिन्दोस्तां हमारा। हम बुलबुलें हैं इसकी यह गुलसितां हमारा'। पता नहीं जब मैंने इस गीत को मंच पर और रेडियो में सुना 'बुलबुलें' शब्द का नुक्ता गायब था अथवा गायकों की पूरी टोली को जुकाम था। मैं बुलबुले और गुलसितां में कोई रिश्ता न बैठा पाती। फिर इकबाल ने कविता में लिखा

है 'गुलिस्तां हमारा' और गायक कहते 'गुलसितां हमारा।' स्कूली किताबों में भी ज़्यादातर बुलबुले छपा रहता था। अब बुलबुले तो एकदम क्षणजीवी होते हैं उन्हें गुलिस्तां की क्या दरकार। बहुत बाद में एक उत्सव में यह देशगान अपने सही रूप में सुना तो गाने में जैसे जान पड़ गई। दुख यह हुआ कि सही शब्द तक आते-आते मुझे बरसों लग गए।

यही हाल सुभद्राकुमारी चौहान की प्रसिद्ध कविता 'बुन्देले हरबोलों के मुख हमने सुनी कहानी थी' की एक पंक्ति के साथ हुआ। स्कूली किताब में पंक्ति छपी थी, 'हुआ युद्ध आसमानों में'। यह किसी भी तरह स्पष्ट नहीं था कि घुड़सवार रानी और अंग्रेज सेना का युद्ध आसमानों में कैसे हुआ। क्या घोड़े उछल-उछलकर लड़े। काफी साल बाद में इस कविता का मूल पाठ 'हुआ युद्ध असमानों में' कहीं देखा तो उस ऐतिहासिक सैन्य युद्ध की समस्त असमानता सामने उपस्थित हो गई।

कैसे दिन थे वे! न गर्मी में धूप सताती न बारिश में पानी। न कभी ठंड लगती न थकान होती। कभी कोई विटामिन की गोली नहीं खाई। कभी नियम से दूध नहीं पिया। बस जीने के नशे में चूर रहे। घर का सबसे अच्छा आगन्तुक डाकिया था। नहीं, वह प्रेमपत्र नहीं लाता। वह सम्पादकों के पत्र लाता और पत्र-पत्रिकाएँ, जिनमें रचनाएँ छपी होतीं। कैसे एक साँस में पढ़ी जातीं पत्रिकाएँ। अभी पिछले अंक में रचना छपी, अगली रचना की माँग आ गई। लहर के सम्पादक प्रकाश जैन लिखा करते थे पोस्टकार्ड। मात्र तीन पंक्तियाँ। साफ-सुथरी लिखावट। 'रचना कब भेज रही हो। इस बार कुछ लम्बी रचना भेजो। नाटक लिखकर देखो।' वे धीरे-से कभी नाटक, कभी कविता, कभी कहानी, मेरी प्रयोगशाला में जोड़ते जाते। मेरे दिन-रात अगली रचना की तैयारी में लग जाते। कॉलेज जा रहे हैं, दिमाग में कविता चल रही है। न सामने आता ताँगा दिखाई दे रहा है न साइनबोर्ड। दैनिक अखबारों के रविवारीय पृष्ठ, लहर के अंक मेरी अभ्यास पुस्तिका बने। लिखने का भी एक क्रमशः होता था। अभी एक रचना पूरी की है कि लो दूसरी आ गई दिमाग में। उन दिनों रचनाएँ मेरे अन्दर अविराम, अहर्निश चला करतीं। जागते में नशे की-सी हालत रहती और सोकर उठने के बाद लगता जाग ही तो रही थी। लगता जीवन जगत की हर चीज मेरे लिए है, चाँद मेरे लिए चमकता है, फूल मेरे लिए खिले हैं, घास मेरे चलने के लिए हरी है और आकाश मेरे स्वागत में नीला है। हर बात इतनी शिद्दत से महसूस होती कि कुँवारा मन बार-बार थर्रा जाता।

इन्दौर की मिट्टी में साहित्य के साथ संगीत का प्रेम भी रचा-बसा हुआ है। जिस भी रसज्ञ ने वहाँ 1959-60 की संगीत सभाओं का मालवा हाउस के लॉन

पर आयोजन व प्रसारण देखा है वह आजन्म अपने अन्दर एक अलौकिक ऊष्मा और ऊर्जा का संचार पाता होगा। कुमार गन्धर्व यों तो देवास में रहते थे, इन्दौरवाले उन पर अपना समान अधिकार मानते। इन्दौर ने कुमार को इतना प्रेम दिया कि उन्होंने यहाँ बार-बार गाया। समूचे मध्य प्रदेश में उनके बारे में यह भ्रम प्रचलित था कि कुमार गन्धर्व एक फेफड़े से गाते हैं। उनका एक फेफड़ा रोगग्रस्त था लेकिन निकाला नहीं गया था। जब वे कलेजे पर हाथ रखकर अभंग का सुर खींचते, उनके भक्तों, प्रशंसकों का कलेजा मुँह को आ जाता। कुमार गन्धर्व को सुनते हुए लोग रो पड़ते, लोग कराहने लगते। कुमार गन्धर्व के स्वर में विराट का अभिनन्दन और लघु का स्पन्दन होता। मध्य प्रदेश ने कुमार को इतना स्नेह-सम्मान दिया कि वे अन्तर्राष्ट्रीय होने पर भी, इन्दौर आकर राष्ट्रीय से स्थानीय और स्थानीय से राष्ट्रीय बनते रहे। उन्हें कोई सम्मान मिलता तो हर मध्य प्रदेशवासी गर्व से फूल जाता। वे देवास में निवास करते। मध्य प्रदेशवालों के लिए देवास उज्जैन की तरह एक पवित्र नाम बन जाता। कुमार गन्धर्व अपनी सगुणा अभंग गायकी से निर्गुण ब्रह्म का अनुसन्धान करते। उनके साथ उनकी पत्नी भानुमती कोमकाली तानपुरे पर संगत करती होतीं। इतना सुन्दर कलाकार जोड़ा इन्दौर ने फिर कभी नहीं देखा। मेडिकल कॉलेज के सभागार में, मालवा हाउस के लॉन पर, उनकी गन्धर्व गायकी आनेवाले कई दिनों तक नगर में गूँजती रहती।

कुमार गन्धर्व से एकदम अलग रंग की होती थीं उस्ताद अमीर खान की संगीत सभाएँ। उस्ताद अमीर खान की गायकी को सुविज्ञ जनों ने 'इन्दौर घराने' का नाम दिया था। वे विशुद्ध क्लासिक गाते। उनकी गायकी गुरु गम्भीर होती। उन्हें 'संगीतज्ञों के संगीतज्ञ' उपाधि से विभूषित किया जाता। इतना तो हमें समझ आता कि हम किसी महान कलाकार को सुन रहे हैं पर उनका स्थायी इतना लम्बा होता कि हम ऊबने लगते। अन्तरा वे खट से पार कर जाते। लेकिन दोनों के बीच का अन्तराल, नाटकीयता का ऐसा क्षण होता जिसमें खूब तालियाँ बजतीं।

'वाह खाँ साहब', 'बहुत खूब उस्ताद' की धूम रहती। उस्ताद अपनी पर्वत जैसी विशाल देह को थोड़ा-सा खम देकर अगले खयाल के बोलों पर ध्यान देने लगते।

इन्दौर में संगीत सभाओं की तैयारियाँ कई हफ्ते पहले शुरू हो जातीं, गणेशोत्सव की तरह। पूरी संगीत सभा का सजीव प्रसारण होता। एक भी सेकेंड का आगापीछा सहन करने का सवाल नहीं था। रेडियो के वक्त से लोग अपनी घड़ी मिलाते और सगर्व कहते—'मेरी घड़ी का वक्त रेडियो से मिला हुआ है।' संगीत सभा के दिन शहर में विक्स की लेमनचूस की बिक्री बढ़ जाती।

आकाशवाणी का नियम था, मंच अथवा श्रोताओं में कोई आवाज न हो। खाँसना, खखारना, पैर हिलाना, उँगलियाँ चटकाना, कुर्सी खिसकाना एकदम वर्जित चेष्टाएँ थीं।

संगीत सभा के दिन पापा सुबह हम सबके गले की जाँच करते।

"बोलो—सा ऽ...ऽ...ऽ...ऽ...।" वे कहते।

जो 'सा' बोलने में जरा भी अटकता या भर्राता उसका शाम को मालवा हाउस जाना एकएम कैंसिल हो जाता।

पापा कहते—"रेडियो में जोर से साँस लेना भी मना है। छोटी-छोटी साँसें लो जिनका आना-जाना खुद अपने को भी पता न चले।"

माँ से वे कहते—"इनी, पर्स में विक्स की गोली रखना। मुन्नी बेबी जरा भी मुसकें तो गोली दे देना। नहीं तो लोग क्या कहेंगे, 'खुद अग्रवाल साहब की फेमिली को रेडियो शिष्टाचार नहीं है। आजकल छोटी-से-छोटी शिकायत पर तबादला कर धारवाड़, विजयवाड़ फेंक दिया जाता है।"

यानी आकाशवाणी में जिसको भी सुनना है, साँस रोककर सुनना है। इस तरह संगीत मेरे अन्दर घटित होता था। मंचस्थ कलाकार आकाश का सितारा नज़र आता और उसकी अदाकारी से वह चमक लहराती कि मैं रोमांचित हो उठती।

जो कलाकार इन्दौर के नहीं थे उन्हें भी इन्दौर के मंच से सुना तो सिर्फ इसलिए क्योंकि तब संगीतज्ञों के लिए इन्दौर संगीत संस्कृति की कुम्भ नगरी था। सिद्धेश्वरी देवी, रसूलनबाई, गंगूबाई हंगल, बेगम अख्तर, शरणरानी माथुर, डागर बन्धु, भीमसेन जोशी सब बारी-बारी से इन्दौर आए। हर एक सिद्ध/प्रसिद्ध की दृश्यावलि आँखों में अभी तक समाई है। बेगम अख्तर जब बोल उठातीं, धीमे से अपनी गर्दन को खम देतीं, उनकी नाक की लौंग और कानों के टॉप्स के हीरों की कनी का लश्कारा सीधे हमारी कुर्सियों तक आता। वे गजल अदायगी में कहीं-न-कहीं आ...ऽ...ऽ...ऽ की पत्ती लगातीं, यह उनका खास अन्दाज था। जब तक वह पत्ती न आती, हम आतुर प्रतीक्षा में बैठे रहते। उनकी वह कीमती सफेद साड़ी, भरी-भरी दानेदार आवाज, वह चौकोर चेहरे पर एक तरफ का होंठ उठाकर दी गई हलकी-सी मुस्कान ऐसा मंजर पेश करती कि हम कई दिन तक बेगम के नशे में नहाए रहते।

एक बार रसूलन बाई का पान का डब्बा ऐन प्रोग्रामवाले दिन गायब हो गया। रसूलनबाई बड़ी परेशान। वे मुँह में पान दबाकर ही ठुमरी दादरा सुनाती थीं। नौबत यह आ गई कि वे बोली—"डब्बा हेराय गया, हम न गाब।" सबके

हाथ-पाँव फूल गए। पनडब्बा ढूँढें तो कहाँ ढूँढें। अन्ततः दफ्तर के चपरासी ढोंढूबुवा ने मंच के तख्त के नीचे से उनका पनडब्बा ढूँढ निकाला। संगीत सभा न होने का संकट टल गया। बनारसी पान की गिलौरी मुँह में दबा रसूलनबाई ने ठुमरी के बोल उठाए 'बैरन भई रतियाँ'। शरणरानी माथुर का नाम शरन रानी लिखा जाता। उन दिनों वे सरोद बजानेवाली एकमात्र विख्यात कलाकार थीं। उनका व्यक्तित्व शान्त, स्निग्ध, सौन्दर्य से भरपूर था। वे तल्लीन होकर अपना वाद्ययन्त्र साधतीं, कुछ ही क्षणों में उनके और सरोद के बीच एक सजीव संवाद स्थापित हो जाता। सरोद के तार उनकी कलाई की जुम्बिश पर बिलकुल मन की बात बोलते, उनके मन की, हमारे मन तक। झाला तक आते-आते, संगीत सभा में समाँ बँध जाता। शरन रानी झाला इतने आवेग से बजातीं कि उनका जूड़ा खुल-खुल जाता। माथे पर पसीने की बूँदें मोती की तरह चमक उठतीं। सभा से जब लोग निकलते, उनके व्यक्तित्व और कला के ऐसे मुरीद हो जाते कि सुननेवाले उन्हें देखते रह जाते और देखनेवाले सुनते रह जाते।

यह थी हमारी संचित सम्पदा जिसका अणु-अणु हमने इन्दौर से पाया। नगरों ने मुझे कितना दिया है जब मैं याद करती हूँ तो लगता है ये सब नगर मेरे गुरु, मेरे शिक्षक रहे हैं। इनके भूगोल और दिनमान में कितना सौन्दर्य, संस्कार और आस्वाद छिपा था, यह तब से ज़्यादा अब महसूस होता है।

आस्वाद की बात उठी तो इन्दौर के कई स्वाद स्मृति में लौट आए। कभी-कभी हम पलासिया जाकर भोला की कचौड़ी खाते। कचौड़ी को इन्दौर में कचोरी कहा जाता। जहाँ ट्रैफिक द्वीप था वहाँ उसका ठेला खड़ा रहता। ठेले पर ही अँगीठी रखकर वह गरमागरम कचोरी बनाता। यह कोई मामूली पकवान्न नहीं था। उसमें उड़द की पिट्ठी की जगह साबुत मूँग की दाल भरी होती। शायद। मिर्चें इतनी कि सभी सी-सी करते हुए भागते मिठाई की दुकान पर। पापा कहते—"मिर्चें घोंट रखी हैं भोला ने।" कभी पता नहीं चल सका कि यह लाल मिर्च का करिश्मा था या हरी मिर्च का। भोला, ग्राहकों के क्रन्दन से एकदम तटस्थ, पूरे मनोयोग से कचोरियों का अगला घान तलने लगता। भोला के हाथ में लोहे का एक तार होता जिसका अगला हिस्सा हुक की तरह मुड़ा हुआ होता। भोला बड़ी तसल्ली से एक-एक कचोरी पलटता और अँगीठी की आँच का सम-विषम परखता।

शहर की तरफ जाना कम होता पर ज़्यादा अच्छा लगता। वहाँ रेजिडेंसी क्षेत्र जैसी वीरानी नहीं थी। वहाँ जीवन हर समय गतिमान रहता। हम सराफा बाजार से आलू के वेफर्ज और चिवड़ा लेकर आते। वहाँ चिवड़े के कई प्रकार उपलब्ध

रहते। उन दिनों प्लास्टिक की थैलियों का प्रचलन नहीं था, न ही नमकीन, फायलवाले पैकेटों में मिलता। सादे कागज के पुड़े में सामान मिलता धागे से बँधा हुआ जिसे घर जाकर सबसे पहले काँच की बरनियों में भरना ज़रूरी होता। वेफर्ज खाते-खाते पढ़ना इतना खुशगवार होता कि कांट और हीगल भी फट से याद हो जाते। इसी तरह रेडियो स्टेशन के रास्ते में सड़क किनारे एक औरत मूँग की दाल के मुँगौड़े बेचती। उसमें पड़े साबुत धनिए और हरी मिर्च का स्वाद अलग-अलग बोलता। दरअसल यह मसालों से ज़्यादा मस्ती का जायका था जो इन्दौर की अपनी पहचान थी। सामान्य-सी चीज को भी इन्दौरवासी असामान्य विन्यास दे देते, जैसे—पापड़ अगर खाने में प्रस्तुत करते तो महज पापड़ की तरह नहीं वरन् व्यंजन की तरह, उसके ऊपर टमाटर, प्याज, खीरा, हरी मिर्च, हरा धनिया और चाट मसाला सजाकर। आगे चलकर तो इन्दौर के नमकीन ब्रांड बनकर बिकने लगे और मशहूर हुए। आज इन्दौर महानगर की सजधज अख्तियार करता हुआ शहर है। वहाँ चौड़ी सड़कें, ऊँचे भवन, बड़े-बड़े डिपार्टमेंटल स्टोर, व्यावसायिक शिक्षा संस्थान और चकाचौंध बाजार हैं, लम्बा-चौड़ा विश्वविद्यालय परिसर है पर 1961 तक शहर के पास यह सब नहीं था, उसके पास अपना विश्वविद्यालय तक नहीं था। हम सब विक्रम विश्वविद्यालय, उज्जैन के छात्र माने जाते थे। हमारे लिए विश्वविद्यालय एक अदृश्य, अमूर्त-सी चीज था, कॉलेज हमारे सामने मूर्त और प्रत्यक्ष था। मुझे अपना क्रिश्चियन कॉलेज सबसे महान और महत्त्वपूर्ण लगता था।

एक बार गुजराती कॉलेज के प्रोफेसर सोलंकी के निर्देशन में विनोद रस्तोगी का नाटक 'नए हाथ' अभिनीत हुआ। मुझे उसमें बालो की भूमिका में रखा गया। उसकी कई प्रस्तुतियाँ नगर में हुईं। बाद में इस नाटक का आयोजन उज्जैन और भोपाल में भी हुआ। कविता प्रतियोगिताओं के कारण ग्वालियर और ब्यावर देखा तो वाद-विवाद प्रतियोगिताओं में शेष मध्य प्रदेश।

एक बार मेरे कवि चाचा भारतजी भोपाल से इन्दौर आए। वे दो-तीन दिन घर में रहे और मेरी दौड़-भाग देखते रहे। जाने से पूर्व की शाम उन्होंने मुझे कसकर डाँट पिलाई—"तुम कवि बनना चाहती हो तो यह दसों दिशाओं में क्या हाथ-पाँव फेंकती रहती हो। चुपचाप अपने कमरे में बैठ किताबें पढ़ो। मन में कुछ आए तो लिखो और फाड़ो, लिखो और फाड़ो। गोष्ठियों में अभी से जाने की क्या जल्दी मची है। कहीं रचना भेजनी है तो सम्पादक को चिट्ठी लिखने की जरूरत नहीं। बस रचना पर लिखो 'प्रकाशनार्थ'। बीस पैसे का टिकट लगाओ और बुक पोस्ट कर दो। इस ढर्रे से तुम जीरो रह जाओगी, जीरो।"

यह उपदेश सुनकर बड़ा बुरा लगा पर मैं भारत चाचा का बहुत लिहाज करती थी। चुप रह गई।

पापा ने माहौल हलका करने को कहा—''ममता वह पंसारी है जो हल्दी की आधी गाँठ पर दुकान लगाए बैठी है। मैं तो इससे कहता हूँ, दिग्गजों को पढ़। किताबें पढ़ने में कुछ खर्च भी नहीं होता और जो ज्ञान हाथ आता है वह सेंत में।''

मेरे मन में उथलपुथल मच रही थी। ये दोनों बड़े तो प्रवचन दे रहे हैं अब धारवाली डिबेट का क्या होगा, माँडू की पिकनिक पर तो जाना ही पड़ेगा, संध्या से वादा कर रखा है महू जाकर पिक्चर देखने का।

इधर भारत चाचा गए, उधर उनकी नसीहतें। मेरी भाग-दौड़ मुझे वापस मिल गई। इस बहाने इन्दौर के आस-पास फैला इतिहास खूब देखा और पढ़ा। बाज बहादुर और रूपमती की प्रेम कहानी पहले पढ़ी, बाद में माँडू जाकर देखी। वाकई वहाँ के जर्रे-जर्रे से दोनों प्रेमियों की आवाज सुनाई देती। उन्हीं दिनों शहर में 'रानी रूपमती' फिल्म भी आई हुई थी। उसके गूँजते गीत और सुन्दर संगीत ने मन-प्राण को झंकृत कर रखा था।

बी.ए. का परीक्षा परिणाम आ गया था। एम.ए. में प्रवेश लेने की तैयारी थी। घर के पास सेंट रैफेल कॉन्वेंट था। वहाँ जाकर मैं अंशकालिक अध्यापन के लिए 'डैमो' भी दे आई और चयनित हो गई। प्रिंसिपल ने कहा मुझे सुबह सात से दस पढ़ाना होगा और इसके लिए मुझे सवा सौ रुपए महीने मिलेंगे। अपनी तरफ से यह मेरी स्वावलम्बी बनने की पहली कोशिश थी।

तभी, आ गई पहली जुलाई, क्या करें? पापा को भारत सरकार का मटमैला प्रेमपत्र प्राप्त हुआ, उन्हें दिल्ली जाने का निर्देश मिला था। लेकिन इन्दौर आकाशवाणी के केन्द्र निदेशक पापा को तुरन्त कार्यमुक्त करने की स्थिति में नहीं थे। पापा गए फँस।

किन्तु पापा मेरे लिए बहुत प्रसन्न थे। उन्होंने कहा—''मैं हमेशा चाहता था तू किसी अच्छी जगह से एम.ए. कर। दिल्ली विश्वविद्यालय का रुतबा है। वहाँ ऐसे नम्बर ला कि तेरी गाड़ी ऑक्सफोर्ड और केम्ब्रिज जाकर रुके।''

मेरा मन रो रहा था। चार साल में कितनी अपनी बन गई थीं इन्दौर की सड़कें और गलियाँ, चेहरे और चौराहे, हवा और खुशबू, इनसे अलग कैसे जिया जाएगा? भारत सरकार के राजमजूर सपनों के महल तोड़ने में महारत हासिल किए रहते हैं।

मैंने काँपते हुए कहा—''हम यहीं पढ़ेंगे।''

पापा थोड़े से हिले फिर सँभल गए। उन्होंने कहा–"क्या रखा है यहाँ, अपनी यूनिवर्सिटी तक नहीं है इन्दौर की, तू अपना ट्रंक तैयार कर ले। आज ही एस. पी. गोविल से मेरी बात हुई है। वे तेरा दाखिला करवा देंगे। देर हो गई तो साल बेकार जाएगा।"

मैंने सोचा था इन्दौर के दोस्तों से जब बताऊँगी कि मुझे जबरन दिल्ली भेजा जा रहा है तो सब कहेंगे, 'यह तो बहुत बुरा हुआ।'

पर मैंने पाया कि दोस्तों को यह खबर उतनी नागवार नहीं लगी। पता नहीं दिल की जगह सिल लगी थी उनके या वे खुद अपने शहर से उकताए हुए थे। अगले ही रोज पापा रतलाम से मुझे दिल्ली जानेवाली सबसे सस्ती, सुस्त और रद्दी रेल 'देहरादून एक्सप्रेस' में बिठा आए।

दिलजली : दिल्ली

एक बार यह तय हो जाए कि यहाँ अपना कोई नहीं तो शहर छोड़ना आसान हो जाता है। इन्दौर से एक बार चली तो पीछे मुड़कर देखने की जरूरत नहीं पड़ी।

देहरादून एक्सप्रेस से दो दिन का सफर कर जब मैं दिल्ली स्टेशन पर अपना टिन बक्सा लेकर उतरी गोविल भाईसाब प्लेटफार्म पर थे। उन्हें देखते ही उनके प्यारे बच्चे हेमन्त और नीलिमा याद आए। मैंने हेमन्त के बारे में पूछा तो भाईसाब कराह उठे। उन्होंने बताया उसकी तो बीमारी में मृत्यु हो गई। यह उनके जीवन का दूसरा हादसा था। पहले हादसे के हम सब चश्मदीद गवाह थे जब उनकी पत्नी रजौरी गार्डन के मोड़ पर उनकी मोटरबाइक से गिरकर और तभी ट्रक से कुचलकर मर गई थीं। भाईसाब को भी चोटें आई थीं पर दस महीने का हेमन्त इस दुर्घटना में बेदाग बच गया था।

घर तक का सफर चुपचाप तय किया। हम दोनों की आँखों में हेमन्त का गोलमटोल गुदगुद चेहरा छलक रहा था। गोविल साब के घर में हमेशा की तरह सौन्दर्य, स्वच्छता और आत्मीयता थी। इस बीच उन्होंने अपनी दिवंगत पत्नी की बड़ी बहन से निहायत सादगी से विवाह कर लिया था। साथ ही उसकी दस साल की बच्ची को भी अपना लिया था। गोविल साब ने पत्र द्वारा पापा को इस घटना के बारे में बताया था। राधे भाभी ने कोई कमी खटकने नहीं दी। गोविल साब ने कहा—"ममता, तुम नहा-खाकर जल्दी से तैयार हो जाओ। आज ही दिल्ली विश्वविद्यालय चलना होगा।" इस बार हम मोटरबाइक पर निकले। किदवईनगर से मॉरिसनगर का रास्ता बड़ा लम्बा लगा। कम-से-कम मोटरबाइक के लायक नहीं था। पर गोविल भाई को इसी वाहन का अभ्यास था।

दिल्ली विश्वविद्यालय में नामांकन के लिए पहले किसी कॉलेज में प्रवेश लेना होता है। हम हिन्दू कॉलेज पहुँचे, जहाँ अर्थशास्त्र के प्रोफेसर भाटिया प्रिंसिपल थे। उन दिनों कोई प्रवेश परीक्षा नहीं होती थी। प्राप्तांकों के आधार पर दाखिला

हो जाता। गोविल भाई ने मेरे समस्त परीक्षाफल प्राप्तांक प्रपत्र सामने रखकर प्रोफेसर भाटिया से आग्रह किया कि वे मुझे प्रवेश दे दें। दिल्ली में.बाहर के नगरों से आए विद्यार्थियों के प्रति परहेज का नजरिया तो था ही। प्रिंसिपल ने कहा—''किस यूनिवर्सिटी से बी.ए. किया है?''

मैंने सगर्व कहा—''विक्रम विश्वविद्यालय, उज्जैन।''

गोविल भाई ने क्षेपक जड़ा—''योग्यता सूची में पाँचवाँ स्थान मिला है।''

प्रिंसिपल ने गर्दन हिलाई—''इस यूनिवर्सिटी का नाम मैंने कभी नहीं सुना।''

मैंने कहा—''इन्दौर क्रिश्चियन कॉलेज में पढ़ी हूँ। इन्दौर के सब कॉलेज विक्रम यूनिवर्सिटी से सम्बद्ध हैं।''

मैं कुछ फासले पर खड़ी थी।

प्रिंसिपल ने मुझे पास बुलाया। उन्होंने अपनी मेज के ग्लास टॉप पर लगा हिन्दुस्तान का नक्शा दिखाकर मुझसे कहा—''जरा बताओ, यह उज्जैन और क्या नाम विक्रम यूनिवर्सिटी कहाँ पर है नक्शे में।''

पहली कंकड़ी लगी थी अपनी अकड़ को। बड़ी मुश्किल से अपने आहत भाव पर काबू पाकर मैंने डरते-डरते मध्य प्रदेश पर उँगली रखी। इन्दौर-उज्जैन बारीक अक्षरों में लिखे दिख गए।

गोविल भाई ने प्रिंसिपल के आगे हाथ जोड़ दिए—''मेरे गुरु प्रोफेसर वी.बी. अग्रवाल की लड़की है, निराश न कीजिए।'' दाँत के नीचे एक और कंकड़ आ गया। यानी मेरा प्रवेश इस उज्ज्वल प्राप्तांक प्रपत्र पर नहीं, गोविल भाई की अनुनय-विनय पर निर्भर है। मन-ही-मन पापा को घुड़का, जिनकी वजह से यह बेइज्जती का दिन देखना पड़ा। दस मिनट बाहर प्रतीक्षा करने के बाद हमें सूचित किया गया कि हम फीस जमा कर सकते हैं।

गोविल भाई के सिर से जिम्मेदारी उतरी। वे प्रसन्न हो गए। उन्होंने समस्त औपचारिकताएँ पूरी कीं और मुझे वापस घर छोड़कर अपने ऑफिस, योजना आयोग, चले गए।

16 जुलाई, 1961, एम.ए. इंग्लिश पूर्वार्द्ध की कक्षा का पहला दिन। विश्वविद्यालय का परिसर चुस्त सलवार-कमीज और ड्रेनपाइप जीन्स-टॉपवाले परिधान से रंग-रूप का मीना बाजार लग रहा था। लड़कियों ने पेंसिल हील्जवाले जूते पहनकर और उलटी कंघी कर बालों का 'बुफां' बनाकर अपने कद में पाँच-छह इंच का इजाफा किया हुआ था। परिसर में बने कैफे वैंगर्स में खड़े होने की भी जगह नहीं थी, बैठने की कौन कहे। हर लड़की की त्वचा चमक रही थी, होंठों पर लिपस्टिक, पलकों पर मस्कैरा और हँसी में ऐसी लापरवाही कि 'मैं

कायनात हूँ'। लड़के हाथ में कोई-न-कोई नवीनतम पुस्तक दबाए इस अदा में चल-फिर रहे थे जैसे दिल्ली नहीं ऑक्सफोर्ड या कैम्ब्रिज में दाखिल हुए हैं। सब एक-दूसरे के परिचित थे। सब हैलो, हाय कर रहे थे। सब हँस रहे थे।

सिवाय मेरे। इस माहौल में न सिर्फ मेरी सूरत, मेरी सीरत भी मार खा रही थी। पढ़ानेवाले प्राध्यापक थे तो हिन्दुस्तानी पर ऐसे बनावटी लहजे में इंग्लिश बोल रहे थे कि रोल कॉल में अपना नाम तक पहचानना दुश्वार हो गया। प्रोफेसर उमराव बहादुर के लिए मैं ममाता अगरवाला थी, इसी तरह वसुधा गुप्ता, वसूदा गूप्ता और वसुमति कृष्णस्वामी, वसमथी किश्नासामी थी। मजेदार बात यह कि क्रिश्चियन नामों पर वे जरा भी नहीं अटकते थे—बर्टी टॉमस, बारबरा नेल्सन, क्लेरिसा मैसी और एन्टनी सेबेस्चियन वे फर्राटे से बोलते।

हम कौन-सा उन्हें सुनते थे। उनके जिम्मे रिचर्डसन का उपन्यास 'क्लैरिसा हार्लो' और स्पेंसर का महाकाव्य 'फेयरी क्वीन' पढ़ाना था। दोनों ही रचनाएँ एकदम उबाऊ और अझेल थीं। ऊपर से उनका अटपटा उच्चारण। इन पुस्तकों पर मैंने जो भी जानकारी प्राप्त की, लायब्रेरी में अपने-आप पढ़कर की। इसी तरह के दो-चार और प्राध्यापक थे जो अंग्रेजियत दिखाने के चक्कर में अंग्रेजी की ही टाँग तोड़ देते। इनकी कक्षाओं को केवल कॉमेडी समझकर आनन्द लिया जा सकता था। पर ट्रेजेडी तो अपनी पढ़ाई की हो रही थी।

कई बार मैंने पापा को पत्र लिखा कि मुझे यहाँ क्लास में पढ़ाया-लिखाया एक भी अक्षर समझ में नहीं आ रहा है। मैं ठोक-पीट कर आधुनिक नहीं बनना चाहती। मुझे आप वापस इन्दौर बुला लीजिए। पत्र लिखते हुए मेरे आँसुओं के निशान अक्षरों को धुँधला कर देते और मुझे चेखव की 'वान्या' कहानी याद हो आती। परन्तु पापा अलग धातु के बने थे। वे अनुशासन को सर्वोच्च वरीयता देते। वे लिखते कि बहुत ज़ल्द वे दिल्ली आनेवाले हैं, तब वे खुद मेरी पढ़ाई सँभाल लेंगे।

मैं अपने मौसी-मौसा के पास रजौरी गार्डन में रह रही थी, जहाँ से दो बसें बदलकर मॉरिसनगर पहुँचती। अकसर यूनिवर्सिटी पहुँचते-पहुँचते शरीर का अस्थिपंजर इस कदर थरथरा जाता कि पढ़ने की ताकत ही न बचती। घर में इतनी जगह न थी कि मैं अपनी किताबें फैलाकर बैठ सकूँ। फिर मौसी के घर का माहौल भी दूसरा था। घूमो, खाओ, सिनेमा देखो, मौज करो जैसी जीवनशैलीवाले परिवार में पढ़ना-लिखना तो दूर, चुप बैठना भी सम्भव नहीं था।

दो महीने में पापा और ममी दिल्ली आए। मेरे अच्छे दिन लौट आए। उन्होंने मेरी सहूलियत का ध्यान रखकर शक्तिनगर में मकान लिया। शक्तिनगर से मॉरिसनगर सिर्फ दो बस स्टॉप की दूरी पर था। बस न मिलने पर पैदल भी चला जा सकता था। 25/39 के उस पते पर एक साथ समस्त सुविधाएँ उपलब्ध थीं, बाजार, डॉक्टर, डाकघर, बैंक और बस स्टॉप। पापा का ऑफिस दूर था पर वे प्रसन्न थे कि मेरी पढ़ाई अब ठीक चलेगी। वे मेरे लिए, केन्द्रीय सचिवालय, यू.एस.आई.एस. और ब्रिटिश काउंसिल लायब्रेरियों से पुस्तकें ढो-ढोकर लाते। वे किताबें पढ़-पढ़कर काम की बातें बताते जाते, मैं नोट्स बना डालती। कई बार ऐसा लगता जैसे मेरे साथ-साथ पापा भी दुबारा एम.ए. इंग्लिश करने जा रहे हैं।

मेरी समस्त रुचियाँ एक-एक कर लौट आईं। वाद-विवाद स्पर्धा, रेडियो रूपक, कविता, कहानी की कोशिशें और एकान्त संवाद। उन दिनों छात्रों का सबसे चहेता कार्यक्रम था यूथ फेस्टिवल जिसमें विभिन्न सांस्कृतिक कार्यक्रमों में समस्त भारत के विश्वविद्यालयों के छात्र हिस्सा लेते। सन् 1961-62 में इंग्लिश डिबेट कार्यक्रम के लिए मेरा चयन हुआ। इसमें मेरा साथी वक्ता था एन.के. सिंह जो दिल्ली स्कूल ऑफ इकोनॉमिक्स में पढ़ता था और अपने कद से दो फुट ऊपर की ओर देखकर चलता था। बाद के वर्षों में वह काफी चर्चित, अपचर्चित आई.ए.एस. अधिकारी रहा। हम दोनों ने दिल्ली के सभी कॉलेजों के वक्ताओं को हराकर सर्वाधिक अंक प्राप्त किए थे। अब मुकाबला शेष भारत से था। यूथ फेस्टिवल के नौ दिन तालकटोरा गार्डन्स में जानी-अनजानी सहेलियों के साथ घुलमिलकर रहना, इकट्ठे भोजन करना, सारा दिन कोई-न-कोई प्रोग्राम देखना, रोमांचकारी अनुभव थे। दिल्ली की टीम के इसलिए भी ज़्यादा मजे थे कि उसमें मेजबान होने का एहसास था। दीपावली से जरा पहले की दिल्ली बड़ी रंगीन होती है। सावन-भादों की बारिश से क्वार कार्तिक खुशगवार हो जाते हैं। रात के प्रोग्राम देखते हुए एक पतले से स्वेटर की जरूरत पड़ सकती है बस। तालकटोरा के मुक्तांगन में कभी कुमुद छुगानी का कत्थक लुभावना लगता तो कभी सुपर्णा घोष का अभिनय। कभी हम समूह गान के साथ गुनगुनाने लगते तो कभी नीलम साहनी के सुगम संगीत पर ताल देते। यूथ फेस्टिवल के सभी विद्यार्थियों को एक दिन राष्ट्रपति भवन में राष्ट्रपति से भेंट और चाय पार्टी के लिए आमन्त्रित किया जाता और एक दिन प्रधानमन्त्री आवास तीनमूर्ति भवन में प्रधानमन्त्री पंडित नेहरू से मिलने।

राष्ट्रपति भवन में चाय-जलपान में भव्यता थी, डॉ. राधाकृष्णन की वक्तृता में वाक् विदग्धता थी, वहाँ की कड़क वर्दीवाली पहरेदारी में रहस्यमयता थी लेकिन

वहाँ कोई आत्मीयता नहीं थी। महज आध घंटे में सारी टोलियाँ खाली हो गईं वापस जाने के लिए। अगली शाम हमें तीनमूर्ति भवन जाना था। आज के लिए हम सब विशेष ध्यान देकर तैयार हुए। प्रधानमन्त्री नेहरू हम सबके नायक थे, सदाबहार नायक। हमने उन्हें बचपन से युवाकाल तक अखबारों के मुखपृष्ठ पर देखा था, हमने उनकी किताबों के अंश अपनी पाठ्य पुस्तकों में पढ़े थे, हमने स्वाधीनता संग्राम में उनके योगदान के किस्से अपने माँ-बाप से सुने थे, हमने उनके बारे में किंवदन्तियाँ भी सुनी थीं। वे हमारी पीढ़ी के लिए आदर्श स्टार मैटीरियल थे। सैकड़ों वर्ष में, इतिहास एक ऐसा नायक पैदा करता है जिसकी सूरत और सीरत, हँसी और हिमाकत, गुस्सा और गुस्ताखी, हर वर्ग और आयु वर्ग की जनता को कुबूल हो। हम विद्यार्थियों के लिए पंडित जवाहरलाल नेहरू एक जादूगर से कम नहीं थे। उस शाम हर लड़की ने अपनी सबसे अच्छी पोशाक पहनी। जो कभी पाउडर नहीं लगाती थीं, उसने पाउडर लगाया। जो बालों की एक लम्बी चोटी बनाती थीं, उसने दो चोटियाँ बाँधीं। किसी ने कलाई पर नई घड़ी पहनी, किसी ने ऊँची हील की सैंडिल। सब एक-दूसरे को आश्वस्त करती रहीं 'तुम बहुत अच्छी दिख रही हो, तुम भी बहुत अच्छी लग रही हो।' यही हाल लड़कों का था।

तीनमूर्ति भवन के हरियाले परिसर में हम सब की अगवानी सबसे पहले इन्दिरा गांधी की खूबसूरत मुस्कान से हुई। वे भारी सिल्क की काले सफेद चारखाने के प्रिंट की साड़ी पहने हुई थीं। लॉन में एक तरफ नाश्ते के नायाब पकवान थे। सभी विद्यार्थियों से बार-बार लेने का इसरार था। चाय खत्म होने से पहले नेहरूजी हम सब के बीच आ गए, हँसते हुए। पंडित नेहरू हँसते समय एकदम युवक हो जाते थे। जब वे गम्भीर होते तभी उनकी उम्र का पता चलता। उन्होंने लॉन पर ही हम सब को सम्बोधित किया था। उन्होंने अपने छात्र जीवन के बारे में बताया। इसके बाद हर छात्र दल के साथ नेहरूजी की फोटो खिंची।

जब वे दिल्ली यूनिवर्सिटी के छात्र दल पर पहुँचे तो पलटकर उन्होंने फोटोग्राफर से कहा—"भई, अच्छी-सी फोटो खींचना।"

हम सब हँस पड़े। उन्होंने पूछा—"कौन-सा नाटक लाए थे आप?"

एक विद्यार्थी ने कहा—"अनुवादित नाटक था।"

"अरे भई, किसका लिखा हुआ था?"

मजे की बात कि नाटक के कलाकार छात्र भी हमारे दल में शामिल थे पर किसी को नहीं पता था कि किसका लिखा नाटक था।

तभी मुझे याद आ गया। मैंने कहा—"जाँ आनुई का लिखा हुआ फ्रेंच नाटक था।"

पंडित नेहरू आश्वस्त हुए। वे बीच की कुर्सी पर बैठे। उनके आस-पास तमाम विद्यार्थी घेरा बनाकर खड़े हो गए। नेहरूजी को जैसे कुछ याद आया। मैं एकदम पीछे खड़ी थी। उन्होंने इशारे से मुझे बुलाया और अपनी कुर्सी की बगल में बिठा लिया। उन्होंने अपना एक हाथ मेरे कन्धे पर इत्मीनान से रख दिया।

कितना दुर्लभ क्षण था वह! सारा छात्र दल, जिसमें एक-से-एक खूबसूरत लड़कियाँ और तेज तर्रार लड़के थे, देखता रह गया और नेहरूजी ने एक प्लेन-जेन के साथ चित्र खिंचवा लिया। कुछ पल तो मेरी समझ में नहीं आया कि यह स्वप्न है या यथार्थ। जाने से पहले नेहरूजी ने मुझसे कहा—"किसी दिन संसद की कार्यवाही देखनी हो तो मेरे ऑफिस से सम्पर्क करना।"

तभी इन्दिरा जी आ गईं उन्हें अन्दर ले जाने।

जब हम तालकटोरा के लिए वापस चले तो अजब आलम था। दिल्ली स्कूल ऑफ इकोनॉमिक्स का सिर्फ गोपाल राव मुझसे बात कर रहा था, बाकी सब विद्यार्थी आपस में बातचीत में मशगूल थे। कोई मुझसे बोल ही नहीं रहा था।

तालकटोरा पहुँचने तक दोस्तों ने अपनी प्रतिभा का इस्तेमाल कर तर्क गढ़ लिए। एक दोस्त ने कहा—"तुम्हें पता है नेहरूजी ने तुम्हारे साथ फोटो क्यों खिंचवाई?"

दूसरे दोस्त ने जवाब दिया—"पंडितजी की आदत है वे जहाँ भी जाते हैं वहाँ की आदिवासी जनजातियों के साथ फोटो जरूर खिंचवाते हैं। पेपर में उनका फोटो छपता रहता है, कभी भीलों के साथ नाच रहे हैं, तो कभी संथालों के साथ।"

सबके साथ मूर्खों की तरह मैं भी हँस दी।

कैम्प में पहुँचकर पता चला नीलम साहनी की कलाई घड़ी कहीं गिर पड़ी है।

नीलम रोने लगी—"मेरी इतनी कीमती घड़ी खो गई। जरूर वहाँ तीनमूर्ति के लॉन में गिरी होगी।"

हमारे विद्यार्थी दल का नेतृत्व सुषमा सोबती के हाथ था। वे विख्यात रचनाकार कृष्णा सोबती की बहन थीं और मिरांडा में इतिहास पढ़ाती थीं। उन्होंने कैम्प कार्यालय में जाकर प्रधानमन्त्री आवास पर फोन कर घड़ी के बारे में खबर की। वहाँ से उत्तर मिला, 'इस वक्त अँधेरा हो गया है, आप सुबह तक इन्तज़ार करें, हम तभी ढूँढने की कोशिश करेंगे।'

सुबह ठीक साढ़े छह बजे कैम्प कार्यालय में प्रधानमन्त्री आवास से फोन आ गया कि घड़ी मिल गई है और तालकटोरा कार्यालय में भिजवाई जा रही है। घड़ी मिलने से नीलम तो खुश हुई ही थी, हम सब भी खुश हुए बिना नहीं रह सके। तीनमूर्ति भवन के स्टाफ की चुस्ती, फुर्ती और ईमानदारी के हम कायल हो गए।

ये मेले के आखिरी दिन थे सो सभी साथियों में झप्पियों (आलिंगन) और चुम्मियों का आदान-प्रदान हुआ, पते और फोन नम्बर लिए-दिए गए। अन्ततः हम अपनी-अपनी राह लौट चले।

घर में मैंने पापा को फोटोग्राफ के बारे में बताया। पापा ने पूछा—''कौन फोटोग्राफर था?'' धत्त तेरे की। यह तो पता किया ही नहीं। अब क्या हो? क्लास में पूछताछ की। पता चला दरियागंज का फोटो फ्लैशवालों का फोटोग्राफर था।

एक शाम हम तीनों, ममी-पापा और मैं फोटो फ्लैश जा पहुँचे।

''फोटो?''

''कौन-सी?''

''यूथ फेस्टिवल वाली?''

फोटोग्राफर ने चश्मा मस्तक पर चढ़ाकर कहा—''अब आए हैं आप। फोटो तो सब बँट गई। अजब लोग हैं आप। आपकी लड़की के कन्धे पर पंडित नेहरू का हाथ है और आप अब आ रहे हैं तीन हफ्ते बाद।''

पापा ने मुँह लटकाकर अफसोस का अभिनय किया—''क्या बतलाएँ साहब। इसने आज ही बतलाया यह सब।''

कुछ देर हमें तनाव में रखने के बाद वह एक बड़ी-सी फोटो लेकर आया जिसमें मेरा और पंडितजी का क्लोज अप था। शेष उपस्थित विद्यार्थियों की केवल टाँगें और धड़ उसमें शामिल थे।

पापा बोले—''ऐतिहासिक चित्र है यह; तू भी कुछ करके दिखा तो पचास साल बाद लोग कहेंगे यह दो विभूतियों का चित्र है।''

पापा ने घर आकर बड़े गर्व से यह चित्र अलबम में लगा लिया। पहले इस बात पर विचार हुआ कि क्या इसे फ्रेम करवाकर कमरे में लगाया जाए?

फिर यह विचार पापा ने स्वयं अस्वीकृत कर दिया। उन्होंने कहा—''अभी इसे लगाना ऐसा होगा जैसे नाई या धोबी की दुकान पर पंडितजी की तस्वीर दिख जाती है।''

बात सच थी, फिर भी बुरी लगी लेकिन यह हमारे घर का ढंग था, बच्चों को ज़्यादा पुच-पुच करने की जरूरत नहीं है।

वह तसवीर वर्षों घर के अलबम में पड़ी रही। पापा के निधन के बाद उनकी समस्त पुस्तकों और पुरानी गृहस्थी के संजाल के साथ वह अलबम भी हमारे घर आ गया। इस बात को 45 साल गुजर गए, तसवीर को फ्रेम करवाकर लगाने की हिम्मत, हिमाकत और हौसला आज तक जुटा नहीं पाई। वैसी पात्रता भी अर्जित नहीं कर पाई।

यूनिवर्सिटी की पढ़ाई हम सबको मॉरिसनगर का मंडूक बना रही थी। हम सोचते मॉरिसनगर ही असली दिल्ली है। हमारे लिए रिज रोड शहर की सबसे खूबसूरत सड़क थी और यूनिवर्सिटी कैफे सबसे जिन्दादिल अड्डा। हमारे पर्स में जो भी पाँच-दस रुपए होते, हम यहीं खर्च करते। पैदल घर लौटते। रास्ते में बँगलो रोड में किताबों की दुकान पर ठहरते। अपनी पसन्द और जरूरत की किताबों का दाम पता कर सारे रास्ते नक्शा बनाते कि घर से पैसे कैसे हासिल किए जाएँ। तब किताबें इतनी महँगी नहीं थीं। एक ही बात अच्छी थी कि पापा ने किताबों पर खर्च करने से कभी नहीं रोका।

मैं किताब लाती, मुझसे पहले पापा उसे चट कर जाते। पहले उसे उठाकर देखते, सूँघते, उलटते-पलटते, फिर पढ़ना शुरू कर देते। जहाँ कोई बात काम की नज़र आती वहाँ लाल पेंसिल से रेखांकित कर देते। जब मैं पढ़ती तब ये लाल निशान मेरे प्रकाश स्तम्भ बन जाते। मेरा पाठ्यक्रम खट से तैयार हो जाता।

पढ़ते-पढ़ते कभी थक जाती तो नाँगिया पार्क की गुमटी तक चली जाती। उन दिनों 35 पैसे का बर्फानी कोक मिला करता था। बॉटिल को उलटाकर बूँद-बूँद पीने में आध घंटे का मनोरंजन हो जाता। दो गोल चक्कर नाँगिया पार्क के लगाने में मुश्किल से 15 मिनट बीतते थे। कभी कोई हिन्दी विभाग का विद्यार्थी वहाँ मिलता तो बताता वहाँ कितनी राजनीति है।

पापा कहते—"डॉ. विजयेन्द्र स्नातक से मिलो। मेरे दोस्त हैं, साफ बात करते हैं। वे राजनीति नहीं करते।" विद्यार्थी कहता—"कैसे मिलें। डॉ. नगेन्द्र हमारा नाम काली सूची में डाल देंगे। पार्ट टाइम नौकरी के भी लाले पड़ जाएँगे।"

इंग्लिश डिपार्टमेंट में वर्चस्व की ऐसी उठापटक नज़र नहीं आती थी। मुझे यकीन था अगर मेरे नम्बर अच्छे आए तो मुझे प्राध्यापक बनने से कोई रोक नहीं सकता। यूनिवर्सिटी में अंग्रेजी विभाग की छटा निराली थी। वहाँ अंग्रेजी से ज़्यादा अंग्रेजियत का बोलबाला था। कहने को सिर्फ 120 विद्यार्थियों का एक हॉल भर था। इसके अलावा एक कमरा विभागाध्यक्ष का और एक अन्य प्राध्यापकों का। सप्ताह में चार दिन सभी कॉलेजों के नामांकित विद्यार्थी यूनिवर्सिटी आते। इस संयुक्त कक्षा में सभी नामीगिरामी प्रोफेसरों के व्याख्यान होते। डॉ. बालचन्द्र राजन

खास तौर पर पहचाने जाते थे। एक तो वे विसकांसिन यूनिवर्सिटी में पढ़ाने के बाद दिल्ली विश्वविद्यालय में अंग्रेजी विभाग के अध्यक्ष नियुक्त हुए थे; दूसरे उनके व्यक्तित्व में अंग्रेजियत से ज़्यादा बौद्धिक तत्त्व झलकता। वे भारतीय अंग्रेजी लेखन में जोरदार पहचान अपने दो उपन्यासों से बना चुके थे। 'द डार्क डांसर' और 'टू लांग इन द वैस्ट', दोनों उपन्यास काफी चर्चित रहे थे। बल्कि अंग्रेजी प्राध्यापक बनने के उत्साही प्रत्याशी प्रायः अपने इंटरव्यू में राजाराव और मुल्कराज आनन्द की रचनाओं की आलोचना कर उनकी रचनाओं को नम्बर एक पर रखने की तत्परता दिखाते थे। डॉ. राजन के चेहरे से यह जानना मुश्किल था कि उन्हें इस प्रकार की खुशामद अच्छी लगी या बुरी। तीसरी बात यह थी कि डॉ. राजन हम सबको खासकर लड़कियों को बेहद सुन्दर, आकर्षक और आत्मीय लगते थे। वे पढ़ाते समय धाराप्रवाह बोलते लेकिन क्लास से बाहर किसी भी बात का उत्तर देने से पहले उनके चेहरे पर संकोच और संवेदना का ऐसा गोरा आलोक उभर आता कि लड़कियों को लगता कि बस हम हो गए आपके। बातें क्या होती थीं—

"गुड मॉर्निंग सर।"

"सर, आय रैड यौर पोयम—हाउ कैन यू नो द डांसर फ्रॉम द डांस?"

—"सर इट वॉज ए वंडरफुल लेक्चर टुडे, सो इंस्पायरिंग।"

मुझे लगता, दर्जनों ने ये बातें कही होंगी उनसे, पर हर बार उनके चेहरे पर नए सिरे से आभा छा जाती। उनकी क्लास में मैं इतने विस्तार से नोट्स लेती कि मेरा रजिस्टर दो दिन में भर जाता। फिर भी मन न भरता तो लायब्रेरी में बैठकर उनकी पुस्तक 'पैरेडाइज लॉस्ट एंड द सेवेंटींथ सेंचुरी बैकग्राउंड' पढ़ने लगती। वे क्लास में सम्भावित प्रश्न लिखवा देते। मैं रात-रात जागकर सारे प्रश्नों के उत्तर लिख डालती। मिल्टन कभी मेरा प्रिय कवि नहीं रहा। केवल धाँसू उत्तर लिखने की खातिर मैंने 'पैरेडाइज लॉस्ट' और 'पैरेडाइज रिगेन्ड' दो-दो बार आद्योपान्त पढ़ डाले।

एक दिन धड़कते दिल से मैंने उनके ऑफिस में जाकर उन्हें अपने लिखे उत्तर दिखाए। डॉ. राजन कुछ असमंजस में पड़े। फिर उन्होंने कहा—"गिव मी सम टाइम टु गो थ्रू।" कितनी पागल थी मैं। जब तक वह कॉपी वापस नहीं मिली, मैं नशे की सी हालत में यूनिवर्सिटी जाती और आती। मेरा किसी काम में मन न लगता। मेरी आँखों के आगे सर के हाथों में थमी अपनी कॉपी दिखती रहती। मैं अपना हर शब्द याद करती। मैं सोचती, सर मेरे गहन ज्ञान से कितने प्रभावित हो रहे होंगे। अगले सोमवार मुझे बुलावा आया।

घबराहट से मेरा बुरा हाल था। लेकिन जब मैं अन्दर गई तो मुझे लगा सर मुझसे भी ज्यादा घबरा रहे हैं। उनका गोरा चेहरा लाल हो रहा था। मेरी कॉपी मेज पर रखी थी। उन्होंने केवल इतना कहा—"रीड मॉय कमेन्ट्स एंड प्लीज डोंट माइंड" मैं सातवीं मंजिल से गिरी। जरूर कुछ नागवार लिखा है सर ने।

मूर्खा की तरह मैंने 'थैंक यू सर' कहा और बाहर आ गई।

वहीं गलियारे की मुँडेर पर बैठ मैंने कॉपी पलटी।

पहली बात जो दिखी, सर की लिखावट बच्चों जैसी थी, हर अक्षर अलग-अलग।

एक पूरा पृष्ठ उन्होंने बड़ी मेहनत से लिखा था। प्रश्नोत्तरों को उन्होंने तार्किक, सुगठित और संगत बताने के बाद अगले पैरे में लिखा था—'लेकिन इन व्याख्याओं में कोई नयापन नहीं है। तुम्हारा विश्लेषण मेरे व्याख्यान का प्रतिबिम्ब नहीं होना चाहिए। अपना तर्क स्वयं गढ़ कर तैयार करो।'

मेरी आँखों के आगे अँधेरा छा गया। लगा अब मैं कभी खड़ी नहीं हो पाऊँगी। अपने को सौ बार कोसा। पता नहीं मैं घर कैसे पहुँची।

उस शाम बड़ी शिद्दत से अपना पुराना शहर इन्दौर याद आया। वहाँ मैं अपनी क्लास की सिरमौर थी, जो मैं लिखती वह सर्वश्रेष्ठ माना जाता। जो मैं कहती उस बात पर मुहर लग जाती। उस शहर में प्रति पल सराहना मिलती थी। इस शहर में केवल अवहेलना। पापा दफ्तर से लौटे। मैं बड़ी बेचैनी से उनके चैन से बैठ जाने का इन्तज़ार करती रही। जैसे ही वे खाना खाकर फुर्सत में आए मैंने उन्हें दिन में हुई दुघटना बताई। उन्होंने मेरी कॉपी देखी। सर की टिप्पणी पढ़ी और निर्णय सुनाया—"इसमें दुखी होने की क्या बात है। तुम्हें कहना चाहिए था कि 'सर, प्रतिबिम्ब से ही बिम्ब तैयार होता है। आप फाइनल पर मुझे देखिएगा'।"

पापा द ग्रेट! कितनी आसानी से मेरा टूटा ताजमहल उन्होंने जोड़ दिया।

फिर पापा बोले—"मन-ही-मन तो राजन खुश हुए होंगे। आखिर कितने विद्यार्थी प्रतिबिम्ब भी बन पाते हैं?"

अब मैंने अपनी कॉपी पर उनकी टिप्पणी फिर से पढ़ी। मुझे लगा ठीक ही तो लिखा है उन्होंने। इन व्याख्याओं पर इससे अधिक शाबाशी वे कैसे देते क्योंकि समस्त आधार तो उन्हीं के व्याख्यानों का था।

दिल्ली यूनिवर्सिटी में इतनी विविधता देखने को मिली जितनी अब तक के कुल छात्र जीवन में नहीं देखी थी।

अंग्रेजी विभाग का जहाँ गलियारा मुड़ता था वहीं से हिन्दी विभाग शुरू होता था। वहाँ से अकसर तालियों की गूँज और समोसों की गन्ध उड़कर आ जाती। किसी भी समय वहाँ कवि गोष्ठी आयोजित हो जाती। हिन्दी के कई कवि तब एम.ए. के छात्र थे–सौमित्र मोहन, मणिका मोहिनी, अतुल भारद्वाज, सूर्य कुमार आदि। ये सब अपनी ही धुन में जीते। सौमित्र मोहन और मणिका लायब्रेरी में इकट्ठे दिख जाते पर उनका मन लायब्रेरी के बाहर ज़्यादा रमता क्योंकि लायब्रेरी में बोलने पर पाबन्दी थी।

हिन्दी विभाग से मेरी अच्छी पटती थी पर उनकी घुमक्कड़ी में साथ देने लायक फुर्सत मेरे पास नहीं थी। हमारी कक्षाओं का समय साथ था और हमारी पढ़ाई दिन-पर-दिन जटिल होती जाती थी। पता नहीं बाकी छात्रों को यह संकट महसूस होता था या नहीं, मेरे मन मस्तिष्क में अंग्रेजी और अमेरिकी साहित्य के प्रिय और अप्रिय मोर्चे खुलते जा रहे थे। परीक्षा का प्रेत धमकाता रहता कि अप्रिय को भी पढ़ो और याद करो। जॉन डन की कविताएँ मुझे तब भी प्रिय थीं और आज भी प्रिय हैं। पहली फुर्सत में मैंने उनकी कविता का अनुवाद भी कर डाला था जो धर्मयुग में छपा था–

जब तक हमने नहीं किया था प्यार
किया था क्या, ताज्जुब है।
'I wonder by my troth what
thou and I did till we loved!'

लेकिन डन के बाद के कई कवि एकदम नागवार थे। उनमें परम्परा का शैथिल्य छुपाए नहीं छुपता था। रुचि और विरुचि के ये सिलसिले जीवन भर साथ चले।

एक बार की बात है। हमारी क्लास में टी.एस. एलियट के निबन्ध 'ट्रेडिशन एंड इंडिविजुअल टैलेन्ट' पर व्याख्यान चल रहा था। डॉ. राजन निबन्ध के विश्लेषण में पूरी तरह डूबे हुए थे। तभी कहीं से क्लास में एक आवारा कुत्ता घुस आया। हम सब देख रहे थे पर व्याख्यान में व्यवधान पहुँचाने की हिम्मत किसी में नहीं थी। एक बार बीच में ठिठककर डॉ. राजन ने कुत्ते को धमकाया–"ऐ, यू गैट आउट, गो अवे विल यू?" कुत्ते पर कोई असर नहीं हुआ। वह मजे से उनकी मेज के आस-पास जमीन सूँघता हुआ घूमता रहा।

कई विद्यार्थी अपनी जगह बैठे-बैठे शूः शूः करते रहे, कुत्ता नहीं भागा।

तब एक विद्यार्थी ने उठकर अपने नोट्स का रजिस्टर हथियार की तरह इस्तेमाल किया और जोर से चिल्लाया–"भाग साले।"

कुत्ता भाग खड़ा हुआ।

सबके सब हँस पड़े।

मनीष तिवारी ने कहा–"सर, कुत्ते को इंग्लिश नहीं आती।"

चन्द्र प्रकाश बोला–"हाँ, कुत्तों को इंग्लिश नहीं आती।"

डॉ. राजन ने कहा–"हर कुत्ते की भाषा उसका मालिक जानता है, और कोई नहीं।"

बात बड़े गहरे जाकर चुभी। ये सब अंग्रेजी के पिठ्ठू हिन्दुस्तानी थे, घरों में हिन्दी बोलते थे लेकिन बाहर हिन्दी के अपमान में सम्मिलित हो जाते। इनके लिए अंग्रेजी केवल भाषा नहीं थी, वह एक जीवनशैली थी। लायब्रेरी में भी अंग्रेजी और हिन्दी के छात्र दूर से पहचान में आ जाते। उन दिनों तंग मोहरी की जीन्स का चलन था, ड्रेनपाइप। अंग्रेजी के छात्र इतने तंग जीन्स पहनते कि उनके लिए लायब्रेरी की सीधी कुर्सियों पर बैठना दुश्वार हो जाता। हिन्दी के विद्यार्थी भी जीन्स पहनते पर कुछ कम तंग।

मुझे लड़कपन में सुनी, झेली कई घटनाएँ याद आ गईं। बाबा बताते थे–"पिसी मिर्च, हल्दी, खटाई और धनिए की अंग्रेजी पुड़िया बनानी चाहिए और जीरा, सौंफ, साबुत मिर्च, इलायची की हिन्दी पुड़िया। अंग्रेजी पुड़िया ऐसी बाँधो कि फट भले जाए लेकिन खुले ना।" हर दुकानदार रद्दीवाले से अंग्रेजी और हिन्दी अखबार की रद्दी खरीदता और इस निर्देश का पालन करता। अंग्रेजी अखबार का कागज मोटा और पक्का होता जबकि हिन्दी अखबारों का कागज कमजोर। इसी तरह इन्दौर में एक जुमला सुना था 'हिन्दी होना'। उसकी तो बड़ी हिन्दी हो गई। यहाँ हिन्दी से आशय था फजीहत, बेइज्जती। किसी की जेब में पैसे कम हों, किसी की बात समझ में न आए, किसी को उसका अफसर डाँट दे, समझो उसकी हिन्दी हो गई। जरूर यह जुमला अंग्रेजीदाँ लोगों ने बनाया होगा पर बाद में हिन्दीभाषियों ने बिना सोच-विचार के इसे अपना लिया।

यूनिवर्सिटी परिसर में भाषागत कई विचित्रताएँ थीं। विद्यार्थियों में एक वर्ग सिर्फ अंग्रेजी बोलता था तो एक वर्ग ऐसा भी था जो अंग्रेजी, पंजाबी और हिन्दी का मलीदा बनाकर बात करता। इससे उनकी तीनों भाषाओं की कमजोरी पता चलती। यह वर्ग 'उपन्यास' शब्द को 'उपनियास' और 'लाजपतनगर' को 'लज्जपत' समथिंग-समथिंग कहता। 'मैंने जाना है', 'कोक इज वैरी गुड्ड', 'मैंने फिफ्टीन मिनिट्स तक वॉक किया', 'ओ ही इज ए रियल चाटू' ये सब पढ़े-लिखों के बीच स्वीकृत अभिव्यक्तियाँ थीं।

आश्चर्य था कि विद्यार्थी अपनी कक्षाओं में एक-से-एक परिमार्जित भाषा शैली में व्याख्यान सुनते किन्तु उनका लेशमात्र भी उनकी अपनी शब्दावली में न आ पाता। इसका प्रत्यक्ष प्रभाव उनकी लिखित भाषा पर पड़ता। ये विद्यार्थी अपनी समस्त स्मार्टनेस के बावजूद लिखित उत्तरों में कम नम्बर पाते।

भाषा के विषय में मेरे विचार बड़े एकांगी रहे आते यदि मैंने सुविख्यात दो विद्वानों को यूनिवर्सिटी में न सुना होता। ये थे अतिथि आचार्य हजारीप्रसाद द्विवेदी और डॉ. नामवर सिंह। आचार्य द्विवेदी की वाग्मिता में विषयगत सुविज्ञता के साथ सद्भाव, स्मृति और स्मित–विनोद की आत्मीयता थी तो नामवरजी में तार्किकता, तीक्ष्णता और तीव्र तन्मयता। वे श्रोताओं को जमीन से कई इंच ऊपर उड़ा लिए जाते थे। एक बार हिन्दी विभाग में भीष्म साहनी और नामवरजी का संयुक्त कार्यक्रम था। मैंने पाया, मंच पर साथ बैठने के अलावा उनमें कुछ भी संयुक्त नहीं था। भीष्मजी एकदम निष्कवच, पराजेय योद्धा की तरह उपस्थित थे। जैसा उनका लहजा था–रुक-रुककर, धीमी आवाज में, विस्मय और व्यतिरेक के बगैर लगभग अबोध सरलता से वे बोले। नामवरजी ने अध्यक्ष पद से जो वक्तव्य दिया उसमें प्रबुद्ध पराक्रम, पैनी पारदर्शिता और अपराजेय प्रत्युत्पन्नमति की ऐसी प्रगल्भता थी कि सुननेवाले भीष्मजी के व्याख्यान को एकदम भूल गए। नामवरजी ने मजमा लूट लिया और युवाओं के चहेते बन गए।

इस प्रकार के दिलचस्प दंगल केवल हिन्दी विभाग में मिला करते।

युवा कविता में उन दिनों दो तरह की धाराएँ चल पड़ी थीं। छायावाद के अवसान और प्रगतिवाद के प्रस्थान के बाद कविता में एक तरफ तो आधुनिक चेतना का जयघोष था, दूसरी ओर अमेरिकन अतिवाद से प्रभावित प्रयोगवाद था। दोनों ही धाराएँ आधुनिकतावाद की ओर ले जाती थीं इसलिए कई बार कवि अपने को दोराहे पर खड़ा पाते। वे दोनों रास्तों पर दस-बीस कदम चलते, ठिठकते, और फिर चल पड़ते।

आजाद भारत के सातवें दशक में नवीनता और प्रयोगधर्मिता का पर्याप्त सम्मान था। इसमें यूरोप से आया अस्तित्ववाद भी शामिल हो गया था। सॉरेन किर्केगार्द के सिद्धान्तों ने पहली बार प्रबुद्ध वर्ग का ध्यान इस ओर खींचा कि सभ्यता के विकास में महज औद्योगिक और वैज्ञानिक प्रगति ही पर्याप्त नहीं है, मनुष्य के मन, मस्तिष्क, आस्था और अस्तित्व को महत्त्व देना भी उतना ही आवश्यक है। लेखकों, कलाकारों, बुद्धिजीवियों को यह विचारधारा आकर्षक लगी क्योंकि इसमें व्यक्ति मन और व्यक्ति स्वातन्त्र्य की स्पेस थी। किन्तु बहुत जल्द इसका भी एक प्रतिपक्ष खड़ा हो गया। प्रतिपक्ष में सन्देह, अनास्था, आशंका और

निराशा पर जोर दिया जाने लगा। किर्केगार्द के बरक्स सार्त्र और कामू खड़े हो गए। सिमोन द बोबुआ ने अस्तित्ववाद का नारीवादी पक्ष सामने रख, समूचे बौद्धिक जगत को झकझोर दिया।

इस उथल-पुथल का हिन्दी साहित्य में भरपूर स्वागत हुआ। अज्ञेय से लेकर कैलाश वाजपेयी तक दर्जनों समर्थ कवियों ने इसे समर्थन दिया। इसी में 'क्षणवाद' जैसी साहित्यधारा ने भी जन्म लिया जिसे अज्ञेय ने अपनी कविताओं में शामिल किया। धर्मवीर भारती ने महाभारतकालीन पात्रों की प्रतीकात्मकता से इसे 'अन्धा युग' में अभिव्यक्ति दी।

हमने फिरोजशाह कोटला के भग्नावशेष में विशेष रूप से आयोजित 'अन्धा युग' का शो देखा था।

टूटे पाषाण स्तम्भों के मध्य बैकड्रॉप के रूप में लगा रथ का विशाल टूटा पहिया अद्भुत वातावरण की सृष्टि कर रहा था। इब्राहिम अलकाजी के निर्देशन में खेला गया 'अन्धा युग' अविस्मरणीय प्रभाव छोड़ने में सफल रहा। भारतीजी की पंक्तियाँ–

हम सब के दामन पर दाग है
हम सब की आत्मा में झूठ
हम सब के माथे पर शर्म है
हम सब के हाथों में टूटी तलवारें।

अथवा प्रहरियों का बारी-बारी से यह कहना,

थके हुए हैं हम
चुके हुए हैं हम

पराजय बोध की ऐसी सशक्त अभिव्यक्ति थी कि इनका किसी भी उदास क्षण में दुरुपयोग किया जा सकता था। मुझे याद है 'अन्धा युग' देखने के काफी दिनों बाद तक अगर हम दोनों बहनों से घर का कोई काम करने को कहा जाता, हम मक्कड़ बनाकर, सिर झुकाकर कमरे में चलहकदमी करने लगती–

थके हुए हैं हम
चुके हुए हैं हम।"

इसी तरह कैलाश वाजपेयी की पंक्तियाँ 'कुछ मत चाहो, दर्द बढ़ेगा, ऊबो और उदास रहो' युवा वर्ग में आग पकड़ चुकी थीं।

यों तो साहित्य सदा से हारे हुए लोगों की मर्म व्यथा का दस्तावेज बनता आया है। इसमें खतरा यह है कि व्यथा का तानाबाना इतना निजी, नरम और निराला होता है कि यह मकड़ी के जाले-सा जेहन पर पड़ जाता है। इसी से

नकारात्मक प्रवृत्तियाँ जन्म लेती हैं। सातवें दशक की एक पूरी-की-पूरी जमात इन प्रवृत्तियों से उबर नहीं पाई। अजब बात यह भी थी कि यह जमात अपनी कविता के लिए कम और अपने कारनामों के लिए ज़्यादा जानी जाती। उस समय जैसे स्पर्धा चल रही थी कि कौन कितनी जघन्य रचना लिख सकता है। जीभ और जाँघ के चालू भूगोल में कविता कुछ इस तरह फँस गई कि हर कवि उसी के अन्दर चक्कर लगा रहा था। कविता में लोग अपना बोरिया बिस्तर लेकर चले आए थे। कुछ कवयित्रियाँ भी अपनी भूख, प्यास, नींद जैसी बुनियादी जरूरतें लेकर कविता में उतरी थीं। ये सब ऐलेन गिंजबर्ग और शक्ति चट्टोपाध्याय जैसा आक्रोश तो अपने अन्दर न जुटा पाते, पर उनसे भी बड़बोली कविताएँ लिख रहे थे। दरअसल छायावाद काल में कविता का जो विदेहीकरण हुआ था उसके ठीक उलट अब देह कविता में दुन्दभि बजाती चली आई थी अपनी समस्त गन्ध-दुर्गन्ध के साथ।

उस दौर की कविता में रूमानियत के विरुद्ध आक्रोश, और निषेध के विरुद्ध आवेश की अभिव्यक्ति, पुनरावृत्ति की सीमा तक उपस्थित थी। प्रयोगवाद के प्रणेता अज्ञेय घनघोर प्रेम कविताएँ लिखने के पश्चात् 1964 में लिख रहे थे *'धड़कन धड़कन धड़कन / दाईं, बाईं कौन आँख में फड़कन / उँह कुछ नहीं, नशे के झोंके में / स्मृति के शीशे की तड़कन।'* अथवा *'यह अपने ही रचे एकान्त का दबाव कैसे सहा जाए।'*

इस सबके बावजूद अज्ञेय सातवें दशक के नायक थे जिन्हें देखने के लिए हम सब बेताब रहते थे।

पापा, ममी और मैं शाम छह बजे युनाइटेड कॉफी हाउस में ऊपर जाकर बैठ जाते। वहाँ छह से सात बजे के बीच किसी वक्त अज्ञेयजी और कपिला वात्स्यायन आते। वे नीचे के हॉल में अपनी निर्धारित जगह पर बैठते। मैं टकटकी लगा अज्ञेयजी को देखती रहती। मुझे अज्ञेयजी की प्रेम विरोधी कविताएँ नहीं, प्रेम कविताएँ याद आने लगतीं। 'शेखर' और 'नदी के द्वीप' के प्रेम प्रसंग मेरी आँखों में उतर आते। कपिलाजी के कन्धे पर शान्तिनिकेतनी झोला रहता। पापा कहते—''देख लो यही हैं 'नदी के द्वीप' के भुवन और रेखा। यही दिखाने के लिए मैंने आज तेईस रुपए खर्च किए हैं।''

जिया हुआ समय डबलरोटी के टुकड़ों की तरह अलग-अलग नहीं रहता। वह गड्डमड्ड होता रहता है। यह 1961 में 1963 मिल गया कि मैं दौलतराम कॉलेज

में अंग्रेजी की व्याख्याता नियुक्त हो गई, यह 1962 में 1964 गुड़प हो रहा है कि आजाद भारत के महानायक जवाहरलाल नेहरू का निधन हो गया।

घाट पर नेहरूजी की अन्त्येष्टि में हम चार लोग वहाँ पहुँचे, पापा, ममी, कैलाश वाजपेयी और मैं। कैलाश हमारे पड़ोस में रहते थे। हम सब अपनी-अपनी तरह से आक्रान्त थे। हमें लग रहा था भारतीय राजनीति को नेतृत्व देनेवाला अब जल्द कोई नहीं होगा। मुझे याद है जब नेहरूजी की चिता को मुखाग्नि दी गई, कैलाश वाजपेयी रो रहे थे। उस दिन बला की गर्मी थी। निगम बोध घाट पर कहीं छाँह नहीं थी। हम सबको बेहद प्यास लगी थी। हमने एक तरबूज खरीदकर खाया था। ममी की तबीयत यकायक खराब हो गई। उन्हें लू का असर हो गया। कैलाशजी की समस्त व्यग्रता ममी की तबीयत पर केन्द्रित हो गई। वे ही हमें किसी तरह भीड़ में से रास्ता दिखाते दरियागंज के पिछवाड़े ले आए जहाँ कवयित्री इन्दु जैन का घर था। इन्दुजी ने सीढ़ियों पर आधे रास्ते उतर ममी को सहारा दिया और ऊपर ले जाकर अपने कमरे में लिटाया। इन्दुजी का घर बड़े रचनात्मक तरीके से सजा था। छोटा-सा फ्लैट था किन्तु उसमें उन्होंने इंच-इंच जगह का कलात्मक उपयोग किया था। यहाँ तक कि उन्होंने अपने डबलबेड के पैताने पर कतार से नन्हे कैक्टस रोपे हुए थे। मैं उनसे कहना चाहती थी कि बेडरूम में कैक्टस लगाना ठीक नहीं है। मैंने कहीं पर पढ़ा था यह। पर वे अपनी आन्तरिक लय में इतनी मगन थीं कि मेरी हिम्मत न हुई और मैं उनकी विशिष्ट, कलात्मक बिन्दी ही देखती रह गई। तब तक मैं इन्दुजी की बहुत-सी कविताएँ पढ़ चुकी थी। ममी के सिर पर ठंडे पानी की पट्टियाँ रखी जा रही थीं और मैं इन्दु जैन को देखते हुए उनके प्रति विस्मित आकर्षण में बँधी जा रही थी। मेरी मम्मी का नाम भी इन्दु था। एक इन्दु दूसरी इन्दु की सुश्रूषा कर रही थी पर मेरा मन कवि इन्दु में समाया जा रहा था। इतना मेरी समझ में आ रहा था कि मेरे जीवन में नायक-नायिका पढ़ने-लिखने की दुनिया के ही लोग थे। अद्‌भुत बात थी कि जब जो रचनाकार पहली बार दिखा, कभी अनजाना, अपरिचित नहीं लगा, पराया नहीं लगा। हमेशा ऐसा लगा कि इसे तो मैंने बरसों से जाना है, चाहा है, सराहा है। उन वर्षों में रचनाकार और रचना के बीच की कड़ी को अपने हृदय की ऊष्मा से जोड़ा। किस उम्र में किस रचनाकार को देखा, यह बहुत अहम सवाल था। दिल्ली ने रचनाकारों से मिलने के दुर्लभ अवसर दिए।

एक दिन मैं अपने चाचा श्री भारतभूषण अग्रवाल से मिलने साहित्य अकादमी गई तो बात-बात में उन्होंने पूछा, ''तुमने रोमन पोलांस्की की 'नाइफ इन द वॉटर' देखी है?'' उन दिनों अन्तर्राष्ट्रीय फिल्म उत्सव की धूम मची हुई थी। मेरे ना कहने

पर उन्होंने मुझे एक टिकट दी और कहा—"थोड़ी देर पहले मोहन राकेश आए थे। उनके पास आज के शो की दो टिकटें थीं। अनीता की तबीयत ठीक नहीं है इसलिए उन्होंने एक टिकट मुझे दे दी। मैं तो यह फिल्म पहले ही देख चुका हूँ।"

नौकरी के बावजूद मेरे पास काटने के लिए ढेर-सा वक्त होता था। फिल्म देखना मुझे पसन्द भी बहुत था। मैंने ओडियन पहुँचकर, पोटेटो चिप्स का एक छोटा पैक खरीदकर पर्स में छुपाया और हॉल में बैठ गई। कनॉट प्लेस के सिनेमा हॉलों के अन्दर खानपान पर प्रतिबन्ध था पर चिप्स और चॉकलेट ऐसी चीजें थीं जिन्हें अँधेरा होने पर चोरी-छिपे खाया जा सकता था। मेरे लिए सिनेमा देखना कुछ-न-कुछ टूँगने का बहाना था।

फिल्म आरम्भ होने के बाद भी काफी देर तक मेरी बगलवाली सीट खाली पड़ी थी। इसमें कुछ भी अजीब नहीं था। मोहन राकेश से मेरा कोई परिचय नहीं था। थोड़ी देर में फिल्म की दृश्यात्मकता और पटकथा ने इतना बाँध लिया कि आस-पास का जगत मेरे लिए अदृश्य हो गया। 'नाइफ इन द वॉटर' सशक्त, संवेदनशील फिल्म थी। इसमें बहुत थोड़े संवाद थे और दृश्यक्रम का तानाबाना चुप्पियों से बुना हुआ महसूस हो रहा था। यकायक मुझे लगा कि मेरे साथवाली सीट पर कोई डिस्टर्ब हो रहा है। मेरे पोटेटो चिप्स की चुर्रमुर्र से मोहन राकेश, जो न जाने कब आकर अपनी जगह पर बैठ गए थे, बेचैन हो रहे थे। अँधेरे में उनका गोल चश्मा चमक रहा था। चश्मे के पीछे चमकती आँखों में हैरानी थी। संकोच और सन्ताप से न सिर्फ मेरा मुँह वरन् दिमाग भी जाम हो गया। अपनी बौड़म आदत पर बेहद अफसोस हुआ। एक संवेदनशील दर्शक की चेतना पर चोट पहुँचाने का अपराधबोध इतना गहरा था कि शेष फिल्म बिना देखे मैं हॉल से बाहर आ गई।

तब तक राकेशजी से मेरा औपचारिक परिचय नहीं था। उनकी कहानियाँ पढ़ रखी थीं। उनकी नायक छवि की जानकारी थी। उनके जीवन में घटनाओं की चकाचौंध मुझे कुछ-कुछ अविश्वसनीय लगती थी। अँधेरे में उनकी बेचैन उपस्थिति की स्मृति बहुत देर तक मेरे अन्दर बनी रही। रीगल से नौ नम्बर की बस से घर आते समय मैंने यहाँ तक सोचा कि वे जरूर भारतजी से पूछेंगे कि उन्होंने वह अनीतावाला टिकट किस बेवकूफ को दे दिया था।

बाद के समय में जब राकेशजी के साथ एक ही मंच से बोलने का अवसर मिला, उन्होंने ओडियन में हुई दुर्घटना का कोई आभास नहीं दिया। इससे कुछ तसल्ली मिली कि राकेशजी मुझे बिलकुल नहीं पहचानते थे। लेकिन वह अनुभव और अनुभूति अभी तक मुझे तिड़का जाती है। राकेशजी में आचरण का

अभिजात्य कूट-कूटकर भरा था। हो सकता है वे मुझसे अनजान रहे हों; यह भी हो सकता है वे जानबूझकर अनजान बने रहे।

इस लिहाज से दिल्ली में कमलेश्वरजी से मिलना और बात करना ज़्यादा सहज और सुखद था। वे उन दिनों रेडियो में काम करते थे जहाँ मेरा अक्सर जाना होता था। तब वे आवाज की दुनिया के जादूगर थे। स्टूडियो में वे लोगों से घिरे खड़े होते, ठहाके लगाते होते, चुटकियाँ लेते होते। आलम यह था कि बाकी आकाशवाणी भवन में कर्मचारी और अधिकारी लाल फीते में बँधे कसमसाते रहते, कमलेश्वर सरकारी तन्त्र की सारी मनहूसियत को धता बताते हुए दनदनाते रहते। उनके उपन्यास 'डाकबँगला' और 'एक सड़क सत्तावन गलियाँ' पाठकों की पसन्द बन चुके थे, उनके प्रसारण पर हजारों श्रोता रेडियो खोलकर कान लगाते। वे पापा की तरफ देखकर शरारती हँसी हँसते और अपने उपन्यास का एक जुमला बोलते, 'रेडियो की नौकरी में आदमी को बजने की आदत हो जाती है। जब देखो तब बजता ही रहता है।'

पापा एक चुप हँसी के साथ वापस अपने ऑफिस की सुरक्षा में पहुँचकर कहते—''बड़ा बदमाश है कमलेश्वर। हिन्दीवालों की आदत है किसी के सामने कुछ भी बोल देते है।''

लिखती तो थी मैं कविता पर सारे समय कहानियों से आन्दोलित रहती थी। हर कहानी पढ़ने के बाद भी मन में उस कहानी का एक क्रमशः बनता जाता। कविता का खगोल और भूगोल मुझे सीमित दिखता। सातवें दशक की कविता मुझे स्थूल और क्षणवादी लगती हालाँकि मैं भी अपने समय के अनुरूप कविताएँ लिख रही थी। जगदीश चुतर्वेदी के सम्पादन में अकवितावादियों का एक महत्त्वपूर्ण संकलन 'प्रारम्भ' प्रकाशित हुआ जिसमें मेरी इक्कीस कविताएँ छपीं। रातोरात मेरी गिनती भी अकवियों में होने लगी। सातवें दशक के मध्य में 'प्रारम्भ' संकलन का प्रकाशन ऐसा माना जा रहा था जैसे सन् 1798 में लिरिकल बैलड्स का प्रकाशन माना गया था। लेकिन धीरे-धीरे कालान्तर में क्रान्ति का यह कच्चा नक्शा भी फॉर्मूला बन गया और हम सब इस फॉर्मूले से बाहर निकल आए।

यों तो मेरी छोटी-सी दुनिया में बहुत कुछ था, एक अच्छी पक्की नौकरी, पढ़ने के लिए अपना कमरा, असंख्य पुस्तकोंवाला घर और समझदार माता-पिता। लेकिन नौकरी के साल-भर में ही मुझे एकाकीपन खटकने लगा। कॉलेज में आए दिन किसी-न-किसी सहकर्मी की शादी का निमन्त्रणपत्र मिलता रहता।

यूनिवर्सिटी की साथिनों में भी कभी किसी का रिश्ता पक्का होने की खबर मिलती तो कभी किसी के प्रेम प्रसंग की। दिल्ली की सड़कों पर हाथ-में-हाथ डाले प्रेमीजन कहीं-न-कहीं दिख जाते। रेस्तराँ में मेज के नीचे पैर-से-पैर सटाकर बैठनेवाले, सिनेमा हॉल में एक-दूसरे से चिपककर फिल्म देखनेवाले और बसों में एक-दूसरे के ऊपर झुक-झुक जानेवाले आशिक, इश्क की दुनिया की खुली किताब थे। मुझे लगता मैं उतनी अकेली नहीं हूँ जितनी कि दूसरों की तल्लीनता मुझे अकेला महसूस करवा रही है। एक बार नौ नम्बर की बस के कंडक्टर ने कहा—"जिन्दगी-भर साथ रहना है इन्हें पर पाँच मिनट बस में अलग बैठना गवारा नहीं।" एक नवविवाहित जोड़ा बस में अलग-अलग सीट पर बैठा था और कंडक्टर की ओर बड़ी शि॰ ग्त से देख रहा था।

एक बार किसी सभा में से पापा-ममी पहले ही उठ दिए कि मैं अपने-आप बस पकड़कर आ जाऊँगी। तभी भारतजी ने बताया कि यहाँ से हमें नगर के उपराज्यपाल ए.एन. झा के यहाँ कवि गोष्ठी में आमन्त्रित किया गया है। गोष्ठी अज्ञेयजी की अध्यक्षता में होनी थी। हम सब कवि अज्ञेयजी, रघुवीर सहाय, श्रीकान्त वर्मा, कैलाश वाजपेयी, भारतजी, रमानाथ अवस्थी, रमा सिंह और मैं वहाँ पहुँचे। कवि-गोष्ठी खूब जमी। झा साहब ने पूरी गोष्ठी को रिकॉर्ड करवाया। अन्त में उन्होंने संस्कृत काव्य के अंश सुनाए। इसके बाद उन्होंने हमें रात्रि भोज के लिए रोक लिया। शानदार दावत थी। उनके परिवार के सदस्य स्वयं आग्रह कर खिला रहे थे और एक-एक अतिथि का ध्यान रख रहे थे। उनके बेटे की तभी शादी हुई थी। उसकी परिणीता एकदम छोटे-से कद की दुबली, गोरी, गोल चेहरेवाली लड़की थी जो दो इंच एड़ीवाली चप्पलें पहनकर भी नाटी लग रही थी। झा साहब के अनुरूप ही उनका बेटा लम्बा, सुन्दर और पर्वत की तरह विशाल था। खाना खाते हुए मैंने गौर किया कि उस छुईमुई-सी लड़की ने अपने पति की तरफ आँखों का एक मौन संकेत किया। अगले ही पल दोनों महफिल से गैर हाजिर हो गए। बात नितान्त सहज और संगत थी पर मेरा मन 'कविता-वविता की बहस से उचट गया। मुझे लगा कविता के नाम पर नए-पुरानों को काटने दौड़ना सिरफिरे लोगों का टाइमपास है, असली कविता तो वहाँ कमरे में कैद है। इसी तरह अकेलापन कभी भी डंक मार जाता, कभी रास्ता चलते, पड़ोस के फ्लैट की खिड़की से दिखते दृश्य से, कभी किस्से कहानी में छुपे प्रसंग के अदृश्य से, कभी किसी बज्म में, कभी किसी नज्म में।

कहने को बहुत लड़के थे आस-पास। पर मुझे तो एक ऐसा दोस्त चाहिए था जो न सिर्फ अविवाहित हो वरन् कुँवारा भी। मेरी तरह। जिसके जीवन में किताबों

की सम्पदा हो, कलम की पूँजी; जिसे मैं साँवली नहीं सलोनी नज़र आऊँ, जो मुझे ऐसे चाहे जैसे रांझा ने हीर को, मजनूं ने लैला को और महिवाल ने सोहनी को चाहा। बल्कि उससे भी ज़्यादा। जिसके लिए मैं इतने वर्षों का संचित अपना सूनापन खुशी-खुशी समर्पित कर दूँ। मेरे पास पात्र नहीं था, मैं प्रेम के भाव से ही प्रेम कर रही थी। उन वक्तों में दिल्ली बड़ी दिलजली थी। सातवें दशक के मध्य में लोग जिस रफ्तार से प्रेम कर रहे थे, उसी रफ्तार से प्रेम में एल.बी.डब्ल्यू हो रहे थे। बुद्धिजीवी वर्ग में धड़ाधड़ शादियाँ टूट रही थीं। सम्बन्धों में निरर्थकता-बोध का बोलबाला था। काफ्का, कामू और सार्त्र युवा पीढ़ी को निर्वासन, निस्संगता और संत्रास का ऐसा इंजेक्शन लगा चुके थे कि प्रेम में पड़ने का चलन मिटता जा रहा था।

सन् 1964 के ऐसे ही प्रेम विरोधी मौसम में एक दिन जगदीश चतुर्वेदी के साथ एक बेहद लम्बे लड़के ने 25/39, शक्तिनगर की पहले माले की सीढ़ियाँ चढ़ीं और हमारे घर में दाखिल हुआ। यह आगन्तुक रवीन्द्र कालिया था। बोलने का काम पापा और जगदीश चतुर्वेदी करते रहे। रवीन्द्र बहुत कम बोले, उनसे ज़्यादा उनकी सिगरेट का धुआँ बोला। मैंने उस दिन बाल शैम्पू किए थे। खुले बालों और प्रसाधनविहीन चेहरे से मैं आगन्तुकों को चाय पिलाती रही। जगदीश हमारे पुराने पारिवारिक मित्र थे, मध्य प्रदेश के 'शलभ काल' के लेकिन वह सिगरेट पीनेवाला लड़का एकदम नया और अजनबी था। उस दिन मुझे यह जरूर महसूस हुआ कि जो नहीं बोलता वह अपने पीछे कितने अनुमान छोड़ जाता है। (बाद के दिनों में जब रवि मुझसे कहते कि वे एक बार हमारे घर शक्तिनगर आए थे, मैं कहती मुझे याद नहीं। वे मेरे झूठ पर चकरा जाते। एक दिन उन्होंने कह दिया—"तुम्हें याद है पर तुम स्वीकार करना नहीं चाहतीं कि तुम्हें याद है।" मेरे अन्दर पकड़े जाने का ऐसा आतंक उपस्थित हुआ जो आज तक कायम है और इसके बाद मैंने रवि से कभी झूठ बोलने की कोशिश नहीं की। भीरुता ने कई मरहलों पर मेरी जिन्दगी आसान बनाई।) उस रात यह लम्बा लड़का मेरे सपनों में भी थोड़ी देर के लिए आया। लेकिन मैंने अपने सपनों को ज़्यादा लिफ्ट नहीं दी क्योंकि रवीन्द्र की कहानी 'नौ साल छोटी पत्नी' छप चुकी थी जिसे पढ़कर लगता था कि लेखक जरूर विवाहित है। मैं पचड़ेवादी प्रेम में कतई नहीं पड़ना चाहती थी, इतना चौकन्नापन मेरे अन्दर था।

दिन बीतते रहे। 1964 यों ही बीत गया। कुछ निष्फल मित्रताएँ, शत्रुताएँ और विचित्रताएँ लिए हुए। हितैषियों ने कहना शुरू कर दिया, 'ममता हमारे बच्चे को अपना नॉमिनी बना लो, आखिर अकेली कैसे गुजारोगी जिन्दगी?' मुझे हितैषी

नागवार मालूम दिए। मेरी उम्र सिर्फ साढ़े तेईस साल थी और घर से लेकर मित्र हितैषी कह रहे थे कि मेरा शेष जीवन एक रेगिस्तान है। एक हितैषी ने कहा—"तुम्हारे लिए कलकत्ते में एक रिश्ता ढूँढा है। लड़का मारवाड़ी है, पैर से थोड़ा लँगड़ाता है, चरित्र का थोड़ा ढीला है पर पैसे की कमी नहीं, उसे घर चलानेवाली घरेलू लड़की चाहिए, बोलो शादी करोगी। उसके पास लाल रंग की प्रीमियर पद्मिनी कार भी है।" मैंने हितैषी से कहा—"उस कारवाले के लिए एक अच्छी नौकरानी ढूँढ दो, मुझे माफ करो।" एक और हितैषी ने बताया—"अपना नाम लाजपतनगर के एक आश्रम में लिखवा दो। पन्द्रह-बीस साल बाद जब वहाँ जगह खाली हो, चली जाना, माँ-बाप हमेशा साथ नहीं रहते।"

ऐसे कठिन वक्तों में अध्ययन और लेखन की प्रवृत्तियों ने मुझे बहुत सहारा दिया, माँ-बाप से भी ज़्यादा। किसी भी बेहूदगी को सहने में लिखना-पढ़ना कवच और कुंडल का काम करते थे। घर में अपने को लड़का साबित करते-करते, हालत यह हो गई थी कि अब ममी और पापा मुझे लड़का ही मान रहे थे। हर मुश्किल काम मेरे जिम्मे था।

ऐसे दुष्कर दिनों में मैंने पुस्तकों को प्रेम किया और उनसे प्रेम पाया। सन् 1964 में निर्मल वर्मा की दो पुस्तकें पढ़ीं—'वे दिन' और 'जलती झाड़ी', कई-कई बार पढ़ीं। कंठस्थ हो गईं। जिस किसी की सालगिरह होती मैं ये दो किताबें खरीदकर भेंट कर देती। सागर पार दोस्तों को भी मुझसे यही तोहफा मिलता। निर्मल वर्मा मेरे प्रिय रचनाकार बनते गए। उनकी कहानियों को मैंने कविताओं की तरह याद किया, उनके उपन्यास से मैंने अपनी मुहब्बत के प्रतिमान बुने।

तब तक मेरा कॉलेज तिलक ब्रिज से यूनिवर्सिटी परिसर मॉरिसनगर आ चुका था। रास्ता पैदल का था पर बस लेना अच्छा लगता। तब तक राजेन्द्र यादव और मन्नू भंडारी भी दिल्ली आकर बस चुके थे। उनका मकान शक्तिनगर में ही नाँगिया पार्क के पास था। अकसर सुबह 10 बजे जब मैं बस लेने के लिए नाँगिया पार्क पहुँचती, वहाँ बस के इन्तज़ार में लोगों की लम्बी कतारें होतीं। दिमाग भन्ना जाता। मुझे तो अगले ही स्टॉप पर उतरना होता पर इन्तज़ार उन सबके साथ करना पड़ता जिन्हें सचिवालय तक जाना होता।

तभी कहीं से अचानक मन्नू भंडारी प्रकट होतीं और कहतीं, 'हटाओ ममता, चलो स्कूटर ले लेते हैं।' मन्नूजी केवल होंठों से नहीं बोलतीं, उनकी आँखें भी बोलती थीं। श्याम सलोनी, कल-कल सरिता-सी काया, कलफ की हुई साड़ी, छरहरा बदन, बातचीत का आत्मीय अन्दाज ऐसा उत्फुल्ल कर जाता कि लगता

आज दिन बहुत अच्छा बीतेगा, आज मन्नूजी को देख लिया। वे मुझे दौलतराम कॉलेज पर ड्रॉप करतीं और आगे अपने कॉलेज मिरांडा हाउस बढ़ जातीं।

कभी मैं शाम को उनके घर चली जाती। उन दिनों उनका घर मेरे लिए एक हँसता, मुस्कुराता, खिलखिलाता रोशनदान था जिससे झाँककर मैं हिन्दी साहित्य की दुनिया का नजारा देख सकती थी। हमेशा कोई-न-कोई मकबूल हस्ती उनके यहाँ बैठी मिलती।

रचनाकार कृष्णा सोबती को सबसे पहले मन्नूजी के यहाँ देखा। यादगार दिन था वह। तब तक उनकी सभी रचनाएँ पढ़ चुकी थी। मन्नू-घर में उस शाम गरारा कुरता और सिर तक ढके दुपट्टे में लिपटी एक भव्य आकृति उपस्थित थीं जो बड़े ध्यान से, बड़ी संजीदगी से हर बात सुन रही थीं। मोटे चश्मे में से झाँकती उनकी आँखों की चमक यह जता रही थी कि बात सिर्फ उतनी नहीं है जो सुनी जा रही है। 'कहने में उनके सामने बात बदल-बदल गई।' कहे हुए को सुनने का यह शरारती अन्दाज आज भी कृष्णाजी की खास पहचान है।

अपने अन्तर्बाह्य व्यक्तित्व में कृष्णाजी और मन्नूजी जैसे दो ध्रुव थीं। एक चपल, चंचल, रहस्यमय चितेरी जो अपनी नज़र से आपका तो समूचा एक्सरे कर डाले पर आप उसके पैर का अँगूठा भी न देख पाएँ। दूसरी सहज, सरल खुली किताब। राजेन्द्रजी कृष्णाजी के आतिथ्य का संचालन कर रहे थे। मन्नूजी बीच-बीच में अपने सेवक ध्यानसिंह को आवाज लगातीं, 'ध्यानसिंह चार कॉफी, ध्यानसिंह टोस्ट के साथ चाय।'

चलते वक्त कृष्णाजी ने राजेन्द्रजी और मन्नूजी को अपने घर आने का न्योता दिया। मैं भी वहाँ थी, सो मुझे भी। निर्धारित दिन हम टैक्सी से मलकागंज पहुँचे। कृष्णाजी के घर की निहायत आरामदेह बैठक में हर चीज पर मौलिकता की छाप थी। बीच की मेज दस्तरखान की तरह चौड़ी, नीची और नायाब पकवानों से भरी थी। कृष्णाजी को चाय की फिक्र में एक बार भी न उठना पड़ा न श्रम करना पड़ा। उनकी छोटी बहन सुषमा ने बड़ी कुशलता से यह मोर्चा सँभाला। वे दोनों मैरी मैकार्थी के तत्कालीन उपन्यास 'द ग्रुप' पर चर्चा करती रहीं। 'द ग्रुप' मैंने भी पढ़ रखा था और राजेन्द्रजी ने भी। उसमें स्त्री-पुरुष सम्बन्धों का बेबाक खुलासा था और दृष्टिकोण स्त्रीवादी था।

बहस और चाय दोनों दिलचस्प रहीं। मैंने अपने अन्दर नई ऑक्सीजन का संचार पाया। कृष्णाजी के जीवन से रश्क भी हुआ। कितनी आजाद खयाल हैं ये। न कोई चिन्ता न बन्धन। न नौकरी की जकड़बन्दी न माँ-बाप की नज़रबन्दी। मन्नूजी ने 'द ग्रुप' नहीं पढ़ रखा था पर उन्हें कोई कुंठा नहीं थी। वे आराम से

बैठीं हमारी बहस सुनती रहीं। काफी लम्बी बतकही के बाद हम कृष्णाजी से विदा लेकर बाहर निकले।

टैक्सी के चलते ही राजेन्द्रजी ने तिलमिलाकर कहा—''उन्होंने मेज पर इतना नाश्ता रखा था, वे आग्रह नहीं कर सकतीं थीं कि खाइए।''

मन्नूजी हँस दीं—''तुम्हें किसने रोका था, खा लेते।''

राजेन्द्रजी बोले—''आतिथ्य केवल रखने में नहीं, आग्रह करने में होता है।''

वाद-संवाद में सबसे मुखर राजेन्द्रजी थे पर उनका एक हिस्सा सारी बहस से तटस्थ, आतिथेय का मूल्यांकन भी कर रहा था।

मुझे लगा मन्नूजी की ऊर्जा का एक बड़ा हिस्सा राजेन्द्रजी की अपेक्षाओं पर खरा उतरने में खर्च होता होगा। राजेन्द्रजी खुद बहुत अच्छे मेजबान थे। उनके घर से कोई कॉफी पिए बिना, ठहाके लगाए बिना वापस नहीं जाता। बल्कि वे तो ज़्यादा वक्त अपने घर में ही होते। लिहाजा उनसे मिलनेवालों की महफिलें घर में लगी रहतीं। मन्नूजी कॉलेज के घंटों के बाद हर किसी की फिक्र में मशगूल रहतीं। साथ ही यह भी देखतीं कि सेवक ध्यानसिंह रात दस बजे सोने चला जाए। ऊपर से ढाई साल की टिंकू की देखभाल भी मन्नूजी के जिम्मे थी। राजेन्द्रजी कॉफी हाउस से लौटते हुए, आगंरे वाली मस्ती में किसी को भी साथ पकड़ लाते बिना यह जाने कि घर में भोजन का क्या प्रावधान है। एक बार ऐसे ही एक अमेरिकी परिवार को वे पकड़ लाए थे। उनके पास एक छदाम भी नहीं था। दो बच्चों से लैस पति-पत्नी के पास पर्याप्त कपड़े भी नहीं थे। मन्नूजी इस परिवार को महीने-भर तक अपनी जेब से खिलाती-पिलाती रहीं, उनके बच्चों को अपनी रजाई में सुलाती रहीं।

उन दिनों मुझे सुबह जगाने का काम समाचारवाचक देवकीनन्दन पांडेय किया करते थे। मैं रात में लिख-पढ़कर देर से सोती। सुबह पापा उस वक्त रेडियो का वॉल्यूम थोड़ा बढ़ा देते जब देवकीनन्दन पांडेय अपनी गनगनाती आवाज में कहते—''सवेरे के सवा आठ बजे हैं, अब आप देवकीनन्दन पांडेय से हिन्दी में समाचार सुनिए।'' मैं बिस्तर से उठकर तैयार होने में लग जाती। ऐसी ही एक सुबह, सन् 1965 में एक तार मिला। पंजाब यूनिवर्सिटी, चंडीगढ़ में 30 जनवरी को 'कहानी सवेरा' शीर्षक से एक गोष्ठी का निमन्त्रण था। भेजनेवाले का नाम आचार्य हजारी प्रसाद द्विवेदी। रोम-रोम आह्लाद और अविश्वास से काँप उठा। आचार्य जी को मंच से बोलते सुना था, उनके लेख पढ़े थे। दिल्ली शहर की एक गुमनाम लेखिका को वे अपनी गोष्ठी के लिए बुलाएँगे, यह तो कभी सोचा तक नहीं था।

पापा ने देखकर अपने खास अन्दाज में कहा—"वेरी गुड, जरूर जाओ।"

'आज की कहानी का प्रामाणिक यथार्थ' विषय पर आलेख तैयार करना था। कहानियाँ मैंने बहुत पढ़ रखी थीं। मैंने छठे और सातवें दशक में यथार्थ के परिवर्तित रूप पर जोर देते हुए अपना आलेख तैयार किया। 29 जनवरी की शाम जब मेरी बस चंडीगढ़ पहुँची, बस अड्डे पर डॉ. इन्द्रनाथ मदान, रवीन्द्र कालिया और विमल आए हुए थे। गजब की ठंड थी। मुझे एक छोटी-सी अटैची लेकर उतरते हुए देखकर मदान साहब बोले, "शी हैज कम लाइक ए मेम्बर ऑफ द फैमिली, इनके लिए बिस्तर का इन्तजाम करना पड़ेगा।" मुझे डॉ. इन्दु बाली के घर पर ठहराया गया। वे बेहद खूबसूरत, रोबीली और स्मार्ट लेखिका थीं। उन्होंने मुझे रात में अपने साथ सुलाया। सुबह जब मैं उठी, वे नहा-धोकर तैयार हो चुकी थीं। उनके घर में कुछ रिश्तेदार भी टिके हुए थे जिन्हें वे आलू के पराठे सेककर खिला रही थीं। रसोई में गुँधे हुए आटे की विशाल परात देखकर लग रहा था वे सारे शहर को नाश्ता खिलाएँगी। डाइनिंग टेबिल पर एक बहुत बड़े डोंगे में घर का निकला कच्चा मक्खन और दही रखा था। उनके हाथ के एक पराठे ने दिनभर पेट का साथ दिया।

यों तो पूरा चंडीगढ़ खूबसूरत था, यूनिवर्सिटी परिसर तो एकदम नगीना था। करीने से लगी गुलाब की कतारें, हर रंग का गुलाब। बहुत दिनों के बाद चंडीगढ़ में नारंगी, कत्थई, दुरंगा और काला गुलाब देखने को मिला। गुलाब जितनी ही खूबसूरत अनीता राकेश वहाँ मिलीं और अनामिका विमल। बहुत से शीर्ष रचनाकारों, आलोचकों से मंच सजा था। नई कहानी के दो दिग्गज अपने महाबली आलोचक सहित विराजमान थे। मोहन राकेश, कमलेश्वर, आचार्य द्विवेदी, इन्द्रनाथ मदान, नामवर सिंह के साथ रवीन्द्र कालिया, गंगा प्रसाद विमल, अनीता राकेश और मैं मंच पर बैठे थे। नामवरजी ने मंच से मेरे आलेख की सराहना की थी। मेरे लिए वह ऐतिहासिक दिन था।

ऐतिहासिक तो वह दिन और भी कई कारणों से रहा।

उस दिन राकेश और कमलेश्वर की उठापटक जुमलेबाजी को रू-ब-रू जाना, मदान साहब का प्यार भरा आतिथ्य पाया, राकेशजी की आँखों में फिदा ए अनीता चमक देखी, नामवरजी का नायकत्व महसूस किया। एक व्यक्ति जिसने मुझसे नहीं के बराबर वार्तालाप किया, वह था रवीन्द्र कालिया। मोहन राकेश, कमलेश्वर और रवि जैसे सिगरेट की बाजी लगा रहे थे, तीनों जैसे एक तरन्नुम में फौर स्क्वैयर, चारमीनार और विल्ज़ फिल्टर के इश्तेहार बने हुए थे। राकेशजी के सिर में दर्द होने लगा। अनीता अपने पर्स में गोली ढूँढने लगी। मैंने

अपने पर्स से निकालकर दवा की गोली दी। राकेशजी दर्द में भी शरारत से मुस्कुराए "अनीता मेरे लिए दवा रखती है, आप किसके लिए रखती हैं?"

क्या बताती। कोई अपना मरीज, कोई हमदर्द था ही नहीं।

मैंने कहा–"आज ही दिल्ली वापस जाना होगा। मैं छुट्टी लेकर नहीं आई और कल कॉलेज है।"

मदान साहब ने कहा–"एक दिन रुक जाइए, आपको सुखना झील दिखाएँगे।"

पर मैं उठ खड़ी हुई।

ताज्जुब!

मेरे साथ रवीन्द्र कालिया भी उठ खड़े हुए।

राकेश और कमलेश्वर ने रवि को अलग ले जाकर समझाया–"इन्हें जाने दो, बस में बैठाकर आ जाना। शाम को रंग जमेगा।"

रवि कुछ नहीं बोले। विल्ज़ फिल्टर के धुएँ ने जो कहा हो सो कहा हो।

चंडीगढ़ के सभी मित्र छोड़ने आए। कमलेश्वर अन्त तक कोशिश करते रहे कि रवि न जाएँ। वे अवश्यम्भावी की आहट पहचान रहे थे।

रवि मेरे साथ दिल्ली चल दिए।

मुझे लग रहा था, इस लड़के की हिमाकत तो देखो। हाल न पूछा, बात नहीं की, पर चल रहे हैं छोड़ने जैसे मुझे बस में सफर करना नहीं आता।

बहुत देर तक दोनों के बीच दही जमा रहा। आखिर में रवि ने मेरी प्रिय पुस्तकों के बारे में पूछा। मैंने जैनेन्द्र, अज्ञेय और निर्मल वर्मा गिना दिए। यह भी बताया कैसे मैं अपने समस्त दोस्तों को निर्मल वर्मा पढ़ा चुकी हूँ।

अब रवि से बर्दाश्त नहीं हुआ।

उन्होंने एक-एक कर जैनेन्द्र, अज्ञेय और निर्मल की सीमाओं, संकुचित सरोकारों और अवास्तविक कथानकों पर प्रहार करना आरम्भ किया। अर्थात् मेरा अब तक का संचित साहित्य कोष वे नकार रहे थे, धिक्कार रहे थे। वे मुझसे मेरे सारे नायक छीन रहे थे। वे मेरे नायक मिट्टी में मिला रहे थे। किस मिट्टी का बना है यह आदमी। अपने पूर्ववर्ती रचनाकारों से इसे जरा भी मोह नहीं।

रवि का मोह केवल एक के प्रति था। वह मैंने महसूस किया। मोहन राकेश के प्रति। वे पूजा की हद तक मानते थे उन्हें। उनका कहा ब्रह्मवाक्य। उनका सिखाया दीक्षान्त कथन। उनका लिखा सर्वोपरि।

लेकिन उनकी मर्जी के खिलाफ वे बस में सवार हुए और मेरे साथ चल दिए।

यकायक करनाल पर बस खराब हो गई। ड्राइवर, कंडक्टर ने बारी-बारी से बस के नीचे प्राणायाम की मुद्रा में लेटकर निरीक्षण किया। उनमें थोड़ा मतभेद हुआ कि खराबी पहिए में है या इंजन में। फिर इस बात पर समझौता हो गया कि खराबी इंजन में है। ठंड बला की। मेरा स्वेटर और रवि का कोट, दोनों करनाल की ठंड से मार खा रहे थे। चाय मँगाई। चाय के बहाने फिर सिगरेट। अब तक मेरे जेहन में रवीन्द्र कालिया और सिगरेट एकाकार हो चुके थे। धुआँ अच्छा लग रहा था। नागवार बातें भी गवारा करने की तबीयत हो रही थी। यह शख्स मेरे सारे नायकों को परास्त कर मुझे एक नया नायक देने में बहुत दूर नहीं था।

सबसे बड़ी बात अभी तक उसने अपने घर-परिवार, नौकरी और आर्थिक संघर्षों का कोई पुलिन्दा नहीं खोला था। लड़कियों को भावुक और विगलित करने के लिए जिस बाजीगरी का सहारा लोग लेते हैं, वह यहाँ सिरे से गायब था।

रवि ने मुझे कुछ अच्छी कहानियों के बारे में बताया। उन्होंने अपने प्रिय रचनाकार हेमिंग्वे पर बात की। ऐसा लग रहा था उस रात वे एक कवि को कथाकार बनाकर ही दम लेंगे। बस मौत के कुएँ में चलती मोटरबाइक की तरह शोर कर ठंडी हो जा रही थी। उनके शब्द बस की आवाज से दबते, फिर उभर आते जैसे खराब ट्रांजिस्टर में शॉर्ट वेव स्टेशन।

आखिरकार बस चल दी। तीखी हवा से कुछ राहत मिली। दिल्ली पहुँचते-पहुँचते दस बज गए। रात, ठंड और ठिठुरन आपस में होड़ ले रही थीं। यह दिल्ली की जमीन का असर था कि हम दोनों अलग दिशा में वाहन ढूँढने लगे। रवि के हाथ में कोई सामान नहीं था। मैं अटैची थामे हर स्कूटरवाले से पूछती रही—''शक्तिनगर चलोगे?'' सबने मना कर दिया। टैक्सीवालों ने भी मेरी बात पर कोई ध्यान नहीं दिया।

अब क्या हो?

स्कूटर-टैक्सीवालों की सामूहिक न के बाद भी मुझे उम्मीद थी अभी कोई चौथा वाहन आएगा और मैं शक्तिनगर जा सकूँगी। रवि तब तक गए नहीं थे।

पास आकर बोले—''लगता है रात सड़क पर काटनी पड़ेगी।''

यह पता नहीं चला कि यह भविष्यवाणी उन्होंने अपने लिए की थी या मेरे लिए।

''आपके ममी-पापा परेशान हो रहे होंगे।''

''उनकी परेशानी सुबह शुरू होगी। मैंने कहा था मैं सोमवार तक आऊँगी।''

''फिर वहाँ से क्यों चल दीं?''

''मुझे लेक्चर तैयार करना था।''

रवि ने दो-एक स्कूटरवालों से बात की। उनके इलाके सन्तनगर, करोलबाग, सब जाने को तैयार थे।

रवि ने तकल्लुफ निभाया–"एक बार नामवर सिंह हमारे कमरे पर रुक गए थे। हम लोगों ने एडजस्ट कर लिया था। उन्हें कोई तकलीफ नहीं हुई थी। आप वहाँ भी चल सकती हैं। या हम लोग वापस चंडीगढ़ की बस में बैठ जाएँ?"

प्यार शब्द घिसते-घिसते चपटा हो गया है
अब हमारी समझ में
सहवास आता है।

ऐसी धाकड़ अकविता लिखने के बाजवूद व्यावहारिक स्तर पर मैं बड़ी डरपोक किस्म की खरगोश लड़की थी। रात के बारह बजे एक लगभग अपरिचित लड़के के घर जाकर नामावरी हासिल करने का मेरे अन्दर कतई हौसला नहीं था। उससे बेहतर था कि हम बन्द 'खैबर' की सीढ़ियों पर बैठ निर्मल वर्मा की 'परिन्दे' की समीक्षा करते।

कई युक्तियाँ सोची गईं।

धर्मशाला?

होटल?

रेलवे स्टेशन का वेटिंग रूम?

पर कहीं भी जाने को कोई भी वाहन उपलब्ध नहीं था।

हम एक खाली ऑटोरिक्शे में बैठ गए जो बस अड्डे पर खड़ा था। उसका मालिक ठंड से घबराकर कहीं दुबका हुआ होगा।

हम बहुत थक चुके थे।

ऑटो बर्फ का इग्लू बना हुआ था। उसकी छत पर थोड़ी-थोड़ी देर में कोहरा टपक रहा था। बाहर के अँधेरे में पिल्लों की पें-पें और सन्नाटे का मिश्रण एक अलग रसायन तैयार कर रहा था।

हम दोनों के बीच, मेरी पुरानी अटैची चीन की दीवार की तरह स्थापित थी जिस पर सिर रखकर एक झपकी ली जा सकती थी।

तभी।

कहीं से ऑटो का मालिक झल्लाता हुआ आया और सीधे बिगड़ने लगा।

रवि फौरन नीचे उतरे।

इस आड़े वक्त पंजाबी भाषा बड़ी काम आई।

जल्द ही शान्त होकर उसने कहा—"घंटा एक होर निकाल लो जी, फिर मैंने भी जाणा है।"

कौल का पक्का वह घंटे-भर बाद आया। ठंडे पड़े ऑटो को उसने किक मार कर जगाया और खड़-खड़-खड़ चल पड़ा।

अँधेरे में रास्ता क्या, शहर भी अपरिचित लग रहा था।

मैंने अपने को ऐसी बस्ती में पाया जहाँ सड़क के दोनों ओर मकानों की कतारें थीं लेकिन कहीं रोशनी या जीवन का कोई चिह्न नहीं था।

ऑटो ड्राइवर पैसे लेकर चला गया।

रवि ने मेरी अटैची थाम रखी थी। एक दरवाज़े पर काफी देर खटखटाने पर किसी ने खोला जो हमारे आगे-आगे सीढ़ी चढ़ गया।

यह हमदम था, रवि का चित्रकार दोस्त और रूम पार्टनर। उसने एक चिट्ठी रवि के हाथ में रख दी।

चिट्ठी इनकी छोटी बहन कमलेश की थी—इन्दर तुम चिट्ठी नहीं लिखते, न हमारी चिट्ठियों का जवाब देते हो। झाईजी को बेहद फिकर हो रही थी इसलिए आज हम आए। तुम बिना बताए चंडीगढ़ चले गए हो। हम सबको बेआराम किया तुमने—कमलेश

रवि चिट्ठी से थोड़ा विचलित हुए, फिर प्रकृतिस्थ हो गए।

हमदम ने अपनी रजाई समेटी और बगल के कमरे में चला गया।

रवि ने तुरन्त बिस्तर की चादर ठीक से बिछाई, रजाई पैताने रखी और बताया—"बाथरूम बाहर बालकनी में है।"

बाथरूम में न रोशनी थी न पानी। अतः जैसी गई वैसी ही लौट आई।

तब तक रवि जमीन पर खेस बिछाकर लेट गए थे।

थकान और नींद ने समस्त चेतना सुन्न कर रखी थी।

मैं बिस्तर पर लेटते ही सो गई, गहरी स्वप्नविहीन नींद।

बहुत रात गए ऐसा महसूस हुआ कोई मेरे बालों को छू रहा है।

मेरे होंठ कह रहे हैं—"तुम्हें ठंड लग रही होगी।"

पता चला हम दोनों काँप रहे हैं।

सिर्फ ठंड से नहीं।

रात के उन थोड़े से घंटों में हम एक-दूसरे के कोलम्बस हुए। उस वक्त हमने नए देश-देशान्तर नहीं ढूँढे किन्तु तटबन्ध पहचान लिए।

उतनी खराब नहीं : दिल्ली, मुम्बई

दिल्ली जैसे दिलजले और दागदार शहर में, जिन्दगी की भागदौड़ और भड़-भड़, नौकरियों की नकचढ़ी कुड़-कुड़ के बीच दिल-दिमाग के दरवाज़े मुहब्बत के इन्तज़ार में खुले हुए थे, यह हमें अब पता चला।

हमने अब तक किताबों में पढ़ा हुआ प्रेम जाना था। यह सोलहवीं शताब्दी का, यह उन्नीसवीं शताब्दी का, यह 1940 का, यह 1950 का, यह नौकुछियाताल का, यह भोपाल का, वह प्राग का, वह प्रयाग का प्रेम है।

इन सब में कुछ खाली जगहें थीं जो हमें अपनी तरह से भरनी थीं।

यह एहसास हो रहा था कि अकहानी ने कहानी की स्पेस खत्म नहीं की है और अकविता ने कविता को बेदखल नहीं किया है।

एक ही दिन के परिचय ने मेरे अन्दर इतनी ऊर्जा, ऊष्मा और उमंग भर दी कि मैं एड़ी से चोटी तक हरी हो गई। दिल्ली के खरदिमाग ऑटोचालकों के प्रति मन कृतज्ञ हो आया। अगर वे सीधे से मुझे शक्तिनगर पहुँचा आए होते तो कहाँ आता जीवन में प्रेम। पड़ी रहती किसी मनहूस महिला कॉलेज में, लड़कियों की कॉपियाँ जाँचती। उम्र चौबीस से चौंतीस, चौंतीस से चौवालीस होती जाती, रेगिस्तान रोज नजदीक आता जाता। कॉलेज में ऐसी सहकर्मियों की कमी नहीं थी जो लाल मिर्च की तरह तेज, पतली और रूखी दिखाई देतीं। वे अकेली मिकाडो में बैठी चाउमी खातीं, ओडियन में फिल्म देख लेतीं और गर्मी की छुट्टियों में अकेली मसूरी घूमने चली जातीं। मेहँदी उनके हाथों की जगह बालों में लगती जाती और अपनी लाल केशराशि से वे अलग पहचान में आतीं। कॉमेडी पढ़ाते हुए भी उनकी मुखमुद्रा ट्रेजिक बनी रहती। इनके विपरीत विवाहित प्राध्यापिकाएँ ज़्यादा सुगम्य और सन्तुलित थीं। किंचित मृदुल, किंचित पृथुल, ये एक आन्तरिक लय से अपना काम सम्पादित करतीं। इन्हें क्लास में जाने की कोई जल्दी न होती। अलबत्ता घर पहुँचने की बेकली जरूर दिखाई देती। कॉलेज में ये दोनों प्रजातियाँ प्रतिपक्षी सैन्यदलों की तरह रहतीं। अन्तस्थ क्षेत्र में हम जैसी नव

नियुक्त लेक्चरर थीं जिनके पास अभी सम्भावनाओं का समूचा आसमान था। प्रिंसिपल हम पर काम का बोझ लाद देती फिर भी हम हँसने का, कैंटीन में बैठने का, कनॉट प्लेस घूमने का समय निकाल लेतीं। हमें खबर लगती हैंडलूम हाउस में साड़ियों का नया स्टॉक आया है, हम कॉलेज से ही ग्रुप बनाकर निकल पड़तीं। कभी हम पर गॉगल्स खरीदने की धुन सवार हो जाती। कभी हम शंकर मार्केट में नया दर्जी तलाश करने में घंटों बिता देतीं। जनपथ के मुकाबले शंकर मार्केट ज़्यादा टिकाऊ किस्म का बाजार था जिसके नुक्कड़ का चाटवाला हमारी मनपसन्द आलू टिक्की बनाता। अंग्रेजी विभाग की लक्ष्मी मेनन और मैं कनॉट प्लेस के सभी रेस्तराँ में जा चुकी थीं सिवाय टी हाउस के। टी हाउस की संस्कृति में लड़कियों के प्रवेश का निषेध नहीं पर स्वागत भी नहीं था। वहाँ महिलाएँ पुरुषों के संग तो कभी-कभी दिख जातीं, अलग से अकेले टी हाउस जाने का रिवाज नहीं था। लक्ष्मी को हिन्दी साहित्य की सीमित जानकारी तक नही थीं इसलिए टी हाउस का उसके लिए कोई उपयोग नहीं था। मैं अपने को इतना लेखक नहीं समझती थी कि टी हाउस जाना अनिवार्य लगे।

रवि का मामला अलग था। वे न सिर्फ लेखन को गम्भीरता से लेते थे, उनकी संगत भी लेखकीय थी। वे दफ्तर खत्म कर सीधे टी हाउस आ जाते। उनमें अड्डेबाजी के बहुत से गुण थे। यारों के यार तो वे थे ही, अपने से वरिष्ठ रचनाकारों के साथ भी वे मित्र भाव रखते थे। इसलिए उनकी टोली हमेशा बड़ी ही रही। इन सबका दरबार टी हाउस था।

यह मित्र भाव लेखिकाओं के बीच न तब था न अब है। उन वर्षों में युवा महिला रचनाकारों की अच्छी-खासी संख्या दिल्ली में थी—मन्नू भंडारी, इन्दु जैन, स्नेहमयी चौधरी, कीर्ति चौधरी, निर्मला जैन जैसे प्रसिद्ध हस्ताक्षरों के साथ-साथ अनीता औलक, कान्ता भारती, मणिका मोहिनी, मोना गुलाटी, मीरा महादेवन और प्रभा दीक्षित जैसे नए चेहरे भी थे। सभी की कोई-न-कोई रचना लोगों का ध्यान खींच चुकी थी। लेकिन इनमें से कुछ अपने दाम्पत्य के दायित्व में तो कुछ प्रेम प्रसंगों के लालित्य में फँसी हुई लेखिकाएँ थीं। इनमें से किसी के भी लिए लेखन पूर्णकालिक काम नहीं था। सातवें दशक में स्त्री वर्ग के लिए लेखन कोई प्रदर्शनीय कला नहीं थी। कहानी-कविताएँ लिखकर आलमारी में साड़ियों की तहों में छुपाकर रख ली जातीं और कभी धीरे से किसी पत्रिका में सम्पादक के नाम बुक पोस्ट कर दी जातीं। इससे अधिक लोकोन्मुखता अपचर्चा का बायस बनती। सम्पादक के नाम न कोई पत्र न फोन। लेकिन यह एक यथास्थिति थी जिसे उलाँकने की तड़प मेरे मन में रही होगी। तभी रवि की दोस्ती ने मेरे जगत के

न सिर्फ ताले तोड़े बल्कि आत्मविश्वास का आकाश भी दिया। उसने मुझे प्यार करना सिखाया। सिर्फ उसको नहीं, मुझे अपने-आप से प्यार करना सिखाया। जब उसकी निगाह से मैंने अपने-आप को देखा मैं एक नई लड़की बन गई। कितनी सहजता से उसने अपने जीवन में मुझे मिला लिया। उसने मेरी जिन्दगी का तापमान कई डिग्री बढ़ा दिया। वह मेरे लिए सुबह का अखबार बन गया। वह मेरा हर दिन का त्यौहार बन गया। वह मेरा प्रतिपल पुरस्कार बन गया। अब मैं पहलेवाली वह लड़की न रही, सूखा बदन, रूखी त्वचा और चुभनेवाली हड्डियों से भरी काया। मेरी देह में लावण्य उतरने लगा। आँखों में सजलता के साथ सलज्जता आती गई। मैं जो अपना गांधी आश्रम छाप हुलिया बनाकर घूमने में अपनी सादगी को अपनी विशिष्टता समझती थी, अब चुपके-चुपके जनपथ की दुकानों से गुलाबी रंग की लिपस्टिक तलाशने लगी। साड़ी पहनने के बाद दो बार देखती, पीछे से किनारा पलट तो नहीं रहा है। ब्लाउज के नए नमूने आजमाने की इच्छा जागने लगी। मुझे अपनी समस्त अविवाहित दोस्त मनहूस दिखाई देने लगीं। वे ममी-पापा जिनके साथ मेरा शाश्वत तिगड्डा बनता था अब मुझे बोर लगने लगे। अपने पते 25/39, शक्तिनगर की जगह 5055, सन्तनगर मेरी चेतना में समा गया। वहाँ रवि रहता था। कॉलेज से लौटते हुए कहीं रुककर, भरी दोपहर मैं राजकमल प्रकाशन को फोन घुमा देती, यह सोचकर कि रवि वहाँ शायद हों। राजकमल प्रकाशन से 'नई कहानियाँ' मासिक पत्र निकलता। रवि का दफ्तर भी दरियागंज में ही था। कभी-कभी वहाँ दोपहर में अड्डा लगता। कभी कमलेश्वर तो कभी जवाहर चौधरी मेरी आवाज सुनकर, हँसते हुए जवाब देते, "नहीं, कालिया यहाँ नहीं आया।"

मैं संकोच से गड़ जाती। कॉलेज से पैदल वापस चल पड़ती। मन में स्मृतियों का अलबम खुला होता। हर आवाज जलतरंग जैसी मधुर सुनाई देती। कई बार एकदम पास से, लगभग छूते हुए बस या ऑटो रिक्शा गुजर जाता। मन में गुलेरीजी की कहानी 'उसने कहा था' की चेतावनी सुनाई देने लगती 'हट जा जीणे जोगिए, हट जा करमावालिये' मैं हर तस्वीर में अपनी कल्पना मिलाकर उसे और सजीव बना डालती। घर पहुँचने की कोई जल्दी भी न होती। घर की आवाजें मेरा रवि-इन्द्र-जाल तोड़ने लगतीं।

उन वर्षों में दिल्ली में किसी को फोन करना इतना आसान नहीं था। आज की तरह न जगह-जगह पी.सी.ओ. थे न मोबाइल। दिल्ली के सरकारी अफसरों को भी फोन लम्बी प्रतीक्षा सूची में इन्तज़ार करने के बाद मिलता। तब तक, कई बार फिर तबादले का फरमान आ जाता। जिनके घर फोन होता वे फोन बेडरूम

में नज़र से बचाकर रखते। ज़्यादा समझदार लोग उसके ऊपर एक कफन भी डाल देते। 'कैसे हो? क्या कर रहे हो' जैसी कैजुअल बातों के लिए फोन का इस्तेमाल नहीं किया जाता। प्रायः फोन करने के लिए एक्सचेंज जाना पड़ता। वहाँ एक सरकारी आदमी सरकारी आवाज में आपसे नम्बर पूछता और सरकारी गति से नम्बर मिलाकर फोन का काला, भद्दा भौंडा चोगा आपकी तरफ बढ़ा देता। आपकी आधी तरलता, सरलता और स्निग्धता पर इस माहौल में राख पड़ जाती। आपकी संवेदना आधी पीली, आधी हरी हो जाती। तब तथ्य के सिवा और कुछ भी न फूटता जुबान से।

1965 की शुरुआत में ऐसे ही होता था प्रेम। भौतिक सुविधाओं की कमी को दिल-दिमाग के एहसास, ख्याल और ख्वाब से पूरा कर लिया जाता। बल्कि ये उपकरण प्यार के स्वप्न को कुछ ऐसे पूरा करते कि कल्पना और यथार्थ के बीच जोड़ नज़र ही न आता।

कभी मैं कॉलेज से निकलती तो देखती रवि फाटक पर खड़े हैं इन्तज़ार में। मैं पूछती, "आज तुम्हारी छुट्टी थी क्या?"

रवि हँस देते, "हाँ थी, कोर्टशिप लीव।"

हम घूमने निकल जाते। पैदल चलते हुए मुझे लगता रात-भर में मेरा कद एक-दो इंच घट गया है। एक बार मैंने लम्बी लगने के लिए ऊँची एड़ी की चप्पलें पहन लीं। रवि ने बालूजा से मुझे चपटी चप्पलें दिलाईं और कहा, "जैसी हो, वैसी ही रहो, अच्छा लगता है।"

शहर उसी का होता है जो घूमता है; शहर की सड़कें और सड़कों के मोड़ पहचानता है। हमें सिर्फ चलना होता, पहुँचना नहीं होता था। दिल्ली की कई सड़कें कितनी खूबसूरत थीं—मनुष्य के रचे शब्दों से परे, यहाँ पेड़ों के पत्ते बोलते, छायाएँ गले मिलतीं और टहनियों में से अँधेरे उजाले की आइसपाइस चलती। रिज रोड के अलावा बाबर लेन, महरौली और ओखला की सड़कें उतरती शामों को भेदभरी हो जातीं, रहस्यमयी। धीरे-धीरे सभी पेड़ों का अन्तर मिट जाता, केवल ताड़ अलग से अपनी उपस्थिति बतलाता रहता। मुझे वापस जाने की हड़बड़ी हो जाती। रवि नाराज होते, उदास होते। फिर घड़ी के आगे लाचार टैक्सी ढूँढने लगते। घड़ी हम दोनों की दुश्मन थी लेकिन अलग ढंग से। मुझे शक्तिनगर छोड़कर रवि अगले दिन की प्रतीक्षा आरम्भ कर देते। मैं अपनी घड़ी घंटा-भर पीछे कर घर में ऐंट्री लेती कि ममी का तना हुआ चेहरा और चुभती टिप्पणियाँ मेरा मन छलनी कर डालतीं। मन होता वापस रवि के पास चली जाऊँ। मैं कपड़े बदलती, हाथ-मुँह धोती, डाक देखती; ममी की भुन-भुन मच्छर की तरह मेरा पीछा

न छोड़ती—"कहाँ गई थी। इत्ती देर कैसे हो गई। तेरे में और बड़ीवाली में फर्क क्या रह गया। ऐसे ही वह करती थी। आने दे आज तेरे पापा को। अभी बात पक्की है न कच्ची लेकिन घूमना ज़रूरी है।"

मेरे अच्छे दोस्त पापा भी गलत रपट के चलते थानेदार की भूमिका में आ जाते। वे कहते, "नो-नो मुन्नी, दिस इज नॉट टु बी टॉलरेटेड। दीज हिन्दीवालाज आर वेरी रैकलैस। यू शुड बी बैक बाय सिक्स।" (नहीं नहीं मुन्नी, यह तो बर्दाश्त बाहर है। ये हिन्दीवाले बड़े लापरवाह होते हैं। तुम्हें छह बजे तक वापस आना-ही-आना है।)

मेरा मुँह बन जाता। रवि का दफ्तर पाँच बजे तक का था। अगर हम कनॉट प्लेस तक भी जाते तो हमारे पास बात करने को सिर्फ बीस मिनट बचते। जिस तरह पापा आकाशवाणी में प्रोग्रामों के चंक (टुकड़े) मिनट के हिसाब से तय करते, ऐसे हमारा जीवन भी तय करने का जिम्मा लेते। यह हक हम दोनों में से कोई किसी और को नहीं देना जानता था। भले हों पापा। फिर जिस शब्द से मेरे अन्दर उनके लिए खिलाफत आन्दोलन भड़क उठता वह था हिन्दीवाले। जाहिर है पापा अपने-आपको अंग्रेजीवाला समझकर फतवे जारी कर रहे थे। जबकि मैं इतने ही दिनों में सिर से पैर तक हिन्दीवाली हो गई थी। इंग्लिश मेरे लिए सिर्फ नौकरी की भाषा रह गई। मैं ढूँढ-ढूँढकर हिन्दी की पुस्तकें पढ़ती। रवि ने मुझे सर्वेश्वर की एक कविता सुनाई—'इधर आओ चाँदनी का स्कार्फ तुम्हारे चेहरे पर बाँध दूँ।' बावली होकर मैं सर्वेश्वर का समस्त साहित्य पढ़ गई। रवि को मोहन राकेश के नाटक 'आषाढ़ का एक दिन' की कई पंक्तियाँ कंठस्थ थीं जिन्हें वे अक्सर दुहराया करते—'लगता है तुमने अपनी आँखों से इन कोरे पृष्ठों पर बहुत कुछ लिखा है। ये पृष्ठ अब कोरे कहाँ हैं मल्लिका? इन पर एक महाकाव्य की रचना हो चुकी है। अनन्त सर्गों के एक महाकाव्य की!' मैं राकेश साहित्य का पारायण कर डालती।

रवि सिर्फ हिन्दी तक सीमित नहीं थे। हेमिंग्वे उनके प्रिय लेखक थे। मैंने भी हेमिंग्वे पढ़ रखा था। हम किसी कहानी की शामिल याद कर सिहर उठते या हँस पड़ते : नाइदर निक नॉर निक्स बिग हैंड लिसिंड टु हर (उसका कहना न निक न उसके विशाल हाथ ने माना)।

हम 'ला बोहीम' में जा बैठते। वहाँ मुख्य हॉल के साथ एक और छोटा हॉल था 'गुफा'। गुफा अपने नाम की सार्थकता में इतनी अँधेरी जगह थी कि वहाँ बिल दिखाने के लिए वेटर को टॉर्च जलानी पड़ती। दिल्ली के बेताब जोड़े वहीं मिलते। इससे पहले मैं कभी ला बोहीम नहीं गई थी। इससे पहले मैंने अँधेरा नहीं

देखा था, इससे पहले मैंने नहीं जाना था विल्ज़ फिल्टर का धुआँ इतना मनमोहक होता है। वहाँ हम तरह-तरह की कॉफी पीते। लेकिन कैदियों की तरह हमारी मिल्लत का वक्त बहुत जल्द पूरा हो जाता । मैं सिर्फ एक लफ्ज़ बोलती 'पापा' और उठ देती। समूची सिम्फनी उखड़ जाती। रवि कहते, "हाय! यह प्रतिदिन पराजय दिन ढले के बाद।"

टी हाउस में रवि की गैरहाज़िरी बराबर खटक रही थी। कहाँ तो वह वहाँ साल में तीन सौ पैंसठ दिन बैठा दिखता था। कहाँ वह जा ही नहीं रहा था।

मैं कहती, "मुझे छोड़ने के बाद टी हाउस चले जाया करो।"

रवि नहीं मानता। वह अपने-आपको ज़्यादा जानता था।

कभी-कभी टी हाउस की दुनिया के मित्र कनॉट प्लेस में टकरा जाते।

एक दिन नामवरजी दिखे। रवि को उनसे ज़रूरी बातें करनी थीं। रवि ने साग्रह कहा, "नामवरजी, आप सात बजे ला बोहीम आ जाइएगा।"

उस शाम हम सात की जगह साढ़े सात तक इन्तज़ार करते रहे, नामवरजी नहीं आए।

बाहर निकलकर हम टी हाउस की तरफ मुड़े। संयोग से वहीं नामवरजी दिख गए।

रवि ने कहा, "नामवरजी, आप आए नहीं?"

नामवरजी ने कहा, "मैं तो आया था, तुम दिखे ही नहीं।"

"हम वहीं थे, अन्दर गुफा में।"

नामवरजी हँस दिए, "भई, मैं जनरल वार्ड में घूमकर लौट गया।"

कभी-कभी हम कनॉट प्लेस के पिछवाड़े घूमते। पीछे की गलियों को देखकर कोई सोच नहीं सकता था कि आगे के गोलार्द्ध में इतनी भीड़ और शोर होगा जिसे आम भाषा में रौनक कहते हैं। ये ज़्यादातर पार्किंग लेन थीं। जहाँ-तहाँ रेस्तरांओं के पिछले दरवाज़े यहाँ दिखते। यहाँ अंडे, डबलरोटी और तरकारियों की डिलिवरी वैन से सामान उतारते सेवक दिखाई देते। यहाँ कमोबेश एकान्त होता पर उमंग न होती। पीछे से कनॉट प्लेस बेडौल नज़र आता। कनॉट प्लेस से उसकी गोलाई छीन ली जाए और खम्भे हटा दिए जाएँ तो कनॉट प्लेस और इमली बाजार में कोई फर्क न रह जाए, हमें ऐसा लगता।

मेरे जेहन में अब तक दिल्ली का अजब भूगोल बसा था। एक तरफ मेरे लड़कपन का शहर था—कूचा पातीराम, सीताराम बाजार, चावड़ी बाजार। वहाँ चाँदनी चौक का भीड़भड़क्का था, लाजपतराय मार्केट की रंगीनी थी, विज रेस्तराँ में चम्मचों की छन्न पटक थी, गली पराँठेवाली के किसिम-किसिम के पराँठे थे,

खारी बावली में उड़ती मिर्च मसालों की गन्ध थी, फतहपुरी में अखबारवाले फूफाजी की घुमन्तू दुकान थी।

एम.ए. पास करने तक पुरानी दिल्ली बदल गई थी। चाँदनी चौक में भीड़भड़क्का तो बढ़ गया था, बाकी हर चीज घट गई थी। गली पराँठेवाली में पराँठों का साइज घट गया था, संग परोसी सब्जियों की गिनती बढ़ गई थी, उनकी लज्जत घट गई थी। दरीबा कलाँ की चमक बढ़ गई थी उसमें मौजूद घर्मकाँटे की इज्जत घट गई थी। खारी बावली के मसालों में मिलावट की शिकायत मिलने लगी थी। और फतहपुरी से अखबारवाले फूफाजी गायब हो गए थे। लाजपतराय मार्केट अपनी नूतन चकाचौंध से चाँदनी चौक का खाँटीपन खत्म कर रहा था। वहाँ कदीमी दुकानों के खानदानी सेल्समैन ऊँघते बैठे रहते और लाजपतराय मार्केट के चुस्त पंजाबी युवक नए कट और निराली काट के कपड़े फटाफट बेच डालते। व्यापार वहीं पनपता है जहाँ भीड़ जाए। भीड़ लाजपतराय जाती। इस मार्केट ने क्रय-विक्रय के समस्त सिद्धान्त ध्वस्त कर डाले।

उसी तरह जैसे जनपथ की गुमटियों ने कनॉट प्लेस की विशाल दुकानों को निद्रालयों में बदल दिया। इस लिहाज से सातवें दशक में बाजारवाद ने दिल्ली में दस्तक देनी शुरू कर दी थी पर दिल्ली हमेशा से ऊँचा सुनती थी। अपने ही घर द्वार और देश का विभाजन झेलकर आए लोग सिन्धी, पंजाबी और अन्य उत्तर भारतीय सफलता की संकल्पबद्धता के साथ लाए थे पुनर्प्रतिष्ठा की प्रतिज्ञा और व्यवसाय की वाक् विदग्धता। उन्होंने दिल्ली का समस्त व्यापार विवेक हिला दिया। जहाँ गुंजाइश मिली, चीड़ के फट्टे जोड़कर दुकान जमाई और शुरू हो गए। कोई खूबानी बेच रहा है तो कोई खरबूजे, कोई बड़ियाँ, पापड़ की हट्टी खोलकर बैठा है तो कोई चीनी बेच रहा है। इस विस्थापित जमात ने अपने को स्थापित करने में अपनी सारी ऊर्जा झोंक दी। जिस दाम सूजी, मैदा और चीनी खरीदी, उसी दाम बेच दी और कहा, 'चलो बोरा तो बचा न, वही पाँच रुपए कमाएगा।'

शक्तिनगर में थोड़ी-सी पुरानी दिल्ली और थोड़ी-सी बदलती दिल्ली तो दिखाई दे जाती, नई दिल्ली का संस्पर्श यहाँ बिलकुल न था। यहाँ के घिचपिच मकानों, छोटे जंगलों और नीची छतवाले कमरों में लोग एक बँधा घुटा जीवन जीते और तमाम हो जाते। सुरंग जैसी भिंची रसोई में महिलाएँ दिन का बड़ा हिस्सा गुजारकर खुद भी वैसी ही हो जातीं, आत्मकेन्द्रित, सीमित और संकुचित। लौटकर मुझे ऐसे घरों और ऐसे जीवन से दहशत होती। मुझे लगता ये तंग मकान बड़ा प्रतीकार्थ लिए हुए हैं। इनसे दिल्ली के दिलों का अन्दाजा

लगता है। इन्हें बनानेवालों के दिल सँकरे, इनमें बसनेवालों के दिल और भी सँकरे। अपने एकल जीवन का देना पावना निपटा लेने के सिवा इन्हें और कोई सरोकार नहीं।

समकालीन साहित्य और नए विचारों के सम्पर्क में आकर जाने-अनजाने मैं शिक्षित हो रही थी और दीक्षित भी। पुरानी दिल्ली से रोज नई दिल्ली के सफर में हर रोज मैं थोड़ी नई हो रही थी। मेरे अन्दर नए सवाल और कौतूहल जन्म ले रहे थे। जीवन के प्रति नया विस्मय और आह्लाद मेरी रगों में दौड़ने लगा था।

माता-पिता इन परिवर्तनों से अनभिज्ञ थे या रहना चाहते थे, यह स्पष्ट नहीं था। विशेषकर माँओं को लीक पर चलनेवाली लड़कियाँ बहुत अच्छी लगती हैं। वे उनसे किसी बदले नजरिए की माँग नहीं करतीं। वे उनकी बताई दुकानों से कपड़े खरीदतीं, उनके ढूँढे दर्जी से कपड़े सिलवातीं और उनकी तरह से अचार डालती हैं। परम्परा के प्रतिपादन का सुख ऐसी ही सन्तानों से प्राप्त होता है। इस लिहाज से ममी इन दिनों मुझसे खुश नहीं थीं। पापा मौलिकता की कद्र करते थे। मुझ पर विश्वास भी करते। लेकिन रोज-रोज की क्रान्तिकारिता उन्हें ग्राह्य नहीं थी। उन्हें यह भी यकीन नहीं था कि हमारी दोस्ती दाम्पत्य की दहलीज तक पहुँचेगी।

हमारे मन में कोई संशय नहीं था। रवि कहते, "वैसे पापा एक नोबेल आत्मा हैं लेकिन वे समाज भीरु हैं। अगर उनमें साहस न हो और तुम्हें रोकें तो तुम पहनना अपनी स्लिपर्स और चली आना सीधे 5055।"

रवि के कहने के साथ ही मैं गई-गई हो जाती। रवि ने अपनी दुनिया में मुझे सगर्व प्रविष्ट करवाया। उसने दुनिया से कहा, "देखो, ये ममता है, मेरी पसन्द।" मानो दुनिया को पता है ममता क्या है, कौन है। कभी किसी को यह कहने का मौका न दिया कि यह भी क्या पसन्द है तुम्हारी। इसी दिल्ली में एक-से-एक धूप धुली लड़कियाँ उसे दिल देने को तैयार बैठी थीं। पंजाब में रवि की माताजी ने उसके कद की टक्कर की साढ़े पाँच और पौने छह फीट लम्बी लड़कियाँ ढूँढ रखी थीं। पर रवि कहता मुझे कोई नहीं देखनी। उनकी तस्वीर भी मत दिखाओ।

माँ कहतीं, "कैसी है तेरी ममता?"

रवि कहता, "आप सवेरे-सवेरे जो गाती हैं, ममता तू न गई मेरे मन से, बस वैसी।"

माँ समझ गईं उनके बेटे को लगन की अगन लग गई है। उन्होंने कहा, "मुझे दिखाएगा?"

माँ दिल्ली आईं। मुझे बिड़ला मन्दिर में बुलवाया।

मेरी ममी ने मुझे चिढ़ाकर कहा, "हर लड़की बिड़ला मन्दिर में ही दिखाई जाती है। पड़ गई न तू बहनजी वाले ढर्रे में। जा तो रही है, अगर वे कुछ दें तो ले मत लेना। हमारी नाक कटेगी, कैसी नदीदी लड़की है। उनके सामने बेवकूफों की तरह पूरा मुँह फाड़कर हँसना मत। अभी हमारी तैयारी नहीं है। जब होगी तब उन्हें बाकायदा घर बुलाएँगे।"

वह तैयारी हमारे घर कभी भी न हुई। क्यों न हुई यह पता नहीं चला। पापा तो दफ्तर के बाद किताबों की दुनिया में खोए हुए इनसान थे पर ममी तो बुद्धिजीवी नहीं थीं। शायद आगामी जिम्मेदारियों से नकार का नजरिया रहा हो उनका। एक-एक कर सभी सम्बन्ध ममी-पापा ने ऐसे ही कतर दिए, कभी हमारी पढ़ाई, तो कभी अपने दफ्तर की व्यस्तता के बहाने।

वसन्त के दिन बहुत जल्द बीत गए। मौसम बदलने के साथ ही रवि को 'धर्मयुग' में उप सम्पादक के पद पर बुला लिया गया। यह एक बिलकुल नई परिस्थिति थी। वापस अपने एकान्त में लौटना हम दोनों की मजबूरी थी। जिस दिन रवि की रेलगाड़ी दिल्ली स्टेशन से रवाना हुई मेरी आँखों में आँसू नहीं थे पर गहरी उदासी और असुरक्षाबोध तो था ही जिसे मैं उनके दोस्तों की नज़रों से चश्मे के पीछे छिपा गई। हाथ में अब सिर्फ प्लेटफॉर्म की टिकट शेष थी।

यह शहर से महज एक दोस्त का जाना नहीं था, जीवन के स्फूर्ति-स्पर्श का छिन जाना था। अब मेरे पास था बेमजा कामों का अन्तहीन सिलसिला। शहर की लम्बाई-चौड़ाई रातोंरात घट गई। शहर में मौजूद पंछियों की 450 किस्मों में से 449 उड़ गए, बस कौवे रह गए काँव-काँव करते। काँव-काँव तो कॉलेज में भी थी। इससे पहले उस पर ध्यान ही नहीं दिया था। विभाग में दीपाली चन्द्रा और मिसेज आनन्द के बीच युद्ध छिड़ा रहता। मिसेज नेटार की गर्दन गुरूर में और ज़्यादा तनी रहती। लक्ष्मी मेनन अपनी सगाई टूटने के बाद से डिप्रेशन में रहती और हमारे बाद नियुक्त हुई लड़कियाँ हमें बुजुर्ग मानकर अपना अलग ग्रुप बनातीं। कॉलेज के मैनेजर के जातिवाद के चलते प्राचार्य मिस कौसुकुट्टी परेशान थीं। उनका दोष सिर्फ यह था कि वे ईसाई धर्म अपना चुकी थीं। उन दिनों दिल्ली में बहुत धूल उड़ी, एकदम पीली और मैली। सुबह उड़नी शुरू होती और शाम तक उड़ती रहती। लोग घरों के खिड़की, दरवाज़े बन्द कर लेते फिर भी सन्दों से धूल घरों में घुस जाती और हर चीज को किसकिसा बना जाती। मन कहीं नहीं लगता न कॉलेज में न घर में। जीवन के घेरे में मॉरिसनगर, बंगलो रोड, कमलानगर,

रूपनगर और शक्तिनगर के बस स्टॉप रह गए, शेष भारत मेरे लिए एक बड़ा-सा लैटर बॉक्स बन गया। मैं दिन में कई-कई बार फाटक तक जाकर लौट आती। घर का लैटर बॉक्स खाली पड़ा रहता। नए शहर में रवि नई चुनौतियों में घिरे थे। उन्हें मेरे खतों का इन्तज़ार रहता पर खुद खत तभी लिखते जब अरब सागर में ज्वार आता।

हम सब नए रचनाकार नई कहानी से हटकर कहानी लिख रहे थे। हमारी भिन्नता के बिन्दु थे—कथा वस्तु, शिल्प, भाषा शैली और समस्त विन्यास। नई कहानी के पुरोधाओं को हमारे प्रयोग रास नहीं आ रहे थे। हमारे मन में उनके प्रति कोई वैमनस्य नहीं था, केवल हमें नई कहानी, पुरानी लगने लगी थी। कहानी क्योंकि संक्षिप्त विधा है, परिवर्तन इसका प्राण है। मेरी नज़र अब कविता की बजाय कहानी में प्रयोगधर्मिता और प्रामाणिकता ढूँढती। युवा पीढ़ी का एक बहुत बड़ा हिस्सा कहानी के माध्यम से यथार्थ के पुनर्अन्वेषण में लगा हुआ था—दूधनाथ सिंह, गिरिराज किशोर, ज्ञानरंजन, रवीन्द्र कालिया, विमल, अवधनारायण सिंह, प्रबोधकुमार, महेन्द्र भल्ला, काशीनाथ सिंह, अशोक सेकसरिया, राजकमल चौधरी, परेश, रवीन्द्र वर्मा, जितेन्द्र भाटिया, सुधा अरोड़ा और अन्य अनेक। कथा जगत के परिदृश्य पर हलचल मची हुई थी। दृष्टि और संवेदना के धरातल पर कहानीकार अपने परिवेश, परिवार और समाज को ज़्यादा निहंग और निस्संग होकर देख रहा था। इससे पहले कभी किसी ने माँ, बाप, मित्र, शत्रु, अधिकारी, सहकर्मी, आशिक, रकीब को बदले हुए फोकस में नहीं देखा था। इस कहानी में यथार्थ के स्तर पर जीवन की पकड़ थी, बदले समय की सामाजिकता थी और नई कथा भाषा थी। छठे दशक की कहानी अपने ओढ़े हुए दायित्व के बोझ तले खुद ही दब गई और नुस्खों की शिकार हो गई। हर कहानीकार ने अपने ढंग को ढर्रा बना लिया और उसे छाँटता तराशता रहा। दरअसल जिनके हाथों कहानी को देश की स्वाधीनता के बाद जिन्दगी मिली थी, उन्हीं के हाथों में उसका दम घुटने लगा। नए कहानीकार अपने को दोहराने में लगे थे या फिर परस्पर पूजापरक संस्मरण लिखने में। उनके हाथ में हिन्दी की पत्रिकाएँ भी थीं। उस माहौल में कहीं किसी लघु पत्रिका में भी यदि भिन्न किस्म की कहानी स्थान और ध्यान पा जाती तो नई कहानी के कोटले में तूफान बरपा हो जाता। पहले टी हाउस में चौकोर मेज बैठक होती, फिर मोर्चेबन्दी होती और अन्त में रणनीति बनती। दो पीढ़ियों के बीच इतना तीखा विभाजन इससे पूर्व अनुभव नहीं किया गया था। साहित्य के शोधार्थी के लिए यह बात भले ही काम की हो, कहानी विधा के लिए यह त्रासदी से कम नहीं था कि एक कथा दशक दूसरे कथा दशक से दंगल शुरू

कर दे, यद्यपि दोनों अपनी तरह से यथार्थ की पहचान कर रहे हों। नई कहानी में गढ़ाव का मोह, चटपटी घटनाओं की भरमार और सनसनीखेज क्लाइमेक्स की जिद के साथ नाटकीय भूमिका लेखन, आत्म वक्तव्य और आत्मस्वीकृति का तामझाम न होता तो साठोत्तरी पीढ़ी के लिए कहानी विधा का सततीकरण ज़्यादा ग्राहृय और स्वीकार्य होता। दोनों ही पीढ़ी में कुछ रचनाकार केवल शिल्पकार बनकर रह गए और उनके हाथों में कहानी कला केवल हस्तकला हो गई। नामवर सिंह ने इस खतरे को पहचानकर लिखा, ''इसे समझने के लिए पूरे दो युगों की सम्पूर्ण संयोजित चेतना का उपयोग करना पड़ेगा।'' धनंजय वर्मा ने नए कहानीकारों को आगाह किया कि ''कहानी कहीं 'हवा' होकर न रह जाए जैसा कि कुछ शिल्पवादियों के साथ हुआ भी।''

हालाँकि मैं तो तब एकदम नवोदित लेखिका थी और मुश्किल से मेरी सात-आठ कहानियाँ छपी थीं, अक्सर मेरे पास भी परिचर्चा में भाग लेने के लिए प्रश्नावली आती जिसमें इस किस्म के प्रश्न अवश्य होते—'कथावस्तु व शिल्प का बहिष्कार कर आप कहानी के नाम पर पाठकों को क्या देना चाहते हैं?' दरअसल लोगों का विरोध बदली हुई कहानी से न होकर कहानी पढ़ने की अपनी आदत से था। सातवें दशक की कहानी को वे रूढ़ियाँ स्वीकार्य नहीं थीं जो कहानी को कहानी कम और किस्सा ज़्यादा बनाती थीं। सातवें दशक के कथा संघर्ष से इतना लाभ जरूर हुआ कि इसने कहानी विधा को साहित्य के केन्द्र में ला दिया। यह गौरव अब तक कविता को मिला हुआ था। कवियों को सबसे अच्छी प्रेमिकाएँ और नौकरियाँ मिलतीं। उनकी पुस्तकें विशेष सजधज के साथ निकलतीं। कवियों को समाज में नायक समझा जाता। यह पहली बार हुआ कि कहानीकारों का महत्त्व पहचानकर उन्हें प्रमुख पत्रिकाओं ने सम्पादन के लिए आमन्त्रित किया। चूँकि छठे दशक के कहानीकारों ने बड़ी सावधानी से अपना छवि प्रबन्धन किया, उत्कृष्ट निमन्त्रण भी उन्हें ही मिले। मोहन राकेश 'सारिका' के सम्पादक हो गए और 'नई कहानियाँ' कमलेश्वर को मिली। राजेन्द्र यादव को नौकरी करना कभी ज़्यादा दिन गवारा नहीं हुआ। कितनी ही बार उन्होंने अपने-आप नौकरी छोड़ दी और दिल्ली आने के बाद पूर्णकालिक लेखन को समर्पित हो गए। कवि-कथाकार धर्मवीर भारती पहले से ही 'धर्मयुग' की कमान सँभाले हुए थे। दिल्ली से बम्बई तक माहौल कहानी के पक्ष में था।

उधर दिल्ली आकाशवाणी में कान्ता भारती को नौकरी मिल गई थी। उजड़े दाम्पत्य की ठोकर से वे अभी सँभली न थीं। आकाशवाणी का स्टाफ उनके क्षण-क्षण परिवर्तित मूड झेलता और चुप लगा जाता। हिस्टीरिया को छूते उनके

आचरण का हमें पता चलता रहता—कभी वे 'धर्मयुग' की प्रति कलेजे से लगाकर आँसू बहातीं; कभी वे सब सहकर्मियों के कमरों में जाकर अपनी बेटी की सालगिरह का बुलावा देतीं कि शाम पाँच बजे उन्होंने पार्टी रखी है। अपनी बेटी वे भारतीजी के पास छोड़ आई थीं। लेकिन कुछ वर्षों तक वे उसकी सालगिरह मनाती रहीं। बेपनाह खूबसूरती और अपनी मोहक अदाओं के कारण वे वर्षों आकाशवाणी की ट्रेजेडी क्वीन समझी जाती रहीं।

उन दिनों रेडियो की नौकरी में ग्लैमर बहुत था। अच्छे घरों की महिलाएँ इस कोशिश में रहतीं कि उनका एक प्रोग्राम रेडियो में हो जाए या वे आकाशवाणी में कोई काम पा जाएँ। उन दिनों कैजुअल उद्घोषक को एक महीने के अनुबन्ध पर रखा जाता। अगर उसका काम अच्छा होता तो उसे तीन माह के लिए रख लेते।

नगर के सांस्कृतिक परिवेश में दिल्ली आकाशवाणी का रंगारंग योगदान था। बड़े-से-बड़े साहित्यकार की आवाज रेडियो से सुनने को मिल जाती। नाटकों के राष्ट्रीय प्रसारण में विष्णु प्रभाकर, रेवती सरन शर्मा, जगदीशचन्द्र माथुर आदि के नाटक सुनने को मिल जाते। कलाकारों की आवाज में इतनी जान होती कि पूरा नाटक हमारी आँखों के आगे घटित होता लगता।

उन्हीं दिनों आकाशवाणी के कार्य निष्पादन में मन्त्रालय का हस्तक्षेप आरम्भ होने लगा। इसका पता चला इस तरह कि उद्घोषक के पद पर कुछ ऐसी सुन्दरियों की नियुक्ति हुई जिनकी आवाज परीक्षण के पहले ही दौर में खारिज की जा चुकी थी। लेकिन सुन्दरियों के पास ऊँची सिफारिश थी। उनके उच्चारण में खामी थी, आवाज में जुकाम था पर उन्हें ए प्लस का दर्जा दिया गया। पापा व्यथित हो गए। पापा ने कहा, "यह मास मीडिया अब क्लास मीडिया बनता जा रहा है।"

बहुत जल्द पापा का तबादला फिर से बम्बई हो गया। पापा खुश ही हुए। बम्बई आकाशवाणी उनकी देखीभाली थी।

बम्बई में रवि का आवास हमारे नए मकान के इतना करीब होगा यह किसी ने नहीं सोचा था। लेकिन उसकी जीवनशैली अजबगजब थी। रवि शिवाजी पार्क के एक बड़े अपार्टमेंट के सागरमुखी फ्लैट में एस.एस. ओबेरॉय का पेइंग गेस्ट था। ओबेरॉय अपनी विज्ञापन एजेंसी आर्ट कमर्शिया का मालिक था। उसका कार्यालय लेमिंग्टन रोड पर था। दिन भर वह औद्योगिक कम्पनियों में विज्ञापन अनुबन्ध पाने के लिए दाँवपेच खेलता लेकिन शाम को एरिस्टोक्रेट की बोतल खोलने के साथ खुद छोटे-मोटे उद्योगपति की तरह व्यवहार करने लगता। वह

बहुत ज़्यादा शिक्षित नहीं था। उसकी पढ़ाई का क्षेत्र बम्बई की हवा, पानी और मिजाज रहा था। उसकी प्रेमिका सुनन्दा उसे प्यार से ओबी कहती। अगर घर लौटने में उसे बहुत ज़्यादा देर हो जाती तो वह वहीं ओबी के बिस्तर पर सो जाती। उसी बड़े से हॉलनुमा कमरे में एक बिस्तर पर रवि सोया होता। किसी हाईस्कूल फेल लड़के की तरह, रवि ओबी की नकली चकाचौंध, उथली आधुनिकता और ऋण लो घी पियो सिद्धान्त की चपेट में फँसता जा रहा था। दिल्ली का सर्वहारा फक्क्ड़पन उसे भूल गया था। उसकी हर शाम ओबी के अजीबोगरीब साथियों के संग गुजरती। जीवन की वास्तविकताओं को ताक पर रख ओबी शाम के चार घंटे गुजारता। सब एक से बढ़कर एक गप्प हाँकते, शेखचिल्ली सपने देखते, एक-दूसरे की हौसलाअफजाई करते और अन्त में लुढ़कते-पुढ़कते अपने घर को रवाना हो जाते। कभी-कभी ओबी मुझे भी पार्टी में शरीक करता। मेरी सूरत पर चिपका एतराज उसकी पैनी नज़रों से छुपा न रहता। नतीजा यह था कि हम दोनों एक-दूसरे को 'फ्रॉड' पुकारने लगे। उसकी प्रेमिका उससे असहमत होने का कतई जोखिम मोल नहीं लेती जबकि मैं अपनी असहमति बार-बार जताती, इतनी कि रवि नाराज हो जाता।

उन्हीं दिनों ओबी की विज्ञापन फिल्म में काम करने के लिए लीना चन्दावरकर और उसके पिता आकर ओबी के फ्लैट में रहने लगे। लीना के पास सौन्दर्य था पर हिन्दी का ज्ञान नहीं था। वह मराठी लहजे में टूटी-फूटी हिन्दी बोल लेती थी। जमीन पर बिस्तर बिछाकर, वह लेटी हुई सारी दोपहर रवि की कहनियाँ पढ़ती रहती ताकि उसकी भाषा सुधरे। शाम को दफ्तर से लौटकर रवि सुनन्दा और लीना दोनों को हिन्दी का उच्चारण सिखाता 'बोलो, मुझे।' दोनों मराठी भाषी लड़कियाँ कहती 'मुजे।' जब तक ओबी रसोई में चिकन भूनता, हिन्दी कक्षा चलती रहती। रवि के रिहायशी माहौल को देखकर मैं इतनी फिक्रमन्द हो गई कि बीमार पड़ गई। अस्पताल में दाखिल होना पड़ा। उस संकटकाल में माँ-बाप से ज़्यादा रवि ने देखभाल की। भूल गई शामों की रंगरेलियाँ, हिन्दी कक्षाएँ और पार्टियाँ। जब तक मैं स्वस्थ होकर दिल्ली वापस जाने लायक नहीं हुई, रवि ने मेरा साथ नहीं छोड़ा। वह ठीक पाँच बजे ऑफिस से सेंट ज्यॉर्ज हॉस्पिटल आ जाता और तभी घर जाता जब आखिरी बस जाने को होती।

अक्टूबर, नवम्बर बहुत नागवार गुजरे। मेरे पास नौकरी थी पर घर-ठिकाना कोई नहीं था। मैं भारतजी के यहाँ जंगपुरे में रहती जहाँ तीन बच्चों के परिवार में चौथे बच्चे की हैसियत से मुझे भी एक कोना दरकार था। पापा की तरह भारतजी बेहद अनुशासनप्रिय थे लेकिन मेरी चाची बिन्दुजी बेहद निर्मल, निश्छल

स्वभाव की थीं। जंगपुरे से मॉरिसनगर जाना आसान नहीं था। सुबह साढ़े आठ बजे की 'युनिव स्पेशल' न पकड़ो तो दस बजे के लेक्चर के लिए देर से पहुँचो। यह स्पेशल बस खचाखच भरी होती। अक्सर खड़े-खड़े बस का सफर तय करने के बाद मैं इतनी थक जाती कि पहले पीरियड के बाद ही मुझे कंपकंपी छूटने लगती। बीमारी के बाद मेरा वजन सैंतीस किलो रह गया था। दिल्ली की दौड़भाग, भोजन का अनियमित समय और एंटीबायटिक दवाओं के असर से देह एकदम जर्जर हो रही थी। दीपावली की छुट्टी में जब मैं बम्बई पहुँची रवि ने तुरन्त तय किया कि अब मुझे नौकरी पर वापस नहीं जाना है। अपनी स्थायी नौकरी छोड़ने के सुझाव से मुझे जरा भी अफसोस नहीं हुआ। उलटे खुशी हुई कि अब जॉन बनयान का 'पिलग्रिम्स प्रोग्रेस' पढ़ाने से छुट्टी मिलेगी। माता-पिता नहीं चाहते थे कि दिल्ली विश्वविद्यालय की स्थायी नौकरी सिर्फ स्वास्थ्य के कारण छोड़ दी जाए। हमारे परिवार में स्वास्थ्य कभी विचारणीय विषय नहीं रहा जबकि रवि के परिवार में स्वास्थ्य का स्थान सर्वोपरि था। उनके परिवार में सुदूर कनाडा तक से उनके बड़े भाई का विचार था कि मुझे दिल्ली जाकर नौकरी करने की गलती नहीं करनी चाहिए।

बम्बई के परिदृश्य पर साहित्य के साथ कला और संस्कृति भी गहरे प्रभाव डाल रही थी। रवि के जिम्मे धर्मयुग के कला साहित्य और संस्कृति के पृष्ठ थे जिसके कारण इन गतिविधियों की सूचना मिल जाती। काला घोड़ा पर जहाँगीर आर्ट गैलरी में प्रदर्शनी होती रहती, कभी एकल तो कभी बहुल। पंडोले आर्ट गैलरी में भी कलाकृतियाँ देखने को मिलतीं। इन्हीं जगहों में जे. स्वामीनाथन, मकबूल फिदा हुसैन, सैयद हैदर रजा, पी. मनसाराम रामकुमार, हेब्बार, तैयब मेहता और गायतोंडे आदि के न केवल अद्‌भुत चित्र देखने को मिले, इन कलाकारों को साक्षात् भी देखा। कभी-कभी इनसे संवाद भी हुआ।

जहाँगीर आर्ट गैलरी के अन्दर एक कैफेटेरिया था 'समोवार'। दरअसल वह एक लम्बा-सा बरामदा था जिसमें बेंत का फर्नीचर कलात्मक ढंग से लम्बाई में लगा होता। चित्र वीथी के समानान्तर यह चाय वीथी हमारे बैठने की प्रिय जगह थी। कई बार ऐसा हुआ कि हम वहाँ हैं और हुसैन साहब आ रहे हैं तीन-चार युवा कला मित्रों के साथ। बड़ी शान से नंगे पाँव चलते हुए वे हमसे अगली मेज पर जा बैठे। रवि को पहचानकर वे अपना हाथ ऊपर लहराकर मुस्कुरा देते। उनका हाथ भी उनकी रंग रेखाओं की तरह विलक्षण था—लम्बा, नुकीला और बेचैन। उससे भी विलक्षण थी उनकी फिएट कार। बम्बई में जहाँ कहीं वह कार खड़ी दिखती, फौरन पहचान में आ जाता कि हुसैन यहीं कहीं आए हुए हैं। बात

यह थी कि हुसैन ने अपनी कार पर पेंटिंग कर रखी थी। एक तरफ अपने प्रिय घोड़े बना रखे थे। एक घोड़ा बोनट पर भी बना हुआ था। दरवाजों पर कृष्ण और गोपियाँ चित्रित थीं। हम देर तक उनकी कार को देखते रहते। कृष्ण और गोपियों से अधिक उनके घोड़े सजीव जान पड़ते जैसे अभी वे कार से उतरकर कोलाबा में दौड़ पड़ेंगे। उनके हर स्ट्रोक में घोड़े की ऊर्जा और फड़कन दर्ज होती। तभी मुझे पता चला कि किसी भी चित्रकार के लिए घोड़ा पेंट करना चुनौती भरा कार्य है। उसकी एक-एक मांसपेशी, हरकत, हौसला, रफ्तार और बेचैनी को रंगों में पकड़ना आसान नहीं होता।

कभी हम तेजपाल ऑडिटोरियम की तरफ निकल जाते। सार्त्र का नाटक 'नो एग्जिट', 'बन्द दरवाज़े' शीर्षक से सत्यदेव दुबे द्वारा वहीं सबसे पहले मंचित हुआ। उसमें सत्यदेव दुबे और सुलभा देशपांडे का बड़ा सधा हुआ अभिनय देखने को मिला। मेरा खयाल है पहले-पहल अमरीश पुरी को भी उसी नाटक में देखा था। उनकी वह फटकारती हुई आवाज काफी देर तक उस छोटे से सभागार में गूँज उठती। वैसे अमरीश पुरी का सबसे यादगार अभिनय मोहन राकेश के नाटक 'आधे अधूरे' में था। यह प्रस्तुति भी तेजपाल में हुई थी। नाटक के शो में उस दिन धर्मवीर भारती भी आए थे। रवि ने मेरा परिचय करवाया तो भारतीजी ने हँसकर कहा, "एन एडिशन टु बॉम्बे।" बड़ा अच्छा लगा। देर तक अच्छा लगता रहा। भारतीजी में 'गुनाहों का देवता' के नायक चन्दर की झलक मिली।

इन सभी कार्यक्रमों में घर लौटने में देर हो जाती। ममी-पापा मुँह बना लेते। इसलिए दिसम्बर आने पर उन्होंने चैन की साँस ली। शादी दिल्ली से होनी थी। भारत सरकार पापा के हरदम काम आई, कुछ इस तरह कि दिसम्बर में ही पापा को एक माह के विशेष प्रशिक्षण कार्यक्रम के लिए दिल्ली भेजा जाना तय हुआ। इससे दिल्ली में मकान लेना और सुविधाएँ जुटाना उनके लिए आसान हुआ।

अब तक की हमारी दोस्ती में बराबरी थी और बेफिक्री। कभी आनेवाले दिनों की मैं चिन्ता करती तो रवि उसे खारिज कर देते कि मुझे तो कुछ नहीं चाहिए सिवाय ममता के। शायद रवि की इच्छाओं का सम्मान करते हुए ही ममी-पापा ने कभी उन्हें कोई उपहार देने का प्रयत्न नहीं किया। हमारे बीच माता-पिता के दो सैट थे लेकिन हमारे जीवन में उनकी कोई भूमिका नहीं थी न हम उन्हें कोई जिम्मेदारी दे रहे थे न वे कोई जिम्मेदारी ले रहे थे। बल्कि मेरे एक हितैषी हमारी शादी के आयोजन में मेहमानों को मेरी एक कविता पढ़वा रहे थे जो उसी दिन उन्हें क ख ग पत्रिका के मुखपृष्ठ पर छपी हुई दिख गई थी—'प्यार शब्द घिसते-घिसते चपटा हो गया है।' साथ ही उनकी भविष्यवाणी थी कि यह

शादी नहीं कॉन्ट्रेक्ट है, साल-छह महीने में अपने-आप समाप्त हो जाएगा। रवि के एक हितैषी ने उनसे कहा, "इससे तो अच्छा था तू इसकी माँ से शादी कर लेता।" ऐसे हर आशीर्वचन से हमारी दोस्ती और पक्की होती गई, संकल्प दृढ़ होता गया। सिर्फ एक जमात ऐसी थी जो हमारी खुशी में खुश थी और बिना किसी टीका टिप्पणी के शादी में शरीक हुई, हमारे साहित्यिक मित्र व रचना अग्रज। कहानी-अकहानी का समस्त द्वन्द्व ताक पर रख दिल्ली के समस्त निवासी व प्रवासी रचनाकार उस शाम मॉडल टाउन पहुँचे। उन्होंने अपनी जिन्दादिली से, ठहाकों और छेड़खानियों से, मजाक और जुमलेबाजी से उस सर्द शाम का तापमान कई डिग्री चढ़ा दिया। जैनेन्द्र कुमार, मोहन राकेश, कमलेश्वर, राजेन्द्र यादव, भीष्म साहनी, नामवर सिंह, देवी शंकर अवस्थी, अजित कुमार, दूधनाथ सिंह, अशोक वाजपेयी, तारा तिक्कू, गंगा प्रसाद विमल, स्नेहमयी चौधरी, मन्नू भंडारी, कृष्णा सोबती, प्रभाकर माचवे, और जाने कितने प्रसिद्ध चेहरे जिन्हें मैं संकोचवश देख भी नहीं पाई क्योंकि दुल्हन की नज़रें झुकी हुई थीं, इन सबने इतनी प्रसन्नता से उत्सव में हिस्सा लिया कि कुछ देर पहले हुई अपने-अपने रिश्तेदारों की मिर्ची छाप तल्खियाँ हमें एकदम भूल गईं। साहित्य की दुनिया का यह बड़प्पन, यह दरियादिली आज भी अभिभूत करती है कि नए-से-नए लिखनेवाले का भी यहाँ गर्मजोशी से स्वागत किया जाता है। यह खासियत दुनिया के हर कोने के साहित्यकार में होती होगी पर अपने हिन्दी जगत में यह अद्‌भुत औदार्य है।

इस उत्सव की अगली सुबह घर के साथ-साथ नगर का भी स्थानान्तरण होना था। सम्भावित परिर्वतन से मन बेचैन रहा। एक बार लगा रवि का कहना मानकर कचहरी में शादी कर ली होती तो बेहतर था। उस सम्बन्ध में कम जकड़न होती और हम अपनी अनिवार्यताएँ खुद तय करते। परिवार और परम्परा के बन्धनों में मैंने खुद अपनी गर्दन फँसाई थी। न जाने कैसे मेरे मन में कचहरी का मतलब तलाक दर्ज था। मैंने यह कल्पना नहीं की थी कि पारम्परिक और प्रेम विवाह को एक-सी गलियों से होकर गुजरना पड़ता है। प्रेम और विवाह के पहले मेरे पास आजादी थी, कर्तव्यमुक्त दिनचर्या थी, निर्भय आत्मनिर्भरता थी। किन्तु वह नायकविहीन जीवन था। प्रेम और विवाह ने जीवन को नायक और नवरंग दिया लेकिन नागवार चौखटे भी दिए। हमारा विवाह महज दो कलाकारों का सम्बन्ध नहीं दो संस्कृतियों का भी संक्रान्ति बिन्दु था।

जब नए रिश्तेदारों से घिरी मैं जालन्धर पहुँची तब रवि के प्यार के सिवा मेरे हाथ के सारे पत्ते कच्चे थे। न पंजाबी बोलनी आती थी न समझनी। खाना बनाना,

कपड़े धोना मेरे लिए अपरिचित काम थे। और-तो-और ठीक से चरण स्पर्श करना भी नहीं आता था।

मैंने गौर किया कि स्टेशन पर शहर का नाम साफ लिखा था जालन्धर लेकिन बोलचाल में शहर को सब कह रहे थे जलन्धर। रेल गोधूलि बेला में जालन्धर पहुँची जब स्टेशन की शहतीरों से झुंड-के-झुंड पंछी उड़कर अपने घोंसलों को जा रहे थे। हमारा रिक्शा भी कोट लखपत जा रहा था। रिक्शे की गति बेहद तेज थी, सड़क सँकरी और उखड़ी हुई। रवि रह-रहकर बताते "यह रास्ता माँई हीरागेट को जाता है, वहाँ किताबों की दुकानें हैं। वह उधर पार्वती जैन स्कूल है। इधर साईंदास स्कूल है, यहाँ से मैंने हाईस्कूल किया था।" बड़ा-सा चौराहा पटेल चौक आया जिससे जरा आगे मोड़ की गली थी कोट लखपत। बहुत बड़े प्लॉट पर विस्तृत बना था यह मकान जहाँ पहुँचते ही सबकी कार्यकुशलता से परिचय होता गया। माँ ने मिनटों में अँगीठी बाल कर आलू-गोभी बना ली और आटा गूँधकर हमें आवाज दी कि चौके में आकर खाना खा लें। बहन ने हर कमरे में बिस्तर लगा दिए। पापाजी ने पानी भर दिया। ऊपर छत पर दो बड़े कमरे थे। एक में आलू, प्याज और गेहूँ की भरी बोरियाँ रखी थीं। दूसरा कमरा रवि का था। सारे घर से अलग, इस कमरे का परिवेश भी अलग था। कमरे में किताबें-ही-किताबें थीं, पत्रिकाओं के ढेर, मेज पर रवि के लड़कपन की फोटो जिसमें उनके हाथ में प्रेमचन्द की बड़ी-सी तस्वीर दिख रही थी। लगता था बाकी घर के शासनतन्त्र का इस कमरे में कोई स्पर्श नहीं है। छत पर एक तरफ छतविहीन शौचालय बना हुआ था।

जालन्धर शहर के लोगों की नागरिक चेतना मुहल्लों और उप मुहल्लों के आधार पर विकसित हुई भावना थी। लोग अपने मकान के साथ-साथ गली को भी स्वच्छ रखना अपनी हाईजीन का हिस्सा समझते। गली की नालियों तक में पोचा लगाया जाता। पंजाब की घनघोर ठंड को धता बताते हुए, सूर्योदय में विलम्ब की परवाह न करते हुए घरों की स्त्रियाँ सुबह के दो घंटे झाड़, झाड़न, पोचे से फारिग होकर थपाथप कपड़े धोने का अभियान चलातीं। नींद हैंडपम्प की आवाज से खुलती। बाहर झाँकने पर छत की हर रस्सी और मुँडेर पर धुले कपड़ों की कतार नज़र आती। स्नान के बाद चाय बनती जो चाय कम पौष्टिक आहार ज़्यादा होती। गाढ़े मलाईदार दूध में चाय की पत्तियाँ उबाल ली जातीं। विशाल मग में मिली यह चाय पीने पर तीन-चार घंटे कुछ खाने की जरूरत न रहती।

घर के दरबार में माँ की चौधराहट चलती। पापाजी बहुत वरिष्ठ प्रिंसिपल थे पर घर में उन्हें कनिष्ठता मंजूर थी। रोब माँ का ऐसा था कि स्कूल के चपरासी

आकर उन्हें प्रणाम करते, दाइयाँ उनका बदन दबातीं और मुहल्ले के समस्त बच्चे बड़े सवेरे उनके चरण स्पर्श से अपना दिनारम्भ करते। सफेद रंग की समस्त गरिमा और वैभव माँ के परिधान में साकार होती जब वे बेड़े (आँगन) के तख्तपोश पर बैठ परिवार की गतिविधियों का संचालन करतीं। सुबह की ठंड में मन होता रजाई ओढ़कर फिर सो जाएँ लेकिन घर सुबह की ध्वनियों से गूँज उठता, पापाजी टेप रिकॉर्डर पर विष्णुसहस्रनाम लगा देते। ऊपर के कमरे का लोकतन्त्र छोड़कर मुझे नीचे के राजतन्त्र में शामिल होना ही पड़ता। रवि मेरी मुश्किलें पहचान रहे थे परन्तु पारिवारिक स्वीकृति के सन्ताप से मेरा गुजरना ज़रूरी भी था। हम दोनों के लिए प्रेम पलायनवादी फार्मूला नहीं था। इस पारिवारिकता में आनन्द भी था व नव्यता भी।

शाम को हम कॉफी हाउस चले जाते। सिविल लाइंस में पहली मंजिल पर इस बड़े से कॉफी हाउस में कई लेखकों-कलाकारों का जमावड़ा होता। रवि के पहुँचने से रौनक आ जाती। कपिल मल्होत्रा गमगीन रहनेवाले कहानीकार थे लेकिन रवि के साथ चहकने लगते। वहाँ सुरेश सेठ होते, हमदम और सुदर्शन फाकिर। जगजीत सिंह सिर्फ एक बार दिखे क्योंकि वे भी जालन्धर छोड़कर बम्बई में संघर्ष कर रहे थे। वे कभी-कभी अपने शहर आते।

कपिल के साथ हम सिविल लाइंस की सड़कें नापते। उसे पता चला मुझे गोलगप्पे पसन्द हैं। वह रोज गोलगप्पे की दुकान पर ले चलता। कभी-कभी रवि से वह अपनी परेशानियों की बात करता। सौतेली माँ और संवेदनहीन पिता के बीच पिसता यह खूबसूरत नौजवान लेखक नींद की गोलियों का शिकार हो जीवन से हाथ धो बैठा, हम सबको ताउम्र इस अफसोस में डालकर कि हम चाहते तो इसे बचा सकते थे। जालन्धर के घरेलू हालात से हटाकर इसे कहीं भी ले जाते तो यह जी जाता। परिवार ने उसका मनोविज्ञान नष्ट कर डाला। सुदर्शन फाकिर भी जटिल मानसिकता का था। अपना कमरा छोड़कर ज़्यादा देर बाहर रहना उसे पसन्द नहीं था। एक दिन उसने हमें अपने घर बुलाया। उसके कमरे में एक बड़ी-सी दरी बिछी थी, दरी पर फाकिर था और बस । कमरे में कोई एशट्रे नहीं थी। उसके सब दोस्त और वह खुद लगातार सिगरेट पीते और कमरे को एशट्रे समझते। दरी कई जगह से जली हुई थी। उसने रवि से पूछा, "तुमने अपने पुराने प्रेम प्रसंगों के बारे में ममता को बता दिया?" उसकी स्मार्टनेस पहचानकर मैंने कहा, "मैंने भी अभी अपने पुराने प्रेमपत्र जलाए नहीं हैं, जलाने हैं।"

हिसाब बराबर हो गया। दोस्ती कायम रही। कुछ देर वहाँ बैठकर फाकिर हमें अपनी बहन के घर ले गया जो कहीं पास ही रहती थी। जैसा विरोधाभास

फिल्मों में दिखाया जाता है, भाई-बहन की जीवन शैली में वैसा अन्तर था। बहन के घर में कीमती तामझाम, ऐसॅप्रेसो मशीन, बार, वर्दीधारी नौकर और समृद्धि की सक्रियता थी। फाकिर इस समस्त वैभव के बीच कमल पत्र पर पड़ी ओस की बूँद समान बैठा था, असम्पृक्त, असंग। रवि के सभी दोस्तों में यह शानदार फकीरी देखने को मिली। साथ ही अड़ियलपन।

हमें जाना था कथा समारोह में कलकत्ते। परिवार अभी इसी बात से समझौता नहीं कर पाया था कि हम दिल्ली छोड़कर बम्बई में डेरा डालें। कलकत्ते के नाम से उन्हें और भी ज़्यादा परदेसीपन लगा। जितनी बार हम सब इकट्ठे बैठते, हमें समझाया जाता, अच्छे और आज्ञाकारी बच्चे बनने की शिक्षा दी जाती पर हम पर कहानी का भूत सवार था और हम नए देश देशान्तर देखना चाहते थे। राजेन्द्र यादवजी के पास हमारी टिकटें थीं जिनमें राजेन्द्रजी की बेटी टिंकू की टिकट पर मैंने रेल यात्रा की।

कलकत्ते में दोहरा उत्सव था। नहीं तिहरा। एक तो नया शहर। फिर मेरी दीदी और नरेन्द्र भैया ने वहीं घर बसा रखा था। उन्होंने तीन-चार दिन हमें खूब सैर कराई। उस वक्त हसरत जयपुरी कलकत्ते आए हुए थे। हमारे कॉमन दोस्त रेवतीलाल शाह ने उनसे मुलाकात करवाई। शिक्षायतन कॉलेज के सभागार में, कहानी में पीढ़ियों का संघर्ष अपनी जगह जोरों से चलता रहा किन्तु रोज नए साथियों से मिलना, छात्रों के बीच समय बिताना और क्रिसमस की रौनक से रोशन शहर देखना इस संघर्ष का कटखनापन कम करता रहा। वहीं पहली बार फूलछड़ी-सी सुधा अरोड़ा और उसकी छोटी बहन इन्दु अरोड़ा मिलीं। उन दिनों ज्ञानोदय पत्रिका कलकत्ते से निकलती थी। कलकत्ते के कितने ही आत्मीय बन्धुओं ने हमें प्यार दिया, कृष्णाचार्य, मनमोहन ठाकौर, श्यामानन्द जालान, प्रतिभा अग्रवाल। मजा यह कि ये सब अग्रज नई कहानी के महात्रिकोण के भी अभिन्न सखा थे।

लड़कपन में देखा शहर युवाकाल में बस इतना सहारा देता है कि हम वहाँ रास्ता नहीं भूलते अन्यथा उसके ब्यौरे तो धूमिल होकर सपनों का संजाल रचते हैं। चौथे दिन हम कलकत्ते से चल दिए बम्बई के लिए। वहाँ पहुँचते ही रवि को कथा समारोह की विस्तृत रपट 'धर्मयुग' के लिए लिखनी थी और मुझे गाड़ी से उतरते ही एस.एन.डी.टी. यूनिवर्सिटी जाकर लेक्चररशिप के इंटरव्यू का सामना करना था। ट्रेन में ही तैयार होने के क्रम में मैंने अपने बाल शैम्पू किए कि

साबुन भरी उँगली से मेरी नई अँगूठी वॉशबेसिन के छेद से फिसलकर नीचे जा गिरी। मैं गीले बालों से कूपे में आकर रवि को बताने लगी कि फिल्मी अन्दाज में गाड़ी तभी रुक गई। रवि गाड़ी से उतरे और अगले ही मिनट सुपरमैन अन्दाज में मेरी अँगूठी लाकर दे दी। मुझे बड़ी खुशी हुई क्योंकि मन में एक घिसीपिटी आशंका पटपटा रही थी कि सोना खोना अशुभ होता है जबकि मुझे नौकरी का इंटरव्यू देना था। तभी गाड़ी चल पड़ी। रवि ने कहा, ''पहियों के बीच हाथ डालकर जब मैंने पटरी से अँगूठी उठाई, मैं सोच रहा था कि अगर गाड़ी चल पड़े तो कहीं अँगूठी के साथ-साथ मेरा हाथ भी वहीं न रह जाए।'' बड़ा डर लगा, अपने पर गुस्सा आया और ताज्जुब भी हुआ कि मुझे यह खतरा क्यों नहीं महसूस हुआ।

किसी भी सवाल में उलझने का समय नहीं था। गाड़ी बम्बई प्लेटफॉर्म में दाखिल हो रही थी जहाँ माहिम उपनगर में एक नहीं एक बटे दो कमरे का फ्लैट हमारा इन्तज़ार कर रहा था। शीतला देवी मन्दिर रोड पर एक बदरंग इमारत की तीसरी मंजिल पर हमें ग्यारह महीने के अनुबन्ध पर यह घर मिला था। कमरे में साज-सज्जा के नाम पर एक जम्बो पलँग पड़ा था, वह भी इसलिए क्योंकि मकान मालकिन के पास उसे रखने के लिए जगह नहीं थी। कमरे से सटा एक सँकरा दरवाजा गुसलखाने में खुलता था। रसोई नहीं थी। पता चला पिछला किराएदार खाना नहीं पकाता था, वह सर रतनजी टाटा इंस्टीट्यूट से अपना डब्बा मँगवाता था। मकान मालकिन ने बताया कि उसके और हमारे कमरे के बीच चालू पैसेज में खाना बन सकता है। पुकारने की गरज से मैंने उसका नाम पूछा तो उसने पापड़ की प्लेट मेरे आगे रखकर कहा, ''वरी मीराँ की माँ बोलो नी, मीराँ मेरी लड़की का नाम होता।''

शहर, नौकरी, घर और प्रेम में मौलिकता का अतिरेक प्रतिक्षण हमारी परीक्षा ले रहा था। सुबह और शाम में अभी कोई समन्वय नहीं था। सुबह हम अपना समय टुकड़ा-टुकड़ा करना सीख रहे थे, कटपीस समय, जिसमें किसी भी सूरत में रवि को 9.11 की और मुझे 9.40 की लोकल ट्रेन पकड़नी ही होती अन्यथा हमें काम पर देर हो जाती। रवि को भेजने के बाद काम समेटकर तैयार होकर निकलने में कई बार मेरी 9.40 छूट जाती जिसके बाद धीमी गाड़ी में बैठना पड़ता। चर्चगेट स्टेशन से भागमभाग सड़क क्रॉस कर मरीन लाइंस स्थित अपनी यूनिवर्सिटी पहुँचने में पाँच मिनट और लग जाते। प्रोबेशन पीरियड अभी चल रहा था। एक ऐसे ही दिन जब समय दस से ऊपर हो गया था, मैं लिफ्ट में छठे माले की ओर जा रही थी। लिफ्ट में हमारे अंग्रेजी विभाग

के अध्यक्ष डॉ. मनियार भी थे। उन्होंने लिफ्टमैन की परवाह न करते हुए मुझसे कह दिया, "यू आर वेरी किसेबिल। हाउ मैनी टाइम्स योअर हजबैंड मेक्स लव टु यू इन ए डे?"

'नो सर, डोंट टॉक लाइक दैट' कहती हुई मैं अपनी मंजिल पर बाहर निकल क्लास में चली गई लेकिन मेरा दिल दिमाग थर्राता रहा। लगा जैसे उनके शब्द मेरे जिस्म से पिलच गए हैं। अगले पीरियड में भी मैंने पाया पार्टिशन के पीछे से उनकी भूरी आँखें मेरा पीछा कर रही हैं।

मैं बेहद घबरा गई। मैंने पेरिन दारूवाला और नीता रमैया, अपनी सहकर्मियों को समस्या बताने की कोशिश की। मिसेज दारूवाला ने सरसरी तौर पर कहा, "खाली मुँह से बोला ना, इसका क्या वरी करने का।" नीता रमैया बोली, "उनकी पुरानी आदत है, नई टीचर्स को ऐसे ही छेड़ते हैं।"

मुझे कोई राहत नहीं मिली।

वापसी के सफर में, घर पहुँचकर भी मुझे लगता रहा जैसे डॉ. मनियार के शब्द मुझे प्रदूषित कर रहे हैं। मैंने रगड़-रगड़कर मुँह धोया। रवि के दफ्तर से लौटते ही वारदात बयान की। उसने सिर्फ एक बात कही, "अगर तुम समय से काम पर पहुँचतीं तो यह वारदात न हुई होती।"

उपदेश और भी नागवार लगा। रवि को क्या नहीं मालूम कितने बेढब कामों के बीच मैं नौकरी के लिए निकलती हूँ। बहुत देर तक हम सुस्त, चिन्तित पड़े रहे। उसके बाद निकला रवि का ऐलान, "तुम प्रिंसिपल से शिकायत करो। वह कुछ न करे तो वाइस चांसलर के पास जाओ।"

हिम्मत आ गई। मोर्चा खुल गया। प्रिंसिपल फाटक ने हमदर्दी जताई लेकिन बोले, "मौखिक शब्दों पर मैं क्या कार्यवाही करूँ। इनका काई साक्ष्य भी नहीं है। डॉ. मनियार यूनिवर्सिटी के बहुत वरिष्ठ प्रोफेसर हैं।"

कोई समाधान नहीं निकला। डॉ. मनियार की ताकाझाँकी चलती रही। महिला सहकर्मी मुझे समझाती रहीं, "इतना तुनकमिजाज होने से सर्विस कैसे चलेगा। याद रखो तुम अभी प्रोबेशनर हो!"

कहीं से कोई हल न निकलते देख मैं वाइस चांसलर लेडी ठाकरसी के पास चली गई। उन्होंने रजिस्ट्रार के साथ मिलकर मेरी समस्या सुनी और मेरा तबादला उसी परिसर में अपने गृह विज्ञान कॉलेज में कर दिया।

लगभग विजय भाव से मैंने नए कॉलेज में काम शुरू किया। यहाँ साहित्य पढ़ाने का सुख नहीं था। बी.एस-सी. छात्राओं को केवल सामान्य अंग्रेजी पढ़ानी थी। लेकिन उस अधेड़ लोलुपता से सुरक्षा तो थी।

शायद मैं गलत थी। एक ही विश्वविद्यालय के कॉलेजों में सिर्फ मंजिलों का फर्क था। मैं चौथी मंजिल से उतरकर पहली मंजिल पर पहुँच गई और अपने को महफूज मानने लगी।

मेरे तबादले से डॉ. मनियार के ऊपर कुछ-न-कुछ संकट आया तो होगा ही तभी उन्होंने विभाग की सभी महिला कर्मियों से इस आशय का संयुक्त बयान हासिल किया कि उन्हें डॉ. मनियार के आचरण से कोई शिकायत न रही, न है। लेकिन घायल शेर ने मेरे नए कॉलेज की नई प्रिंसिपल के साथ मिलकर जो पलटवार किया उसमें नौकरी तो मेरी ही गई।

कितनी अजीब बात है। बम्बई में कुछ लोग समुद्र से कोई बड़प्पन नहीं सीखते। इस महानगर की तुलना विदेश के नगरों से की जाती लेकिन यहाँ कभी भी कुन्दजहनी नज़र आने लगती। अचानक मराठी और दक्षिण भारतीय लोगों में भिड़न्त शुरू हो जाती। रातोरात सिन्धी मकान मालिक अपने यू.पी. के किराएदारों पर मुकदमा ठोक देता—जाओ बाबा अपने देस जाओ। खाली पीली बम्बई में काय का वास्ते आता तुम लोग। एक तरफ यहाँ आदमी-आदमी के बीच ऐसी उदासीनता थी कि कोई किसी का हाल न पूछे। दूसरी तरफ आक्रोश की ऐसी लपटें कि आधी आबादी को तड़ीपार करवा दें।

इन लपटों की आँच हम तक नहीं पहुँची थी, कुछ इसलिए कि कालिया नाम वहाँ जातिसूचक कम और कृत्यसूचक अधिक समझा जाता। कालिया फिल्म बनने के बहुत पहले ये शब्द जाडिया, मोटिया की तर्ज पर एक शक्तिशाली जगत का परिचायक था। कालिया शब्द का सही अर्थ बम्बई आज तक नहीं खोज पाई जबकि पंजाब व हिमाचल प्रदेश में यह जानकारी सबको है कि काली के भक्त ही कालान्तर में कालिया कहलाए।

हमें इन बातों से क्या लेना-देना था। नौकरी से परे हमारी दुनिया में समुद्र, सड़कें और प्रेम प्रकोष्ठ था। तीनों जगहों का हम दोनों को चाव था। हम सैलानी निकल पड़ते कहीं भी, कभी भी। जानी-अनजानी राहों पर, बसों की ऊपरी मंजिल पर, चाय और नारियल पानी के अड्डों पर। कभी रात बारह बजे चल देते गोरेगाँव, अपने दोस्तों की नींद खराब करने। कभी ईरानी रेस्तराँ पर्क्स में जाकर उसल पाव खाते। इसी निशाचरी में हमने पाया कि लोकल रेल की पटरियों के किनारे-किनारे एक समानान्तर दुनिया चलती है जहाँ बेहिसाब बेचारगी और बेमिसाल क्रूरता है। हमें समुद्र के किनारे और स्टेशनों के आस-पास घूमना पसन्द था। दोनों ही जगहें महानगर का बोध करातीं। लेकिन हमने पाया रात गहराने पर न समुद्र निरापद है न सड़क। ऐसी निशाचरी में एक-दो बार अजीब स्थिति में पड़े।

घर में घर जैसी कोई सुरक्षा नहीं थी। यह कमरे में पार्टिशन डालकर निकाला गया कमरा था जिसमें छह फुट ऊँची प्लाइवुड की दीवार थी, प्लाइवुड का ही दरवाजा। स्टूल रखकर इस दीवार को आसानी से फलाँगा जा सकता था क्योंकि ऊपर से चार फीट खुली जगह थी। मैंने कहा, ''यहाँ तो कभी भी चोरी हो सकती है।'' रवि हँसे, ''यहाँ से चोर क्या ले जाएगा? तुम्हारी सूती धोतियाँ या मेरी मद्रास ब्लीडिंग की कमीजें या किताबें? हमारे पास है ही क्या जो चोर अपना समय खराब करेगा?''

फिर भी मैं चोर को चकमा देने के लिए जो भी माल मता था उसे फ्रिज के अन्दर रख देती। मक्खन वाले खाने में मेरे दो-एक हलके गहने और तीन-चार सौ रुपए पड़े रहते।

रवि शहर के सांस्कृतिक जगत से जुड़े हुए थे। युवा चित्रकारों, अभिनेताओं, लेखकों और पत्रकारों से उनका जीवन्त संवाद था। घर की स्थितियाँ ठीक इससे विरोधी थीं। घनघोर परिश्रम से कभी मेरी चाल लड़खड़ाने लगती, कभी बाल बिखर जाते। रवि कहते, ''घर में तुम सिर पर किताब रखकर चलने का अभ्यास किया करो, उससे चाल कलात्मक हो जाती है।''

मुझे गुस्सा आ जाता, ''बहुत बड़ा घर है न और बड़ी कलात्मक जिन्दगी! सुबह-सुबह भागते हुए 9.40 की लोकल पकड़ने में सारी कलात्मकता का कचूमर निकल जाता है।''

लेखन की नींव : इलाहाबाद

हम लाख अपनी यादों की गठरी बाँधकर समय की पड़छत्ती पर पटक दें कि अब ये हमारे किस काम की—घर में तिल रखने की जगह नहीं, यादों का कबाड़ा कहाँ अटेगा। इक्कीसवीं सदी के नए नकोर प्रथम दशक में, जब बाजार इतने जगर-मगर हैं, बैंकें बीस लाख का ऋण देने को लपक रही हैं, मौज-मजे और मनोरंजन के लिए सौ साधन हैं, किसे पड़ी है कि वह अपनी गाड़ी तीस साल पीछे के गियर में चलाए। बकौल अशोक वाजपेयी यह स्मृति शिथिल समय है। लोग आज में जीते हैं। वे आज की बात कल याद नहीं रखेंगे। वे कैलेंडर से ज्यादा फोन को समर्पित हैं। उन्हें इतनी बार इतने फोन करने होते हैं। उन्हें हमेशा कुछ कहना होता है। उन्हें हमेशा कुछ-न-कुछ पूछना रहता है। लोगों ने डायरी रखनी बन्द कर दी है। कई लेखक समय के साथ चल रहे हैं। उन्होंने अपनी समस्त रचनाएँ एक पैन ड्राइव में डालकर गले में लटका ली हैं। जिओ तो केवल वर्तमान में, बाकी पिछला समय सब मर्तबान में। कभी-कभी मुझे लगता है कि जल्द ही लोग अपनी स्मृतियों को लाल कपड़े में बाँध किसी पीपल या बरगद की डाल पर लटका आएँगे कि टँगी रहो यहाँ चुपचाप। एक दिन फुर्सत में आएँगे तो तुम्हारा विसर्जन कर देंगे। नहीं भी किया विसर्जित तो स्मृतियाँ क्या कर लेंगी।

यादों की गठरी के साथ यही तो मुश्किल है। चुपचाप पीपल या पड़छत्ती पर नहीं पड़ी रहतीं। कभी-न-कभी, कोई और कबाड़ा रखते, जरा-सी ठोकर लगते ही वे यों जिन्दा, फड़फड़ाती सामने निकल पड़ती हैं कि गठरी अपने-आप खुलकर बिखर जाती है।

मैं लिखना चाहती हूँ इलाहाबाद के बारे में पर बड़ी शिद्दत से याद आ रही हैं वे स्थितियाँ जिनके कारण हम मुम्बई से शहरबदर हुए। हमारे जीवन की विशेषता यह रही है कि जब भी, जहाँ भी जरा-सा टिकाव मिला, चैन से दो वक्त चूल्हा जलने लगा, लिखने-पढ़ने का सिलसिला कायम हुआ, दोस्त अहबाब आस-पास हुए कि एक धक्का कहीं से ऐसा पड़ता है कि हमारी बाबरी मस्जिद

ध्वस्त हो जाती है। कभी नादानी हमसे हो जाती है, कभी दोस्तों की नादानियाँ हमें ले डूबती हैं।

'धर्मयुग' में रवि को कोई परेशानी नहीं थी। पत्रिका के सबसे चर्चित पृष्ठ रवि के जिम्मे थे। रवि पूरे जोश के साथ काम में लगे हुए थे। भारतीजी का ढेर-सा विश्वास और स्नेह भी उन्होंने अर्जित किया। रवि दफ्तर को युटोपिया समझते थे। इस समझ पर पहली चोट तब पड़ी जब उन्होंने अपने एक सहकर्मी को अपनी टेबिल पर बिसूरता पाया। उसकी बड़ी-बड़ी विस्फारित आँखें लाल हो रही थीं और उसका घुटना भयंकर तरीके से काँप रहा था।

यह खतरे की घंटी थी। उस सहकर्मी के साथ ये हरकतें तभी होती थीं जब कोई बात उसकी बर्दाश्त बाहर हो जाए।

रवि ने उसके दुख का कारण पूछा तो मानो अनामदास का पोथा खुल गया। अनामदास के साथ अन्याय हो रहा था। अनामदास पर चोरी का आरोप था। उससे कहा गया कि वह दफ्तर से रंगीन पारदर्शियाँ चुराकर दिल्ली की पत्रिकाओं को भिजवा देता है जो उसी हफ्ते वहाँ की प्रतिद्वन्द्वी पत्रिकाओं में छप जाती हैं। अनामदास के जिम्मे 'धर्मयुग' के फिल्म पृष्ठ थे। "चर्चित चेहरे और फिल्में एक होती हैं, इतना नहीं जानते क्या सम्पादकजी? अगर वहीदा रहमान की फिल्म रिलीज हुई है तो कोई भी पत्र उसकी तस्वीर छापेगा। मुझे टॉर्चर करने के लिए वे रोज नए बहाने ढूँढते हैं।" उसकी व्यथा ने उन दोनों के बीच विश्वास का ऐसा रिश्ता कायम कर दिया कि दफ्तर के बाद उनका काफी समय इकट्ठे बीतता। धीरे-धीरे परिवारों में दोस्ती हुई। हम एक-दूसरे के घर जाने लगे। बेहद सुन्दर और भोली-भाली पत्नी थी उसकी और एक बेटा बबलू। इस बांगलाभाषी लड़की के मोह में मैं ऐसी पड़ी कि उसे भोली ही कहने लगी। उन दोनों का प्रेम विवाह हुआ था जिसमें से प्रेम अभी समाप्त नहीं हुआ था। दोनों की अनुभूति और अभिव्यक्ति के स्तरों में कुछ अन्तर था। भोली का हिन्दी ज्ञान कुछ अटपटा था और प्रेमसंवाद में भाषा की जगह वह मौन से काम चला लेती। सातवें दशक की बांगला फिल्मों की नायिका की तरह वह एक बच्चे की माँ होकर भी अज्ञात यौवना नज़र आती। दफ्तर में अनामदास की रक्षा करते-करते रवि खुद आलोचना की चपेट में आ रहे थे। पर उन पर संरक्षण का भूत सवार था। वैसे भी बगावत का बिगुल एक बार बज जाए तो वह कुर्बानी लेकर ही चुप होता है।

यहाँ तो दो-दो कुर्बान अली थे। दोनों के दिमाग में स्वाधीनता की एक रोमांटिक तस्वीर थी। 'धर्मयुग' से आजाद होकर इन दोनों ने जो प्रेस खोला उसका नाम ही स्वाधीनता रख दिया। अनामदास की इमारत में एक फ्लैट खाली

होने पर हम बतौर किराएदार वहाँ पहुँच गए। माहिम से अँधेरी। अपने नाम के अनुरूप यह हमारे जीवन का एक अँधियारा मोड़ ही था।

स्वाधीनता प्रेस चल निकला। स्याही के कार्टन और पंखे के गारंटी कार्ड छापने का काम इतना मिल गया कि मशीनें हर वक्त खटर-खटर खटती रहतीं। मशीन मैन के न आने पर रवि मशीन चलाते। शाम को सब मिल बैठते तो दिन-भर बहाया पसीना सूख जाता और हम दुनिया फतह करने के सपने देखते। अकस्मात् एक दिन भोली ने अपने पति से कहा—"सुनो, तुम वह क्रीम क्यों नहीं लगाते जो कालिया जी अपने चेहरे पर लगाते हैं। देखना तुम भी हैंडसम लगने लगोगे।"

भोली सचमुच भोली थी।

वह बातों के निहितार्थ नहीं जानती थी।

जानती वह अपने पति को भी नहीं थी अन्यथा ऐसी नादानी न करती।

पति थोड़ा खिंच गया। पत्नी से। हम लोगों से। खासकर रवि से। हमें इस दुर्घटना का पता नहीं चला।

अनामदास सिकुड़ता गया। उसने व्यवसाय में घाटा घोषित कर दिया। उसे यह पार्टनरशिप कुबूल नहीं रही।

शहर जब आपको वी.टी. से दादर, दादर से माहिम और माहिम से अँधेरी की तरफ पीछे खिसकाता जाता है, आपको समझ जाना चाहिए कि आपकी गाड़ी मुम्बई छोड़ चुकी। समझ ऐसी नियामत है जो हमेशा देर से मिलती है।

एक दोस्त ने निराधार सन्देह में हमारे पैरों के नीचे से जमीन खिसकाई। एक दूसरे दोस्त ने मदद पहुँचाई। नन्दनजी की इच्छा थी रवीन्द्र इलाहाबाद में पैर जमाएँ। नन्दनजी अनुपस्थित और अज्ञेय रहकर नैतिक समर्थन देते रहेंगे। उन्होंने अपने सम्बन्धों का लाभ रवि को दिया और किस्तों पर 'इलाहाबाद प्रेस' दिलवा दिया, यही नहीं उन्होंने आर्थिक सहारा भी दिया। यह सब उन्होंने दृश्य से अदृश्य रहकर किया। यहाँ तक कि नन्दनजी और रवि आपस में पत्र व्यवहार लार्सन और टूब्रो के नाम से करते। नन्दनजी लार्सन थे। उनके सिर पर भारतीजी का आतंक था। कभी रवि मुम्बई जाते या नन्दनजी इलाहाबाद आते तो दोनों प्रेमियों की तरह छुप-छुपकर मिलते।

लेकिन इस बार मुम्बई छोड़ना दोटूक कलेजे का करना था। एक तो विश्वासघात से मनोबल टूट गया था दूसरे घर भी छिन्न-भिन्न हो रहा था। कितनी

मुश्किलों से जुटाई गृहस्थी की चीजें पड़ोसियों में बाँट-खपाकर मैं सिर्फ एक अटैची और प्लास्टिक की बाल्टी लेकर कैसे होस्टल पहुँची थी यह मैं ही जानती थी। रवि भी एक सूटकेस में अपना सामान लेकर निकल गए थे अनिश्चित यात्रा पर। एक मीटर कपड़ा खरीदने की भी औकात नहीं थी पर चले थे इलाहाबाद प्रेस खरीदने। ऊपर से महानगर से उखड़कर कस्बे में अपनी जड़ें जमाने की उदासी और चुनौती।

फिर भी एक उम्र होती है जब आप गहरे पानी में छलाँग लगाने से डरते नहीं हैं बल्कि यह जोखिम आपके अन्दर नई उर्जा का संचार करता है। शहरों की चुनौतियाँ झेलने की आपको आदत हो जाती है। हर नया शहर आपको नए सिरे से कृतसंकल्प करता है।

फिर इलाहाबाद एक ऐसा शहर था जो हम दोनों के मन में कबूतर की तरह फड़फड़ाता रहा था। पिछले शहरों की अपनी स्लेट धो-पोंछ, सुखाकर हम इलाहाबाद आना चाहते थे।

शहर में हम बाद में आए, शहर की खुशबू पहले आई। कभी धर्मवीर भारती के उपन्यास 'गुनाहों का देवता' के पन्नों से उठकर, कभी महादेवी वर्मा के निबन्धों से सरककर, कभी ज्ञानरंजन की कहानियों से छनकर। भारतीजी ने इस भीषण लोकप्रिय उपन्यास की शुरुआत इतने रोमांटिक अन्दाज में की कि लगा हिन्दुस्तान में जन्नत कहीं है तो इलाहाबाद में। उन्होंने लिखा—"अगर पुराने जमाने की नगर देवता की और ग्राम देवता की कल्पनाएँ आज भी मान्य होतीं तो मैं कहता कि इलाहाबाद का नगर देवता जरूर कोई रोमांटिक कलाकार है। ऐसा लगता है कि इस शहर की बनावट, गठन, जिन्दगी और रहन-सहन में कोई बँधे-बँधाए नियम नहीं, कहीं कोई कसाव नहीं, हर जगह एक स्वच्छन्द खुलाव एक बिखरी हुई-सी अनियमितता। बनारस की गलियों से भी पतली गलियाँ और लखनऊ की सड़कों से चौड़ी सड़कें। यॉर्कशायर और ब्राइटन के उपनगरों का मुकाबला करनेवाले सिविल लाइंस और दलदलों की गन्दगी को मात करनेवाले मुहल्ले। मौसम में भी कोई सम नहीं, कोई सन्तुलन नहीं। सुबहें मलयजी, दोपहरें अंगारी तो शामें रेशमी। सचमुच लगता है कि प्रयाग का नगर देवता स्वर्ग कुंजों से निर्वासित कोई मनमौजी कलाकार है।"

दूसरी ओर ज्ञानरंजन का मानना था—"नगर इलाहाबाद की आत्मा में बहुत क्रान्ति है। अपने-आप लोग काम कर रहे हैं, बुद्धियाँ किसी नए रचनात्मक परिवेश के लिए सक्रिय हैं। स्थूल के नाम पर यह शहर जैसे परम शून्य है लेकिन धँसने पर... ।"

इलाहाबाद भी क्या जो झटके न दे चाहे राजनीति में चाहे जीवन में। बम्बई ने हमें आहिस्ता-आहिस्ता हलाल किया तो इलाहाबाद ने झकझोर ही दिया। बम्बई में हम दस कहानियाँ, बीस कविताएँ लिखकर लेखक थे, यहाँ हम दो किताबें छपने के बाद भी नाचीज थे। आठवें दशक में इस शहर का आलम यह था कि कोई किसी की जीनियस का सिक्का मानने को तैयार न था। हिन्दुस्तानी अकादमी में, साहित्यिक गोष्ठी में भैरव प्रसाद गुप्त किसी को भी डपट देते—"चुप रहो जी, तुम्हें कुछ नहीं मालूम।" विजयदेव नारायण साही चुनाव हारकर भी विजेता मुद्रा में कॉफी हाउस में प्रवेश करते, चारों ओर वे तरह-तरह के प्रशंसकों से घिर जाते, जब सराहना चरम पर होती, यकायक पहाड़-सा डील-डौल सँभालकर उठते हुए साही कहते—"चलूँ जरा परिवार के पास भी बैठ लूँ।" उनकी पत्नी कंचन साही, बैंगनी साड़ी में, गुलाबी लिपस्टिक लगाए एकदम कामिनी-सी फैमिली केबिन में उनका इन्तजार करती होतीं। उन दिनों लक्ष्मीकान्त वर्मा साइकिल चलाते थे। वे रात नौ बजे साइकिल स्टैंड पर से स्टैंड कीपर शारदा से अपनी साइकिल निकलवाते और बैरहना की तरफ चल देते। ज्ञानरंजन गर्मी की छुट्टियों में जबलपुर से इलाहाबाद आते जैसे सात समुन्दर पार से प्यासा परदेसी घर आया हो। छुट्टियाँ खत्म हो जातीं, ज्ञान वापस जाने का नाम न लेते। वे लेखकीय मुखौटा उतारकर विशुद्ध दोस्ती निभाते रहते। ज़्यादातर सिविल लाइंस की मिठाई शॉप 'मुरारी' में बैठते। कभी कभार 'गजधर' के हरे, चमकीले, सघन घास के लॉन पर बियर पीते-पिलाते। ज्ञान की जेब में जैसे छेद होता, वे खर्च करते और खुश होते, खुश होते और खर्च करते। तब इलाहाबाद में इतनी भीड़ नहीं थी। सिविल लाइंस में भव्य भौंडे भवनों ने सिर न उठाया था। शहर की खूबसूरती लोगों की खुशमिजाजी में थी, फुरसत और बतरस उनकी रग-रग में बसा था। चौक के दाएँ मोड़ पर लोकनाथ में इसका अतिचार रोज देखने को मिलता। साल के नौ महीने यहाँ पुरुष परिधान केवल लँगोट रहता और नारी परिधान पेटिकोट विहीन धोती और चोली विहीन ब्लाउज। इसका सर्वमान्य नियम यह था कि पैंतीस पार करने के बाद स्त्रियों को गैरज़रूरी वस्त्रों का त्याग करने की छूट है। छूट उस समाज में और भी कई प्रकार की थी। परिवार के पुरुषों के दुकान पर चले जाने के पश्चात स्त्रियाँ अपनी स्वाधीनता का उपयोग कपड़ों से बरतन बदलने, सुनार के यहाँ अँगूठी बनने देने और पड़ोसिनों के चरित्र चित्रण में करतीं। दोपहर में दुश्मनों की इज्जत के बखिए उधेड़े जाते और दोस्तों की इज्जतें रफू की जातीं।

होली पर ठठेरी बाजार में चार दिन रंग चलता। तीसरे दिन स्त्रियाँ रंग खेलतीं। वे रंग के साथ रंगरेजवा को भी ऐसे विशेषणों से अलंकृत करतीं कि

बड़े-से-बड़ा रंगबाज भी वहाँ से सिर झुकाकर चला जाए। सड़क के आर-पार अपने बारजों से स्टील की टंकियों का मुँह पैटन टैंक की तरह घुमाकर रंगों की बौछार होती और किस्सा चार दरवेश पहलू बदल-बदलकर बखाना जाता।

यों ही नहीं हुए हम इलाहाबाद पर फिदा। क्या अदा रही इस शहर की। यहाँ का बच्चा-बच्चा मौलिकता के रंग में डूबा हुआ। जिसे देखो वह कलाकार निकलता। अगर मौलिकता जानने का कोई सीटी स्कैन हो तो यकीनन इलाहाबाद सबसे ऊँचे नम्बर ले जाय। इलाहाबाद आने के कुछ अन्य कारण थे जो उस वक्त बहुत अहम हो गए थे।

मुम्बई से डेरा-डंडा उठने से पहले हमारे सामने यह सुझाव भी पेश हुआ कि अगर हम दोनों लायब्रेरी साइंस में डिप्लोमा कर लें तो हमें कैनेडा में लाइब्रेरी में नौकरी मिल सकती है। कैनेडा में रवि के बड़े भाई-भाभी वर्षों से रह रहे थे और वहीं के नागरिक थे। हमें यह प्रस्ताव जरा भी अच्छा नहीं लगा। लायब्रेरी साइंस पढ़ने की हमारी कोई इच्छा नहीं थी। फिर हम दोनों प्रथमतः अपने को हिन्दी के लेखक समझते थे। हमारा जीना-मरना, कर्म करना सब यहीं की मिट्‌टी से जुड़ा था। इसी जमीन पर हमारे सुख-दुख, सफलता और असफलता दर्ज होनी थी।

हमने तय किया हम लायब्रेरी साइंस नहीं पढ़ेंगे, विदेश नहीं जाएँगे, लायब्रेरियन नहीं बनेंगे। धन संचय और वस्तु संग्रह का हमें लालच नहीं था। ऐसे में नन्दनजी से हमें पता चला कि अगर आपके कपड़े पुराने पड़ गए हैं, बैंक में थोड़े से रुपए बचे हैं, घर का सारा सामान खस्ता हाल है और किसी भी तोप से आपकी रिश्तेदारी नहीं है तो इस पूरे भारतवर्ष में एक शहर ऐसा है जो न सिर्फ आपको पनाह देगा बल्कि सलाह भी कि आओ, इलाहाबाद में चैन से रहो। यहाँ ज़्यादा दौड़भाग की जरूरत नहीं। अगर धार्मिक प्रवृति के हो तो गंगा जी में गोते लगाओ, बड़े हनुमानजी पर झाँझ खड़ताल बजाओ। दिनों का पता ही नहीं चलेगा, टुप्प से बीत जाएँगे। अगर राजनीतिक तबीयत है आपकी तो हर पार्टी का नेता यहाँ मौजूद है, आना-जाना बढ़ा लो, इसमें प्रतिभा के सिवाय और किसी पूँजी की दरकार नहीं। ज़्यादा हाथ-पैर मारने हों तो बगल में लखनऊ है। अगर साहित्यिक रुझान है तो घर के तख्त पर बैठ, प्रेम से कहानी लिखे जाओ, आज भी इस शहर का नाम साहित्य के हलके में पासपोर्ट की हैसियत रखता है। मतलब इलाहाबाद जाकर तो देखो। यह शहर आपकी सारी महत्त्वाकांक्षा झाड़-फटक कर तीन पाँच कर देगा। यह पराजितों के पराक्रम का शहर है। यहाँ आदमी मुट्‌ठी खोलकर आता है। कोई यहाँ आपसे खोद-खोदकर यह नहीं पूछता, तुम्हारी तनखा कितनी है, घर में कितने पैकेट दूध आता है। गाड़ी है या पैदल हो। यह शहर मध्यवर्गीय

होते हुए भी मध्यवर्गीय मानसिकता से परे रहता है। कुछ लोग इसे राजनीतिक शहर मानते हैं। रहते थे कभी यहाँ मोतीलाल नेहरू, जवाहरलाल नेहरू और इन्दिरा गांधी—मुकद्दर के सिकंदर। यहाँ के आनन्द भवन और स्वराज भवन सजीव इतिहास हैं। भारत की आजादी के कई अहम फैसले यहीं पर हुए। यहाँ महामना मदन मोहन मालवीय रहते थे।

रहे होंगे कभी यहाँ ये मुकद्दर के सिकन्दर। अब तो यह मुकद्दर के पोरसों का शहर है। पोरस हैं तो क्या हुआ? हैं तो राजा—सड़क के सम्राट, नुक्कड़ के नवाब, डगमग नावों के खिवैया। और शहरों में होता होगा सम्पन्नता का स्वाभिमान। इलाहाबाद में तो विपन्नता का वैभव और गरीबी का गौरव है। सर्वहारा वर्ग किस अकड़ से जीता है इसकी खुली किताब है यह शहर। पता नहीं रवि को इस सबका अन्दाजा था या यह भी अँधेरे में एक छलाँग थी—उसके हर काम की तरह। उसे बिना पूँजी के प्रेस चलाना था और बिना पत्नी के घर। मैं अपनी बेचैनियों के साथ मुम्बई में थी—एक टुच्ची-सी नौकरी में जिन्दगी सोमवार-मंगलवार करती हुई। मेरे सिर पर एक निहायत शक्की प्रिंसिपल, खूँखार विभागाध्यक्ष और चुगलखोर रूममेट थीं। जब रवि मुझे पत्रों में बताता कि इलाहाबाद में वह नीलाभ के साथ जाकर मकान ढूँढ रहा है लेकिन अच्छा और सस्ता मकान मिल ही नहीं रहा है, मैं सोचती उसकी परेशानी से बड़ी मेरी मुसीबत है कि हॉस्टल के कमरे में मैं उसकी चिट्ठी भी महफूज नहीं रख सकती। हालत यह थी कि अगर तकिये के नीचे भी चिट्ठी छुपी हो तो सुनन्दा मराठे उसे ढूँढकर पढ़ डालती। प्रिंसिपल निर्मला खेर ने उसे मिशन जेम्स बांड दे रखा था। दोनों खूसटों को हमारी मुसीबतें जानने में नौ टाक का नशा आता। मिसेज खेर मुझे इस कदर काम से लाद देती कि मेरी कक्षाएँ लगातार चलतीं। जब तक मैं खाली होती मेस में खाना खत्म हो जाता। रोज बाहर खाने लायक हौसला और हैसियत न होती। ऊपर से अकेलापन। इसी शहर की सड़कों पर रवि के साथ कदम मिलाए थे। यहाँ के ईरानी होटलों में मिलने के वक्त तय किए थे। यहीं चर्चगेट के टी सेंटर में बैठ अपनी पसन्द की चाय सिप की थी। रवि के साथ घूमते हुए हमेशा समुद्र को ऊँची छलाँग में देखा। अब यह कम्बख्त उतरकर जमीन जैसा सपाट हो जाता था, वह भी कीचड़ भरी। मैं समुद्र के आचरण पर बात करना चाहती पर देखती बाकी लोग अपने जुकाम के बारे में ज़्यादा चिन्तित हैं, उन्हें समुद्र से कुछ लेना-देना नहीं है। लोगों को जुकाम जल्दी होता था। जब भी हम दो-तीन दोस्त समुद्र तट पर भेलपूरी खाते, तीन में से दो तो पर्स में विक्स इन्हेलर ढूँढते रह जाते।

प्रियतम पास न हो तो शहर कितना भी भीड़ भरा क्यों न हो, वीरान लगता है। बड़ा शहर और भी बड़ी वीरानगी देता है। ऊपर से सामने समुद्र का अपार विस्तार। समुद्र के साथ-साथ चलती मुँडेर पर कोई-न-कोई प्रेमी जोड़ा बैठा जरूर दिख जाता। उनकी चंचल तन्मयता रातों की नींद उड़ा डालती। मैं अपनी कलीग बैप्सी गांधी से कहती—"कित्ते रद्दी आशिकों के साथ भी ये लड़कियाँ मगन हैं?"

बैप्सी शरारत से हँसती—"और तुम्हारा रवि कैसा है?"

मैं कहती—"देखोगी तो डाका डाल दोगी इसलिए मैंने उसे यहाँ से भेज दिया।"

यह जानने का जरिया नहीं था कि इलाहाबाद में रवि का जीवन कैसा है। डाकिए का हरदम इन्तजार रहता जबकि डाक दिन में सिर्फ तीन बार आती। मैं चार-पाँच बार वॉर्डन के कार्यालय में झाँक आती कि रवि की चिट्ठी आती होगी। रवि चिट्ठी लिखने में परम प्रमादी। अनुमान के सहारे मैं सोचती, नए शहर में चुनौतियाँ तो बेशक नई होंगी, स्मृतियाँ नहीं होंगी। स्मृतियाँ जो पग-पग पर मुझे हैरान-परेशान करने के लिए आ धमकतीं। कभी मैं सहेलियों के साथ घूमने निकलती तो कभी अकेली चल देती। शाम इतनी लम्बी लगती और कमरा इतना एकाकी कि वहाँ लौटने की तबीयत न होती। मैं तभी वापस आती जब यह अन्दाजा लगा लेती कि बाकी लड़कियाँ भी अब तक लौट आई होंगी।

ऐसी ही एक झुकती शाम मैं कोलाबा के बस स्टॉप पर खड़ी थी जहाँ एक पारसी बूढ़ा भी कतार में खड़ा था। बस आने में देर लग रही थी। अचानक मैंने पाया सफेद कोट पहने वह पारसी मेरे करीब आया और बोला—"बेबी, डिनर एंड हंड्रेड रुपीज। कमिंग?"

मैंने टीचरोंवाली भृकुटी तानकर उसे घूरा।

उसे लगा उसने पैसे कम लगाए।

उसने अपने टेढ़े-मेढ़े दाँत निपोरकर कहा—"ओ.के., टू हंड्रेड, कमिंग नाउ?"

मैं इतनी घिना और घबरा गई कि जो भी बस आई, उसमें लपककर चढ़ गई।

हॉस्टल में मैंने सुनन्दा और बैप्सी को यह घटना सुनाई। वे दोनों हँसते-हँसते लोटपोट हो गईं—"जाकर देखना था, वापस क्यों आ गई?"

"हट्ट, उसके दाँत तक हिल रहे थे। उसकी हिम्मत कैसे हुई?"

सुनन्दा ने कहा—"और अकेली घूमती फिरो। अकेली लड़कियों का यही होता है।"

मुझे गुस्सा आ गया—"बजाय उसे कोसने के तुम मुझे कोस रही हो।"

बैप्सी ने कहा—"यू आर सच अ फूल। कोलाबा इलाका तो इसके लिए कुख्यात है, क्या तुम नहीं जानती?"

मैं सचमुच नहीं जानती थी। मेरे लिए कोलाबा का मतलब था जहाँगीर आर्ट गैलरी, रीगल सिनेमा, सहकारी भंडार और परफैक्ट टेलर्स। चारों जगह चक्कर काटने की आदत पड़ी हुई थी। लगा कि अब यह आदत छोड़नी पड़ेगी।

हॉस्टल में शामें काटना आसान नहीं था। शाम से पहले हर कमरे से लड़कियों की चहल-पहल और चहचहाहट आनी शुरू हो जाती। साढ़े चार, पाँच बजे से लड़कियाँ अपनी डेट के लिए तैयार होना शुरू करतीं। तरह-तरह की सुगन्धें गलियारे में उड़तीं, टैल्कम पाउडर, सैंट, डियोडरेंट, हेयर स्प्रे। छिपाकर रखे गए आयरन से कपड़े प्रेस किए जाते, ढीले कमीज तंग किए जाते, तंग चूड़ीदार ढीले किए जाते, मैचिंग चप्पलें अदली-बदली जातीं, दस बार आईना देखा जाता, बीस बार घड़ी। कमरे की खिड़की से झाँका जाता पर आठवें माले से महबूब की झलक मिलना उतना आसान भी न होता। सो कान दरवाज़े की खट-खट पर होते, कब शान्ता बाई आकर आवाज लगाए और दरवाजा खड़काए—"वर्षा, हर्षा तमारो विजिटर।" जिसका विजिटर आ जाता वह तितली की तरह उड़ जाती। बाकी लड़कियों की बेकरारी बढ़ जाती। इन सब रंगीनियों के बीच मुझे अपनी मौजूदगी बड़ी बदरंग, बेवकूफाना और बेगानी लगती। मैं सोचती इन सबसे अच्छा साथी तो मुझे मिला है, मैं आखिर यहाँ क्या कर रही हूँ। वेतन के नाम पर कोई खजाना नहीं मिल रहा था पर हमने सोचा यह था कि जैसे झटपट दिल्ली विश्वविद्यालय की नौकरी छोड़ डाली वैसे न करें। जब एक के पाँव टिक जाएँ तब दूसरा उड़ान भरे।

रवि की फोटो दराज से निकाल मैं देखती। मेरे कानों में तलत की आवाज गूँजने लगती—तस्वीर तेरी दिल मेरा बहला न सकेगी।

यह एक विचित्र स्थिति भी थी कि शादी के पूर्व, प्रेम के दिनों में जिस विरह वेदना की अनुभूति होनी चाहिए थी वे दिन तो ज्यॉर्ज इलियट और जॉन बनयन पढ़ाते सर्र से बीत गए। शादी के इतनी जल्दी बाद हम दो नदी के द्वीप की तरह दूर-दूर हो गए।

शादी की सालगिरह निःशब्द बीत गई। 12 दिसम्बर को मैं पूरे दिन इन्तजार करती रही शायद रवि की चिट्ठी आए या फोन। डाक की तीनों बेला निकल गईं, रात दस बजे फोन में भी ताला पड़ गया, रवि की तरफ से एकदम सन्नाटा। गुस्से से भरी मैं रवि को चिट्ठी लिखने बैठ गई। जरूर मैंने अपना गुस्सा जाहिर किया

होगा। एक साँस में चिट्ठी लिखी, टिकट चिपकाया और सोचा सवेरे हॉस्टल का फाटक खुलते ही इसे डाक बक्से में डाल देना है।

श्री उपेन्द्र नाथ अश्क इलाहाबाद में खुसरोबाग रोड पर एक बहुत विशाल बँगले में रहते थे। उन्होंने अनेक अविस्मरणीय रचनाएँ लिखी थीं। उनकी पुस्तकें स्वयं उनके प्रकाशन नीलाभ प्रकाशन से प्रकाशित होती थीं। सिविल लाइंस में कॉफी हाउस के पहलू में उनका बड़ा-सा शोरूम था। उनकी पत्नी कौशल्या अश्क, उनका बेटा नीलाभ सभी साहित्यिक अभिरुचि रखने के साथ-साथ रचनाकार भी थे। रचनाकार जैसे जीवन का स्वप्न देखता है, कुछ वैसा जीवन अश्कजी जीते थे।

विद्यार्थी जीवन से ही रवि के मन में अश्कजी के लिए आदर और अनुराग था। अश्कजी भी रवि को अपना हमवतनी मानते। अश्कजी की खासियत यह थी कि वे दिन के हर वक्त लेखन को समर्पित रहते। कभी वे अपनी किसी छपी पुस्तक के नए संस्करण में संशोधन करते, कभी नई पुस्तक पर मेहनत करते। बीच में वे कई घंटे अपने वृहद उपन्यास 'गिरती दीवारें' को देते जिसके कुछ खंड अभी लिखे जा रहे थे।

अश्कजी ने रवि की दिक्कतें समझीं। रानीमंडी में अपने प्रेस की ऊपरी मंजिल में ही रवि के रहने का ठिकाना तो हो गया था पर वह ठिकाना भी क्या था। बड़े-बड़े दो कमरे थे जिनकी दीवारों पर कोलतार पुता हुआ था। पटियावाला बदरंग फर्श। आगे के कमरे में कोई खिड़की नहीं थी, दो दरवाज़े थे—एक आँगन में खुलता और एक बाथरूम में। बाथरूम में कमोड भी था इसलिए वह दरवाजा बन्द ही रखना पड़ता। दूसरे कमरे में सींखचे विहीन बड़े-बड़े खिड़के थे। दरअसल पहले यह तवायफों का इलाका था। खिड़के उनके खड़े होने के काम आते रहे होंगे। बाथरूम में नल नदारद था और कमोड में फ्लश। आँगन पार एक बड़ा-सा कमरा था जिसमें एक तरफ दो पक्की अँगीठियाँ बनी थीं। यह थी रसोई। नल आँगन में लगा था और आलमारी बरामदे में।

दरअसल यह जगह गोदाम की तरह काम आती रही थी। हिन्दी भवन के स्वामी इन्द्र चन्द्र नारंग जिनसे हमने किस्तों पर प्रेस खरीदा, यहाँ कागज का स्टॉक और छपी हुई किताबें रखा करते थे। उन्होंने समझाया—"दीवारें ऐसी ही रहने दीजिए, घर में दीमक नहीं लगेगी।"

रवि को घर भुतहा लगा। काली दीवारों के बीच कालिया का दम घुटने लगा। मशीनों की आवाज थमते ही मकान साँय-साँय कर उठता। आँगन में पड़ोस का

झुका नीम प्रेत की तरह अपनी तरफ बढ़ता नज़र आता। सीढ़ियों पर शाम से ही चमगादड़ टिटियाने लगते। ऐसे मनहूस माहौल में रवि को दिन काटने थे। अश्कजी ने कहा—"जब तक ममता नहीं आ जाती, तुम मेरे यहाँ रहो।" अश्क परिवार में रवि को घर से भी बढ़कर आराम, आत्मीयता और आतिथ्य मिला। उन दिनों नीलाभ की शादी बस होने को थी। ज्ञानरंजन भी शहर में आए हुए थे। ये समस्त सान्निध्य रवि के लिए ऐसे थे जैसे सूखते पौधे पर सुख की फुहार पड़ गई हो।

रवि को मेरी, गुस्से से खलबलाती चिट्ठी जब मिली, कुछ देर उसकी समझ में नहीं आया कि क्या हुआ। वह कमरे में चिट्ठी हाथ में लिए, बेचारा-सा मुँह बनाए बस बैठा रह गया। अश्कजी ने उसे यों हतप्रभ बैठे देखकर पूछा—"क्या हुआ?"

रवि ने मेरी चिट्ठी अश्कजी को थमा दी।

एक सच्चे मददगार की तरह अश्कजी ने मेरी चिट्ठी का बहुत लम्बा, तार्किक और तथ्यपरक जवाब लिख भेजा जो रवि की चिट्ठी से भी पहले मेरे पास हॉस्टल में पहुँचा।

बहुत-सी कीमती चीजों की तरह यह चिट्ठी भी मेरे पास से गुम हो गई लेकिन उसकी नसीहत मुझे आज भी याद है। अश्कजी ने लिखा—"तुमने लिखा है कि 'तुमने अवश्य कुछ आवारा दोस्त वहाँ ढूँढ लिए हैं जिससे तुम्हें अपनी शादी की सालगिरह भी याद नहीं आई।' तो बल्ली, पिछले पन्द्रह दिनों से कालिया जिन आवारा लोगों के साथ रहा है उनमें मैं, मेरी बीवी और मेरा बेटा है।"

अश्कजी ने तरह-तरह के उदाहरण देकर मुझे समझाने की कोशिश की। उन्होंने लिखा—"मेरी बीवी की भी यह आदत है कि कभी मेरा भला नहीं सोचती। अगर मुझे घर आने में देर हो जाए तो वह अन्दाजा लगाती है कि मैं जरूर कहीं ट्रक के नीचे आ गया हूँ।"

इन बातों में कोई बुराई नहीं थी। अश्कजी हमारे बुजुर्ग थे, उन्हें पूरा अधिकार था कि वे एक सिरफिरी लेखिका को समझाएँ। लेकिन मुझे यही अखर गया कि रवि ने मेरा खत उन्हें पढ़ाया और उनका जवाब रवि के जवाब के पहले पहुँच गया। तबीयत तिनतिना उठी। इस जवाब में और भी कई बातों पर टिप्पणी थी, सिलसिलेवार, बाकायदा एक-दो-तीन क्रमांक डालकर। अश्कजी ने हर बात को सार्वजनिक बनाते हुए लिखा था—औरतों की आदत होती है, औरतें ऐसा समझती हैं, औरतें यह मानती हैं कि उन्हें उनकी सालगिरह पर मुबारकें मिलें, कि शादी की सालगिरह पर शौहर उन्हें तोहफे पेश करे वगैरह। असलियत

यह थी कि मैं तो अपने को औरतों में शुमार करती ही नहीं थी। अब तक की जिन्दगी में रवि और मैं दो दोस्त की तरह जिए थे, धूप-छाँह में बराबर का हिस्सा बँटाया था। इस मर्दुमशुमारी का क्या मतलब था? मुझे लगा यह सरपरस्त की प्यार भरी फटकार नहीं, किसी पहुँचे हुए वकील की पहली चार्जशीट आई है। कालिया पर फिर क्रोध आया कि अश्कजी के पीछे छुपकर बमबारी करवा रहा है। बड़े तीखेपन से महसूस हुआ कि लाख प्रेम हो, शादी हमारे मुल्क में आज भी एक असमान सम्बन्ध है और रहेगा। पत्नी को शिकायत हो, गुस्सा आए तो पति एक टेक लेकर अड़ जाता है—तुमने गुस्सा किया तो क्यों किया, तुममें धैर्य नहीं, तुममें क्षमा नहीं, तुम कैसी पत्नी हो? हमारी एक सेविका जब भी मुझे गुस्सा होते देखती तो कहती—"बहन जी, औरतन को मरदन की तरह गुस्सा न करना चाही।"

जैसे गुस्से का भी कोई जैंडर होता हो।

जिस कारण किसी को गुस्सा आया, उस कारण पर विचार-विमर्श की कोई गुंजाइश नहीं रखी जाती। बस कोई ताजा तोप आपकी तरफ कर दी जाती।

मेरी याददाश्त में कौंध गए वे सारे रिश्ते जो अश्कजी की मध्यस्थता से मुँह के बल गिरे थे। अश्कजी की जितनी ख्याति अपने साहित्य के कारण थी उससे कम साहित्येतर कारणों से न थी। कान्ता भारती-धर्मवीर भारती, मन्नू भंडारी-राजेन्द्र यादव, शीला राकेश-मोहन राकेश, कोई कम चमकदार नहीं थे वे जोड़े जिन्हें अश्कजी की सलाह का मौका मिला था। टूटे सितारों की कहकशाँ में मैं अपना नाम नहीं लिखवाना चाहती थी।

ऐसे मौके जब-जब आए हैं मुझे यही लगा है कि छोटी होने पर भी मैं रवि से ज़्यादा परिपक्व हूँ। उसके जीवन में समय-समय पर कोई छा जाता है नशे की तरह। फिर वह उसे अपना पूरा जान जहान सौंप देता है। इस तरह अपने फैसले खुद लेने से बचता रहता है। बाद में चीजें अपने अख्तियार में लेने में उसे दुगनी मेहनत पड़ती है।

हम दोनों तो जल्द ही शिकवे-शिकायतें भूलकर चाय और चीनी की तरह घुलमिल गए। अश्कजी के मन में मेरे लिए एक खलिश रह गई। जब मेरा पहला उपन्यास 'बेघर' छपा, अश्कजी ने सबसे पहले पढ़कर मुझे बधाई दी। साथ ही एक लम्बा पत्र लिखकर उसकी समीक्षा की। उन्हें रमा, केकी, संजीवनी सबका चरित्र ठीक लगा, नायक परमजीत को लेकर उन्होंने कहा इसे देखकर मेरी राय है कि तुम्हें नॉवेल का नाम 'चुगद' या ऐसा ही कुछ रखना था। च

अक्षर का एक और भी खराब शब्द अश्कजी ने लिखा था जो इलाहाबाद का एक बड़ा प्रचलित अपशब्द है।

अश्कजी वार करते लेकिन वार झेलने की हिम्मत उनमें कम थी। उनकी पुस्तक 'चेहरे अनेक' का प्रथम खंड प्रकाशित हुआ। अश्कजी ने उसमें साथी रचनाकारों पर संस्मरण लिखे। पाठक की समझ पर पूरा भरोसा न कर उन्होंने हर संस्मरण के आरम्भ में एक कार्टून भी दिया। इन संस्मरणों में अश्कजी की प्रतिभा, पराक्रम, प्रत्युत्पन्नमति अपनी पूरी धार में थी लेकिन खुद को अफलातून मानने का गुरुर भी था। पुस्तक पर व्यापक प्रतिक्रिया हुई। मैंने भी 'सारिका' में समीक्षा की जिस पर बाद में अश्कजी ने प्रतिक्रिया दी कि "जालन्धर में हमारे मोहल्ले में एक पागल औरत रहती थी। जब उसे लड़ाई करनी होती वह हमारे दरवाज़े पर हमामदस्ता भरकर मिर्चें कूटने बैठ जाती।"

तो शहर में अश्कजी से अपना खाता हरदम खुला रहता था। रवि इसमें कोई रुकावट नहीं डालते। अश्कजी के साथ उनके सम्बन्ध बेहतर थे। वे अश्कजी की दिलेरी के कायल थे।

अश्क परिवार में एक नहीं तीन लेखक थे जिनमें से दो अधिकतर अश्कजी के श्रोता बने रहते। कौशल्या जी सहज, संवेदनशील रचनाकार होने के साथ-साथ बहुत अच्छी आतिथेय थीं। वे जिस तरह प्रेमपूर्वक, स्वयं बनाकर, कीमे के छोटे-छोटे कलात्मक पराँठे खिलातीं या सुनहरे रंग की चाय पिलातीं, उनका आतिथ्य हमारी अमिट धरोहर बन जाता। वे नीलाभ प्रकाशन का काम भी सँभालती, मुद्रण, जिल्दसाजी, वितरण। सुन्दर सुबुक चेहरा, छोटा-सा कद, उन्हें देखकर लगता उनका वजन सौ ग्राम से ज़्यादा न होगा पर समूचे घर और प्रतिष्ठान का भार वे सहर्ष उठातीं। अश्कजी को उन्होंने दुनिया फतह करने की खुली छूट दे रखी थी। अश्कजी जटिल मानसिकता के व्यक्ति थे। मैं कौशल्याजी से कहती—"मैं एक किताब सम्पादित करूँगी जिसका शीर्षक होगा 'जालन्धर का आदमी'—उसमें सहगल से लेकर स्वराज पॉल तक सारे शख्स होंगे। सबकी बीवियों या घरवालों से इंटरव्यू लिया जाएगा। उसमें अश्कजी होंगे और कालिया भी। सुखदेव शुक्ल होंगे और सुरेश सेठ भी, फाकिर होंगे और जगजीत सिंह भी।" कौशल्या जी विनोद में हिस्सा लेतीं। वे कहतीं—"तुम किताब बनाओ, मैं छापूँगी।" मुझे कालिया में भी कई जटिलताएँ दिखती थीं। मैं सोचती, यह जालन्धर की देन है। जैसा मेरी शेखचिल्ली योजनाओं का अक्सर हश्र होता है, इसका भी हुआ। वह किताब कभी तैयार ही नहीं की। कौशल्या जी के अन्दर भी लेखन को अध्यवसाय बनाने पर कम जोर था। अश्कजी के

आगे वे खुशी-खुशी अपनी प्रतिभा नेपथ्य में ले गईं और फिर पृष्ठभूमि से ही काम करती रहीं।

इलाहाबाद को आखिर क्या मानें हम? उसकी पौराणिक, ऐतिहासिक व्याख्या में जाए बिना उसका वर्तमान देखें, जब उत्तर प्रदेश की राजधानी लखनऊ बन जाने से उसकी छटा कुछ धूमिल पड़ी है। छोटा-सा शहर है। लेखकों और अमरूदों से भरा पड़ा। शिक्षा का बड़ा व्यापार केन्द्र। प्रतियोगी परीक्षाओं का गढ़। प्रकाशकों, मुद्रकों से भरा शहर। जितने मुद्रक उससे कहीं ज़्यादा बाइंडर। कागज का व्यापार यहाँ सबसे फायदे का धन्धा है। हिन्दी से ज़्यादा अवधी बोलनेवालों का शहर। नफीस उर्दू जुबान का शहर। तहजीब का शहर। बदतमीजी का शहर।

इस सबके ऊपर संगम का शहर।

महीनों हम रानीमंडी चौक और सिविल लाइंस के अलावा शहर में और कहीं नहीं घूमे। अकेली रानीमंडी ही इतनी दिलचस्प थी कि उसे पूरा समझने में कई बरस लग गए। वहाँ छोटे-बड़े, नए-पुराने बीसियों नवाब थे। यह और बात थी कि वे गली में चाय की दुकान चलाते, पतंग बेचते, किराए पर कैरम खिलवाते, पी.सी.ओ. चलाते। काम करने का उनका अन्दाज शाही था। हमारे घर के नीचे कमाल धोबी सवेरे कई घरों से इस्त्री के लिए कपड़े ले जाता। कुछ घंटे बाद जाकर हम अपने कपड़े वापस माँगते तो देखते कमाल हाथ-पर-हाथ धरे बैठा हुआ है।

"क्यों भई, कपड़े हो गए?" हम पूछते।

"जरा आसमान की तरफ गौर फरमाइए, बदली तैयार खड़ी है बरसने को। ऐसे में इस्त्री गरमा कर के क्या करें।" वह जवाब देता। इसी तरह हमारे घर बर्तन-झाड़ू करनेवाली महरी, गए वक्तों की उम्रदराज तवायफ थी। उसकी एक आँख पत्थर की थी। वह एक-एक बर्तन को इतमीनान से राख मलकर ऐसा चमकाती कि रसोई जगमग कर उठती। काम करते हुए वह अपनी जवानी के दिनों के गीत गुनगुनाती– 'जुन्हरिया है रात सजन रहियो कि जइयो। पलँग है लचकदार बलम रहियो कि जइयो।'

वह मुझसे अक्सर कपड़े माँगती। कई बार मैं देती। एक बार मेरे मुँह से निकल गया–"मेरे पास नही हैं।"

"हाय अल्ला! बाबूजी आपको कपड़े नहीं देते, सिर्फ रोटी पे रक्खा हुआ है आपको।" हजरी ने ताज्जुब से कहा।

मैं इतनी शर्मिन्दा हुई कि अच्छी-भली साड़ी उसे दे डाली। हजरी ने हमारे यहाँ बहुत बरस काम किया। हमारा पहला बेटा जन्म से ही संगीत का रसिया था। उसकी परवरिश ऐसी सेविकाओं के हाथों में हुई जो उसे तेल लगाते, नहलाते समय कुछ-न-कुछ गाती रहती थीं। वे उसे चुप भी करातीं तो अली-अली कहते हुए चुप करातीं। हजरी कहती—''बिटिया, भैया को गाना सुनने की बान पड़ गई है। ये बड़े होंगे तो गाना सुनने जाएँगे, बड़ा पैसा फूकेंगे।''

हजरी को इसकी कोई चेतना नहीं थी कि अपने कमरे में बैठकर भी कोई एक-से-एक नायाब गाना सुन सकता है।

बिन पूछे वह मोहल्ले-भर का कच्चा चिट्ठा खोलकर रख देती। छोटे बच्चों को बहलाने के लिए वह अपनी पत्थर की आँख निकालकर उन्हें दिखाती फिर लगा लेती। कहने को रानीमंडी, कोल्हन टोला, पत्थर गली, नखास कोना इलाहाबाद शहर के पुराने मोहल्ले माने जाते हैं पर बीसवीं सदी की आठवीं दहाई में यहाँ नई जिन्दगी करवट लेने लगी थी। जहाँ मुहर्रम में, चेहल्लुम में लोगों को मातम कर-कर बेहाल, बेहोश होते देखा, उसी रानीमंडी में बाद के वर्षों में घरों में मातम के कैसेट लगाकर मुहर्रम मनाते भी देखा। हमारे घर की बगल में इमामबाड़ा आबिदिया में, परिवार की लड़कियाँ और औरतें टी.वी. पर 'बकरा किस्तों का', 'धूप किनारे' और 'परछाइयाँ' जैसे धारावाहिक नाटकों का आनन्द लेतीं और बाहरवाली ड्योढ़ी में लाउडस्पीकर के सहारे मातम का कैसेट या शामे गरीबाँ की तकरीर लगा देतीं। वे कभी-कभी नकाब पहनकर हमारे यहाँ फोन सुनने आतीं। मैं कहती—''पड़ोस में जाने के लिए नकाब क्यों पहन लिया?'' आमना कहती—''आंटी, कपड़े मैले थे, इसलिए।''

इसका मतलब यह भी नहीं कि वहाँ का पूरा अल्पसंख्यक समाज एक साथ बदल रहा था। पुरानी रवायतें भी जिन्दा रखी जा रही थीं। मुहर्रम पर शाम के वक्त अंजुमने इस्लाम की सैंडो बनियानें और काली निकर पहने किशोर लड़के लयबद्ध मातम करते निकलते। उनसे भी छोटे छह-सात सालवाले बच्चों का जुलूस जरा पीछे होता। वे अपनी कच्ची आवाज में नौहे के बोल उठाते—

कहती थी बहन कैसे असगर को भुला दूँगी
भैया की जुदाई में जान अपनी गवाँ दूँगी
मैं छोटी हूँ घर भर में पानी जो मिला लेकिन
तुम मुझसे भी छोटे हो मैं तुमको पिला दूँगी।

इन बच्चों के नंगे बदन से पसीना चूने लगता लेकिन ये दर्द भरे नौहे सुनाते रहते। हमारी ड्योढ़ी मातम करनेवालों से भर जाती। शुरू में तो मुहर्रम के दिनों

में हमसे रोटी का कौर भी मुँह में न दिया जाता, धीरे-धीरे हम अभ्यस्त हो गए। हमारे दोनों बच्चे जब जिद करते तो दोनों हाथों से छाती पीटना शुरू कर देते।

एक बार चेहल्लुम पर मार्कंडेयजी और सतीश जमाली हमारे घर में फँस गए। वे सेवेरे आए थे। शायद 'कथा' का अंक हमारे प्रेस में छप रहा था। बातों में देर हो गई। देखते-देखते गली में चेहल्लुम के जुलूस निकलने लगे। मार्कंडेयजी ने उस दिन धोती-कुर्ता पहन रखा था। सतीश जमाली तो नहीं घबराए लेकिन मार्कंडेयजी की नफासत पर लगातार चोट पड़ती रही। उनके लिए मातम का यह नजारा भयावह था। शाम चार-साढ़े चार बजे तक यही आलम रहा, उसके बाद ही वे निकल पाए।

कभी-कभी मुहर्रम और होली आस-पास या साथ-साथ पड़ जाते। शासन व पुलिस के लिए यह तनाव का विषय था। मामला सिर्फ गम और खुशी में तालमेल बैठाने का नहीं वरन दो तबकों की धार्मिक भावनाओं का खयाल रखने का होता। सरकारी स्तर पर सद्‌भाव समितियों का गठन किया जाता, गश्ती पुलिस की संख्या बढ़ाई जाती, पी.ए.सी. भी तैयार रखी जाती।

लेकिन घरों के आँगन में झाँकने पर तरह-तरह की सरगर्मियाँ नज़र आतीं। परिवार का एक लड़का बैठा रंग की पुड़िया बाँधता तो दूसरा सीने पर हाथ रख कल शाम को गाने के लिए मर्सिए का रियाज़ करता। बूढ़े कारीगर दिन-भर पिचकारियों की मरम्मत में मशगूल रहते और अधेड़ ताजिए बनाने में। चेहल्लुम के फौरन बाद चुपताजिया आ जाता जब आठ दिन तक रोज ताजिए उठते।

अल्पसंख्यकों ने कभी नहीं चाहा कि त्योहारों पर दंगे हों लेकिन हर चार साल में इलाहाबाद में दंगे हुए।

जैसे एक रीत बन गई। कभी इसकी शुरुआत पुलिस की नादानी से होती, कभी हिन्दुओं की हेकड़ी से। पुलिस के अड़ियलपन से जब दंगा भड़कता, पुलिस की कोशिश रहती इसे जल्द-से-जल्द साम्प्रदायिक दंगे की शक्ल दे दी जाए। हिन्दुओं के अजब सिद्धान्त थे। ये सिद्धान्त और नियम वे स्वयं ही गढ़ लेते और लागू कर डालते, मसलन आरती के समय मुहर्रम का जुलूस अतरसुइया की गली से नहीं गुजरेगा। अतरसुइया में कई मन्दिर थे जहाँ शाम को आरती होती। दिक्कत यह कि न तो आरती का समय बदला जाएगा न जुलूस का। जिसने भी शहर में मुहर्रम का जुलूस देखा है उसे पता होगा कि वह कितना पंक्तिबद्ध, अनुशासित लेकिन विस्तृत होता है। प्रभातफेरी के जत्थे की तरह वह झटपट नहीं गुजर सकता। उसमें पैगम्बर साहब का दुलदुल, ऊँचे-ऊँचे अलम, ताबूत, लाउडस्पीकर्स और जैनेरेटर सब एक साथ चलते। बीच-बीच में बेले का हार बेचते

बच्चे। लोग हार खरीदते, आँखों से छुआते और पवित्र ताबूत पर चढ़ा देते। मुहर्रम के जुलूस में हर काम मद्धिम गति से होता जैसे सबके पैरों की ताकत जवाब दे गई है। फिर जगह-जगह रुककर उसे मातम भी करना होता। लोग प्यासे बेहोश हो जाते पर पानी की बूँद मुँह को न लगाते।

सन् 1980 के दंगों में ही शहर के पुलिस सुपरिंटेंडेंट विभूति नारायण राय से पहली बार परिचय हुआ। उनकी समझदारी से ही सन् 1980 का दंगा काबू में आया था। छत्तीस-छत्तीस घंटों की लम्बी ड्यूटी के दौरान कभी पन्द्रह मिनट के लिए वे हमारे यहाँ चले आते। पुलिस के सिवा और किसी की हिम्मत न होती दंगे के दिनों में रानीमंडी में घुसने की। एक दिन रात ग्यारह बजे विभूति नारायण राय की स्पेशल गाड़ी में बैठ हम लोगों ने शहर की गश्त लगाई। नखासकोना की पूरी सड़क पर पत्थर बिखरे हुए थे जो दोपहर की हुई पत्थरबाजी के अवशेष थे। पिछवाड़े की गलियों का साँय-साँय सन्नाटा शहर को अपरिचित बना रहा था। विभूति नारायण राय की गाड़ी में पीछे की तरफ एक फटेहाल युवक नसीम बैठा था जो तुतला कर बोलता था। पता चला दंगों में उसका सबकुछ नष्ट हो गया। विभूतिजी ने स्टेशन पर अखबार और मैगजीन का स्टॉल लगवाकर उसका पुनर्वास किया। आज भी वह अपनी दुकान चलाता है और हमें देखते ही कहता है—"लायछाब छे हमाला छलाम तहिएगा।" विभूति नारायण राय और उनके भाई विकास नारायण राय में लोगों को फिर से बसाने की, खड़ा करने की अद्‌भुत क्षमता है। विस्थापित, विचलित, आजन्म कारावास से निकले कैदियों को जिन्दगी की मुख्यधारा से जोड़ने का काम इन लोगों ने बिना किसी आत्मप्रचार, चुपचाप किया है। विभूति नारायण राय का उपन्यास 'शहर में कर्फ्यू' सन् 1980 के दंगों की पृष्ठभूमि पर ही आधारित है।

रानीमंडी से चौक जाने के कई रास्ते हैं। बल्कि रानीमंडी चौक का ही हिस्सा समझी जाती है। एक रास्ता गली लोकनाथ से निकलकर लोकनाथ चौक और भारती भवन जाता है, दूसरा पिछवाड़े कोल्हन टोले की गली से निकल सुहाग स्टोर पहुँचता है, तीसरा चड्ढा रोड से होता हुआ डाकघर, कोतवाली का पिछवाड़ा और जौहरियों की दुकानें पार कर कोतवाली पर फूटता है। शहर का सबसे संवेदनशील इलाका है चौक जहाँ हम दिन में बीस बार आते या जाते। कहीं भी जाने के लिए वाजिब दाम पर रिक्शा यहीं मिलता। घर की जरूरत के मिर्च मिसाले, बाटा के जूते, मसहरी, छाते, रेन कोट, ककड़ी, खरबूजे, जामुन और अनार, हर चीज का बिक्री केन्द्र चौक था। यहाँ तक कि जेवर गिरवी रखकर रुपए हासिल करने का ठीया भी चौक था। शहर की धड़कन था चौक जहाँ बसें चलने की अनुमति नहीं

थी। मौसम की जो टकसाली चीज सारे शहर में कहीं न मिले वह यहाँ मिल जाती जैसे खिन्नी, फालसा, कसेरू और लुकाट। यहाँ नीम का वह ऐतिहासिक पेड़ था जिस पर 1857 के दिनों में देशभक्त भारतवासियों को फाँसी पर लटकाया गया था। एक बार किसी उत्साही नेता ने देशभक्तों के बलिदान को पुनर्जीवित करने के मकसद से इस पेड़ पर कुछ पुतले 15 अगस्त को लटकवाए। हवा के साथ झूलते, कुरते-पाजामें में फँसी मानव आकृतियों के वे प्रतिरूप इतने भयावने लगे कि बच्चे घबराकर इधर-उधर भागने लगे। उन्हें रातों में भूत के सपने आने लगे। वैसे अन्य दिनों में नीम के नीचे बाँस की टोकरी, पंखे और झाड़ू जैसी चीजें बिकतीं। ठेले खड़े रहते पर उन पर कोई हिमालय न होता। सस्ती दर पर बिकते खरबूजे-ककड़ी होते। यहीं बजाजा पट्टी के पिछवाड़े अर्थात् मुख्य जी.टी. रोड पर एक सुस्त-सा गिरिजाघर है जिसके पट सिर्फ रविवार को खुलते हैं। बाएँ हाथ को अत्तार और जिल्दसाज की दुकानें हैं।

चौक का पूरा इलाका नगर का स्नायुतन्त्र हैं, यहाँ कभी एकदम सन्नाटा नहीं होता, कोई-न-कोई हिस्सा जागता रहता है। यहाँ दुकानें सबसे पहले खुलती हैं और सबसे बाद में बन्द होती हैं। चौक का लालबत्ती इलाका रात-भर रौनकदार रहता है। पतली गलियों में फूल, पान और चायवाले रात-भर व्यस्त रहते हैं। अगर कभी चौक की दुकानें बेवक्त बन्द होती नज़र आएँ तो समझ जाना चाहिए यह संकटकाल है जैसा सन् 1984 में हुआ या 6 दिसम्बर, 1991 को हुआ। शुक्र है ऐसे दिन कम आते हैं।

चौक का सबसे दिलचस्प हिस्सा है गली लोकनाथ और लोकनाथ चौक। देखने में यह निहायत मामूली, ऊबड़-खाबड़ और ऊटपटाँग-सा रास्ता है जिसमें हटरी जैसे मकान बने हैं जिनके निचले हिस्सों में दुकानें चलती हैं। लेकिन यहाँ हर घर एक इतिहास है और हर परिवार एक संस्कृति। यहाँ सुनार, लुहार, बढ़ई, हलवाई और चटपटेवालों के दुकान-मकान हैं। अपनी दिनचर्या को समर्पित इन अल्प व्यवसायियों का जीवन इलाहाबाद की स्टिल लाइफ का जीता जागता उदाहरण है। छप्परवाले हलवाई का लड़का भट्टी के सामने पंखा झलकर दूध ठंडा कर रहा है। उसके हाथ में झाड़ू की एक सींक है जिससे वह दूध पर पड़नेवाली मलाई की एक-एक परत हटाकर कड़ाही के कोने पर इकट्ठी करता ज़ा रहा है। इस दृश्य को देखकर हम बोर होकर आँख हटा लेते हैं। लेकिन हलवाई का लड़का हिम्मत नहीं हारता। वह धीरे-धीरे सारे दूध की मलाई इकट्ठी कर लेता है। शाम को वह पराँत में लबालब रबड़ी भरकर ग्राहकों का आह्वान करता है—"आ जाओ, रबड़ी के खाए वालो।" उसका पिता ठीक बगल की दुकान पर चटपटे का

खोमचा लगाता है। सामने हरिराम एंड संस नमकीनवाले की विश्व प्रसिद्ध दुकान है जिसके बनाए समोसे खस्ते पन्द्रह दिन तक खराब नहीं होते। रसकुंज दुकान पर लस्सी पीनेवालों की भीड़ जमी रहती है। यहाँ कई मिठाईवाले हैं जिनकी दुकानें सौ साल पुरानी हैं। शहर में, बाद में आए बंगाली मिठाईवालों ने लाख मिठाई की तकनीक और संस्कृति बदल दी लेकिन लोकनाथ के हलवाई आज भी उसी तरंग और तेवर में काम करते हैं। न उनकी मिठाइयों की सूरत बदलती है, न उनकी बोली। 'कस गुरू', 'का गुरू', 'सरऊ.का नाती' उनके तकिया कलाम हैं। यहाँ गुलेल जैसी लकड़ी पर बुलबुल बैठाए एक आदमी वर्षों से बैठता है। ऐसा लगता है जैसे वह अपनी बुलबुल के साथ मौन संवाद कर रहा है। इसी तरह एक आदमी मसाले की दुकान पर गर्दन लटकाकर बैठा दुकानदारी करता रहता है। वर्षों से उसका वही अन्दाज है। गर्दन बांकी है लेकिन तराजू की डंडी एकदम सीधी। लोकनाथ चौक और गली आज भी वह इलाका है जहाँ सबसे उचित दामों पर अच्छा और असली सामान मिलता है। जिन्हें इस बाजार की आदत पड़ जाए उन्हें शहर का हर बाजार महँगा और नाकाफी लगता है।

शहरों का सिर्फ इतिहास नहीं, भूगोल भी होता है। इतिहास अगर स्थायी निधि है तो भूगोल कुछ लचीला और उदार। हमारे शहर का भूगोल थोड़ा परिवर्तित हो रहा था। परिवर्तन का आभास तब होता जब रिक्शा निरंजन पुल के नीचे से गुजरकर दूसरे हिस्से में दाखिल होता। निरंजन टॉकीज की भीड़, साइकिल स्टैंड, मोटर गाड़ियों की पौं-पौं, ठेलों की धकापेल को पार करने पर हवा ठंडी बहने लगती, शोरगुल से निजात मिलती, बेतरतीब चक्काजाम से आजाद होते ही मन उत्फुल्ल हो जाता कि बस दो मिनट के बाद हम सिविल लाइंस में होंगे।

इलाहाबाद में सिविल लाइंस को लोग आधुनिकता का पैमाना मानते। यहाँ जाने के लिए बच्चे और लड़कियाँ, किशोर और युवतियाँ अपने सर्वश्रेष्ठ कपड़े धारण करते। कपड़े कीमती न हों पर आधुनिक काट और नमूने के हों, पैरों में स्लीपर की जगह ऊँची एड़ी की सैंडिल हो, हाथ में घरेलू बटुए की जगह कन्धे पर लटका स्टाइलिश पर्स हो।

कहने को सिविल लाइंस का नाम महात्मा गांधी मार्ग है पर कौन लेता है यह नाम। यह नाम भी सिकुड़कर एम.जी. मार्ग बन गया है जो सिर्फ डाकिए और कूरियर कम्पनियों के काम आता है। आम और खास जन इसे सिविल लाइंस ही कहते हैं। अंग्रेजों की बनाई यह सड़क दो सौ वर्षों में अनेक बार बनी और टूटी लेकिन संज्ञा, सिविल लाइंस उससे चिपक गई है। यहाँ वैसे तो दुकानें, रेस्तराँ, शोरूम, प्रदर्शनी की बहार रहती है, असली रौनक लोगों के बेमतलब घूमने, अटकने और वक्त काटने

की है। ज़्यादा पैसे हैं तो 'एल चिको' में बैठकर दार्जिलिंग चाय पी सकते हैं, जेब पस्त है तो एक सॉफ्टी के सहारे क्वालिटी कॉर्नर पर घंटे-भर खड़े हो सकते हैं। लखनऊ की गंजिंग जैसी ही है सिविल लाइंस की अड्डेबाजी।

यहाँ सबके अपने खास ठिकाने हैं। उन दिनों लोकभारती प्रकाशन पर लेखकों की अच्छी भीड़ दिखती। लेखक कॉफी हाउस में बैठक जमाते, वहाँ से उठकर सीधे घर न जाकर नीलाभ प्रकाशन और फिर लोकभारती में जा अटकते। लोकभारती के स्वामी दिनेश चन्द्र सबका स्वागत जिन्दादिली से करते लेकिन उनकी जुबान का कोई भरोसा न था वह कब कटखनी हो जाए, कब मरखनी। तब सभा विसर्जित होते देर न लगती। यह हर दिन का किस्सा था।

लेखकों के शहर में प्रकाशक एक अकेले दिनेश ही नहीं थे। जिसके पास जरा-सी भी पूँजी जुट जाती वह प्रकाशन व्यवसाय में कूद पड़ता। इसी आधार पर कालपी का एक चीनी व्यापारी इलाहाबाद आकर प्रकाशक बन गया। उसने रवि का पहला कहानी संग्रह 'नौ साल छोटी पत्नी' छापा था। उन दिनों मैं 'बेघर' उपन्यास लिख रही थी लेकिन उसका शीर्षक मैंने 'कछुआ' सोचा था। मार्कंडेयजी के यहाँ आयोजित गोष्ठी में मैंने इसके प्रारम्भिक पृष्ठों का पाठ किया। उस गोष्ठी में मार्कंडेयजी के साथ-साथ भैरव प्रसाद गुप्त, अमरकान्त, शेखर जोशी भी उपस्थित थे। ये वे नाम थे जिनकी पुस्तकों को मैंने गहरी आसक्ति और उत्तेजना से पढ़ा था। कभी सोचा भी न था कि इनकी उपस्थिति में, किसी दिन मैं साहित्य के इलाके में प्रवेश लूँगी।

उपन्यास अंश सबको पसन्द आया। एक नए अनाड़ी लेखक के प्रति इस स्वागत भाव से सबसे ज़्यादा प्रसन्न इसका सम्भावित प्रकाशक हुआ।

गोष्ठी से लौटते हुए उसने कहा—"चलिए कहीं बैठकर सेलिब्रेट किया जाए आज का दिन।"

हम दोनों बड़े उत्साह में थे।

उसने पूरी सिविल लाइंस का चक्कर लगाने के बाद एक गुमटी के पटरों पर हमें बैठा दिया और चाय-समोसे का ऑर्डर किया। प्रकाशकों की फटीचरी से यह मेरा पहला साक्षात्कार था।

मेरी हार्दिक इच्छा थी कि यह उपन्यास मुझे चार-पाँच सौ की अग्रिम राशि दिला जाए तो उपन्यास पूरा करने में मेरा मन लगे। मैं ताजा बेरोजगार थी और हर महीने की पहली तारीख को मेरा दिल डूबने लगता। तनखा के बिना तबीयत इतनी तंग रहती कि ठीक से भूख-प्यास भी न लगती। मैंने प्रकाशक से कहा कि बम्बई में तो उपन्यास पर एडवांस खट से मिल जाता है। उस आदमी का

व्यक्तित्व कुछ ऐसा था कि उसकी हाँ और ना का अन्दाजा लगाना मुश्किल था। मेरी बात का नतीजा यह हुआ कि वह एक बार अपना हाथ जेब में डाले और एक बार निकाले। बड़ी यन्त्रणा के पल थे वे। जेब के अन्दर जैसे बिच्छू बैठा हो। प्रकाशक जेब में हाथ डाले और तड़पकर बाहर निकाल ले। अन्त में उसने बड़ा निरीह चेहरा बनाकर कहा—"ममताजी, मैं बड़ा गरीब आदमी हूँ मुझ पर रहम कीजिए।"

चाय-समोसे के बाद पत्थर गिरजा के सामने पटरी पर बैठ वह हमें अपनी संघर्ष गाथा सुनाता रहा। उसमें सारे दुखड़े थे।

बाद में पता चला कि वह कालपी का काफी बड़ा व्यापारी था। उसका चीनी-बूरे का थोक व्यवसाय था।

यहाँ श्रीलाल शुक्लजी का कथन याद कर लेना सुसंगत होगा। उन्होंने एक जगह लिखा है वे गरीब घर में पैदा हुए, उनके दोस्त सब गरीब थे। रिश्तेदार भी गरीब थे। अब अगर प्रकाशक भी गरीब मिल जाए तो क्या हो?

जीवन में दरिद्रता को प्रोत्साहन देना कभी मेरा अभीष्ट नहीं रहा। मैंने तभी ठान लिया कि इस प्रकाशक को तो अपनी पुस्तक कभी नहीं देनी है, भले ही पुस्तक छपे नहीं, इसे जूड़ी ताप से बचाना होगा।

लेकिन शहर में जो दूसरा प्रकाशक मिला वह भी कम विचित्र नहीं था। जब वह किसी लेखक से कुपित होता तो घुटने पर हाथ मारकर कहता—"अजी स्वाहा पाओ जी, मैंने पच्चीस कॉपी का बंडल बनाकर पड़छत्ती पर पटक देना है। ले कर ले राइटर की करेगा। एडिशन खत्म ही नहीं हुआ, अगला एडिशन! स्वाल ही नईं उठता।"

हम छापाखाना चला रहे थे इसलिए आए दिन प्रकाशकों से पाला पड़ता। लेखक-प्रकाशक सम्बन्धों के विश्लेषण हमारे ही घर पर हुआ करते। कई लेखक अपने को शोषणमुक्त करने के इरादे से स्वयं अपनी पुस्तकों के प्रकाशक बन गए तो कुछ लेखन कर्म से ही मुख मोड़ बैठे। हमें दोनों से सबक लेने थे।

सिविल लाइंस का सबसे बड़ा अड्डा कॉफी हाउस हुआ करता। दरबारी परिसर के एक बड़े से हॉल में स्थित इस कॉफी हाउस से कॉफी की गन्ध उड़कर बाहर तक आती। अन्दर का शोर, बातें, ठहाके सब की तिलिस्मी गूँज बाहर खड़े लोगों से टकराती। सफेद वर्दी पर हरी पेटी बाँधकर घूमते बैरे भी इस तिलिस्म के हिस्से नज़र आते। अन्दर रोशनी बहुत ज़्यादा न होती। कई बार बाहर से

पहचानना मुमकिन न होता कि अमुक साहित्यकार अन्दर बैठे हैं या नहीं। तब साइकिल स्टैंड के कीपर शारदा से पूछा जाता अथवा वाहनों की पड़ताल की जाती। कॉफी हाउस मुख्यतः पुरुष प्रधान बैठकी का अड्डा था। बाद में कॉफी हाउस से हटकर मुख्य फाटक के पास एक लम्बे कमरे में फैमिली केबिन खोल दिया गया। लेकिन यहाँ केवल खानपान था जबकि मुख्य हॉल में बतरस की सामाजिकता थी।

कॉफी हाउस की शामों में भैरव प्रसाद गुप्त, मार्कंडेय, शेखर जोशी, लक्ष्मीकान्त वर्मा और अमरकान्त की हाजिरी नियमित थी। रामस्वरूप चतुर्वेदी सिर्फ शुक्रवार को सुबह 11 बजे से आते। सत्यप्रकाश भी शुक्रवार को आने लगे थे। कई पुस्तक प्रेमी वकील, रेडियो कलाकार और कॉलेजों के प्रोफेसर भी वहाँ दिख जाते। ताज्जुब यह कि महिलाओं ने कभी कॉफी हाउस को अपना ठिकाना नहीं बनाया।

कुछ लोग सिविल लाइंस में अन्य ठीयों पर जमते। सतीश जमाली का दफ्तर, 'कहानी' पत्रिका कार्यालय प्लाजा बिल्डिंग में था। उनसे जुड़े लेखक वहाँ नज़र आते। जिन दिनों ज्ञानरंजन इलाहाबाद में होते वे कॉफी हाउस की बजाय एक मिठाई की दुकान में अड्डा जमाते—मुरारी। 'मुरारी' में बैठने, चाय पीने की सुविधा थी। समय की कोई पाबन्दी नहीं थी। ऊपर के हॉल में ज्ञानरंजन की मेज के चारों ओर कुर्सियों की संख्या बढ़ती जाती। सब एक-दूसरे को खोजते, वहाँ पहुँच जाते। हम भी बहुत जल्द इस मंडली के सदस्य हो गए।

शहर का एक और इलाका नया बैरहना—वर्षों मेरा अता-पता बना रहा। सन् 1973 तक मैं दो बार इलाहाबाद विश्वविद्यालय में प्राध्यापन के लिए कोशिश कर चुकी थी। हर बार किसी स्थानीय अभ्यर्थी की नियुक्ति हो गई। अब मैंने कॉलेजों की ओर ध्यान दिया। पहले मैं महादेवीजी से मिली। वे प्रयाग महिला विद्यापीठ कॉलेज की सर्वेसर्वा थीं। उन्होंने मेरा जरा भी समय नष्ट न करते हुए मुझसे स्पष्ट कह दिया कि नियुक्तियों में उनकी बिलकुल नहीं चलती। कॉलेज में ब्राह्मण लॉबी का बोलबाला है। विकल्प कम होते जा रहे थे। मेरा संकल्प बढ़ता जा रहा था। मेरे पास साढ़े छह साल का प्राध्यापन अनुभव था।

तभी नया बैरहना में स्थित एक कॉलेज में प्राचार्या पद की रिक्ति विज्ञापित हुई। रवि ने मजाक किया 'लेक्चरर क्या बनना। प्रिंसिपल बनो तो जानें।' रवि मुझसे बड़े-बड़े काम करवा ले जाता है तो इसी तरह चुनौती देकर। गौर से विज्ञापन पढ़कर देखा तो पता चला कि अर्हताओं में मेरी उम्र और अनुभव दोनों में कमी है। फिर भी मैंने आवेदन कर दिया और बात आई-गई हो गई।

एक बार गिरिराज किशोर इलाहाबाद आए तब उन्होंने बातचीत के दौरान बताया कि उन्होंने सेवासदन कॉलेज को चेतावनी पत्र भेज दिया है कि अगर अब वे प्राचार्य पद पर नियमित नियुक्ति नहीं करेंगे तो कानपुर विश्वविद्यालय उनका सम्बद्धन समाप्त कर देगा। मुझे तब पता चला कि गिरिराजजी कानपुर विश्वविद्यालय में कुलसचिव (सम्बद्धन) थे। सभी कॉलेजों की जान उनकी मुट्ठी में रहती। गिरिराजजी के बहुत दबाव डालने पर ही सेवासदन ने पुनः पद विज्ञापित किया और इंटरव्यू का दिन आ पहुँचा।

हमारा बेटा अन्नू तब केवल पौने दो साल का था। उसे सँभालना कोई आसान काम न था। वह इतना उधम मचाता कि हर महीने उसकी आया नौकरी छोड़कर चली जाती। ऐसे उत्पाती बच्चे को लेकर मैं कानपुर पहुँची।

गिरिराजजी के यहाँ रुकी जहाँ स्नेह, सम्मान और आत्मीयता का अद्‌भुत पारिवारिक वातावरण था। उनकी बहन सत्या जीजी स्वयं दयानन्द कॉलेज में वरिष्ठ प्रोफेसर थीं और पत्नी मीराजी भी हिन्दी की विद्वान। उन्होंने अन्नू की समस्त लीला सँभालकर मुझे आजाद कर दिया।

गिरिराजजी ने मेरी नियुक्ति करवाई, उम्र और अनुभव की समय सीमा में कुलपति से छूट प्रदान करवाई और इस तरह इलाहाबाद में मेरी नौकरी का सूत्रपात हुआ।

नगर में बैरहना और नया बैरहना की अवस्थिति ऐसी थी कि वहाँ के बड़े चौराहे से कई दिशाओं में रास्ते फूटते। एक रास्ता सीधे संगम को जाता। हर मौसम में तीर्थयात्रियों की कतारों, बैलगाड़ियों और बसों से यहाँ की सड़क टूटी-फूटी और धूल भरी रहती। टैम्पो का धुआँ, खोमचेवालों की आवाजें और इक्केवालों की टिक-टिक देहात का परिदृश्य बना देतीं। दूसरा रास्ता दारागंज को चला जाता। यह मुख्य मार्ग जी.टी. रोड था जिस पर दिन-रात ट्रकें दौड़तीं। यही सड़क बाएँ हाथ पर पुराने शहर में घुस जाती जहाँ कपड़े का प्राचीनतम बाजार कोठापार्चा था। ठहरिए यहाँ चार नहीं छह राहें थीं। एक अन्य सड़क रामबाग स्टेशन चली जाती जहाँ से बनारस जाने के लिए गाड़ी पकड़ी जाती। एक और सड़क राजेन्द्र कुमारी वाजपेयी के विशाल बँगले की तरफ जा पहुँचती। एक सड़क कीटगंज और मुट्ठीगंज की सैर करवा देती। शुरू में कीटगंज और मुट्ठीगंज विचित्र नाम लगे। जानकार लोगों ने बताया कि अंग्रेज हाकिमों के नामों का देसीकरण होकर वे नामकरण हुए हैं। जहाँ अमुटी साहब रहे वह अमुटीगंज होते-होते मुट्ठीगंज बन गया और जहाँ लार्ड कीटिंग का निवास था वह कीटगंज हो गया। कई लोग कीटगंज को कीडगंज भी कहते हैं।

बैरहना में एक तरह से शहर का बंगाली टोला रहता है। वहाँ बननेवाली बांग्ला मिठाइयाँ, सजनेवाली कालीबाड़ी और दिखनेवाली ऐलोकेशी, खंजननैनी सुन्दरियाँ इसका प्रमाण हैं। साथ ही संगम नजदीक होने से इस क्षेत्र में पंडे-पुजारियों का बसेरा है। बांग्ला परिवारों में शिक्षा पर जोर है पर उनकी लड़कियाँ सीधी यूनिवर्सिटी जाती हैं। अन्य लोगों में लड़कियों को उच्च शिक्षा उसी दशा में दी जाती है जब इंटरमीडिएट के बाद उनकी शादी न हो सके।

बैरहना चौराहे पर दो कब्रिस्तान हैं। एक हिन्दुस्तानी ईसाइयों का और एक अंग्रेज ईसाइयों का। मेरा कॉलेज गोरा कब्रिस्तान से सटी हुई इमारत में था। शुरू में मुझे लगता शायद कब्रिस्तान के कारण यहाँ छात्राएँ आने में कतराती हैं पर मैंने पाया वक्त के साथ कब्रिस्तान का आतंक खत्म हो चुका था। कॉलेज की कक्षाओं, हॉल और लायब्रेरी की हर खिड़की कब्रिस्तान में खुलती। परीक्षा के दिनों में कब्रिस्तान नकल सामग्री, जैसे—गैसपेपर के पृष्ठ, कागज की चिटें और उत्तर लिखित रूमाल फेंकने की आदर्श जगह था। अन्य दिनों में कब्रिस्तान के स्मारकों की छाँह में भिखारी, पागल और आवारा लोग अड्डा जमाते। कभी-कभी यौन विकार से ग्रस्त कोई आदमी वहाँ आकर ऊटपटाँग हरकतें करने लगता जिसे देखने हर खिड़की पर छात्राओं के ठट्ठ लग जाते।

छात्राएँ क्या कॉलेज में शिक्षक भी नदारद थे। साज-सज्जा के नाम पर बड़ा-सा जीरो। कॉलेज की जाला लगी छतों, लोना खाई दीवारों और उखड़े फर्श के बरामदे देखकर मैं समझ गई कि यह तो बियाबान की बादशाहत मिली है, नौकरी का मतलब मेहनत-ही-मेहनत है।

हमारे कॉलेज के अध्यक्ष पचासी साल के एक अग्रवाल वकील थे। उनके लिए मेरा अग्रवाल होना महत्त्वपूर्ण था जबकि मैं समझती थी कि मैं जीनियस हूँ। अग्रवाल साहब मुझसे कहते—"आप पथभ्रष्ट अग्रवाल हैं।"

मैं उनके सामने टीचरों की संख्या में इजाफे का प्रस्ताव रखती। वे एकदम भड़क जाते। उनका कहना था—"प्राइमरी क्लासों में अस्सी रुपए पर एक टीचर आठ घंटे पढ़ाती है, आपके यहाँ तीन सौ रुपए पर दो घंटे पढ़ाएगी, यह क्या हिसाब हुआ। आपको प्रिंसिपल बनाया है इसका मतलब यह नहीं कि आप बैठी-बैठी खर्चा बढ़ाएँ।"

"लेकिन यूनिवर्सिटी के नियम?"

"भाड़ में जाएँ नियम। तनखा कौन देगा। जाकर यूनिवर्सिटी से लेना।" नियमों की पिंजरापोल व्याख्या में उनका कोई सानी नहीं था। शिक्षा संस्थाएँ चलाने के क्षेत्र में वे कोई नौसिखिए नहीं थे। उनके स्थापित किए कम-से-कम

छह स्कूल-कॉलेज बैरहना में ही चल रहे थे और दो सूबेदारगंज में। वे टीचरों से निपटना जानते थे। जुलाई से मार्च तक टीचर से पढ़वाना, अप्रैल, मई, जून में उन्हें सेवामुक्त कर देना, जुलाई में अनुकम्पा दर्शाते हुए फिर नियुक्त कर लेना उनके लिए बड़ी सहज गतिविधियाँ थीं। इस नौ माह की नियुक्ति का कोई नियुक्तिपत्र जारी नहीं किया जाता; अलबत्ता टीचर की हस्तलिपि में उससे एक त्यागपत्र अवश्य लिखवाकर वे अपनी फाइल में रख लेते—"नितान्त व्यक्तिगत कारणों से मैं दिनांक...से अपनी सेवा से त्यागपत्र देती हूँ। मुझे संस्था से सभी प्रकार के भुगतान पूर्ण व अन्तिम रूप से प्राप्त हो चुके हैं।"

उनका विचार था कि टीचर का अग्रिम त्यागपत्र मैनेजर के पास मौजूद रहने से टीचर होश में काम करती हैं।

एक बार शिक्षाशास्त्र की एक प्रवक्ता ने जिद पकड़ ली कि उसका वेतन बढ़ना चाहिए। वह चार सत्र से उसी वेतन पर काम कर रही थी। बड़ी हिम्मत कर वह बाबूजी के कार्यालय में अपना लिखित आवेदन लेकर गई। बाबूजी ने ठोढ़ी पर हाथ रखकर काफी देर सोचा। फिर वे बोले—"कै लड़कियों ने शिक्षाशास्त्र लिया है।"

टीचर ने तनिक गर्व से बताया—"जी सबने।"

"कित्ती हैं?"

उस समय कॉलेज में एक सौ छप्पन लड़कियाँ पढ़ती थीं। कॉलेज अभी अनुदान सूची पर नहीं आया था। टीचर ने संख्या बता दी।

बाबूजी बिगड़ गए—"लो बोलो, हम तो पहले ही तुमको दूनी तनख्वाह दे रहे हैं। अब इसमें क्या बढ़ाएँ।"

"जी, मैं समझी नहीं।" टीचर चकराई। उसे कुल तीन सौ रुपए, मूल वेतन मिल रहा था। महँगाई भत्ता व अन्य कोई भत्ता तो दूर की बात थी।

बाबूजी ने बात स्पष्ट की—"देखो प्राइमरी में अस्सी बच्चों की कक्षा को अस्सी रुपए में टीचर पढ़ाती है। तुम तीन सौ पचा जाती हो और बच्चे उससे आधे पढ़ाती हो।"

एक बार समस्त प्रवक्ताओं ने वेतन की माँग पर सामूहिक पत्र दिया कि—'यदि हमारी सेवा शर्तें नियमानुसार नहीं सुधारी गईं और हमें वेतनवृद्धि नहीं दी गई तो हम पन्द्रह अगस्त को डी.एम. कार्यालय के सामने आत्मदाह कर लेंगी।'

पत्र मिलने पर मैंने स्टाफ से बात की। उन्हें बहुत समझाया लेकिन वे टस से मस न हुईं।

मैं पत्र लेकर शाम को बाबूजी के पास गई। उन्होंने पत्र पढ़ा और मुस्कुराने लगे।

फिक्र के मारे मेरा बुरा हाल था। मैंने कहा—"बाबूजी, अब क्या होगा?" यह अगस्त की 9 या 10 तारीख थी। कॉलेज के सचिव भी आए हुए थे। वे भी पत्र पढ़कर हँसने लगे। अध्यक्ष के सामने वे सुझाव कम देते, समर्थन ज़्यादा। मन-ही-मन मुझे बुरा लग रहा था कि स्टाफ के प्रति दोनों हृदयहीनता दिखा रहे हैं।

बाबूजी बोले—"आप स्वाधीनता दिवस पर झंडारोहण की तैयारी करो, लड़कियों को मिठाई बाँटो, कुछ नहीं होगा।"

"लेकिन यह पत्र?"

"आप क्या सोचती हो? आप क्या जानती हो? अव्वल तो यह पत्र डी.एम. को भेजा ही नहीं गया होगा और अगर उन मूर्खाओं ने भेज दिया है तो चौदह की रात तक ये सब गिरफ्तार हो जाएँगी। आप क्या सोचती हो, डी.एम. इत्ती औरतों को मरने देंगे। ये बन्दरभभकी हमारे लिए है, बस।"

उस वक्त उनकी तर्कबुद्धि की मैं कायल हो गई पर पन्द्रह अगस्त का दिन बहुत चिन्ताग्रस्त बीता।

उत्तर प्रदेश में वित्तविहीन निजी शिक्षण संस्थाओं की दशा कितनी खराब है, इसका अनुमान शेष भारत बिलकुल नहीं कर सकता। प्रबन्धतन्त्र में प्रायः पूँजीपति वर्ग के व्यक्ति होते हैं अथवा धनी व घाघ वकील या व्यापारी। वे स्कूल-कॉलेज की भव्य इमारत बनवा लेते हैं, उसमें फर्नीचर डलवा देते हैं, बड़ा-सा फाटक लगवा कर उसके ऊपर संस्कृत की सूक्ति भी खुदवा देते हैं, जैसे—'विद्या ददाति विनयम्' या 'विद्यायाश्च फलम् ज्ञानम विनयस्य'। उनके लिए शिक्षा संस्था तब तक बेकार होती है जब तक वह लाभ न देने लगे।

छात्राओं का हाल और भी खराब था। औसत या तृतीय श्रेणी के अंक लाने वाली छात्रा को अपनी मर्जी से न कॉलेज चुनने की आजादी थी न विषय। जुलाई, अगस्त के किसी एक दिन पिता या माँ, बकरी जैसी निरीह और कातर कन्या को मेरे सामने लाकर खड़ी कर देते।

"क्या नाम है?" मैं बात शुरू करती।

कोई जवाब नहीं।

माँ घुड़कती—"नाम क्यों नहीं बताती? घर में तो चकर-चकर जुबान चलती है।"

"ससी सर्मा।" लड़की के कँपकँपाते उत्तर में उसका व्यक्तित्व, भाषा, उच्चारण और जीवन स्थिति सब चरितार्थ हो जाता।

"क्या विषय थे इंटर में? अब क्या विषय लेने हैं?"

लड़की की ओर से माँ जवाब देती, "जौन सब्जैक्ट सस्ते हों वो दिला दें। काहे से, इनके पापा बोले हैं बस फीस देवेंगे और फिजूल का खर्चा नहीं करेंगे। इंटर में मार परेसानी थी। कभी कपड़ा ले जाना है कभी चीनी ले जानी है।"

पता चला, इंटर में छात्रा ने गृहविज्ञान ले रखा था जिसमें उसके पचहत्तर प्रतिशत अंक आए थे। अन्य विषयों में न्यूनतम प्राप्तांक थे। गृहविज्ञान के कारण वह उत्तीर्ण हुई थी।

मैं कोशिश करती कि छात्राएँ ऐसे विषय लें जिनमें उन्हें रुचि हों लेकिन अभिभावकों का जोर थ्योरी विषयों पर रहता। संगीत, गृहविज्ञान और ड्रॉइंग व पेंटिंग विषयों की उपयोगिता वे समझना नहीं चाहते।

सालाना इम्तहानों में शहर की धजा निराली हो जाती। जो बच्चे वैसे न पढ़ते, परीक्षा के समय रात-रात जागकर रट्टा लगाते। इतिहास, दर्शनशास्त्र जैसे विषय सबसे कठिन मालूम देते जिनमें जितना भी लिखो, नाकाफी रहता। इन्हीं विषयों में नकल की सर्वाधिक कोशिशें होतीं। कुछ छात्राएँ दुपट्टे पर या साड़ी के पल्लू पर सम्भावित प्रश्नों के उत्तर लिखकर ले आतीं। पेंसिल बॉक्स या हथेली के अन्दर तो अक्सर मेहँदी की तरह महीन इबारत रची रहती। कुछ दिलेर छात्राएँ अन्तर्वस्त्रों में जहाँ-तहाँ कागज की चिटें छिपा लेतीं। साड़ी पहननेवाली लड़कियाँ पेटीकोट पर पिन से गैसपेपर लटका लेतीं। एक बार एक छात्रा की तलाशी ली तो वह सिर से पैर तक मुगल सल्तनत बनी हुई थी। उसकी कमर में अकबर, बाँह में बाबर, सलवार के पाँयचे में शेरशाह सूरी और पेंसिल बॉक्स की तली में रजिया बेगम चिपकी हुई थी।

प्रश्नपत्र बाँटने से पहले घोषणा की जाती कि अगर किसी के पास कोई नकल सामग्री है तो अभी निकालकर निरीक्षक को सौंप दें। यूनिवर्सिटी से उड़नदस्ता आने पर कोई माफी नहीं मिलेगी। डरपोक लड़कियाँ तुरन्त कुरते के गले और बाँह से निकालकर चिटें कब्रिस्तान की खिड़कियों में उछाल देतीं लेकिन बहादुर लड़कियाँ निरपेक्ष बैठी रहतीं।

कभी-कभी इतिहास के तीनों कालक्रमों के प्रश्नपत्र बँट जाते। छात्रा को एक भी प्रश्नपत्र प्रासंगिक न लगता। ऐसे में नकल सामग्री भी बेकार पड़ जाती। सयानी लड़कियाँ अपने ऊपर यों पाप का बोझ न बढ़ातीं। वे बाथरूम में गैसपेपर के पन्ने रखकर आतीं। हर आधे घंटे में उनकी चटली उँगली उठती और वे लघुशंका के लिए बाहर जातीं।

हर साल प्रदेश शासन एक असाधारण गजट द्वारा परीक्षा में अनुचित साधनों के प्रयोग पर प्रतिबन्ध लगाता। इस प्रतिबन्ध का सम्बन्ध जितना परीक्षार्थी से

होता उतना ही संस्था के पदाधिकारियों और कर्मचारियों से। इस अध्यादेश में साफ लिखा रहता कि इन निर्देशों का उल्लंघन दंडनीय, संज्ञेय अपराध माना जाएगा। कुछ दिन इसे नकल निरोधी अध्यादेश कहा गया। बाद में बोलने में सहूलियत के ख्याल से इसमें से निरोधी शब्द हट गया और लोग इसे नकल अध्यादेश कहने लगे। कक्ष निरीक्षक परीक्षा के आरम्भ में कहती—''सारी छात्राएँ ध्यान से सुन लें। पूरे उत्तर प्रदेश में नकल अध्यादेश जारी हो गया है। अगर आपने नकल की तो जेल जाएँगी।''

इस पर भी अगर कोई छात्रा नकल करती पकड़ी जाती तो बड़ा हंगामा खड़ा हो जाता। अव्वल तो लड़की कबूल ही नहीं करती कि पकड़ा गया पुर्जा उसका है। वह कहती उसकी शत्रु ने जानबूझकर उसकी बाँह में इसे छुपा दिया। वह कॉपी देने को तैयार न होती। वह चिल्लाती—''सब नकल कर रही हैं, सबकी तलाशी लीजिए।''

पढ़ाकू लड़कियाँ भुन-भुन करतीं—''प्लीज, शोर मत कीजिए, अभी चार सवाल बाकी हैं।''

जो भी पर्यवेक्षक के पद पर होता उसके विवेक पर था कि नकलची विद्यार्थी के साथ क्या सलूक किया जाए। हमारे कॉलेज में अगर मैं मामला पुलिस के सुपुर्द करने का निर्णय लेती तो एक नई समस्या खड़ी हो जाती। पुलिस की मानवीयता के आगे अनुशासन और सतर्कता के सभी नियम परास्त हो जाते। ड्यूटी पर तैनात पुलिस वाले कहते—''जाने दीजिए गुरूजी। हमारे घर में बहन-बेटियाँ हैं, आपके घर में भी होंगी। गलती इनसान से ही होती है। एक बार कर गई, आइन्दा नहीं करेगी। इत्ती जून कहाँ इसे पुलिस चौकी भेजेंगी गुरूजी। साथ में आपकी चपरासिन को भी जाना पड़ेगा न।''

लमकी दाई कानों को हाथ लगाती—''दैया-रे-दैया। हम कबहूँ पुलिस चौकी में पैर नाहीं धरा। हम न जाब।''

नकल विहीन परीक्षा, स्वच्छ अकादमिक वातावरण और पारदर्शी अनुशासन को ठेंगा दिखाता, पुलिसवालों का मानवतावाद उन्हें कुछ देर को मनुष्यों की कोटि से उठा कर देवताओं की कोटि में रख देता।

असलियत अगले दिन उजागर होती जब वह छात्रा कॉलेज में आकर, काँपती हुई बताती कि दोनों पुलिसवाले शाम को रास्ते-भर उसका पीछा करते हुए घर तक गए। रास्ते में उन्होंने कहा—''हमने तुम्हें बचा लिया, नहीं तो तुम आज जेल जातीं। हमने तुम्हें इज्जत दी, अब तुम हमें अपनी इज्जत दो।''

ऐसा लगता जैसे नकल करना और करवाना एक उद्योग बनता जा रहा है। नगर में ऐसे कई नए कॉलेज खुल गए थे जहाँ परीक्षा फॉर्म भरने का दस हजार

शुल्क लिया जाता। वहाँ विद्यार्थी के उत्तीर्ण होने की गारंटी ऐसे दी जाती जैसे पंखा या फ्रिज बेचने पर माल की दी जाती है। ताज्जुब की बात यह कि यूनिवर्सिटी के अधिकारी, उड़नदस्ते के सदस्य और अभिभावक ऐसे कॉलेजों से प्रसन्न रहते। हमारा कॉलेज परिश्रम के मामले में प्रथम और पराक्रम के मामले में फिसड्डी ही समझा जाता।

परीक्षा काल में अभिभावकों को कॉलेज परिसर से विदा करना एक जटिल कार्य था। वे छात्राओं को छोड़ने आते और सामने के मैदान में टिके रहते। परीक्षा का घंटा बजने से पहले उनसे हाथ जोड़कर निवेदन किया जाता—''परीक्षा शुरू होनेवाली है। आपका यहाँ रुकना गैरकानूनी है कृपया आप तशरीफ ले जाएँ।''

अभिभावक कहता—''जी, सोराँव से आए हैं। इत्ती जून वापस कैसे जाएँ। बिटिया को पलटानी भी ले जाना है।''

कोई कहता—''गुरु जी, देख लें। आपके टीचर न आए हों तो हम गाइडिंग कर दें। हम पैसे भी नहीं लेंगे।''

कॉलेज में न जाने कितने रंगों में जिन्दगी देखने को मिलती। इसमें शानदार कुछ ज़्यादा नहीं था पर जानदार तो था ही। मेरे लिए कॉलेज आना रिलैक्स होने का समय था।

घर रवि और बच्चों की मौलिकता से इतना आन्दोलित रहता कि मैं वहाँ बेचेहरा होकर रह सकती थी अथवा हंटरवाली बनकर। इसी हंगामे में जीते हुए कहानियाँ भी लिखनी थीं और थोड़ी-बहुत गृहस्थी की सूरत भी बनाए रखनी थी। बच्चे इतना उत्पात करते कि उनके नाम जाननिकाल सिंह और दुर्जन सिंह रख दिए गए। एक बार किसी संगोष्ठी में हम दोनों को बाहर जाना था। मैं अपनी एक सहेली के सुपुर्द घर कर गई। जब हम लौटकर आए, मेरी सहेली शशि सिर पकड़े बैठी हुई थी और दोनों बच्चे नंगे पैर गली में दौड़ लगा रहे थे। शशि ने घर की चाभियाँ हमें देते हुए कहा—''बाप रे इतने रचनात्मक लोगों के ऐसे ध्वंसात्मक बच्चे!''

रवि की उलटबाँसियाँ जो कहानियों में इतनी दिलचस्प लगतीं, जीवन में काफी जटिलता पैदा कर डालतीं। उन्हें धैर्य की जगह उत्तेजना, मद्धम की जगह पंचम और ठहराव की जगह बिखराव अच्छा लगता। हंगामे के बीच यकायक लिखने बैठ जाते, लिखते-लिखते, सिविल लाइंस जाने का प्रोग्राम बना डालते और कभी मेरा मन बाहर जाने का होता तो गुडुप रजाई ओढ़कर सो जाते। एक बार इन्हें धुन सवार हुई कि बेगम अख़्तर की गजलों का पूरा सेट खरीदा जाए। तब

तक हमारे पास उनकी कुछ गजल, ठुमरी और दादरे के छोटे रिकॉर्ड ई.पी. थे। जॉनसनगंज के चौराहे पर रेखी ब्रदर्स का बड़ा-सा शोरूम था जिसमें केवल संगीत सम्बन्धी सामान मिलता। वहाँ बैठकर हम म्यूजिक सिस्टम पर लगाकर एल.पी. सुनते और फिर उसे खरीदने का निर्णय लेते।

रवि ने कहा—"ये सब कई बार सुने हुए हैं। रेखीसाब बेगम अख़्तर के सारे एल.पी. दे दीजिए।"

मैंने धीरे से रवि को याद दिलाया—"तुम्हारे सब कुरते फट गए हैं। पहले कुरते ले लें। हर महीने एक एल.पी. ले लेंगे।"

रवि अड़ गए—"नहीं, सारे लेने हैं और अभी।" फिर मासूम शक्ल बनाकर बोले—"मैं नंगे बैठकर बेगम अख़्तर सुन लूँगा।"

बच्चों को सिर पर चढ़ाने का काम भी रवि ने सँभाल रखा था। छोटा बेटा मन्नू पढ़ाई पर जरा भी ध्यान नहीं देता। स्कूल में वह बस्ता खोलकर भी नहीं देखता। अगर मैं कभी उससे सख़्ती करती रवि कहते—"यह बिलकुल मुझ पर गया है। मैं भी छठी क्लास में ऐसा ही था।"

बड़ा बेटा अन्नू पढ़ाई में तेज था पर वह हर क्षेत्र में ज़्यादा ही तेज था। उसकी गेंदबाजी से हमारे घर की सब दीवारें धसक गई थीं। पड़ोसी उसे आवाज लगते—"अन्नू भैया, गेंद हौले मारो, बच्चे डर रहे हैं।" मेरे सिर पर सम्पादक की डैडलाइन मँडराती होती और मैं रचना पूरी करने का अवकाश न पाती। अखिलेश तब एम.ए. के विद्यार्थी थे। मेरी परेशानी समझ वे बच्चों को पिक्चर ले जाते। इस तरह मुझे तीन घंटों की मोहलत मिल जाती। उन दिनों पर नज़र लौटती है तो विश्वास नहीं होता कि मैं किस तरह लिख पाती थी, कैसे कॉलेज जाने की फुर्सत निकालती थी और कैसे औरों की लिखी लाजवाब किताबें पढ़ लेती थी। संकट काल में सामर्थ्य बढ़ जाती है, यही सम्भावना लगती है।

सन् 1984 में इंदिरा गांधी की हत्यावाले रोज ही इलाहाबाद में साम्प्रदायिक दंगे हो गए। यह एकतरफा लड़ाई और हिंसा थी क्योंकि शहर के सिख तो बार-बार कह रहे थे, प्रधानमन्त्री के अन्त का उन्हें भी अफसोस है। वे लड़ भी नहीं रहे थे फिर भी उन्हें घरों से घसीटकर पीटा जा रहा था। उनकी दुकानें जला दी गईं, उनके घर लूट लिए गए। संगीत की दुकान रेखी ब्रदर्स का सारा कीमती सामान स्वाहा हो गया। घर के लोगों ने लुकते-छिपते अपनी जान बचाई। इसके बाद रेखी साब ने व्यापार नहीं किया। वे अध्यात्म की ओर मुड़ गए।

कुछ ही दिन बाद चुनाव घोषित हो गए। इलाहाबाद से अमिताभ बच्चन को कांग्रेस की टिकट पर चुनाव लड़ना था। टक्कर हेमवती नन्दन बहुगुणा से थी जो राजनीति के मँजे हुए खिलाड़ी थे। अमिताभ बच्चन की चुनाव प्रचार सभा में राजीव गांधी इलाहाबाद आए। इलाहाबाद के भावोद्वेग का पारावार न था। एक तो इन्दिरा गांधी के प्रति श्रद्धा भाव, दूसरे गांधी परिवार का गृहनगर होने का अपनत्व भाव, तीसरे राजीव गांधी की अनाथ, अबोध अपरूप छवि, कुल मिलाकर तय करना कठिन था कि उस शाम हुई आम सभा का नायक अभिताभ बच्चन था या राजीव गांधी। बहरहाल दोनों नायकों को देखने शहर के.पी. ग्राउंड में उमड़ पड़ा। के.पी. ग्राउंड मेरे कॉलेज के एकदम करीब था। मुझे लगा जाने कहाँ-कहाँ से जनसमूह आकर इकट्ठा हुआ है और मैं क्या थोड़ी दूर भी चलकर वहाँ नहीं जा सकती। वैसे भी मुझे बचपन से ही भीड़ भरी जगहों, मेलों और सम्मेलनों में जाना प्रिय है। तमाशा घुस के देखेंगे वाली लालसा हरदम बनी रहती है।

तभी इलाहाबाद एग्रिकल्चरल इंस्टिट्यूट का विद्यार्थी जगमीत जॉली जो मेरा मित्र था, मिलने को आया। मैं जाने की तैयारी में थी। मैंने उसे भी तैयार कर लिया और उसके स्कूटर पर हम दोनों चल दिए।

वहाँ मौजूद विशाल जनता विह्वल होकर राजीव, अमिताभ को सुनती रही। दोनों की अभ्यर्थना में उनके पास आँसू और तालियाँ थीं। सभा समाप्त होने के पहले जॉली ने कहा कि हम लोग जल्दी से निकल चलें अन्यथा भीड़ में फँस जाएँगे। तभी पास ही किसी ने भीड़ में जुमला फेंका, 'पगड़ी सँभाल जट्टा।' अभी हम लोग बात समझे भी नहीं थे कि एक आदमी ने जॉली के सिर पर से पगड़ी उतार फेंकी। दो-तीन लोग सरदारों के लतीफे सुनाने लगे।

जॉली तब भी हँसता ही रहा। हम सड़क की तरफ बढ़ रहे थे। मुझे चिन्ता हो रही थी कि लोग हिंसक न हो जाएँ।

मुख्य सड़क पर जाता हुआ एक रिक्शा रोककर जॉली ने कहा—"ममताजी, आप घर जाइए, मैं अपनी देखभाल करता हूँ। पहुँचकर फोन कर दीजिएगा।"

मैं बेमन से रिक्शे में बैठ गई। रास्ते-भर जॉली के सिर से लुढ़कती पगड़ी बार-बार दिखती रही।

भीड़ के कारण रास्तों की पाबन्दी थी। अन्ततः नौ बजे घर पहुँचकर मैंने जॉली के यहाँ फोन लगाया तो उधर से जवाब मिला—"जॉली तो अभी नहीं आया, आप कौन बोल रहे हो।"

मेरा जी धक हो गया। क्या जॉली भीड़ का शिकार हो गया। भीड़ उसके संग क्या सलूक करेगी?

अगली सुबह के अखबारों में किसी दुर्घटना का जिक्र नहीं था पर आज भी रह-रहकर उसका हँसता चेहरा स्मृति के लेंस पर कौंध जाता है। जॉली अंग्रेजी में कविता लिखता था। 'टीनएजर' पत्रिका के कविता पृष्ठ का सम्पादन मैं करती थी और उसकी रचनाएँ वहाँ छपती रहतीं। उसे मेरी कहानी 'आपकी छोटी लड़की' इतनी पसन्द थी कि उसने इसके अंग्रेजी अनुवाद में मेरी भरपूर मदद की। कभी वह सलमान रश्दी के उपन्यास 'शेम' पर बहस करने आ बैठता तो कभी वह डेरी प्रोडक्ट्स पर अपना आलेख मुझे सुनाता। इतना होनहार लड़का शहर से यकायक गायब हो गया।

उसके पिता जीरो रोड पर होटल चलाते थे। मैंने वहाँ फोन किया। उन्होंने कहा—''जी, कह नहीं सकते जॉली कहाँ होगा।''

वैसे बहुत वर्षों बाद किसी ने कहा था कि जॉली उसी दिन अपनी मासी के पास नागपुर भेज दिया गया था।

न जाने कितने ऐसे चेहरे शहर में, जीवन के बीचोबीच से तितर-बितर हो गए। गंगा की बहती धार की तरह, जमुना के अगम अपार की तरह, दिखे, झलके और बिला गए। शहर उन्हें ढूँढता रहा। वे लौटकर नहीं आए—पंकज बहादुर, प्रभात गोपेश, बसु मालवीय, शैलेश मटियानी, कैलाश गौतम, सत्यप्रकाश मिश्र। जो चटपट चले जाते हैं, शहर में अपने हिस्से की जगह में भाँय-भाँय सन्नाटा छोड़ जाते हैं। बचे हुए लोगों का पाँव जब कभी उन जगहों पर पड़ जाता है, एक भर्राई हुई आवाज सुनाई दे जाती है। शहर थोड़ा गमगीन हो उठता है। गए हुए लोग फसाना बन जाते हैं। कभी-कभी उनकी यादें फड़फड़ाती हैं, उनके कद-काठ और चेहरे-मोहरे जैसा कोई नज़र आता है और मन लौट जाता है पुराने दिनों की ओर। क्या इसलिए एक उदासी, एक अनमनापन, एक बैराग इलाहाबाद की रेती में समाया हुआ है। पतझड़ में यहाँ पत्ते कुछ ज़्यादा झड़ते हैं, आँधियों में पेड़ कुछ ज़्यादा गिरते हैं, बरसात में झड़ी कुछ ज़्यादा लग जाती है। अल्प और अति के चरमबिन्दुओं से निकलता यह शहर कई बार एक उदास रचना नज़र आता है।

पीछे छूटे, जिए जा रहे नागरिकों के अन्दर जीवन के प्रति एक लश्टम-पश्टम भाव दिखाई देता है। रहते हुए भी नहीं की तरह रहना, लिखते हुए भी प्रकाश में नहीं आने का प्रयत्न, काम करते हुए भी निठल्ले जैसी दिनचर्या इलाहाबाद के लोगों के लिए सहज, स्वाभाविक सच्चाई है। दुनियावी उपलब्धियों के प्रति उपेक्षा बल्कि लगभग उपहास का भाव यहाँ के बुद्धिजीवियों की पहचान है। महत्त्वाकांक्षा को यहाँ तौहीन की नज़र से देखा जाता है। जब से रचना समृद्ध और ऊर्जा

सम्पन्न दिग्गजों की पीढ़ी विदा हुई है जिसमें निराला, पंत और महादेवी थे, शहर के अगले-से-अगले दौर के रचनाकर्मी रचनाकर्म के प्रति निरपेक्ष होते जा रहे हैं। कुछ रचनाकर्मी एक कदम आगे जाकर उन लोगों की खबर लेते हैं जो आज भी रचनाकर्म से जुड़े हुए हैं।

एक दिन सतीश जमाली घर आए। मैं कुछ लिख रही थी। रवि ऊपर की मंजिल पर कोई पत्रिका ढूँढने में लगे हुए थे।

जमाली यदा-कदा ही अपने घर से निकलते हैं। हालाँकि हमारे मकान बहुत दूर नहीं हैं, मिलना बहुत कम हो पाता है। फोन से ही काम चलता रहता है।

जमाली ने बड़े प्रेम से पूछा—"ममताजी, क्या कर रही हैं?"

"कहानी पूरी कर रही हूँ।" मैंने कहा।

"एक बात पूछूँ आपसे? आप इतना क्यों लिखती हैं?" जमाली मुस्कुराते हुए बोले—"कोई नहीं पढ़ता। आगे भी कोई नहीं पढ़ेगा। आपके बाद दीमकें पढ़ेंगी ये सारी किताबें।" उन्होंने बुक रैक की तरफ इशारा किया।

एक क्षण मुझे विश्वास ही नहीं हुआ ये जमाली बोल रहे हैं और मुझी से मुखातिब हैं।

मैंने हँसकर डायरी बन्द की और चाय बनाने चल दी। लेखक जगत में ऐसे ही जालिम मित्र हैं हमारे—एक जुमले में जान निकालनेवाले। अपनी एक हँसी से हफ्तों के लिए आपका आत्मविश्वास डगमगानेवाले। जो नहीं लिखते, वे लिखनेवालों पर हावी रहते हैं। वे न लिखकर भी लेखक हैं, हम लिखते हुए भी लेखक नहीं हैं। लेखकों के पेरिस, इलाहाबाद में, लेखकों का लेखकों के प्रति यही पक्ष है और यही प्रतिपक्ष।

वास्तव में इलाहाबाद का समस्त व्यक्तित्व और चरित्र प्रतिपक्ष का है। राजनीति से लेकर इतिहास, संस्कृति और साहित्य में यह रुझान स्पष्ट दिखाई देता है। चुनाव के मौसम में समस्त पूर्वानुमानों को झटका देकर इलाहाबाद किसी ऐसे प्रत्याशी को जिता देता है कि खुद इलाहाबाद ही हक्का-बक्का रह जाता है।

इस शहर में वही सुख से रह सकता है जो अपने अन्दर निस्संगता विकसित कर ले। बदन पर भभूत मलनी ज़रूरी नहीं है पर मन उदासीन रहे। न कोई काम हो किसी-से, न कामना। न कोई चाह, न किसी को चाहना। दुख-सुख, यश, धन सबके प्रति समान दृष्टि।

अभी पिछले दिनों हिन्दी साहित्य सम्मेलन के प्रधानमन्त्री विभूति मिश्र से विश्व हिन्दी सम्मेलन के सन्दर्भ में बात हो रही थी। उन्हें जब पता चला कि शायद इस सम्मेलन में उन्हें न्यूयॉर्क जाना पड़े, उन्होंने वैराग्य भाव से कहा—"का

होइ जाके। नई हम कभी विदेश नहीं गए। हम नहीं जाएँगे।" उन्होंने फोन रख दिया।

एक ओर राजधानी के लेखक विदेश मन्त्रालय के गलियारों में ताकझाँक करते घूम रहे थे कि अपना नाम किसी तरह जानेवालों की सूची में डलवा दें, इसकी तसदीक हो जाए, नहीं तो वे किसी अन्य प्रतिष्ठान के माध्यम से सम्मेलन में पहुँचें। हिन्दी में ऐसा हड़कम्प मचा हुआ था कि अगर सम्मेलन में न्यूयॉर्क न गए तो नाक कट जाएगी या वे हिन्दी में लिखना छोड़ देंगे।

इलाहाबाद में इस जलजले का कोई निशान नहीं था।

थोड़ी देर में फोन बजा। विभूतिजी का था। वे पुष्टि करना चाहते थे कि इस नम्बर से कौन बोल रहा था। हमने कहा—"अगर आपके पास पासपोर्ट नहीं है तो फौरन बनवा लीजिए।"

उन्होंने बड़ी मासूमियत से कहा—"पासपोर्ट के बिना काम नहीं चलेगा क्या? इस झंझट में हमका ना फसाएँ।"

विभूति मिश्र कोई कम बड़ी हस्ती नहीं हैं। हिन्दी साहित्य सम्मेलन के आयोजनों में वे वर्ष-भर भारत के विभिन्न नगरों की सैर करते हैं। जब से सत्यप्रकाशजी का निधन हुआ, वे कुछ उखड़े हुए रहते हैं। सत्यप्रकाशजी हर जगह उनके सांस्कृतिक राजदूत की तरह थे।

खुद सत्यप्रकाशजी कौन कम इलाहाबादी थे। यों तो वे सुलतानपुरी थे, विद्यार्थी काल से ही इलाहाबाद में रहने के कारण यहाँ की हवा-मिट्टी उनसे चिपक गई थी। एक बार जापान की यूनिवर्सिटी से उन्हें निमन्त्रण मिला। शायद ओसाका से था कि हमारे यहाँ विजिटिंग प्रोफेसर के पद पर आकर छात्रों को हिन्दी साहित्य पढ़ाइए। सत्यप्रकाश गए भी। पर उन्हें वहाँ की चकाचौंध में अपना मद्धम घर और शहर इतनी शिद्दत से याद आया कि दो ही हफ्ते में वापस भाग आए।

नीलाभ ने बी.बी.सी. में चार साल न जाने कैसे काम किया। नीलाभ कहते थे कि कहीं से भी लौटकर मैं इलाहाबाद स्टेशन पर उतरकर जोर-जोर से साँस लेता हूँ ताकि इलाहाबाद की हवा मेरे फेफड़ों में भर जाए। नीलाभ के छोटे बेटे गोगी से एक बार हमने पूछा—"तुम्हें इंग्लैंड अच्छा लगता है या इंडिया?" गोगी ने अपनी दादीमम्मी, कौशल्या अश्क के दुपट्टे में मुँह छुपाकर कहा—"हमें इलाहाबाद पसन्द है।"

फिर वही शहर : इलाहाबाद

शहर कब किसके हुए हैं, शहरयार तक के नहीं। तभी न उनके दिल से निकली थी यह नज्म 'इस शहर में हर शख्स परेशान-सा क्यूँ है?' उन्हें क्या पता हर शहर में हर शख्स परेशान ही रहता आया है।

कितने वक्त में कोई शहर हमारा बन पाता है। हम अपने बंजारे मन से पूछते हैं।

यह मन तो मानो उतावला हुआ पड़ा है कि कब हम इस पर अपनी गठरी-मोटरी लादें और यह दौड़ पड़े। लेकिन हम मन को अपनी मजबूरियाँ समझाते रहे, खुक्ख पड़ी बैंक की पासबुक दिखाते रहे और धीरज धरवाते रहे। लेखन जगत की च्यूइंगगम और चॉकलेट उसे चटाते रहे। आज फलाँ जगह की अध्यक्षता, फलाँ जगह की मुख्य अतिथिगिरी। अरे लगा लो दिल। ऐसी गर्मियाँ और कहाँ मिलेंगी! लेकिन तीन घटनाएँ ऐसी हो गईं कि मूढ़-से-मूढ़ मनुष्य भी डोल जाता। अपना लोटा-डोर समेटकर बोल पड़ता, 'रहना नहिं देस बिराना है।'

1988 की बात है। जैसे इलाहाबाद में हर चार साल में दंगे भड़कते थे वैसे या उससे ज़्यादा मेरी माँ की तबीयत खराब हुआ करती। अभी वे चोपला पर चाट खा रही हैं, अभी खबर आती वे तो मोहननगर के नरेन्द्र मोहन हॉस्पिटल के सघन चिकित्सा कक्ष में दाखिल हैं। उनकी बीमारियाँ हिन्दी फिल्मों की नाटकीयता लिए आतीं और बांग्ला फिल्मों की मन्थरता लिए विदा होतीं। इलाहाबाद में सन् 1988 में साम्प्रदायिक दंगे उबाल पर थे। गाजियाबाद से खबर आई माँ बीमार हैं। संक्षिप्त सी सूचना थी, किसी तीसरे आदमी के मुँह से दी गई। पर मैं कैसे इसे झूठ मानती जबकि मेरा कलेजा हर समय कलपता था अपने एकाकी माँ-बाप के लिए। परिवार में तय हुआ कि बिना एक भी दिन गँवाए, ममता को आज ही चले जाना चाहिए। उस वक्त शहर से निकलना उतना ही जटिल था जितना शहर में घुसना। दिन का कर्फ्यू, पी.ए.सी. की हथियारबन्द गश्त, स्टेशन जाने को न वाहन न साधन। ऐसे में मैं घर की खिड़की से झाँक रही थी कि बगल के पड़ोसी ने पूछा, "क्या बात है?"

"स्टेशन जाना है, कोई पुलिसवाला दिखे तो कोतवाली से पास बनवा लूँ।" मैंने बताया।

अनीस अहमद ने सुना, कुछ कहा नहीं। थोड़ी देर में उनकी खिड़की से एक कैंची वाला हाथ बाहर बढ़ा जिसने बाहर के खम्भे से हमारे टेलीफोन का तार काट दिया। मैं भागकर फोन के पास गई। उठाकर देखा, ठंडा और ठप्प पड़ा था। संचार का एकमात्र साधन संकट काल में छिन गया। रानीमंडी में अपनी अल्पसंख्यक स्थिति पर पहली बार चिन्ता करनी पड़ी। मुझे लगा जैसे यह सिर्फ टेलीफोन का तार नहीं, परस्पर विश्वास और सद्भाव का तार किसी ने काट डाला है। यह शहर में फैले तनाव का परिचायक था। दंगे के दिनों में रानीमंडी के बाशिन्दे समझते थे कि हम सब पुलिस के मुखबिर हैं। मैंने रवि से कहा, "ऐसे हालात में कैसे चली जाऊँ, तुम बच्चों और झाईजी को अकेले सँभाल लोगे?" रवि ने कहा, "तुम रुक भी तो नहीं सकतीं, यहाँ की फिक्र मेरे ऊपर छोड़ो, दंगे थम भी सकते हैं।" गली-गली लुकते-छिपते हम किसी तरह कोतवाली पहुँचे, वहाँ से पास बनवाया और पुलिस की ही जीप में मैं स्टेशन गई।

उन वर्षों में गाजियाबाद जाना बेचैनी का सफर होता। घर पर तो बस ताला लटका रहता, माता-पिता मोहन नगर के अस्पताल में मिलते। लाल कम्बल ओढ़े पड़ी हुई ममी, कुर्सी पर अखबार लेकर बैठे हुए पापा। हालत यह कि जिसकी आँखें बन्द हैं वह सो नहीं रहा, कोमा में पड़ा है। जिसके हाथ में अखबार है वह पढ़ नहीं रहा, मरीज की कलाई पर लगी ड्रिप को बूँद-बूँद ताक रहा है। रेल की धूल और ऑटोरिक्शे के धक्के, आँखों की नींद और आँसू सबको पीछे धकेल मैं धीरे से अटैची कमरे की दीवार से टिकाती और कहती, "पापा, मैं आ गई।"

"अरे मुन्नी! आ गई, बहुत जानो। इन्दु, देख तेरी बेटी आई है, आँख खोल।" पापा टूटने लगते, "तीन दिन से ऐसे ही पड़ी है तेरी माँ, न हिले, न डुले, न बोले। डॉक्टर कुछ नहीं बताते, कहते हैं अग्रवाल साब चालीस परसेंट बचने का चांस है। बताओ उनका चालीस परसेंट मेरे किस काम का। बाकी साठ परसेंट किससे माँगू?"

ऐसे क्षणों में मुझे बेटी और बेटा, नर्स और वॉर्डबॉय, दोस्त और सलाहकार, सब बन जाना होता। निकल जाता मेरे अन्दर से कुछ दिनों के लिए इलाहाबाद, एक अन्य अवतार हो जाता मेरा वजूद—अस्पताल के गलियारों में डॉक्टरों के पीछे भागता, दवा की दुकान से दवाइयाँ खरीदता, पैथोलोजी लैब से रिपोर्ट लाता, एक्सरे रूम से माँ की स्ट्रेचर ट्रॉली के साथ-साथ लपकता। पापा कोमा विषय पर

गहन सैद्धान्तिक अध्ययन में लिप्त हो जाते। वे अपनी जानकारी से डॉक्टरों को इतना चकरा डालते कि डॉक्टर उनसे गुजारिश करते, "प्लीज! अग्रवाल साहब, हमें इलाज करने दीजिए।"

माँ का मस्तिष्क आघात ठीक होता, कभी चालीस दिन में, कभी चौदह दिन में। यकायक वे एक दिन होश में आ जातीं। पुनर्जन्म की तरह वे अपनी दुनिया में लौटतीं, अपनी नई दिनचर्या में नई-नई दवाओं की बन्दनवार बैग में रखकर। कमजोरी के मारे वे फिर नए सिरे से चलना सीखतीं, उन्हें हर चीज का स्वाद नया लगता, उनके अन्दर बच्चों जैसी जिज्ञासा और विस्मय जन्म लेने लगते, दरअसल उस समय उन्हें सेवा सुश्रूषा की बेहद जरूरत होती पर उनको घर पहुँचाते ही मेरा मनपाखी छटपटाने लगता अपने शहर, अपने घर-द्वार लौटने को। मैं सोचती काश किताबों की तरह मेरे भी दो संस्करण हो जाते। एक इस शहर में रह लेता, एक उस शहर में।

यह कितनी विचित्र सचाई है कि सन् 1988 से सन् 2003 के बीच हुई तो होंगी कई अच्छी घटनाएँ भी लेकिन वे हमें शहर में रोक रखने में कोई निर्णायक भूमिका अदा नहीं कर पाईं।

जैसे गर्मियों के एक रविवार की सुबह मेरी सहेलियाँ अनिता गोपेश और शशि शर्मा मुझे खींच ले गईं रसूलाबाद के गंगा तट पर कि आज लहरों पर लेटकर गप्प मारेंगे। हम नाव से बीच धार पहुँचे। अनीता को तैरना आता था, हम दोनों को डूबना। इसलिए मैं और शशि तो घुटने-घुटने पानी में आराम से बैठ गईं और हाथ-पैर फैलाकर तैरने का नाट्य करती रहीं। इस घाट पर नदी 'तन्वंगी गंगा ग्रीष्म विरल' कतई नहीं थी। जल में तरंग भी थी और तीव्रता भी। जल शीतल इतना कि लगे कोई देह में बर्फ के इंजेक्शन लगा रहा है। अनीता तैरने को मचल रही थी। चपल मछली-सी वह दूर चली जाती और जल प्रवाह के साथ-साथ तैरती हुई वापस आती। नदी का वेग उसे दूर खींचता, बतरस का चाव उसे लौटा लाता। हम तीनों साथ-साथ सुमित्रानन्दन पन्त, हरिवंश राय बच्चन और कैलाश गौतम को याद करते रहे। तीनों की धड़कनों में प्रयाग की गंगा रही और बही थी। हमने गंगा का न आचमन किया न सूर्य नमस्कार, न प्राणायाम किया न अभ्यर्थना, हम एक-दूसरे को किस्से और कविता सुनाते रहे। बचपन में कभी पापा से सुनी बच्चनजी की पंक्तियाँ याद आती गईं—'हर हर हर हर हहर हहर / ऊँची आती लहर-लहर / ऐसी लगती दूरी पर जैसे मोती की झालर।' पन्तजी की 'नौका विहार' तो हम तीनों को याद थी। लेकिन सबसे ज़्यादा जुबान पर चढ़ी हुई थी कैलाश गौतम की कविता, अमौसा का मेला :

'गुलब्बन क दुलहिन चलै धीरे-धीरे / भरल नाव जइसे नदी तीरे-तीरे।' एक कहती।

'सजल देह जइसे हो गौने की डोली / हँसी सो बताशा शहद हउवै बोली।' दूसरी कहती।

'अ देखेलीं ठोकर बचावै ली धक्का / मनैमन छोहारा मनैमन मुनक्का।' हम सब बोलतीं।

धूप सिर पर चढ़ आई थी। नाव वाले ने कहा, दुई घंटे से ऊपर होबे करी। हम सब बेमन से उठे कि मैं चिहुँक पड़ी, "अरे, मेरी साड़ी कहाँ गई?" शशि और अनीता हक्की-बक्की एक बार मुझे देखें, एक बार पानी के वेग को। गंगा की लहरों में कब साड़ी मेरे बदन से अलग होकर बह गई थी मुझे पता ही नहीं चला। नाववाले ने मुश्किल समझकर तसल्ली दी, "जाए दें, पानी का वेग देखें, साड़ी तो बनारस पहुँच गई होगी।"

मैं झेंपती रही, अनिता और शशि हँसते-हँसते लोटपोट होती रहीं। वे सुनाने लगीं, "कवि कुछ ऐसी तान सुनाओ / जिससे उथल-पुथल मच जाए / एक हिलोर इधर से आए, एक हिलोर उधर से आए।'

अनिता ने कहा, "जब आप कह रही थीं कि पानी हमें काटकर आगे बह रहा है, वह आपका चीरहरण कर रहा था।" नाव में रखे सूखे कपड़े पहन लिए गए पर वह साड़ी गंगा को समर्पित हो गई। इस अनुभव की स्मृति हमें जब-तब गुदगुदा जाती और हम हँसने लगते।

शशि शादी के बाद लखनऊ चली गई। मैं और अनिता कभी-कभी मिलते। हमारे दो मकसद होते। कुछ बहुत अच्छा पढ़ लेते तो उसे बाँटने की इच्छा होती या इकट्ठे सिनेमा देखने की। सिनेमा के लिए रवि को राजी करना डॉक्टर के यहाँ ले जाने जैसा मुश्किल काम था। अगर कभी साथ चले भी गए तो इनकी टीका-टिप्पणी ने रसभंग कर डाला।

—यह घिसी-पिटी कहानी देखने में क्या तुक है।

—यह फिल्म हमने पहले भी कई बार देखी है।

—मैं बोर हो रहा हूँ।

दो-चार बार ऐसे प्रयोगों के बाद यह स्पष्ट हो गया कि रवि के लिए सिनेमा सन्त्रास के सिवा कुछ नहीं है। अनिता के साथ बहुत फिल्में देखीं। काम के दबाव को उतार फेंकने का यह हमारा तरीका था। हमारा रसायन भी एक जैसा था। चुप बैठे रहकर भी हमारी रुचियों की जुगलबन्दी बनी रहती। बाहर निकलकर कभी हम चाट और चाय की एय्याशी के बाद घर जाते तो कभी सीधे वापस।

दशहरे के दिनों में इलाहाबाद में रात-भर मेले का रेला रहता है। सड़क के किनारे रंगीन रोशनी की झालर, खोमचेवाले, झाँकियों के रथ, भीड़, बच्चे, रिक्शे, स्कूटर और कारों का एक सिलसिला चला करता है। हम दोनों ने मुट्ठीगंज में फिल्म देखी और गौतम टॉकीज के बाहर से ही वापसी का रिक्शा किया। हमारी बातें भी चल रही थीं और रिक्शा भी चल रहा था। भीड़ भरे बाजार को पार कर रिक्शा हिन्दू हॉस्टल के फाटक पर पहुँचा जहाँ से कटरे का रास्ता शुरू होता है। यकायक रिक्शे की चेन उतर गई। वहाँ घुप्प अँधेरा था। रिक्शेवाले ने अन्दाजे से चेन ठीक की और रिक्शे को पैदल चलाने लगा। अनिता ने कहा, ''जल्दी चलो, हमें देर हो रही है।'' तभी कहीं से एक मोटरबाइक पर दो लड़के आए। पीछे की सीटवाले लड़के ने मेरी गोद में रखा मेरा पर्स बड़ी सफाई से छीना और उसकी मोटरबाइक दन्नाती हुई आगे भाग गई। 'अरे, मेरा पर्स कहाँ गया।' मेरे चिल्लाने से निरपेक्ष रिक्शेवाला वैसे ही रिक्शा चलाता रहा। अनिता ने अपना शक जाहिर किया, ''इस जगह अक्सर लोगों के पर्स लूटे जाते हैं, रिक्शेवाले जब तुम्हें पता था तुमने यहाँ रिक्शा क्यों रोका?''

रिक्शेवाले ने कहा, ''हम तो नए आए हैं, हमें क्या पता कहाँ क्या होता है?''

हमने तय किया कि पुलिस थाने में रिपोर्ट की जाए।

वहाँ का अनुभव और भी निराला था। हमारी बात सुनकर सबसे पहले एक सिपाही ने रिक्शेवाले को पीटकर उसकी कुल कमाई छीन ली और उसे एक तरफ बिठा दिया। फिर उसने हमें दीवान के सामने प्रस्तुत किया जो वायरलैस पर मेले की गश्त का हाल ले रहा था। कुछ देर बाद वह हमसे मुखातिब हुआ। उसने दो बातें कहीं, ''पर्स पकड़कर नहीं बैठतीं आप लोग? पर्स में कितने रुपए थे?'' दोनों ही बातों के उत्तर से उसे सन्तोष नहीं हुआ। यह बताने पर कि पर्स में साढ़े सात सौ रुपए थे, उसने बड़ी खिल्ली उड़ाई ''और सिर्फ साढ़े सात सौ के लिए आप थाने चली आईं।''

इसके बाद एक नौजवान सब इंस्पेक्टर आया। उसने हमारी लिखी रिपोर्ट दीवान को सौंपी और अनिता से कहा, ''आप चलकर मौका वारदात दिखाएँ।''

सब इंस्पेक्टर अगले हफ्ते से रोज अनिता के घर दो-तीन पर्स लेकर पहुँचने लगा, ''जो आपको जँचे, रख लीजिए।''

पर्स के साथ घर की चाभियों का गुच्छा, टेलीफोन डायरी, पार्कर पेन और रेवलॉन लिपस्टिक की हानि में सबसे ज़्यादा परेशानी चाभियों की हुई। सभी अलमारियों और दरवाजों के ताले तुड़वाने और बदलवाने पड़े।

इस प्रसंग में मेरी बेवकूफी तो अपनी जगह थी ही मेरी लापरवाही भी जाहिर थी। फिर भी अपनी नागरिक चेतना को धक्का लगा। जब अखबारों में छिनैती और डकैती की खबरें पढ़ती थी हमेशा यही सोचती कि ये औरों के संग होनेवाली दुश्वारियाँ हैं। मन में खुशफहमी रहती, बच्चा-बच्चा तो यहाँ जाना-पहचाना है और हम यहाँ के खास अपने हैं। अपनों को कौन लूटता है। लुटते तो बेचारे परदेसी हैं। खैर धारणा ध्वस्त हुई, तबीयत जरा पस्त हुई।

शहर के लिए किसी का रहना ज़रूरी नहीं होता। ये तो लोग होते हैं जो उससे नाता जोड़ते हैं। कुछ लोग तो अपने नाम के साथ उसे नत्थी कर लेते हैं जैसे वसीम बरेलवी, मजरूह सुल्तानपुरी, कैफी आजमी। कुछ लोग नत्थी नहीं करते फिर भी उनके साथ शहर की शोहरत चिपक जाती है, जैसे—मजाज के साथ लखनऊ, गालिब के साथ दिल्ली, राही मासूम रजा के साथ अलीगढ़, कमलेश्वर के साथ मैनपुरी, राजेन्द्र यादव के साथ आगरा। रहे हैं ये सब और शहरों में भी लेकिन वह एक शहर इनका अता-पता बन गया। शहरवालों को भी इनके किस्से-कहानी सुनाने में मजा आने लगा; शहर के कुछ अड्डे इनके नाम से सरनाम हुए, साल-दर-साल इनके हवाले से न जाने कितने सच-झूठ तमाम हुए।

हमने चाहा था इलाहाबाद हमें चन्दन पानी, मोती धागा, सोना सुहागा जैसा अपना ले, आखिर हम तीस साल यहाँ रह लिए, अट्ठाईस साल नौकरी कर ली, यहाँ की हवाएँ, सर्दी-गर्मी झेल ली। अगर कोई अतिथि बाहर से आया तो हमने मेजबान की तरह उसकी अगवानी की; शहर की खासियत और खूबसूरती का खुले दिल से बखान किया।

एक शाम विश्वविद्यालय के खुले मंच पर फैज, फिराक और महादेवी वर्मा को इकट्ठे देखा और सुना। तीनों ही साहित्यकार लेकिन हर एक का अन्दाजेबयाँ और। फैज की शान में रात को विभूति नारायण राय के घर पर दावत हुई। जब वे कमरे में दाखिल हुए उन्हीं की कविताओं का हमारा रेकार्ड स्टीरियो पर बज रहा था। वे पहले हैरान हुए, फिर खुश हुए और एल.पी. के कवर पर उर्दू में लिख दिया—ममता को, मुहब्बत के साथ। इस मौके पर हिन्दी-उर्दू लेखकों का भाईचारा भी नज़र आता रहा। सभी युवतर लिखनेवाले जश्न में आए हुए थे। डॉ. अकील रिजवी के नेतृत्व में अली अहमद फातमी, असरार गांधी, काजमीजी, ताहिरा परवीन, आतिया निशात, गजाल जैगम, शाइस्ता फाखरी थे तो शम्सुर्रहमान फारुखी जैसे पाएदार और गम्भीर आलोचक की भी उस शाम की सभा में शिरकत थी।

हिन्दी-उर्दू अदब के इस तरह के संगम इलाहाबाद की खासियत तब से रहे जब प्रगतिशील लेखक संघ की बैठकें यहाँ होती थीं। जियाउल हक और प्रकाश चन्द्र गुप्त इन बैठकों के शक्तिपीठ थे और कोई भी रचनाकार तब तक मुकम्मल नहीं माना जाता जब तक दोनों जुबानों से उसे सनद न मिले। पता नहीं तब भी हिन्दीवालों को क्या मेरी तरह यह अफसोस हुआ होगा कि उन्होंने उर्दू पढ़नी-लिखनी क्यों नहीं सीखी। कितना अजीब है कि सभी उर्दूभाषी अदीब हिन्दी जानते हैं लेकिन सभी हिन्दीभाषी उर्दू की मामूली जानकारी भी नहीं रखते। एक अकेले रघुपति सहाय 'फिराक' हिन्दीभाषी अदीबों की यह कमी पूरी करने के लिए नाकाफी थे।

फिराक साब के क्या कहने। उन्हें कोई न रोक सकता था न टोक। इलाहाबाद विश्वविद्यालय के लॉन पर उनके ही सम्मान में पार्टी का आयोजन था। साहित्य अकादेमी ने फिराक को महत्तर सदस्यता से अलंकृत किया था, इसी उपलक्ष्य में यह उत्सव था। उत्तर प्रदेश के राज्यपाल डॉ. चेन्ना रेड्डी भी विशेष अतिथि के रूप में उपस्थित थे। फिराक साब काफी तरंग में थे हालाँकि उनके हाथ में जाम नहीं था। उन्हें लतीफे सुनाने की धुन चढ़ी तो उनकी जुबान से ऐसे-ऐसे लतीफे निकले कि लोग मुँह फेर कर हँसने लगे। फिराक साब को लगा चेन्ना रेड्डी सुन नहीं रहे हैं उन्होंने जोर से कहा, "इधर आओ चेन्ना रेड्डी, यह लतीफा तुम्हारे नाम।" जो कुछ उन्होंने सुनाया उसका ताल्लुक समलैंगिकता के किसी पहलू से था। चेन्ना रेड्डी का चेहरा पहले उतरा फिर तन गया। फिराक साब को कोई फर्क नहीं पड़ा। वे अपने पास बैठे प्रोफेसर स्कन्दगुप्त को बताने लगे कि कई लोगों में सेंस ऑफ ह्यूमर (विनोदप्रियता) नहीं होती, खासकर हिन्दीवालों में।

फिराक साब की विनोदप्रियता और मुँहफटपन के कई किस्से अनिता और शशि को जुबानी याद थे। दोनों उनसे मिलने जाती रहती थीं। अनिता ने ही बताया कि एक बार फिराक साब के घर चोर घुस आया। फिराक साब और अनिता दोनों बैंक रोड पर विश्वविद्यालय के मकानों में रहते थे। ऐसा लगता था उन मकानों की बनावट चोरों की सहूलियत के लिए ही हुई थी, वहाँ आए दिन चोरियाँ होतीं। फिराक साब को रात में ठीक से नींद नहीं आती थी। आहट से वे जाग गए। चोर इस जगार के लिए तैयार नहीं था। उसने अपने साफे में से चाकू निकालकर फिराक के आगे घुमाया। फिराक बोले, "तुम चोरी करने आए हो या कत्ल करने। पहले मेरी बात सुन लो।"

चोर ने कहा, "फालतू बात नहीं, माल कहाँ रखा है?"

फिराक बोले, ''पहले चक्कू तो हटाओ, तभी तो बताऊँगा।''

फिर उन्होंने अपने नौकर पन्ना को आवाज दी, ''अरे भई पन्ना उठो, देखो मेहमान आए हैं, चाय वाय बनाओ।''

पन्ना नींद में बड़बड़ाता हुआ उठा, ''ये न सोते हैं न सोने देते हैं।''

चोर अब तक काफी शर्मिन्दा हो चुका था। घर में एक की जगह दो आदमियों को देख उसका हौसला भी पस्त हो गया। वह जाने को हुआ तो फिराक ने कहा, ''दिन निकल जाए तब जाना, आधी रात में कहाँ हलाकान होगे।'' चोर को चाय पिलाई गई। फिराक ज़ायजा लेने लगे कि इस काम में कितनी कमाई हो जाती है, बाल-बच्चों का गुजारा होता है कि नहीं। पुलिस कितना हिस्सा लेती है और अब तक कै बार पकड़े गए।

चोर आया था पिछवाड़े से लेकिन फिराक साहब ने उसे सामने के दरवाज़े से रवाना किया यह कहते हुए, ''अब जान-पहचान हो गई है भई आते-जाते रहा करो।''

महादेवी वर्मा राष्ट्रीय चेतना की बुद्धिजीवी थीं। वे शिक्षा जगत से भी गहरी जुड़ी हुई थीं। उनके नाम का गजब दबदबा था। उनके बारे में इलाहाबाद जैसे जालिम शहर में कोई किस्सा-कहानी प्रचलित नहीं थी। मैं प्रायः उन्हें मंच पर देखती। उनके मानवीय पक्ष से मेरा सम्पर्क बहुत बाद में हुआ। अक्सर दक्षिण भारत या महाराष्ट्र के शोध छात्र मेरे घर आकर कहते, ''हमें इलाहाबाद में तीन चीजें देखनी हैं, संगम, महादेवी वर्मा और ममता कालिया।'' मैं कहती ''भई, दो काम तो निहायत आसान हैं, रह गई तीसरी जगह तो सँभलकर जाना। पहले फोन से पूछ लो, तब जाना।''

महादेवीजी के व्याख्यान उनके आख्यान जैसे ही होते थे। हृदय के उद्‌गार। जब-जब उन्हें सुना, रोमांच हो आया। अपनी खरखरी आवाज में वे ऐसी खरी-खरी सुनातीं कि श्रोता का मानस झनझना उठता। वैसे उनके शब्दों में मात्र झंकार ही नहीं टंकार भी होती थी।

मैंने उनसे काफी देर में संवाद किया। कानपुर विश्वविद्यालय के डॉ. गुप्ता के साथ मैं उनके घर गई। उन्होंने हँसमुख मुद्रा में स्वागत किया। वे हमें अपने हाथ से काटकर सेब और नाशपाती खिलाती रहीं। उन्होंने डॉ. गुप्ता से कहा, ''भाई विद्याभूषण जी से कई बार बात हुई। उन्होंने दिल्ली में पूछा ममता तो आपके पास आती होंगी। मैंने बताया आपकी बेटी तो कभी मिलने नहीं आई।''

मुझे बड़ा संकोच हुआ। अगले ही क्षण महादेवीजी ने मेरा संकोच दूर कर दिया। हँसते हुए वे बोलीं, ''गुप्ताजी, इनकी संस्था सेवासदन से अब मेरा कोई

लेना-देना नहीं है। वास्तव में हमारी और इनकी संस्थाएँ भगिनी हैं लेकिन सौतेली भगिनी हैं।'' मैं उनकी स्पष्टवादिता से बहुत प्रभावित हुई। उन्होंने मुझे संकट से उबरने का मौका दिया। इतिहास बताता है कि सेवासदन कॉलेज की स्थापना में महादेवीजी का योगदान था। उन्होंने सपना देखा था कि सेवासदन ऐसी शिक्षा संस्था हो जिसमें वे लड़कियाँ पढ़ सकें जो पहले किसी कारणवश नहीं पढ़ पाई। तब यह आगरा विश्वविद्यालय से सम्बद्ध था और आमतौर पर इसमें बाल विधवाएँ, परित्यक्ताएँ और बड़ी उम्र की अविवाहित लड़कियाँ पढ़ा करतीं। बाद में सैद्धान्तिक मतभेद के चलते महादेवीजी सेवासदन के प्रबन्धतन्त्र से अलग हट गईं। उन्होंने नई संस्था 'प्रयाग महिला विद्यापीठ' गठित कर ली। महादेवीजी के अन्दर एक जिद थी। वे मानती थीं कि 'भारतीय नारी जिस दिन अपने पूरे प्राण प्रवेग से जाग सके उस दिन उसकी गति रोकना किसी के लिए सम्भव नहीं।' इसी के तहत उन्होंने 'शृंखला की कड़ियाँ' के निबन्ध लिखे। वे स्त्री समाज को जगाना, झकझोरना, उकसाना चाहती थीं। महादेवीजी हमारे समय की एक प्रखर बुद्धिजीवी और जुझारू व्याख्याता के रूप में सामने आती हैं जिन्हें उनके पद्य की अपेक्षा गद्य के लिए ज़्यादा याद रखा जाएगा। कविता क़ी सीमाएँ टटोलकर ही उन्होंने गद्य का विकल्प स्वीकार किया था। उन्होंने अपने निबन्धों के द्वारा स्त्रियों में अधिकार चेतना का आह्वान किया। मुझे अफसोस होता है कि मैंने उनके सान्निध्य में और अधिक समय क्यों नहीं बिताया। जीवन की दौड़-भाग अपनी जगह थी, कॉलेज की आपाधापी चलती थी पर यह मेरा ही बचकाना बागी मन था जो हर स्थापित व्यक्ति से कतराकर निकलना पसन्द करता।

11 सितम्बर, 1987 को महादेवीजी का निधन हुआ। 12 सितम्बर को खबर फैलते ही कॉलेज की सब लड़कियों ने तय किया कि वे महादेवीजी के अन्तिम दर्शन करने अशोक नगर, उनके घर पर जाएँगी। हम सब जब वहाँ पहुँचीं तो शवयात्रा रसूलाबाद के लिए प्रस्थान कर चुकी थी। उन दिनों रसूलाबाद घाट तक जाने के लिए वाहन के नाम पर सिर्फ बड़े टैम्पो मिला करते थे। हम सभी शिक्षक, विद्यार्थी टैम्पो में वहाँ गए। घाट पर इतना विशाल जनसैलाब था मानो पूरा शहर आज रसूलाबाद पहुँचा हो। कॉलेज की कई लड़कियाँ रो रही थीं। एक लेखक को इससे बड़ी शोक सन्तप्त भीड़ ने पहले कभी ऐसी श्रद्धांजलि दी हो, याद नहीं पड़ता।

इलाहाबाद की खासियत ही समझें कि यह शहर अपने सितारे के टूटने के बाद ही स्वीकार करता है कि हाँ वह सितारा था। उसके जीते जी, शहर 'किन्तु-परन्तु' की शब्दावली में उसके पैर के नीचे की मिट्टी खोदता रहता है।

यही वजह है कि इलाहाबाद में रहते आए रचनाकार कभी रवीन्द्रनाथ ठाकुर जैसी प्रतिष्ठा प्राप्त नहीं कर पाए। बंगाल अपने नायक निर्मित करता है। उत्तर प्रदेश अपने नायक खंडित करता है। सूर्यकान्त त्रिपाठी निराला का योगदान रवि बाबू से कतई कम नहीं था पर उनके जीवन काल और रचना वर्षों में शहर ने उन्हें उनके हाल बेहाल पर छोड़ दिया। मुझे महसूस होता है यदि महाप्राण निराला को नगर से सराहना और नगरवासियों से सहयोग मिलता तो वे एक प्रसन्न जीवन जीते और परितृप्त मृत्यु को प्राप्त होते। यह वह जगह है जहाँ लेखक पुरस्कार से नहीं, तिरस्कार से मरता रहा है।

हिन्दी के लेखक की स्थिति का साम्य शायद किसान की वर्तमान दशा से सटीक बैठता है। जैसे किसान अपना खून पसीना एक कर खेत में लहलहाती फसल तैयार करता है उसी तरह लेखक महीनों बल्कि वर्षों की मेहनत से एक रचना अथवा पुस्तक पूरी करता है। दोनों ही मुँहअँधेरे उठते हैं। एक कुदाल-फावड़ा लेकर खेत पर जाता है, दूसरा कलम-कागज लेकर मेज पर जुट जाता है। खेती का मूल्य किसान की मेहनत, उम्मीद और लागत तीनों से कम आँका जाता है। एक पुस्तक पूरी लिख लेने में लेखक की मेहनत का भी मूल्यांकन कुछ इसी प्रकार होता है। जीवन के सभी मनोरंजन से स्वयं को काटकर, विचारों को केन्द्रीभूत कर, आँखों में आइड्रॉप टपका कर, एक नन्हीं कलम या कम्प्यूटर के सहारे रात-रात जागकर लेखक जो लिखता है, उसके पास कोई आश्वासन नहीं होता यह किताब छपकर बाजार में कब आएगी या आएगी भी या नहीं। प्रकाशक की खाँटी शब्दावली में किताबें बिकती ही नहीं हैं। ऑटोमेशन के युग में वह किताब का पहला संस्करण ही पुनर्मुद्रित कर बेचता रहता है, उसे द्वितीय, तृतीय की संज्ञा से अभिहित किए बिना क्योंकि उसके लिए वह महज माल है। लेखक और पाठक के बीच वह ऐसा बिचौलिया है बाजार भाव जिसकी मुट्ठी में है। जैसे किसान और उपभोक्ता के बीच न जाने कितने दलाल, आढ़तिए, मंडी निरीक्षक और पटवारी होते हैं, उसी तरह लेखक और पाठक के परोक्ष और दूरस्थ सम्बन्ध लेखक और पाठक दोनों की हानि करते हैं। 'खाक हो जाएँगे हम उनको खबर होने तक' वाला आलम रहता है। प्रेमचन्द और निराला ने इसे भोगा। उनके बाद के लेखक भी भोग रहे हैं। लेखन से जीवन-यापन की बात सोचना अपने परिवार के लिए एक डरावना भविष्य तैयार करने जैसा है।

भविष्य के भेड़िए से बचने के लिए इलाहाबाद में बड़े-बड़े लेखक भी छोटी-छोटी नौकरियाँ करते देखे जाते थे। यों भी हिन्दी में लेखन कोई पूर्णकालिक काम नहीं समझा जाता। फिर लेखन नाम के कर्म के पीछे चलनेवाली तैयारी किसी

को दिखाई भी नहीं देती। लेखक को निष्क्रिय देखकर परिवार के सदस्य सोचते हैं इसे चारपाई तोड़ने की आदत है। पर वे नहीं जानते कि लेखन, क्रिया से अधिक प्रक्रिया का नाम है। सोच-विचार के समय को सुस्ती या निठल्लापन समझे जाने का दंश लेखकों ने खूब झेला होगा। यह तो वे जानते हैं उनके दिल दिमाग की पतीली और बटलोई में विचारों की कैसी खदबद मची रहती है।

अमरकान्तजी यों तो बलिया के थे, बीसवीं सदी के छठे दशक से वे इलाहाबाद आ गए। वे मित्र प्रकाशन की पारिवारिक पाक्षिक पत्रिका 'मनोरमा' के संयुक्त सम्पादक थे। उन्हीं की उपस्थिति का प्रताप था कि कभी-कभी मनोरमा में किसी शीर्ष रचनाकार की कोई बहुत उत्कृष्ट रचना पढ़ने को मिल जाती। वे दस से पाँच दफ्तर में बैठते, पूरी लगन से अपना काम करते लेकिन समय खत्म होते ही कमल पत्र पर पड़े जल बिन्दु की तरह दफ्तर से उठ जाते, निसंग और निर्लिप्त। तब तक वे दिल का एक दौरा झेल चुके थे। वे अपना हर काम बड़े सहज और सधे ढंग से करते, चाहे वह सड़क पर चलना हो या ठहरकर बात करना या किसी मित्र के घर जाना। जैसे उनकी कहानियाँ विकसित होती हैं, खरामा-खरामा, वैसा ही उनका जीवन राग था, एकदम मद्धम जिसमें 'नी' कोमल होता है।

मेरे लेखन पर तब तक बम्बई की छाप और छवि कुछ गहरी ही थी। रही-सही कसर बीटनिक पीढ़ी की ऑफबीट कविताएँ पढ़ने-सुनने से पूरी हो गई थी। मैंने इंग्लिश में कविताएँ लिखनी शुरू कीं तो पत्रिकाओं में उनके छपते ही राइटर्स वर्कशॉप से मेरे दो काव्य संग्रह भी आ गए। न किसी से मिन्नत करनी पड़ी न पांडुलिपि भेजनी पड़ी। उन्हें सराहना भी खूब मिली। कई बार इंग्लिश के नए कवि मिलने के लिए घर आने लगे। मुझे भारतीय आंग्ल साहित्य की दुनिया का यह स्वागत भाव अच्छा लग रहा था। मन में यह भी था कि हिन्दी में कितनी भी मेहनत कर लो यहाँ लेखक को सराहना की जगह आलोचना ही मिलती है।

रवि यह सब चुपचाप देख रहे थे हालाँकि उन्हें ये सरोकार पसन्द नहीं आ रहे थे। एक बार उन्होंने कहा, "इनमें से बहुतेरे तो सी.आई.ए. के एजेंट हैं।" मैंने कहा, "तुम्हें तो आधी दुनिया सी.आई.ए. की एजेंट नज़र आती है। होंगे बहुत से इंग्लिश लेखक, मैं तो नहीं हूँ।" किताबों के अलावा अमेरिका या अमेरिकी सूचना विभाग से अपना कुल जमा रिश्ता बस इतना था कि घर में हर महीने वहाँ की पत्रिका 'स्पैन' का अंक निःशुल्क आता था। रवि हमेशा चीजों को चरम रूप में देखते हैं, मुझे लगा।

एक दिन मैंने अपना इंग्लिश कविता संग्रह 'ट्रिब्यूट टु पापा' अमरकान्तजी को दिया। उन्होंने वहीं बैठे-बैठे कविताएँ पढ़ डालीं। उत्साहित होकर मैंने अगला कविता संग्रह भी दिखाया। उन्होंने कविताएँ पढ़कर कहा, "आप तो इंग्लिश में निहिलिज्म (शून्यवाद) की ओर बढ़ रही हैं। क्यों लिखी हैं आपने ये कविताएँ? फैशन में हैं इसलिए। लेखक को हमेशा फैशनेबिल लेखन से बचना चाहिए।"

फिर मैंने बहुत दिनों तक इंग्लिश में कविताएँ नहीं लिखीं। अमरकान्तजी हमेशा क्लैसिक्स पढ़ने पर जोर देते। वे स्वयं तॉलस्तॉय, चेखव, गोर्की, स्टैंडल के पाठक और प्रशंसक थे। किसी भी कथा आन्दोलन का उफान उन्हें उकसाता नहीं था। उन्होंने कभी फैशन के मुताबिक लेखन नहीं किया। 'न दैन्यं न पलायनं' का जीता जागता उदाहरण थे अमरकान्तजी। उन्होंने मुझे कई बार दलदल से निकाला, कभी चालू फैशन की, कभी घरेलू लेखन की दलदल। मथुरा पर केन्द्रित अपने उपन्यास के प्रारम्भिक पृष्ठ मैंने उन्हें सुनाए तब वे पहली बार खुश हुए और कहा, "इस तरह लिखिए, आप क्या लिखती रहती हैं?"

इस शहर ने अगर कई बार हमें चारों खाने चित्त गिराया तो दंगल के दाँवपेच भी सिखाए। इलाहाबाद के आँवे में पककर ही साहित्यकार सृजन के क्षेत्र में संजीवन पाता है। यह समझने में बीसवीं सदी समाप्त होने पर आ गई। मुझे लग रहा था अब सुख के दिन शुरू ही होनेवाले हैं। मेरी नौकरी का यह अन्तिम वर्ष था। सत्र लाभ मिलने पर 30 जून, 2001 को मैं अवकाश प्राप्त करनेवाली थी। सन् 2000 की बात है। 30 अक्टूबर का दिन था। कॉलेज में परीक्षा फॉर्म का काम समेटा जा रहा था। फीस का एक बैंक ड्राफ्ट बनवाया जा चुका था। दूसरे ड्राफ्ट के लिए परीक्षा शुल्क का हिसाब मैं रजिस्टर से मिला रही थी। तभी एक लड़का कार्यालय में आया, "मैडम, बहन का दाखिला करवाना है।"

मैंने कहा, "अक्टूबर खत्म होने को है अब दाखिला कैसे हो सकता है?"

"इसका मतलब उसका परीक्षा फार्म भी नहीं भरा जाएगा।" लड़के ने चिन्ता जताई।

अन्तिमा सिंह का बी.ए. प्रथम वर्ष का परीक्षाफल कानपुर विश्वविद्यालय से नहीं आया था। मैं तीन बार कॉलेज का कर्मचारी भेज चुकी थी पर हर बार यही पता चलता कि परीक्षाफल अपूर्ण है। अन्तिमा के भाई को चिन्ता थी कि उसका साल बरबाद हो जाएगा। उसकी दो और बहनें भी मेरे कॉलेज में पढ़ रही थीं।

अरुण सिंह को मैंने नियम समझाने की कोशिश की लेकिन वह जिद पर अड़ा रहा कि अन्तिमा को उत्तीर्ण मानकर द्वितीय वर्ष का फार्म भरवाया जाए। मेरे हाथ

नियमों से बँधे थे। बीच का रास्ता ढूँढते हुए मैंने सोचा उसे अस्थायी प्रवेश देकर फार्म भरवा दिया जाए।

"लड़की कहाँ है।" मैंने पूछा।

"गाँव में।"

"उसे ले आइए।"

"लड़की नहीं आएगी।"

"क्यों?"

"क्यों का क्या मतलब। कह दिया नहीं आएगी। हम जो आए हैं।"

"ऐसे न प्रवेश होगा न परीक्षा फॉर्म भरा जाएगा, जाइए।"

मैंने कहा और मैं फिर रजिस्टर में व्यस्त हो गई।

लड़का बैठा रहा।

इसमें कुछ भी नया नहीं था। अभिभावक अक्सर उठने में देर लगाते।

तीनों बहनों की उम्र थी उन्नीस, बीस और इक्कीस। लड़का बाईस-तेईस से ज़्यादा का नहीं था लेकिन अभिभावक के खाने में पिछले साल बहनों ने यही एक नाम लिखा था, अरुण सिंह। तब भी मैंने एतराज किया था कि उन्नीस, बीस और इक्कीस की देखभाल बाईस कैसे कर सकता है। लड़कियों ने मुँह बनाकर कहा था, "बिलकुल कर सकता है मैडम, हमारा भाई है।" मैं चुप हो गई थी क्योंकि मुझे पता था कि लड़कियों की देखभाल तो चार साल के भाई के हाथों में भी सौंपी जाती थी।

तभी कोई भारी चीज मेरे सिर से टकराई और खून का फव्वारा सिर से फूट निकला। जब तक मैं कुछ समझती या चीखती लड़का तेजी से उठकर भाग निकला। अरुण सिंह ने मेरी मेज से उठाकर काँच का भारी पेपरवेट मेरे सिर पर मार दिया था।

खून का जैसे नल खुल गया। सिर के बीचोबीच लगकर पेपरवेट ने गहरा घाव कर दिया। एक हाथ से सिर से गिरती खून की मोटी धार रोकते, दूसरे हाथ से घंटी कसकर दबाते मैं दरवाज़े के बाहर देखने लगी कि कोई आए। गलियारे में दोपहर बारह बजे का सन्नाटा था। सभी अध्यापिकाएँ अपनी-अपनी क्लास में थीं। कार्यालय के बाहर दाई का स्टूल खाली पड़ा था। हैरानी की बात थी घंटी की आवाज से कोई अन्दर नहीं आया।

यह होश खोने का नहीं होश में आने का वक्त था। अट्ठाईस साल इस कॉलेज की प्रिंसिपली में मैं मानती थी कि कॉलेज और मैं पर्यायवाची बन चुके हैं। मेरा ख्याल था कि कॉलेज पर मेरा पूरा नियन्त्रण है। दोनों यकीन गलतफहमी

साबित हुए। मैंने घंटी तब तक बजाई जब तक वह टूट नहीं गई। फिर मैं लपककर सामनेवाली कक्षा तक गई। सिर के आगे-पीछे रक्त की धाराएँ गिर रही थीं। कार्यालय का फर्श लाल हो चुका था। कक्षा तक जाने और लौटने में मेरी चप्पलों के रक्तरंजित निशान ईंटों पर बन गए। लड़कियाँ चिल्ला पड़ीं। खून, खून। मिनटों में सारा कॉलेज इकट्ठा हो गया। अध्यापिकाओं ने सोचा मुझे गोली मारी गई है। सब दाई और चपरासियों को डाँटने लगे कि गुरुजी को कौन मारकर चला गया। जितनी देर मैं कॉलेज की हद में रही; घायल होकर भी चौधराहट दिखाती रही। फीस के रुपए अपने सामने बड़े बाबू से गिनवाए, रजिस्टर से हिसाब मिलवाया, बैंक ड्राफ्ट थमाया, डायरी पर्स में डाली। मन में कोई टहोका दे रहा था, 'चलो तुम्हारा वक्त पूरा हुआ। आ गई मेरे गमन की सान्ध्य बेला।'

कॉलेज के लायब्रेरियन संजय वर्मा की भागदौड़ से फर्स्टएड मिली जो अपर्याप्त थी। डॉक्टर ने कहा कि चोट गहरी है और मुझे अस्पताल जाना होगा।

रवि और प्रबुद्ध भागमभाग कॉलेज पहुँचे।

न जाने किसने खबर कर दी। कुछ अखबारों के संवाददाता आ पहुँचे। पुलिस तब भी नहीं आई हालाँकि पुलिस चौकी एकदम करीब थी।

सरकारी अस्पतालों की बेरुखी झेलकर अन्ततः जब मुझे एक निजी अस्पताल में शल्य चिकित्सा मिली तब तक रात के दस बज चुके थे। रवि और प्रबुद्ध फिक्र और थकान से निढाल हो रहे थे। चोट में छब्बीस टाँके लगे। सिर पर पट्टियों का मुकुट पहन जब मैं उन दोनों के साथ घर लौटी, रात के ग्यारह बज रहे थे।

अखबारों के स्थानीय पृष्ठ अगले दिन इस वारदात से रँगे हुए थे। घटनास्थल और घायल की तस्वीरों के हवाले से खबर फैल गई। बहुत लोग आए। अपने लिए नगरवासियों, मित्रों, परिचितों, पाठकों का प्रेम प्रत्यक्ष देखने का अवसर मिला। इलाहाबाद और कानपुर विश्वविद्यालय के कुलपति भी आए। पुलिस भी आती रही, ऊलजलूल सवाल पूछती रही। मैं अपना दुखता सिर सँभाले बताती रही, ''हाँ, लड़के ने पतलून-कमीज पहनी हुई थी, लम्बा था, अपनी डायरी मेरी मेज पर छोड़ गया, बाकी विवरण उसकी डायरी से देख लें।''

मुझे बिस्तर पर खबर मिलती रही कि लड़का जजों की कॉलोनी में आराम से घूम रहा है, क्रिकेट मैच देख रहा है, यूनिवर्सिटी जा रहा है लेकिन पुलिस जाने किन सड़कों पर दौड़-भाग कर रही थी।

वास्तव में यह चोट सिर्फ सिर में नहीं लगी थी। मेरे अन्दर और बहुत कुछ टूट-फूट गया। मेरी अकड़ और आत्मविश्वास, दोनों खंडित हो गए। बिस्तर पर पड़े-पड़े बार-बार चलचित्र की तरह वह घटना मेरी आँखों में घूम जाती और तीखा

पराजयबोध मेरी नस-नस में उतार देती। रही-सही कसर कॉलेज के मैनेजर ने पूरी कर दी जब उन्होंने अपना रुख जाहिर किया।

रवि ने उनसे कहा, "आप इनकी सुरक्षा का प्रबन्ध करें तो ये काम पर लौटें।"

मैनेजर ने जवाब दिया, "मैं इनकी सुरक्षा का क्या प्रबन्ध करूँ। मैं तो अपनी भी सुरक्षा की गारंटी नहीं ले सकता। आप तो लेखक-पत्रकार हैं। डी.एम. से कह कर इनको सुरक्षा दिलवाइए।" रवि का मानना था कि यह माँग निजी स्तर पर नहीं कॉलेज के माध्यम से की जाए।

मैनेजर का ख्याल था कि इसमें कॉलेज कहीं नहीं आता। उनका तो यह भी ख्याल था कि लड़के से मेरी कोई पुरानी दुश्मनी थी जिससे उसने हमला किया। मेरे कथन पर कि मैं तो उसे पहचानती भी नहीं थी उन्होंने कोई गौर नहीं किया। उन्होंने कहा, "इनकी निजी सुरक्षा आपका निजी मामला है, उसमें कॉलेज को क्यों घसीटा जाए।"

मैं कॉलेज का काम करते हुए, नियमों का परिपालन करते हुए हिंसा की शिकार हुई थी। पूरे शहर में मेरा कोई शत्रु नहीं था। कॉलेज अपना पल्ला झाड़ रहा था।

मैनेजर एकदम जड़ और निरपेक्ष थे। संकटकाल में वे इसी तरह तटस्थ और उदासीन हो जाया करते थे।

मुझ जैसी मूर्खा को अच्छा सबक मिला जिसके भावतन्तु कॉलेज के अस्तित्व के साथ ऐसे जुड़ गए थे कि मैं सर्दी-गर्मी चौमासा, टिक-टिक घड़ी की तरह अविराम नौकरी पर जाती रही, पति की पार्ट टाइम पत्नी, बच्चों की क्वार्टर टाइम माँ बनी लेकिन नौकरी फुलटाइम बजाती रही। छुट्टियों में बाहरी इम्तहान करवाती रही, 15 अगस्त, 26 जनवरी सब दिन कॉलेज को समर्पित कर दिए। कच्चे कॉलेज को पक्का बनाने के लिए मैंने इलाहाबाद, कानपुर, लखनऊ, दिल्ली एक कर दिए। रचनाकार विभूति नारायण राय शायद इसलिए कहते हैं 'नौकरी को नौकरी की तरह करना चाहिए।' उनका आशय होता है कि नौकरी में अपनी उम्मीदें, सपने और विश्वास नत्थी नहीं करने चाहिए, तीनों दुख देते हैं।

हमें कहाँ पता होता है हम कब किन कच्चे-पक्के तारों की गुंजलक बनते चले जाते हैं।

गौतम और गांधी के देश में मेरे अन्दर अहिंसा और क्षमा की जगह असन्तोष और आक्रोश का लावा फूट रहा था। मैं अपराधी को जेल में नहीं अपने सामने चाहती थी ताकि उससे पूछ सकूँ, "तुमने ऐसा क्यों किया? मेरी जगह तुम होते

तो क्या करते?'' सिर के तेरह बाहरी टाँके आठवें दिन डॉक्टर ने निकाल दिए, भीतरी तेरह टाँके अपने-आप घुलने के लिए छोड़ दिए। सिर में जब-तब चिलक उठती। केश विन्यास हमेशा के लिए बिगड़ गया।

मित्र हितैषियों का आना-जाना अभी थमा नहीं था। वे तरह-तरह से दिलासा देते। कोई कहता, ''बड़ी खैर हुई उस लड़के के पास कट्टा (देसी रिवॉल्वर) नहीं था। आजकल तो स्कूली बच्चे भी रखने लगे हैं।''

कोई कहता, ''गनीमत है उसकी जेब में एसिड का बल्ब नहीं था।'' एक अन्य हितैषी ने सुल्तानपुर का प्रकरण बताया। इसकी खबर मैंने पढ़ रखी थी। अन्दरूनी बातें हितैषी ने बताईं कि कैसे इंटरमीडिएट कॉलेज के प्राचार्य मान बहादुर सिंह की कॉलेज परिसर में हत्या कर दी गई। मान बहादुर सिंह हिन्दी के कवि थे—बलिष्ठ शरीर और अच्छी कद-काठी। उनकी एक कविता पुस्तक 'बीड़ी बुझने के करीब' हमारे प्रेस में छपी थी। मोटर बाइक पर वे धड़धड़ाते हुए आते। वे कवि से ज़्यादा खिलाड़ी नज़र आते थे।

उनकी हत्या के पीछे वजह थी कि कॉलेज में 'ग' वर्ग की नियुक्तियों के मामले में एक असफल अभ्यर्थी ने उन्हें दिन दहाड़े तलवार से काटकर उनके अंग-प्रत्यंग कॉलेज परिसर में जगह-जगह उछाल दिए। उस कॉलेज में दो हजार छात्र पढ़ते थे; सौ से अधिक अध्यापक थे। दोपहर बारह बजे यह वारदात हुई जब सब उपस्थित थे।

लेकिन पुलिस के यह पूछने पर कि क्या किसी ने हत्यारे को देखा, सब चुप्पी खींच गए।

हितैषी ने बात समेटी, ''आप तो बहुत लकी हैं। लड़का चोट मारकर चला गया। न गोली चली न बम।''

मैंने अपनी चिलकती चोट सहलाते हुए सोचा यह दुर्भाग्य से निकलता हुआ सौभाग्य है, बदली के बीच फँसे हुए चाँद की तरह।

बहरहाल घाव था तो पुर भी गया। कॉलेज जाना भी शुरू हो गया पर मन में श्मशान वैराग्य आ बैठा, 'चल उड़ जा रहे पंछी'। 30 जून, 2001 को कॉलेज के फाटक से जब बाहर निकली, सच्चे दोस्त की तरह रवि मेरे साथ थे। उन्होंने कहा, ''भूल जाओ कि तुम यहाँ अट्ठाईस साल आती रहीं, सोच लो यह जगह कभी तुम्हारी थी ही नहीं।''

घर की दिनचर्या में नए सिरे से दीक्षा ग्रहण की। सवेरे दस से चार तक घर में दिन कैसे बीतता है, मुझे इल्म ही नहीं था। एक उपन्यास जो अब तक लँगड़ा चल रहा था, सीधे पैरों उसे खड़ा किया। घर के और जिन्दगी के जाले साफ किए।

गुजरात और महाराष्ट्र के व्यापक दौरे किए। लौटकर आने के लिए घर था, परिवार था, प्यार था, सत्कार था। किन्तु जीवन एक गोल चक्र में घूम रहा था, उसमें ऊर्ध्वगामिता और अग्रगामिता गायब हो रही थी। ऐसा इसलिए भी लग रहा था कि अवकाश प्राप्ति के दो वर्ष बाद भी पेंशन का सिलसिला कायम नहीं हुआ था। सभी प्रासंगिक प्रपत्र सन् 2001 में ही शिक्षा निदेशालय को सौंप दिए गए थे लेकिन वहाँ का बाबूतन्त्र कुछ ऐसा था कि वे हर पेंशन प्रत्याशी को कुर्बानी का बकरा समझते। वे हर बार एक नई आपत्ति लगाकर मामला लटका देते। मेरी भी जिद थी, बाकायदा नौकरी की है, बाकायदा पेंशन लूँगी, बेकायदा कोई काम न करूँगी। वित्त नियन्त्रक के मुँहलगे बाबू ने ड्राइवर से सन्देश भिजवाया, "अपनी मेमसाहब से कहना, निदेशालय आते-जाते बूढ़ी हो जाएँगी, पेंशन शुरू नहीं होगी।" कहीं सरकारी मारगाँठ पड़ी थी जो खुल नहीं रही थी।

रवि समझाते, "देखो प्राइवेट नौकरी वालों को चालीस-पचास साल काम करने पर भी पेंशन नहीं मिलती। मजदूर, कारीगर, लुहार, ठठेर सब मेहनत पर टिके हैं, जिस दिन हाथ न चलाएँ उस दिन भोजन नहीं मिलता। कितने ही शिक्षक होंगे जिन्हें ठीक से तनखा भी नहीं मिलती।"

मैंने अपने प्रयत्नों से कॉलेज को नियमित और नियमबद्ध करवाया था। मैं इन तर्कों से क्या तसल्ली हासिल करती। मैं कहती लेखक से शिक्षक बनी और शिक्षक से लेखक, अब लेखक से भिक्षुक नहीं बनूँगी। नियमगत अधिकार के लिए एक भी पैसा रिश्वत नहीं दूँगी।"

"हमारा खर्च ही कितना है। मैं मछली मारकर लाऊँगा, तुम तवा रखकर रोटी सेक लेना; इसलिए गंगा किनारे घर लिया है।" रवि मुझे हँसाते।

मैं सोचती वाकई पेड़ों पर चहचहाने वाले पंछी-पखेरू, घास की आस में घूमते ढोर-मवेशी, छोटी-मोटी दुकान चलानेवाले लोग कोई भी तो पेंशन नहीं पाता। न जाने कितने शिक्षक हैं जिनका पेंशन प्रकरण पन्द्रह-बीस साल से ठंडे बस्ते में पड़ा हुआ है। इन्हीं में एक प्रकरण और सही।

समय के साथ सबसे अच्छी बात यही है कि यह सरकता है। हम जैसे लोग जो अपने को थोड़ा-बहुत लेखक मानते हैं, बहुत जल्द अपना मन लगा लेते हैं, किसी अगली किताब में, किसी मैग्जीन में। कभी दूसरों की परेशानियाँ सुनकर अपनी मुसीबतें हलकी और सहनीय लगने लगती हैं। लिखने से रोजगार नहीं मिलता लेकिन तबीयत सँभलती है। एक बार अपने रचे पात्रों में मन रम जाए तो हम रिद्म में जीने लगते हैं। इसे पसजितों का सिद्धान्तवाद कहें लेकिन इसमें बड़ा दम है।

मैंने भी एक किताब शुरू कर डाली।

सातवें विश्व हिन्दी सम्मेलन का मौसम था। निमन्त्रण हम दोनों को था पर टिकट एक दी जा रही थी। सरकार के पास पैसों का टोटा था। दूरस्थ देश सूरिनाम का टिकट भी कोई सस्ता नहीं था।

मेरा मन अपनी किताब में लगा हुआ था। मैं हफ्ते, दो हफ्ते के लिए उससे अलग नहीं होना चाहती थी।

रवि सूरिनाम चले गए।

मैं और भी लगन से लेखन में लग गई। ऐसा लग रहा था जैसे दो हफ्ते की छुट्टी पर हूँ।

एक रात बनारस से डॉ. शुकदेव सिंह का फोन आया कि रवि की कलकत्ते जाने की तैयारी कर दो। मैंने बताया वे सूरिनाम में हैं।

सूरिनाम से रवि योरोप चले गए। एक दिन फोन किया। वे मस्ती में थे। मित्र मंडली साथ थी। फोन पर कभी रवि बोलते, कभी स्वदेश दीपक। दोनों एक-दूसरे का साथ पाकर मगन थे। मैंने शुकदेव जी का प्रस्ताव बताया। रवि ने लापरवाही से कहा कि लौटेंगे तब सोचेंगे।

रवि के पास फुर्सत नहीं थी। लौटकर वे अपना उपन्यास ए.बी.सी.डी. लिखने में रम गए। कई बार कलकत्ते से फोन आए कि आप लोग आकर बात तो कर जाएँ। अगस्त में हम कलकत्ते गए। यह पहली बार जाना नहीं था। मैं इससे पहले तीन-चार बार कलकत्ते जा चुकी थी, कभी किसी आयोजन में तो कभी अपनी दीदी प्रतिभा के पास। अगस्त का कलकत्ता बारिश में सराबोर था। थिएटर रोड से पार्क स्ट्रीट जाने में हम तरबतर हो गए। तब दीदी ने हमें कुछ चित्र विचित्र कपड़े बदलने के लिए दिए। हम रात उन्हीं के घर ठहर गए।

हर संस्था और प्रतिष्ठान का एक प्राणतत्त्व होता है जिससे वह ऊर्जा और उन्मेष अर्जित करता है। भारतीय भाषा परिषद में श्री परमानन्द चूड़ीवाल ऐसे प्राणतत्त्व थे। उन्होंने अपनी स्पष्टवादिता और सज्जनता से हमें इतना प्रभावित कर लिया कि हम मान गए कि हम पहली दिसम्बर को आकर कार्य सँभाल लेंगे।

इलाहाबाद पहुँचकर अपनी दो दिनों की डाक देखी। मन्नू ने एक पंजीकृत चिट्ठी अलग से पकड़ाई। खाकी लिफाफे में मेरी पेंशन स्वीकृति का शासनादेश था। मैं उस लिफाफे को सम्बोधित करने लगी, ''कम्बख्त दो दिन पहले नहीं आ सकता था, बेकार चौदह सौ किलोमीटर का चक्कर लगवा दिया।''

तबीयत की पस्ती मिटी। मूड दुरुस्त हुआ। बाबा नागार्जुन के शब्दों में 'कौवे ने खुजलाई पाँखें कई दिनों के बाद'। अन्ततः प्राप्त हुए इस कालनिर्णय के पीछे

न जाने कितने परिचितों की सदाशयता और मित्रों की दौड़भाग थी। वे राज्य से न्याय तो चाहते ही थे, उससे भी बढ़कर वे मुझे प्रसन्न देखना चाहते थे। मन आकंठ भर आया। ये ऐसे हितैषी थे जिनका शुक्रिया अदा करना भी सम्भव नहीं था। उनकी सज्जनता के आगे भाषा मौन हो जाती।

मैंने पाया कि सरकारी दफ्तरों में कोई स्थायी शत्रु या मित्र नहीं होता। वे कागज की डोर से बँधे रहते हैं। कल तक जो चुनौती भिजवा रहे थे, अब दौड़-दौड़कर मेरे कागजों पर हस्ताक्षर करवा रहे थे। मेरा मूड कुछ ऐसा था कि मुझे हर मनुष्य में देवता नज़र आ रहा था।

एक दिक्कत पेश आ रही थी। अपनी जो कलम कल तक सरपट दौड़ रही थी अचानक जाम हो गई। कहाँ तो रातों में जाग-जाग कर मैं लिख रही थी कहाँ अपनी पांडुलिपि के 175 पृष्ठ मुझे मुँह चिढ़ाने लगे। आगे लिखो तो जानें। रातोरात पात्रों के नाम भूल गए, कथा का विकास भाड़ में पहुँच गया, कलम छूने में भी डर लगे। ऐसा लगा जैसे अब तक का किया हुआ काम किसी और ने किया। वह तो कोई और था जो तरंग के तार पर कहानी पर कहानी टाँगे जा रहा था अब तक। मैं एक अवकाश प्राप्त, पेंशनयाफ्ता बूढ़ा की तरह घर में सिर्फ खटिया तोड़ रही थी। उत्तर प्रदेश शिक्षा विभाग में सी ग्रेड कॉलेज के शिक्षक की पेंशन, कोई पेशवाओं की जागीर नहीं होती जिस पर खुशी में बौराया जाए। अगर लिखने का सिलसिला टूट गया तो जीवन में बाकी क्या बचेगा, खाँसने और खँखारने के सिवा। मुझे लगा मेरा आनेवाला समय भयावह होगा। एक छोटे शहर की उदास बस्ती के दुमंजिले मकान के एक अकेले कमरे में गुमनाम मौत की ओर बढ़ती हुई एक कमनाम कलमनबीस पड़ी रहेगी चुपचाप।

हिश्ट! नहीं माँगती अपुन को इत्ती मनहूस जिन्दगी! अगर यह दिनचर्या भीगा कम्बल है तो कम्बल ही उतार फेंको।

अपनी दिनचर्या अकेली अपनी कहाँ होती है। उसमें अपने से जुड़े तमाम सदस्यों की दिनचर्या भी जुड़कर खलल डालती है। रवि दारू-सिगरेट छोड़ चुके थे लेकिन नाश्ता, खाना खाने में उनका मनमानापन बरकरार था। पहले मैं सोचती थी इस अराजकता की वजह इनका सुराप्रेम है। मैंने पाया बिना सुरापान के भी वे अपनी मस्ती में रहते। किसी से फोन पर बात करके ही वे इतनी तरंग में आ जाते कि दारू की सारी कसर पूरी हो जाती। लेकिन उनकी आदतों से मुझे खास तकलीफ नहीं होती थी।

असली खलल पड़ रहा था, मन्नू की आदतों से। सूचना तकनीकि के संसार में धमाकेदार प्रवेश लेने के बाद अब वह हताशा में हाथ-पैर मार रहा था। उसे

माइक्रोसॉफ्ट का अन्तर्राष्ट्रीय सम्मान मिला था क्योंकि उसने हिन्दी फॉन्ट के क्षेत्र में कोई बड़ी पहल की थी। इसी बिना पर वेब दुनिया ने उसे नौकरी ऑफर कर दी थी जहाँ दो महीने काम कर\ वह वापस इलाहाबाद आ गया। जो रिसर्च वह करना चाह रहा था उसके कद्रदाँ नहीं मिल रहे थे। रात-रात-भर वह इंटरनेट पर लगा रहता। जब हम सुबह जागते वह सोने चला जाता। उसके शरीर की घड़ी उलटी दिशा में चलती। वह दिन-भर सोता। मैं नीचे से आवाज देती, ''मन्नू नाश्ता कर लो, मन्नू खाना खा लो।'' मन्नू गुर्राकर जवाब देता, ''चुप रहो, जब भूख लगेगी तब खाएँगे।'' मैं भुनभुनाती, बड़बड़ाती। रवि मूक चिन्ता करते। मन्नू के कमरे की खिड़की के बाहर सिगरेट के टोटों का ढेर बढ़ता जाता। मन्नू आधी रात में ठंडे पानी से नहाता। जब हम सो जाते, मन्नू फ्रिज से निकालकर ठंडा ठार खाना खाता।

जैसे मुझे अभिशाप मिला हुआ था—तुम एक परेशानी से निकलकर दूसरी, तीसरी में पड़ती रहोगी। तुम्हारा जीवन इसी व्यग्रता में बीतेगा। लगता था बच्चों का मनोविज्ञान समझने में हमें जीरो नम्बर मिलता रहेगा। बड़ा बेटा अन्नू हर साल नई कामयाबी हासिल कर रहा था। छोटा बेटा मन्नू अपनी कोई समस्या हमसे बाँटने को तैयार नहीं था। ऐसी नौबत आ गई कि हमारा प्यार भी उसे नागवार मालूम हो रहा था। उसे अपने व्यवसाय के न ग्राहक मिल रहे थे न गुणग्राहक। इलाहाबाद में उतनी सम्भावनाएँ भी नहीं थीं। नकारात्मक ऊर्जा अपने अन्दर इकट्ठा कर मन्नू ने घर में ही अपना निर्वासिन कर रखा था। शेष समाज से उसका व्यवहार सन्तुलित और तार्किक था। हमारे दोस्त डॉ. नरेन्द्र खोपरजी और डॉ. अभिलाषा से उसका संवाद रहता था। मन्नू की अकड़ कुछ ऐसी थी कि उनके जरिए भी हम अपनी बात उस तक नहीं पहुँचा सकते थे, मदद की कौन कहे। कड़की के दिनों में भी मन्नू का टेलीफोन बिल दस हजार से नीचे न होता। मन्नू परेशान रहता लेकिन हमारा सहयोग लेना उसे बरदाश्त नहीं था। हमें सहयोग देना भी उसे गवारा न था।

घर खुशनुमा हो तो शहर खुशगवार लगता है। यहाँ तो घर ही काटने दौड़ रहा था। हमने एक झटके में तय कर लिया हमें यह घर और शहर दोनों छोड़ देने हैं।

30 नवम्बर, 2003 की शाम प्लेटफार्म नम्बर एक पर दोस्तों का एक छोटा-सा समूह हमें कालका मेल पर विदा देने आया था। उनमें मन्नू भी था। उसके चन्द दोस्त भी इस समूह में शामिल थे। यश मालवीय और सुधांशु उपाध्याय, आरती और आशा, वाजदा खान और गोकर्ण सिंह यहाँ थे। मन्नू अपने दोस्तों के सामने

मुझसे कह रहा था, ''मुझे अकेला छोड़कर जा रही हो, ना जाओ माँ।''

ऊपर से मैं शान्त थी, अन्दर से अशान्त। सामान बाँधने के दिनों में मन्नू ने एक भी बार अगर इस शिद्दत से कहा होता, 'ना जाओ माँ' तो क्या मैं रुक नहीं जाती। उस समय हमारी बाँधा जूड़ी वह दर्शक की तरह देखता और सीढ़ी चढ़कर अपने कमरे में बन्द हो जाता।

प्रकट मैंने कहा, ''अब तक मैंने तुम्हें बन्दरिया की तरह पाला अब बिल्ली की तरह पालूँगी।'' मैं उसे हिदायतें देती रही, कामवाली के लिए सुबह दरवाजा खोल देना। वह खाना बना देगी। नाश्ता खुद बना लेना। वह सिर हिलाता रहा। हिदायतें उसने कभी नहीं मानीं। हमारे जाने के बाद भी नहीं। भूखा रहा, दुबला हो गया, बीमार पड़ा किन्तु अपने सुर में जिया।

उसके सुख-दुख से अपने को स्वतन्त्र करना एक रुआँसा अध्याय था जो रोज लिखा जाता। फोन में सिर्फ उसकी आवाज सुनाई देती पर मुझे कैमरा नज़र आता। उसका कमरा, सूखा चेहरा, ठंडी रसोई, दरवाज़े पर फड़फड़ाते अखबार मुझे सब दिखाई देते। मेरा मन उड़ता रहता इस पार से उस पार। किसी दोस्त का फोन आता, मैं बावली की तरह पूछती, ''मन्नू दिखा था, कैसा लग रहा था, क्या कर रहा है।''

कुशल अभिनेता की तरह मन्नू हमें कुछ पता न लगने देता। अपने कार्य कौशल और जीवट से उसने वैब की दुनिया में धीरे-धीरे अपनी जगह बनाई, व्यवसाय जमाया और दुर्दिन को धकेल दिया।

माँ काली और मार्क्सवाद का शहर कलकत्ता

कुछ शहर अपने प्लेटफार्म से ही अच्छे लगने लगते हैं। हर शहर के रेलवे प्लेटफार्म की अलग अदा होती है। अब हावड़ा को ही लीजिए। गाड़ी खड़ी हुई नौ नम्बर प्लेटफार्म पर। नौ नम्बर प्लेटफार्म ऐसा है जहाँ रेल के डिब्बे तक कार जा सकती है। नौ नम्बर पर न पैदल चलना पड़ा न पुल चढ़ना पड़ा। चूड़ीवालजी स्वयं स्वागत के लिए आए थे। साथ में दो गाड़ियाँ, सहायक और कर्मचारी। हमारे पास इतना सामान ही नहीं था। गृहस्थी का चौका-चूल्हा दो-चार दिन बाद ट्रक से पहुँचना था।

हावड़ा स्टेशन से शेक्सपियर सरणी तक सड़कों का विस्तार, पेड़ों की हरियाली, कारों की कतार, यह जता रही थी कि यह महानगर है लेकिन लोगों की धीमी चाल, मामूली लिबास और फुरसतपसन्दी इसका संकेत दे रही थी कि कलकत्ता एक बड़ा-सा उपनगर है। चूड़ीवाल जी कुछ खास जगहों पर इशारा कर रहे थे, "ये विक्टोरिया मेमोरियल है, यह फोर्ट विलियम है, यह तारामंडल बना है, यह एस्प्लेनेड आ गया, वह है राइटर्स बिल्डिंग, अब यह देखिए यह मैदान है, यहीं लगता है पुस्तक मेला।" जैसे किसी छोटे बच्चे को नई जगह से परिचित कराते हैं, चूड़ीवालजी हमें इसी तरह शहर दिखा रहे थे। अच्छा लगा कि वे परिषद की बजाय नगर का नक्शा हमारे आगे खींच रहे थे। उनके साथ परस्पर सम्प्रेषण की डोर ऐसी बँधी जो अन्त तक बनी रही—उनके आकस्मिक और त्रासद अन्त तक।

दफ्तर का पहला दिन, पहले दिन की तरह ही सुखदायक था। सभी सहयोगी सज्जन और सुजन लगे। वैसे मन में कोई आलोचक बैठा कह रहा था, पहले दिन तो हर जगह आदर्श लगती है, यह स्थायी भाव नहीं है। मैं अपने आलोचक को, होंठों पर उँगली दबाकर चुप कर रही थी।

शाम को परिषद के मन्त्री श्री ईश्वरी प्रसाद टाँटिया की ओर से कलकत्ता क्लब में हमारा रात्रिभोज था। बड़ा बेटा अन्नू मुम्बई से हमें कलकत्ता छोड़ने साथ आया था। उसने कहा, "हम अपनी तरह से कलकत्ते को डिस्कवर करते, माँ तुम्हें क्या जरूरत थी प्रायोजित डिनर के लिए हाँ करने की।"

रवि को क्लब ले जाना और भी मुश्किल काम था। पहले तो वे अड़ गए, "मैं अपने धन और साधन का खाना खाऊँगा।"

मैं दोनों की मिन्नतें करती रहीं, "प्लीज चलो, नहीं खाना तो मत खाना लेकिन न जाने में तो उस मन्त्री की तौहीन हो जाएगी।"

खैर हमें लेने गाड़ी आ गई। रवि अपने शाश्वत परिधान में थे–जींस, कुरता और वॉकिंग शूज। दरबान ने एक नज़र रवि पर डाली और खेद प्रकट किया, "सॉरी मैडम, ये अन्दर नहीं जा सकते, ड्रेस कोड ठीक नहीं है।"

अच्छी छुट्टी मिली, इस भाव से रवि तुरन्त मुड़ लिए। वहाँ खाना न खा सकने का उन्हें कोई मलाल नहीं। अनिरुद्ध, अन्नू के पास सूट-बूट-टाई का सरंजाम था पर वह भी जींस के साथ कमीज पहनकर आया था। अड़ियल वह भी था। नापास होने पर उसने कहा, "मैं अपने बाप का बेटा हूँ, भूखा रह लूँगा पर कपड़े नहीं बदलूँगा।"

रवि काउंटर पर पूछने लगे, "अगर मकबूल फिदा हुसैन आपके क्लब में आ जाएँ तो आप क्या करते हैं?"

स्वागत अधिकारी ने बिना लज्जित हुए बताया, "हम उन्हें यहाँ से वापस भेज चुके हैं।"

हमारे मेजबान न जाने किस कौशल से हमें क्लब का लॉन पार करवाकर ऐनेक्सी तक ले जाने में कामयाब हो जाते हैं। बड़े प्रेम से हमें खाना खिलाते हैं। उसी रास्ते जब हम वापस लौट रहे हैं उन्हें क्लब का कोई नुमाइन्दा तलब करता है।

जरूर ड्रेस कोड को लेकर कोई विवाद हुआ लगता है। अरबपति मेजबान का मुँह तमतमाया हुआ है जैसे उन्हें कुछ अप्रिय सुनने को मिला है। कलकत्ता क्लब आजादी के 57 साल बाद भी मृत मूल्यों को सीने से चिपकाए फिरंगी वैभव जीने की कोशिश कर रहा है।

यहाँ लोग क्यों आते हैं। घर में बैठे-बैठे घुटने अकड़ जाते हैं, इसलिए? यहाँ 95 प्रतिशत सदस्य जरा जीर्ण हैं। तीन टेकवाली अलमूनियम छड़ी के सहारे वे अन्दर दाखिल होते हैं। अपने जैसे किसी समूह में बैठ पपलू खेलते हैं, दार्जिलिंग चाय पीते हैं, कुछ देर हरियाली देखते हैं, फिर क्लब की कन्फेक्शनरी से एक

ब्राउन ब्रेड खरीद कर वापस चले जाते हैं। इस तरह के थके-हारे लोग कलकत्ते में बहुत मिलते हैं, डिजाइनर बूढ़े जिनके जीवन में समय से बड़ा दुश्मन कोई नहीं है। वे अपने आस-पास की बहती हुई भीड़ देखते हैं और चकराकर अपनी पुरानी गाड़ी में घुसकर बूढ़े ड्राइवर से कहते हैं "चलो वापस।"

शुरू के दिन शहर में अजब गुजरे, गजब गुजरे। कई तरह से। मन के कोनों में पिछला शहर ठुनकता रहता और कभी भी कोई याद सरककर कानों में कह जाती 'कानाबाती कुर्र।' चीजें वही थीं, उनके नाम बदल गए थे, रंग-रूप-स्वाद भी बदले हुए थे। जहाँ समोसे को सिंघाड़ा कहें और गोलगप्पे को पुचका, अरबी को कोचू कहें और चौरा को वडवडी, वहाँ पहुँच हम परदेशी कहलाएँ तो क्या ताज्जुब।

अद्‌भुत नगर कोलकाता! प्राचीन इतना कि मकानों की दीवारों में बरगद उगे हैं और उनकी भी जटाएँ लटककर धरती में जड़ जमाकर पेड़ बन गई हैं। आधुनिक इतना कि मिंटो पार्क में प्रेमी जोड़े एक-दूसरे की टाँगों में, बाँहों में फँसे बैठे हैं, सिसकारी भर रहे हैं; बगल के पारपथ से, लोग उनसे बेपरवाह सन्ध्या भ्रमण पर गुजर रहे हैं। कई बार चुम्बन की ध्वनि आ जाती है, कभी कोई दबी हुई सीत्कार। कोई पलटकर नहीं देखता। सब एक-दूसरे की मजबूरी समझते हैं।

दूसरी बात यह कि इतिहास और भूगोल मेरे अन्दर रार मचाए हुए थे। जीवन में सारे लिखने-पढ़ने की शुरुआत बांग्ला उपन्यासों के अनुवादों से हुई थी। रवीन्द्रनाथ ठाकुर के उपन्यास 'नौका डूबी', 'आँख की किरकिरी', 'गोरा' और 'घर बाहर' लड़कपन में पढ़े थे। शरत बाबू का देवदास, चरित्रहीन, मझली दीदी, बड़ी दीदी भी पढ़ रखे थे। तब बांग्ला उपन्यासों का अनुवाद धन्य कुमार जैन किया करते थे। बाद में विमल मित्र, विभूति भूषण वंद्योपाध्याय, शंकर और सतीनाथ भादुड़ी भी पढ़े। सभी में बंगाल बोलता था, सब में कलकत्ते के गली-कूचे, मुहल्ले-मकान, बस-ट्राम धड़कते, धड़धड़ाते।

कलकत्ते में थिएटर रोड हो या पार्क स्ट्रीट, धर्मतल्ला हो या चौरंगी, कोई-न-कोई पहले की पढ़ी पुस्तक स्मृति पटल पर आ खड़ी होती। यह शंकर की चौरंगी है चलो देखें कौन से हैं वे होटल जिनमें नाच होता है। यह मकान तो एकदम साहब बीवी गुलाम का सेट लगता है : वैसी ही ढहती हवेली, निर्जन अहाता और पोर्च में खड़ी टूटी टमटम। इस थिएटर रोड का आखिरी छोर है पार्क सर्कस। एक विशाल छहराहा जहाँ बस, ट्राम, टैक्सी और ऑटो की ऐसी आवाजाही है कि कुछ देर सीमेंट के टापू पर बैठकर आँख और दिमाग का फोकस सेट करना पड़ता है कहाँ जाएँ।

24 नम्बर ट्राम हावड़ा ले जाती है। इस महानगरी में विलम्बित लय में चलनेवाली यह ट्राम गाड़ी जैसे धीमे-धीमे इतिहास की पटरियों पर खिसक रही है। इसे हर जगह जाना है, मलिक बाजार, श्याम बाजार, चित्तरंजन एवेन्यू, सियालदह और महात्मा गांधी रोड। हावड़ा पुल के ठीक पहले पटरी खतम सफर हजम। ड्राइवर, कंडक्टर इसे डाट के पुल पर विराम देकर स्वयं पाँच मिनट का विश्राम लेते हैं। एक तरफ पीठ घुमाकर अपने नले हलके करते हैं और अन्दर आते हैं।

टन-टन।

ट्राम वापस चल देती है।

घंटी की यह आवाज कम-से-कम सौ बरस प्राचीन है। ऐसी घंटी न रेलवे स्टेशन पर बजती है न बस में। यह निखालिस ट्राम की घंटी है।

तय तो किया है इसी ट्राम से घर वापस जाएँगे पर बीच में मेट्रो स्टेशन देखकर उतर जाते हैं सेंट्रल एवेन्यू। चौराहे पार कर पहुँचने पर देखते हैं मेट्रो सबवे के सब फाटक बन्द। रविवार को तीन बजे खुलती है सबवे।

वापसी में बस में बैठते हैं।

बस की टिकट, उँगली की तरह पतली, लम्बी। किनारे-किनारे लम्बी सीटें। बीच में खड़े होने की जगह इफरात। सिर्फ 38 लोग बैठ सकते हैं। जितने मर्जी खड़े हो सकते हैं। ओह, फिर कोई कहानी याद आ गई।

कलकत्ते आकर साहित्य ने भी कम नहीं सताया। महीनों मैं स्वदेश दीपक की रचनाओं की मायाविनी ढूँढती रही। जीवनानन्ददास की वनलता सेन की तरह।

एक-दो सुन्दरियों से तो पूछ भी लिया, ''आप स्वदेश दीपक को जानती हैं? क्या आपने 'मैंने माँडू नहीं देखा' पढ़ा है?'' सुन्दरियों ने बड़ी हमदर्दी से मेरी ओर देखकर कन्धे उचका दिए।

सौन्दर्य की यहाँ कमी नहीं। अपर्णा सेन अभी भी सुन्दर है, शोख भी। राइमा, रिया सेन की त्वचा में नमक-चीनी की लुनाई है। उषा गांगुली को मंच पर देख लो तो भूल न पाओ, ऐसा व्यक्तित्व है लेकिन मायाविनी?

मायाविनी फंतासी है। उषा गांगुली कहती है, ''मुझे पता है मायाविनी कौन है? पर बताऊँगी नहीं। स्वदेश दीपक ने मना किया है।''

बताइए। कहने को मेरी दोस्त। मगर वफादारी स्वदेश से। खैर मैं फौरन मुकाबला छोड़ देती हूँ।

डॉक्टर की हिदायत है सुबह की सैर। मेरा ध्यान सैर पर कम, सैर करनेवालों पर ज़्यादा। हर उम्र का प्राणी है यहाँ और हर कद-काठी का। कोई घड़ी लगाकर

पैंतालीस मिनट दौड़ता है, कोई तीन चक्कर लगाकर बाहर हो जाता। जो कम चक्कर लगाता है जैसे मैं, उसे सलाह देनेवालों की कमी नहीं है। यहाँ बाकायदा मॉर्निंग वॉकर्स क्लब बने हुए हैं। हर पार्क में। वे हर पर्व-त्योहार में इकट्ठे उत्सव मनाते हैं, अपने नेता की जीत पर अभिनन्दन आयोजित करते हैं, किसी की विदाई पर स्टेशन या एयरपोर्ट जाते हैं। इन सबमें खूब सगापन पनपता है। कुछ बाबा रामदेव का कैसेट वॉकमैन में लगाकर अपने हाथों को मुद्गर की तरह लहराते और नचाते हैं। एक आदमी पार्क में बैठकर अखबार पढ़ता है।

कुछ महिलाएँ मोटापे से दुखी होकर घूमने आती हैं। एक चक्कर पूरा करते-न-करते उनकी देह पसीने से भीग जाती है। वे संगमरमर की बेंच पर बैठ जाती हैं। इतनी सवेरे वे अपनी साथिनों से खाने-पीने की चर्चा छेड़ देती हैं। इस शाश्वत विषय पर सबको बोलने की बेताबी है :

''हमने तो मैक्सिको से आम मँगवाए हैं। स्ट्रॉबेरी तो पूरे साल मिलती है। खा-खाकर बोर हो गए।''

''तुम व्हाइट सॉस में क्या डालती हो। मैदा तो डॉक्टर ने मना किया है।''

''हम तो हैल्थ फूड खा रहे हैं। रोज नौ सौ रुपए के फल आते हैं।''

समृद्धि का अपना वैभव और अपनी समस्याएँ हैं। खैर हमें क्या लेना-देना।

मुझे तो सुबह-सुबह कलकत्ते की सड़कों का धुलना दिलचस्प लगता है। भोर होते ही हुगली के पानी से सड़कें प्रक्षालित की जाती हैं। भारत के कितने ही शहरों से होकर गंगा बहती है पर कहीं सड़कें गंगाजल से नहीं धोई जातीं।

एक सवाल मन में उठता है। अगर शहर में इतनी सफाई है तो इतने कौवे कहाँ से आ गए हैं। गलत बात है यह! मैकफर्सन पार्क में न सही पूरी अमराई। आम का इकलौता पेड़ तो है।

गुलमोहर, अमलतास और जैकरन्दा भी। हरे-भरे कामिनी के गुम्बद। मैकफर्सन पार्क के लॉन की घास ऐसी घनी नम और रेशमी कि चलो तो लगे साटन पर चल रहे हैं। यह और बात है कि वहाँ चलने की इजाजत नहीं है।

बहुत गलत बात है यह कि इतना सब होते हुए भी थिएटर रोड पर कोयल नहीं कूकती, गौरैया चूँ-चूँ नहीं करती, तोते टें-टें नहीं करते, कबूतर गुटरूगूँ नहीं करते। सुबह 4 बजे से बस कौवे काँव-काँव करते हैं। बहरहाल मेरे मन में सुबह-सुबह अज्ञेय की कविता उठापटक मचाने लगती है :

सबेरे-सबेरे नहीं आती बुलबुल
न श्यामा सुरीली, न फुटकी, न दहगल सुनाती है बोली,

नहीं फूलसुँघनी, पतेना सहेली लगाती है फेरे
जैसे ही जागा कहीं पर अभागा, अड़ड़ाता है कागा
काँय-काँय-काँय
काँय-काँय-काँय
क्या करें, कहाँ जाएँ।
मुँह से यही हाय निकले है मेरे
घत्तेरे नास जाए
सच मुँहअँधेरे सबेरे-सबेरे।

रवि का कहना है कि उन्होंने कौवा रोर से पहले का संगीत सुना है—चिड़ियों का। कलकत्ते में भोर अन्य नगरों से जल्द होती है, रात अन्य नगरों के बाद। अलस्सुबह छोटी-छोटी चिड़ियाँ चहचहाती हैं। कमाल है उनके पास न माइक है न सिन्थेसाइजर, पर कितनी लय में चलता है उनका सहगान। बस थोड़ी देर। उसके बाद एक अद्भुत धुन खिड़की के रास्ते आती है, ऐसा लगता है जैसे कोई कबीर गाता हुआ सड़क से गुजर रहा है। रूई धुननेवाले धुनियों की टोली अपने करघे का तार बजाती हुई निकलती है। उनके पास गद्दा-रजाई बनाने का कुल सरंजाम पीठ पर होता है। मशीनीकरण के दौर में ये हस्तकारीगर अपनी हस्तकला काँधे पर लेकर चल पड़ते हैं सुबह की बेला में।

मैकफर्सन पार्क के पेड़ घर की हर खिड़की से झाँकते हैं। कहीं पीपल तो कहीं अशोक। दोनों ने पाँच मंजिलों की बुलन्दी पाई है। हम हाथ बढ़ाकर दोनों की पत्तियाँ छू सकते हैं। कौवे इन्हीं पेड़ों के सहारे रसोईघर की खिड़की पर आकर काँव-काँव मचाते हैं जैसे रसोई इनके देश की संसद हो। खिड़की बन्द करो तो अपनी कुलिश कठोर चोंच शीशों पर मार अपनी बेचैनी जताते हैं 'हमें अन्दर आने दो।' कॉलेज के दिनों में पढ़ा एमिलि ब्रॉन्टे का उपन्यास 'वुदरिंग हाइट्स' का नायक याद आ जाता है। हैथक्लिफ कैथरीन का दरवाजा पीट-पीट कर कहता था, 'लैट मी इन कैथी।'

दिन दोपहर इन्हें कभी विश्राम नहीं। खासकर नाश्ते और खाने के समय हमसे पहले यह भोजन कक्ष की ग्रिल पर विराजमान। खिड़की की मुँडेर पर ऐसे आ बैठते हैं जैसे इन्हें जीमने का न्योता दिया हो। कौवों का ठीक नौ बजे और दो बजे आना ऐसे लगता है जैसे इन सबने टाइटन की घड़ी पहन रखी है। कौवे बड़े दीर्घजीवी होते हैं। कुछ तो एकदम काकभुशुंडी हैं। सामान्य से ज़्यादा लम्बे, ज़्यादा काले, ज़्यादा घुन्ने। एक आँख रामजी ने फोड़ दी फिर भी अपनी इकलौती आँख में इतनी वक्रता और चंटई इकट्ठी कर लेते हैं कि तीन तल्ले के नहान घर

में भी आप सुरक्षित नहीं। नगरपालिका का कहना है कौवों का सीधा सम्बन्ध कूड़े से है। नागरिक कूड़ा फेंकना बन्द करें तो कौवों पर काबू हो।

यह नहीं हो सकता इतनी आसानी से। कलकत्ते का सारा खानपान कारोबार सड़क के फुटपाथों पर चलता है। स्टोव और अँगीठी पर चाय उबलती है, सिंघाड़े तले जाते हैं, भटूरे फुलाए जाते हैं, सत्तू-भर कर बाटी बनती है। बम्बई की तरह यहाँ भी आप दस रुपए में पेट भर सकते हैं और एक हजार में भी अधपेट खाए रह सकते हैं। पूरे भारत की व्यंजन पुस्तिका यहाँ फुटपाथों पर खुली रहती है। चाट से लेकर चाऊमीन तक सब मिलेगा।

जब पहली बार गाना सुना था 'मैं आई हूँ यू.पी. बिहार लूटने' तब बिहार को महज 'करार' का काफिया समझकर नज़रअन्दाज कर दिया था। लेकिन कोलकाता आने के बाद पता चला कि यू.पी., बिहार यहाँ ऐसे ही साथ-साथ हैं जैसे घाघरा-चोली या बिन्दी-सिन्दूर। हाल यह है कि कोलकाता का आदिम बाशिन्दा यहाँ की हर गड़बड़ी, गुंडागर्दी और गन्दगी को यू.पी., बिहार के मत्थे मढ़कर स्वयं भद्रलोक बना रहता है। कहीं कोई छिनैती की घटना (उसे यहाँ छिनताई कहते हैं) हो जाय, बाबू मोशाय कहेंगे, ''ये यू.पी., बिहार का मानुस जहाँ जाता है येई सब करता है। जरूर यू.पी., बिहार का ही होगा। रोज ट्रेन भर-भर कर आता है जो।'' कहीं ट्रैफिक जाम होगा तो कहेंगे, ''देखो कोलकाता में इतना मारामारी पहले नहीं था। अब ये यू.पी., बिहार के लोग इतना मारामारी करता है।'' एक दिन मेरे मुँह से निकला, ''क्या बात है कोलकाता में इतने कौए कहाँ से आते हैं?'' बाबू मोशाय ने जवाब दिया, ''सब यू.पी., बिहार से आते हैं और क्या। इनका तो टिकट भी नहीं लगता। सब डब्ल्यू. टी. आ जाते हैं।'' एक अन्य प्रान्त के नागरिक ने जोड़ा, ''ऐसा है ये यू.पी., बिहार के लोग कोलकाता में इतनी गन्दगी फैला देते हैं कि कौए तो आएँगे-ही-आएँगे। आप क्या सोचती हैं? जब ये लोग फुटपाथ पर चाय, सिंघाड़ा, पान और पुचका बेचेंगे तो जूठन खाने कौए नहीं तो क्या हंस आएँगे।''

सुबह का अखबार मन भारी कर जाता है। रंगीन खबरों की बजाय आँख संगीन खबरों पर टिक जाती है। नहीं, हिंसा और अपराध यहाँ ऐसा नहीं जैसा उत्तर प्रदेश और बिहार में है। यहाँ रोज आत्महत्याओं की खबरें पढ़ने को मिलती हैं। अन्तर्मुखी समाज के भावुक युवक-युवतियाँ पुकुर में डूबकर, रेल की पटरी पर लेटकर, पुल से छलाँग लगाकर जीवन समाप्त कर लेते हैं। आत्मघाती रुझान किशोर-किशोरियों में भी काफी है। बंगवासी पीड़ा और आक्रोश में खुद को ही सजा देता है, किसी दूसरे को नहीं।

फिर भी इसमें शक नहीं कि कोलकाता में अपराध बहुत नगण्य है। सुबह का अखबार पढ़ने पर यह बात साफ हो जाती है। बांग्लाभाषी जनता आत्मोन्मुखी, बौद्धिक, अध्ययनप्रिय और भावुक होती है। उसके पास पढ़ने को आज का अखबार हो, पेट में चिंगड़ी भात हो और छोटी-सी मासिक तनख्वाह हो तो उसे ज़्यादा कुछ नहीं चाहिए।

कलकत्ते में नाट्यकर्म पुणे की तरह चलता है, नियमित, नित्य और नवीन। माइकेल मधुसूदन दत्त सभागार में उषा गांगुली का नाटक 'काशीनामा' देखा। सात सौ सीटों का हॉल खचाखच भरा था। अधिकांश दर्शक बांग्लाभाषी। उन्हें गहरी जिज्ञासा और रुचि है हिन्दी रंगकर्म में। पश्चिम बंगाल के मन्त्री सुभाष चक्रवर्ती टिकट लेकर उपस्थित हैं। इसी तरह 'कोर्ट मार्शल' की प्रस्तुति कामयाब रही।

दरअसल शेक्सपियर सरणी का ही प्राचीन नाम थिएटर रोड है। कलकत्ते के रंगकर्म में इस सड़क के मुहाने पर बने चौरंगी थिएटर का ऐतिहासिक योगदान रहा था। चौरंगी थिएटर सन् 1814 में बना था, चौरंगी रोड और थिएटर रोड के दुराहे पर। सन् 1840 तक यहाँ लगातार नाटक मंचित हुए। चौरंगी थिएटर के रंगमंडल में उस वक्त इकतीस नाटक तैयार रहा करते थे जिनमें मैकबेथ, द हनीमून, द ओल्ड मेड, द लायर, चार्ल्स द ट्वेल्थ और हाइ लाइफ बिलोस्टेयर्स शामिल थे। लेकिन चौरंगी थिएटर में सन् 1840 में आग लग गई जिसमें थिएटर का सारा साज सामान जलकर राख हो गया। साहित्य प्रेमी सरकार ने 1964 में इस सड़क का नाम शेक्सपियर सरणी किया। स्ट्रेटफर्ड अपॉन एवॉन के इस अमर नाटककार का चित्र और परिचय अंग्रेज सरकार ने कलकत्ता वासियों को भेंट में दिया था पर वह शेक्सपियर सरणी के एक किनारे उपेक्षित-सा ठुका हुआ है।

इस सड़क पर पैड़-पैड़ पर थिएटर हैं। पूरी सड़क कला को समर्पित है। रोज यहाँ संगीत सभा, रंगकर्म, वाद्यवृन्द, व्याख्यान और संगोष्ठी का सिलसिला बना रहता है। लेकिन पिछले कुछ समय से एक बदलाव भी आया है। आजकल बड़े-बड़े सभागार धर्मगुरुओं और गुरु माँओं द्वारा आरक्षित किए जाते हैं। इनके प्रवचनों में धुआँधार भीड़ होती है। सभागार के फाटक पर पॉपकार्न और कैंडी बेचनेवालों का बाजार लग जाता है। भीड़ वही होती है, हाथ में मिनरल वॉटर की बोतल और मोबाइल थामे। लगता है इन लोगों ने अपना एक दिन धर्मखाते में डाल रखा है।

अगर किसी को इतिहास के मोटे ग्रंथ पढ़ते समय नींद आती हो तो उसे चाहिए अपनी पुस्तकों को फेंककर कोलकाता चला आए। कोलकाता जीता-जागता, चलता-फिरता इतिहास ग्रन्थ है जो आज वर्तमान से भी भरपूर है। वह मोहनजोदड़ो और हड़प्पा की तरह अपने भग्नावशेषों में नहीं रहता। आप उसमें रोज प्रवेश कर सकते हैं, रोज बाहर निकल सकते हैं। अब हावड़ा स्टेशन को ही लें। सन् 2005 में हावड़ा स्टेशन को शुरू हुए 100 साल पूरे हो गए। सन् 1905 में यहाँ से पहली रेल चली थी।

समूचे भारत में ऐसे रेलवे स्टेशन कम होंगे जहाँ आपको कोई सीढ़ी न चढ़नी पड़े। आप चलने में असमर्थ हैं तो अपनी गाड़ी सीधे प्लेटफॉर्म 9 तक ले जाएँ। अशक्त, बीमार और विकलांग के लिए वरदान है यह कि रेल से उतरकर फट से कार में बैठ जाएँ। कुली ऐसे अनुशासित कि अपनी जगह से अलग न हाथ मारेंगे न सवारी छीनेंगे। हावड़ा का घंटाघर सौ साल से टिक-टिक कर रहा है। हर रोज दस लाख आदमी इस घंटाघर से अपनी कलाई घड़ी मिलाते हैं। दस लाख आदमी यहाँ चढ़ते-उतरते हैं। अपार भीड़ के साथ-साथ अपार अनुशासनबद्धता यहाँ समाई हुई है। हर गाड़ी के इंजन के पासवाले सामान्य डिब्बों में जगह पाने के लिए प्रवासी यात्री लम्बी कतार लगाकर चुपचाप खड़े हो जाते हैं। न कोई किसी की जगह छेंकता है न शिकायत करता है। उनकी कतार के समानान्तर मोटा रस्सा पड़ा है जो बाकी भीड़ की धकापेल से कतार को अलग करता है। मजे की बात यह कि जिनका आरक्षण है वे तो दौड़भाग और शोर कर रहे हैं, जिनका आरक्षण नहीं है, वे चुपचाप खड़े हैं।

इस वक्त स्टेशन पर कुल 1575 कुली हैं—लाल कुरती वाले। एक कुली से बात हुई।

—क्या नाम है?

—रामाश्रय मिश्र। आप बैठ जाएँ।

—कहाँ से आए हो?

—गाजीपुर, बलिया। अब तो दो जमाने हो गए।

—वह कैसे?

—बारह साल का एक जमाना माने तो हमें यहाँ चौबीस साल हुई गए।

—बड़ी मेहनत की है।

—हाँ, जिनगी के सब काम इसी धन्धे से निपटाए। बिटिया का बियाह किया। बेटा खिदिरपुर कॉलेज में बी.ए. कर रहा है। नौकरी मिल जाए उसे तो हम रिटैर हो जाएँ।

—कहीं कोशिश की?

—नाहीं, अभी तो पढ़ रहा है। हमारे बासे में ही रहता है। हाथ-पैर चलते कोई रिटैर होने की नहीं सोचता। वह क्या है कि कभी-कभी सामान उठाकर चलते में उलटा गोड़ कंपकपाय लागा है।

मुझे कुली फिल्म याद आ जाती है।

—कुली फिल्म देखी थी तुमने?

—देखी। ओम्मे क्या था। कुछ भी नाही था। हमारे लोगन का मजाक बनाए हैं।

हावड़ा स्टेशन पार करते ही बड़ा बाजार आ जाता है—शहर की धड़कन। यहाँ दिन-भर हजारों लोग कारोबार के लिए आते हैं। इस बाजार में बड़ियाँ, पापड़ से लेकर कम्प्यूटर तक उपलब्ध हैं। आम आदमी के परिश्रम की गरिमा और सौन्दर्य कोलकाता नगर में चरितार्थ होता है। लोग छोटे-छोटे धन्धों में लगे हैं पर उन्हें कितनी तल्लीनता से करते हैं। बाबू मोशाय को रिश्वत और तोहफे की दुनिया से परहेज है। बाबू मोशाय की आदतें भी सरल सपाट हैं। समय पर काम पर जाना, समय पर लौटना, स्टार बांग्ला पर समाचार सुनकर भोजन करना और सो जाना। अगर वह अपने बच्चों की सफलता पर गर्व नहीं कर सकता तो वह टैगोर और नजरुल पर गर्व कर सन्तोष कर लेता है। कभी-कभी लगता है कोलकाता का बाबू मोशाय इतिहास में जितना मगन मन रहता है उतना भूगोल में नहीं।

अतीत के गौरव ग्रन्थों से वह जरा-सा सिर उठाकर वर्तमान में झाँकता है और वापस गौरव ग्रन्थों में डूब जाता है।

इधर के वर्षों में उसे एक चिन्ता अवश्य सताती है। उसे लगता है शहर में हिन्दी भाषी जनता ज़्यादा होती जा रही है। टैगोर और शरत्‌बाबू के समय जो यू.पी., बिहार के भैया लोग अकेले कोलकाता आते थे, अब बीवी-बच्चों समेत आते हैं और यहीं रहकर और बच्चे पैदा करते जाते हैं। अपनी बात की पुष्टि में वह कहता है, जितना चायवाला, पानवाला, सिंघाड़ेवाला, पुचकावाला, टैक्सी ड्राइवर, रिक्शावाला, चौकीदार, वेटर लोग हैं सब यू.पी., बिहार का है।

उसका कहना गलत नहीं है। हमें जब-जब कोलकाता में देस का अपनापन मिला उसमें ये ही लोग शामिल थे वरना खाँटी बांग्ला आदमी तो हमें बांग्ला बोलकर भाषा के लिए तरसा देता। मैंने तय कर लिया इतनी बांग्ला तो सीख ही लूँ कि बाजार से सामान खरीद लूँ और परदेसी होने की छाप तिलक कुछ हलकी करूँ।

मेरे आश्चर्य का ठिकाना न रहा जब मैंने देखा बांग्ला अक्षर ज्ञान की पहली पुस्तक 'सहज पाठ' के लेखक ईश्वर चन्द्र विद्यासागर हैं और दूसरी के रवीन्द्रनाथ ठाकुर। दोनों पुस्तकें पतले कलेवर में इतनी सरल, बोधगम्य शैली में लिखी हुईं कि मूढ़ भी बांग्ला अक्षर पहचानने लगे। वैसे एक बार अक्षर ज्ञान हो जाए उसके बाद बाजार में लगे दुकानों के साइनबोर्ड, बस के पीछे लिखे इश्तेहार और अखबारों में दी सुर्खियाँ अपने-आप भाषा का अभ्यास करवा देती हैं। यह भी लगा कि हिन्दी में स्थिति यह है कि बच्चों के लिए बोधगम्य किताबें लिखना लेखक फालतू का काम मानते हैं। मन में कई बार सवाल उठा, कलकत्ते के कितने नाम! हिन्दीवाले कलकत्ता कहते तो बांग्लाजन कोलकाता; अंग्रेजीदाँ कैलकटा बोलना पसन्द करते और इसका प्राचीन नाम तो था ही कलिकाता जिसकी तर्ज पर अलका सरावगी ने अपने उपन्यास का शीर्षक रखा 'कलिकथा वाया बाइपास'। उग्रजी का लिखा बेहद नाटकीय लेख 'कलकत्ता किसका' भी ध्यान में आया जिसमें एक महिला प्रियंवदा तर्क देती है कि यह माँ काली का कलकत्ता है, माँ काली महानारी है अतः कलकत्ता हुआ महिलाओं का। अब तो जगह-जगह देवियों के इतने मन्दिर स्थापित हो गए हैं कि प्रियंवदा के तर्क से देश का हर नगर महिलाओं का ही माना जाए।

युवा रचनाकार मनोज पांडेय के कलकत्ता आने पर हम तीनों एक दिन काली मन्दिर गए। कलकत्ता शहर कुछ ऐसा बसा है कि कहीं भी जाना हो तो चालीस-पचास रुपए खर्च कर आप टैक्सी से पहुँच सकते हैं, जैसे एक गोलार्द्ध में सड़कें चलती हों।

यह देखकर निराशा ही हुई कि यहाँ बिलकुल वही माहौल था जो इलाहाबाद में अलोपी देवी मन्दिर के बाहर होता है। जवाकुसुम के लाल फूलों की माला, नारियल, प्रसाद और सिन्दूर के कारोबारी मोलभाव से निकलकर जब मन्दिर परिसर में कदम रखा तो देखा, वहाँ तेल, पानी और कीचड़ ने मिलजुल कर आदर्श फिसलन निर्मित कर रखी थी। दर्शनार्थियों की कतार लम्बी होती जा रही थी। एक पंडा हमें कतार का अतिक्रमण करवाकर द्वार तक लाया लेकिन द्वार बन्द था।

हम बिना दर्शन किए वापस जाना चाहते थे पर भीड़ इसकी इजाजत नहीं दे रही थी। लम्बे उबाऊ इन्तजार, भीड़, पसीने, कीचड़, पानी और तेल की फिसलन के बीच जब द्वार खुले, मुझे केवल माँ काली की लाल जीभ नज़र आई। इस साक्षात्कार के बाद हम वहाँ से भाग निकले और फिर कभी कालीघाट नहीं गए।

ऑफिस और अजनबीयत का तनाव उतारने का सबसे सस्ता, सुन्दर और सुहाना उपाय था फैरी में बैठना। देखने में फैरी एक छोटे जहाज या बड़ी नाव जितनी होती है। उसमें दो डैक (छत) होते हैं। हर डैक पर लम्बी बेंचें लगी होती हैं और आँगन जैसा खुला स्पेस होता है जिसमें मछलीवालियाँ आराम से अपने टोकरे टिकाकर, पैर फैलाकर बैठ जाती हैं।

फैरीघाट से बाबूघाट तक का फैरी सफर एकदम शीतल, शान्त और सुखद था। फैरी से हुगली नदी का अद्‌भुत दृश्य देखा। कलकत्ते का सबसे विशद, विराट रूप। बड़ी बात यह कि यहाँ कौवे अनुपस्थित थे। बाबूघाट पर सुहागिनें, चौड़ी लाल पाड़ की साड़ियों में शिव पूजा करती मिलीं।

फैरी में प्रवेश करते समय शरत बाबू के उपन्यासों की कई छवियाँ झिलमिला गईं। 'बन्दिनी' फिल्म का अन्तिम दृश्य और जाने कितने बांग्ला कथानक याद आए। बाबूघाट पर खरीदे हुए पपीते मीठे और अमिया खट्टी लगीं जबकि थिएटर रोड पर अमिया मीठी और पपीते फीके निकलते हैं।

अभी तो मैं यह दावा ही नहीं कर सकती कि मैंने इलाहाबाद को सम्पूर्णता में देखा या जाना, फिर कलकत्ता जैसी महानगरी को आखिर कौन सम्पूर्ण देख सकता है। कलकत्ते पर पढ़ी हुई पुस्तकें अलग अपना दबाव बनाती हैं। बहुत पहले डोमिनिक लापिये की अद्‌भुत पुस्तक 'सिटी ऑफ जॉय' पढ़ी और सराही थी।

कोलकाता की पिछवाड़े की गलियों में न जाने कितने 'हसारी पाल' इनसानी घोड़े की तरह दौड़ते, हाँफते देखे। पहले बिलकुल मन नहीं किया इस सवारी में बैठने का। इलाहाबाद में कम-से-कम रिक्शे को आदमी साइकिल के सहारे खींचता था। यहाँ तो सवारी बिठाकर रिक्शेवाला दौड़ पड़ता था गन्तव्य की ओर, रिक्शे के विशाल पहिए उसके अस्तित्व को बौना बनाते और सवारियों का ऊँचा आसन उन्हें भद्रलोक का वर्ग देता। मुझे ये दोनों अहसास नागवार थे। लेकिन एक दिन ममता बनर्जी की रैली थी। रिक्शे के सिवा सभी वाहन हड़ताल पर थे। सड़कों पर सभी बसें आड़ी तिरछी खड़ी थीं। मैं फँस गई मलिक बाजार में। मेरे पास घर-गृहस्थी के सामान का बोझ था। मजबूरन रिक्शे की ओर कदम बढ़े। रवि तो अपनी लम्बी टाँगों से एक मिनट में रिक्शे में चढ़ गए। मेरे लिए रिक्शे में चढ़ना पहाड़ पर चढ़ने समान था। आखिर एक ऊँचे फुटपाथ की बगल में रिक्शा लगाया गया और मैं उसमें सवार हुई। एक ही पल में पकड़ में आ गया कारण कि लोग रिक्शा क्यों लेते हैं। जब रिक्शा उठता है तो एकदम हेलिकॉप्टर के उठने का अहसास होता है। यहाँ हेलिकॉप्टर

की कानकाटू आवाज भी नहीं होती। उसकी जगह रिक्शेवाले की कलाई में पहनी एक गोल घंटी रास्ते-भर टुनटुन करती है जैसे रिक्शा रिक्शा न होकर मन्दिर हो।

बस एक ही बार हम रिक्शे में बैठे। घर आकर बड़ी देर विचलित रहे मानो कोई हमें कन्धों पर ढोकर यहाँ छोड़ गया।

सवाल फिर वही उठता है इस शहर को किसका कहा जाए? मेहनतकशों का या दौलतमन्दों का। भारत-भर के मजदूरों और कामगारों का अशरण शरण कलकत्ता, पहली नज़र में सचमुच इन्हीं का लगता है। मार्क्सवादी पार्टी की रैलियाँ इनकी शक्ति को लाल झंडियों की शक्ल में स्थापित करती हैं। जिस सभा में ज्योतिबसु पहुँच जाएँ, अपार जनता भावुक होकर आँसू गिराने लगती है। लेकिन क्रूर तथ्य यह है कि शहर को मेहनत मजदूरी के अलावा और बहुत कुछ चाहिए। सामान से भरे रंगबिरंगे, रोशनी से नहाए बाजार, पाँच सितारा होटल और राजसी अट्टालिकाओं का उपभोग आखिर कौन करता है। बाबू मोशाय के पास पढ़ाई-लिखाई के अलावा कोई पूँजी नहीं। वह तो अपनी बाड़ी की खुली भूमि भी भूस्वामियों के हाथों बेचता जा रहा है, वह पूँजीपति सेठों के यहाँ नौकरी के लिए प्रस्तुत है, वह एक किस्म से बौद्धिक श्रमजीवी है। तस्वीर के फ्रेम में अब आता है राजस्थानी सेठ जो साहूकार की हैसियत से कलकत्ते में दाखिल हुआ और रुपया कमाने की अपनी कारीगरी के चलते राजा बनता गया। बड़ा बाजार से लेकर सॉल्ट लेक तक कोई ऐसी जगह नहीं जहाँ राजस्थानियों का कब्जा न हो। इस लिहाज से आधा कलकत्ता राजस्थान नज़र आता है। जैसे दो बंगभाषी मिलने पर बांग्ला बोलते हैं वैसे ही मारवाड़ी आपस में मारवाड़ी बोली बोलते हैं। महिलाएँ जब हिन्दी बोलने की कोशिश करती हैं तो बीच-बीच में कोई खाँटी मारवाड़ी शब्द ज़ुबान पर आ ही जाता है। प्रतिभा अग्रवाल से लेकर अलका सरावगी तक, वाक्य के बीच में 'मने' का बहुल प्रयोग करती हैं। 'मने' का मतलब है अर्थात्।

उग्रजी ने मारवाड़ियों का अच्छा-खासा खाका खींचा था। 21वीं सदी तक आते-आते कलकत्ते का मारवाड़ी भी आधुनिक हो गया है। वह कई क्लबों का सदस्य है, उसने स्कूल-कॉलेज की स्थापना की है, उसने साहित्य, संस्कृति, कला, समाज विकास, धर्म और शिक्षा के नाम पर करोड़ों रुपयों का दान दिया है। ऐसा नहीं कि यकायक उसका हृदय विशाल हो गया है। ऐसा लगता है कि वह सोचता है जिस तरह उसका यहाँ के पटसन, कॉटन, रेशम, धान, चाय, सीमेंट, कंकरीट और बालू पर कब्जा है, उसी तरह वह साहित्य, संस्कृति, कला वगैरह पर काबिज

हो जाए। उसकी महत्त्वाकांक्षाओं का विस्तार हुआ है। सेठों के साथ सेठानियों का भी स्वरूप बदला है। मोटी, थुलथुल, मन्दबुद्धि, गहनों से लदी गृहस्थिनों पर पटाक्षेप हुआ। आज की सेठानी वन्दना स्लिमिंग सेंटर जाती है, कॉरसेट और पुशअप्स से अपने बदन पर काबू रखती है, डाभ के पानी में जिन मिलाकर पीती है, किसी-न-किसी क्लब की सदस्य है और तीन चौथाई वक्त अपने मोबाइल फोन से चिपकी रहती है।

अपनी हिन्दी कलकत्ता पहुँचकर अमीर हो जाती है। इलाहाबाद में जो साहित्यिक गोष्ठी महज चाय-समोसे पर आयोजित कर ली जाती है, उसके लिए कलकत्ते में इतना तामझाम, खर्च, फिजूलखर्च और दबाव निर्मित होता है। देश के बड़े-से-बड़े विचारक, दार्शनिक, इतिहासज्ञ, आलोचक, कवि और कथाकार को बुलाना यहाँ के आयोजकों का शगल है। गोष्ठी में हॉल दुल्हन की तरह सजाया जाता है। पाँच हजार की पुष्प सज्जा, ढाई हजार की माइक व्यवस्था, दस हजार का मार्ग व्यय, चार हजार का टैक्सी भाड़ा और पच्चीस हजार का नाश्ता तो होता ही है, भवन की मरम्मत और साज सज्जा का व्यय भी गोष्ठी की मद में जोड़ा जाता है। लेखक के हिस्से वही पाँच सौ का नोट आता है जिसे वह कुछ भी समझ ले—सम्मान या अपमान। हिन्दी का मासूम लेखक तो रेशम की फूलमाला, प्रशस्तिपत्र और प्रतीकचिन्ह से ही इतना अभिभूत हो जाता है कि उसे कलकत्ते का गोष्ठी आयोजन अनुपम लगता है। बंगभाषी लेखक कहीं ज़्यादा व्यावसायिक व व्यावहारिक है। उसे अपने कृतित्व पर ज़्यादा अभिमान है। नवनीता देव सेन या महाश्वेता देवी को गोष्ठी के लिए आमन्त्रित किया जाए तो वे साफ कह देती हैं, "मैं अपने लेखन में व्यस्त हूँ, नहीं आ सकूँगी।" हिन्दीभाषी लेखक अपनी सरलता के चलते मात खा जाता है। वह भूल जाता है कि आयोजकों के लिए हिन्दी भी एक कारोबार है।

इसी कारोबार को चलाने के लिए संस्थानों में बड़े-बड़े पद निर्मित किए जाते हैं। निदेशक, महानिदेशक जैसे पुतले बैठाए जाते हैं। आयोजक, प्रायोजक जानते हैं पद की शक्ति कैसे खत्म करनी है। वे अपने गुप्त आदेश की सुई से पद की समस्त शक्ति एक ही बार में खींच लेते हैं। फोके पद को लेकर अधिकारी बर्राए या इतराए यह उसकी मर्जी। कलकत्ते की साहित्य संस्थाओं का सर्वोच्च सांस्कृतिक कार्य है शोकसभाओं का आयोजन। शोकसभा का भी संयोजक नियुक्त होता है। निदेशक कार्ड बँटवाने और फोन करने जैसे फिजूल कामों में लिप्त रहता है। शोकसभा का एक अध्यक्ष भी होता है। पता नहीं उसमें मुख्य अतिथि क्यों नहीं बुलाते। शोकसभा के अन्त में सब एक-दूसरे की पीठ ठोकते

हैं 'अपनी फर्स्ट क्लास शोकसभा हुई। दूसरी संस्था की शोकसभा में दस आदमी भी नहीं जुटे थे।'

परदेस में रहने का सबसे बड़ा सुकून यह है कि दो छुट्टियों में एक इतवार जोड़कर देस जाया जा सकता है। ऐसे ही एक जुगाड़ में घर जाने के लिए कालका मेल पकड़ी। ए.सी. कोच की खिड़कियों पर झलकते लाल दुपट्टे देखकर लगा आज कुछ और ही मामला है। अन्दर अपनी बर्थ पर बैठने पर पता चला कलकत्ते के बड़ा बाजार का पूरा सौ यात्रियों का दल वैष्णव देवी की यात्रा पर है। डेढ़ डिब्बों पर कब्जा है इनका। ये सब मामा नाम के कांट्रेक्टर के साथ जा रहे हैं। यात्रियों में अपने-आप आयु विभाजन हो गया है। कोच के कुछ चौखटे वृद्धों ने हथिया लिए हैं तो कुछ अधेड़ों ने। धीरे-धीरे पता चलता है, सीटें कम हैं, सदस्य ज़्यादा। पाँच साल से नीचे के बच्चे निःशुल्क यात्री हैं। उनकी तादाद भी मजे की है। कहीं एक साथ तीन लड़कियाँ सिर पर चटक लाल चुनरी बाँधे बैठी हैं, कहीं तीन जवान लड़कियाँ एक बर्थ पर फँसी अपनी पायल का नमूना मिलान कर रही हैं। एक ने अपने बाल लाल रँगे हुए हैं, दूसरी ने सुनहरे। तीसरी ने जींस के साथ स्टील की बेल्ट लगा रखी है।

मेरी सीट के सामनेवाली बर्थ पर माँ-बेटे का जोड़ा बैठा है। एक को देखो तो दूसरे का रिश्ता प्रमाणित हो जाए, ऐसा। दोनों गुलगुल, गोलमटोल। लड़के के पास प्लास्टिक की एक थैली है जिसमें उसका खजाना छुपा हुआ है। वह बार-बार अपनी सम्पूर्ण सम्पदा पलटता है और गिन-गिनकर खुश होता है। उसका यह खजाना और गुलगुल बदन अगर कैडबरी या नैस्ले कम्पनी देख ले तो उसे मुफ्त में नायाब विज्ञापन हासिल हो जाए। उसके पास जैम्स, पर्क, बाइट्स, एक्लैर्स, चॉकलेट और चौकोनट्स का ढेर है। वह एक पैकेट खोलकर मुँह में डालता है। जल्दी-जल्दी चबाने में उसका मुँह लाल हो जाता है। माँ उसकी पीठ सहलाती है। फिर वह बॉटिल में मुँह लगाकर पानी पीता है। तत्काल वह अगला पैकेट खोल लेता है। माँ उसके सिर पर हाथ फेरती जाती है, "आमार छेले खाबार खेये कि नेई?" तभी शोर मचता है, "मामा, नौ बज गए, खाना कब दोगे?" मामा मुश्किल से छब्बीस साल का एक ठिंगना, साँवला जवान है जो गले में 'जय माता दी' स्कार्फ बाँधे है।

मामा बड़ी चुस्ती से टोकरों में रखा खाना निकाल लाता है, कागज की प्लेटों में लगाकर देता जाता है। उसकी मदद के लिए एक लड़का मुन्ना भी है। भरवाँ करेले, आलू की सूखी सब्जी और पूरी कचौरी हर एक को मिल रही है। मामा अलग से हर एक को अचार परोस रहा है, मुन्ना एक-एक लड्डू रखता जाता है।

लड़कियों की नखरेबाजी चरम पर है। वे बार-बार मामा की जाँघ पर हाथ मारती हैं, "मामा, सब्जी और दो। करेला कहाँ दिया था?"

मामा हँसते-हँसते फरमाइशें पूरी कर देता है। सामने बैठी महिला ने दो की जगह तीन प्लेट खाना रखवा लिया है। बेटे का पेट चॉकलेट और पानी से तृप्त है। वह खाने को मुँह भी नहीं लगाना चाहता। चिन्ता से माँ कातर हो आती है, "डॉक्टर आनो, मामा डॉक्टर आनो। छेलेर जी ठीक ना आच्छे। खाबेर खेये न तो की करबे!" (डॉक्टर बुलाओ, डॉक्टर बुलाओ। बेटे की तबीयत ठीक नहीं। खाएगा नहीं तो क्या होगा!)

मुझे टैगोर की कहानी 'बिन्दूर छेले' (बिन्दु का लल्ला) याद आ जाती है।

कोलकाता तीन बत्ती चार रास्तों का शहर है। अगर आप पैदल हैं तो चौराहा पार करने में चार से चौदह कितने भी मिनट लग सकते हैं, इतनी देर में देखते रहिए हर मॉडल की गाड़ी और पीली टैक्सियाँ। अगर आप टैक्सी में हैं तो बौखलाते रहिए। देर हो रही है, टैक्सी रुकी है पर मीटर चल रहा है। उड़नपुल (फ्लाय ओवर) के नीचे से निकलकर अपनी जान जोखिम में डालकर भागते आ जाते हैं स्ट्रॉबेरी बेचने फेरीवाले। उन्हें दो मिनट में दुकानदारी कर लेनी है। वे कीमत सौ से शुरू कर पच्चीस पर तोड़ते हैं। तब भी आप नहीं खरीदते, वे निराश नहीं होते, अगली कार की तरफ लपक लेते हैं। यही दशा बेले के हार, नीबू और फूलगोभी बेचनेवालों की है। कारों की भूलभुलैया के बीच रास्ता निकालकर ये सौदा बेचते हैं। बड़ी कारों के शीशे बन्द रहते हैं। वे छोटी सादी कार और टैक्सी का ही लक्ष्य साधते हैं। एक-एक हाथ में चार-चार फूलगोभियों के पत्ते और डंठल पकड़ वे ऐसे लटकाकर लाते हैं कि दूर से गोभी भी मुर्गा दिखाई देती है।

यहाँ का सबसे अद्‌भुत व्यक्ति नेता है। उत्तर भारत के शब्द विस्फोटक राजनीतिज्ञ से अलग और आत्मीय, वह अपनी जड़ें जनता में ढूँढता है। एक दिन हम यों ही बैठे हुए थे कि युवा कल्याण व अल्पसंख्यक प्रकोष्ठ के मन्त्री मोहम्मद सलीम नमूदार हुए। उनके साथ न गनर, न शैडो न अर्दली। बस कॉमन दोस्त अशोक सिंह। हम चकित रह गए। उत्तर प्रदेश में एक विधायक भी घर से बाहर निकलता है तो उसके आगे चार गनर की जीप चलती है।

हमने पूछा, "आपका फौज फाटा कहाँ है?"

सलीम हँस दिए। उनके हँसने में उनके नूरानी चेहरे पर उनके टेढ़े-मेढ़े दाँत नगों की तरह जगमग कर उठे। उनका मलमल का कुरता पसीने से तर था। लगता है कहीं दूर से आ रहे थे। भीगे कुरते में से उनका साँवला सुगठित बदन

झलक रहा था। वे एक साथ सुन्दर, संघर्षशील, सज्जन और सुमित्र लग रहे थे। बाद के दिनों में अक्सर उन्हें साहित्यिक गोष्ठियों में देखा-सुना।

आम तौर पर शहर लयबद्ध ताल में जीता है। सिर्फ एक बार यहाँ की सुरताल गड़बड़ाई थी। जिस दिन जिस वक्त हावड़ा पुल के नीचे से गुजरते हुए पानी के एक जहाज ने पुल को चोट पहुँचा दी थी, शहर दहल उठा था। इस खबर का धमाका बम विस्फोट से भी बड़ा और भयंकर था। थोड़ी देर में खबर के अन्दर मौजूद खतरा इतना बढ़ा दिया गया कि अफवाह फैल गई, हावड़ा पुल गिरनेवाला है। इस पर वाहनों का प्रवेश निषिद्ध हो गया। ऐसा हड़कम्प मचा जो घंटों चला। यकायक शहर की पिछली गलियाँ गाड़ियों से गुंजान हो उठीं। टैक्सीवालों ने लम्बे-से-लम्बा रास्ता ढूँढ निकाला। दफ्तर से छुट्टी पाए लोग घर जाने के लिए बौखला गए। आधा शहर हावड़ा के उस पार रहता है। लोग हावड़ा से गाड़ी पकड़कर सलकिया, काँचरापाड़ा, कोन्नगर, लिलुआ, सन्तरा गाछी और मध्यग्राम पहुँचते हैं। बड़ी मुश्किल से हड़कम्प शान्त हुआ। कई दिनों तक लोग हावड़ा पुल पर जमा होकर पुल के नीचे अटके हुए जलयान को देखते रहे। यहाँ तक कि दुर्गा पूजा की झाँकियों में यह दृश्य दर्शाया जाता रहा।

कलकत्ते में काफी सफर किया उर्दू में भी, अंग्रेजी में भी। लम्बे सफर नहीं, छोटे-छोटे, शहर और उसके आस-पास की रूह पहचानने के लिए। इनमें दोस्तों की गर्मियाँ भी शामिल रहीं। एक दिन अलका सरावगी ने खुद ड्राइव करके हुगली और 24 परगना क्षेत्र दिखाया। रास्ते में कहीं आर्मीनियाई स्थापत्य की इमारत देखी तो कहीं रूसी स्थापत्य की। जगह-जगह, नदी के पृष्ठ जलाशयों में मछुआरे दिखे जो जाल डालकर, धैर्य की प्रतिमूर्ति बने, मछलियों का इन्तजार कर रहे थे। रास्ते में ऐसे खंडहर बहुत मिले जिनके भग्न अवशेष पुराने वैभव की कहानी कह रहे थे। मन्दिर भी दिखे, लम्बे-चौड़े, खुले जगमोहनवाले; पेड़ तले इकलौती मूरतवाले और चहलपहल से सप्राण स्थापनावाले। रामकृष्ण परमहंस का साधना स्थल दक्षिणेश्वर कथाकार मधु काँकरिया ने दिखाया। हमें अन्दाजा नहीं था कि दक्षिणेश्वर कितने भीड़ भरे इलाके में है। मधु का सुन्दर स्मार्ट बेटा आदित्य ड्राइव करके हमें हुगली किनारे स्थित इस मन्दिर तक लाया। हमें यह अपराधबोध हो रहा था कि हमारे अन्दर वैसा भक्ति भाव भी नहीं है जो आदित्य के परिश्रम को सार्थक बना सके। हमारे लिए यह स्थल रामकृष्ण परमहंस के साधना व लीलाधाम के रूप में ही महत्त्वपूर्ण था। प्रतिष्ठित विद्वान कृष्ण बिहारी मिश्र की अद्भुत पुस्तक 'कल्पतरु की उत्सव लीला' हमने पढ़ रखी थी। इसलिए हमें अपने चश्मे से ज़्यादा स्मृति के चश्मे से दक्षिणेश्वर की भव्यता दिखाई दे रही थी।

'पहल' समारोह की तैयारी में जब कथाकार ज्ञानरंजन कलकत्ते आए, तब मधु काँकरिया हम तीनों को साइंस सिटी दिखाने ले गई। उनका बहुत दिनों का आग्रह था जो ज्ञान के आने से एक दिन पूरा हो सका। इतने शहरों में इतनी बार घूमने पर भी मुझे याद नहीं कि कहीं विज्ञान को समर्पित पूरा नगर ही नगर के अन्दर बसाया गया हो। हम तीनों विज्ञान में कोरे थे इसलिए उन पेचीदा खेलों का आनन्द नहीं ले सके जो एकदम आसान तरीके से वहाँ दर्शाए गए हैं। फिर रवि और ज्ञान आपस में बात करने में ज़्यादा दिलचस्पी ले रहे थे। दोनों परम प्रमादी भी हैं। वे हर गुम्बद में घुसना नहीं चाहते। मधु उमंग में आगे चलती, मैं उसके पीछे और जब हम पलटकर देखते तो पाते रवि और ज्ञान एक बेंच पर बैठे हुए गपशप में मशगूल हैं। मधु काँकरिया के ही साथ शहर के कारागारों को देखने का हौसला बना। कथाकार मधु अपनी तरह की एक्टिविस्ट भी है। उसे लाल बत्ती इलाके, नशाखोर बस्तियाँ, जेल और जंगल कहीं भी जाने से बिलकुल डर नहीं लगता। उसका इरादा था कि कुछ लाइफरों (उम्र कैदी) से बातचीत की जाए। उसके उकसाने पर मैंने लेखक मित्र डॉ. पी.के. अग्रवाल से अनुरोध किया कि वे हमें कलकत्ते की प्रसिद्ध और ऐतिहासिक जेलें दिखवा दें। संयोग से वे उन दिनों कारावास के ही प्रभुख सचिव थे। उन्होंने प्रबन्ध किया और हमने पराक्रम।

मन में कुछ संकोच भी था। दूसरों का दुख देखकर हम कौन-सा सुख प्राप्त करना चाहते थे। लेकिन मधु के उत्साह ने सब समतल कर दिया। लगता है इसने उम्र कैदियों पर कोई कहानी शुरू कर रखी है, मैंने सोचा।

अलीपुर जेल में दोपहर 2:35 की धूप में बैरक में एक विदेशी नौजवान बैठा किताब पढ़ रहा था। गोरा रंग, नीली आँखें, सुतवाँ नाक लगभग नुकीली, उसकी ठोढ़ी पर हलकी ब्राउन दाढ़ी है। वहीं लोहे की ग्रिल के पास पड़ रहे धूप के चकत्ते पर एक बिल्ली बैठी है। बिल्ली का भूरा रंग धूप में चमक रहा है। बिल्ली का रंग सुनहरा लग रहा है। विदेशी कैदी की ब्राउन दाढ़ी और बिल्ली के बदन के सुनहरे रोओं में ऐसा सगापन है कि लगता है दोनों एक ही माँ के पेट से निकले हैं, जुड़वाँ। जेल में हर जगह जीवन हहरा रहा है। कहीं कैदी मिल-बैठकर ट्रांजिस्टर सुन रहे हैं, कहीं गप्प लगा रहे हैं, कहीं कैरम खेल रहे हैं। लेकिन किसी के चेहरे पर खुशी या सन्तोष नहीं है। गम भी नहीं है। चिढ़ है, नफरत है, नकार है। एक भी कैदी ऐसा नहीं मिला जिसे अपने किए का पछतावा हो। अव्वल तो अपने को कोई गुनहगार समझता ही नहीं है। हर एक का मानना है कि उसे फँसाया गया है। अगर कत्ल भी हुआ है, तो वह महज वारदात थी। उसका उसमें कोई हाथ

नहीं था। महिला वार्ड में लड़कियाँ मिलीं। सब युवा कैदी। सबके चेहरों पर शृंगार प्रसाधन—पाउडर, बिन्दी और काजल। दो के होंठों पर लिपस्टिक। एक से मैंने पूछा, "यहाँ कैसे आ गईं?"

उसने कहा, "स्वामी मर्डर।"

"अरे! कैसे हुआ?"

वह सावधानी से बोली, "मैंने नहीं किया। वह दूसरीवाली ने किया। मेरे को फँसा दिया। कोई बात नहीं। छह साल हो गए। चार साल बाद उसको देख लूँगी।"

उसके चेहरे पर दृढ़ता है। न दिवंगत के लिए अफसोस, न अपने लिए मायूसी। बस एक मकसद है। बाहर निकलते ही उस दूसरीवाली को सबक सिखाना है।

दूसरी लड़की का सिंगार ज़्यादा चटक है। उम्र भी कम है। "जेल में पाउडर-लिपस्टिक कौन लाकर देता है?" मेरी जिज्ञासा थी।

"माँ भेजती है।"

"मिलने आती है?"

"नहीं, माँ काम पर जाती। आकर मेरे दोनों बच्चों को सँभालती। बाजूवाले भट्टाचार्य के हाथ भेजती।"

"क्या हो गया, यहाँ कैसे आ गई?"

"स्वामी मर्डर।"

मैंने उस पर दूसरी नज़र डाली।

वह ताड़ गई। बोली, "जब मैंने मर्डर किया ही नहीं तो मैं विडो (विधवा) कैसे हुई? नहीं हुई न! इसी से मैं सिन्दूर लगाती। माँ काली की दी हुई डिब्बी है। कालीघाट से लाई मैं।" रवि घबरा गए, "चलो यहाँ से। हत्यारिनों का वार्ड है यह।"

ग्यारह में से पाँच स्वामी मर्डर में बन्दी हैं, उम्र कैद। चार नशीले पदार्थों की तस्करी में बन्दी हो गईं और दो को पता नहीं उन्हें क्यों बन्दी बनाया गया। अलीपुर और प्रेसिडेंसी दोनों जेलों में विचाराधीन कैदियों की संख्या मुजरिमों से ज़्यादा है। लौटने से पहले मधु का आग्रह था कि हम उन कैदियों से मिलें जिन्हें फाँसी की सजा दी गई है।

एक तरफ, एक कतार में दस-बीस कोठरियाँ हैं। एक-दूसरे से अलग। हर एक के आगे पहले आँगन है, उसके बाद कोठरी। दिन में भी वहाँ सशस्त्र सिपाही ड्यूटी पर तैनात खड़े हैं। पहली कोठरी में मैं और मधु कदम रखते हैं। सजायाफ्ता

कैदी हमें देर तक देखता है : अर्राता हुआ, लाल आँखें निकालकर हमारी ओर लपकता है। हम डरकर भागती हैं। बाहर रवि की घुड़की मिलती है, ''वह हमला कर देता तो? क्या जरूरत थी इतने करीब जाने की!''

जेल के सुपरिंटेंडेंट मंडलजी कहते हैं, ''इन्हें दूसरे मानुषों को देखने का अभ्यास नहीं है खासतौर पर महिलाओं को।'' बड़ी देर तक मन धड़धड़ाता रहा। फाँसी कैदी की उभरी हुई लाल आँखें, भूखा भेड़िया अन्दाज और चेहरे पर चिड़चिड़ भाव काफी देर हमारा पीछा करता रहा। मंडलजी मनुष्य मनोविज्ञान के अच्छे पारखी हैं। उन्होंने हमें अलीपुर जेल का अस्पताल दिखाया। एकदम साफ-सुथरे बिस्तर, ड्यूटीरूम में नर्स और डॉक्टर दोनों उपस्थित।

''मरीज कहाँ हैं?'' मैंने पूछा।

''सब ठीक होकर वार्ड में चले गए।'' डॉक्टर का जवाब था।

''ज़्यादा बीमार कोई पड़ता नहीं है। हमारे यहाँ अच्छा खाना दिया जाता है सबको।''

मंडलजी हमें जेल के रसोईघर में ले चले।

हर कैदी को पाँच रोटी, कटोरा-भर दाल और एक सब्जी मिलती है। मंडलजी हमें रोटियाँ दिखाते हैं, ''देखिए, वजनदार हैं, कैदी भूखा नहीं रहता।''

रवि समझ रहे हैं, यह रोज का वातावरण नहीं है। जेल अधिकारियों को खबर हो गई है कि जेल सचिव के मित्र जेल देखने आ रहे हैं। चन्द घंटों में उन्होंने यह आदर्श जेल बना डाली है।

अधीक्षक के कार्यालय में हमें चाय मिलती है। एक लड़का मॉनिटर पर हमें जेल की वीथियाँ और शेष कक्ष दिखाता है। पता चलता है, यह भी उम्र कैदी है। उसका कहना है अपने दोस्त की हत्या मैंने नहीं की, वह एक हादसा था। चाय बनानेवाला लड़का भी लाइफर है। वह हमारे पास खड़ा हो जाता है। दोनों देखने में एकदम मासूम लग रहे हैं। मैं सोच रही हूँ आक्रोश का न जाने कौन-सा ऐसा क्षण होगा जब इनके हाथों अपराध हो गया।

जेल परिसर में इतनी हरियाली है कि यह बगीचे की तरह लग रहा है लेकिन यहाँ सन्नाटा छाया है। इतने हजार इनसानों के होने पर भी किसी की हँसी या आवाज सुनाई नहीं पड़ती। ऐसे ही एक हरेभरे खुले और निर्जन स्थल पर हमें ले जाया जाता है। वहाँ एक ऊँचा चबूतरा है जिस पर लोहे का भारी गर्डर लगा है। नीचे लोहे का जंगला है। चबूतरे के नीचे छोटे किवाड़ोंवाली कोठरी जैसी है जिसमें ढलान बनी है। यह फाँसी स्थल है। सिपाही बताता है 'यहीं धनंजय चटर्जी

को फाँसी हुई थी।' पिछले दिनों बलात्कार का अपराधी धनंजय चटर्जी, कलकत्ते में मीडिया की सुर्खियों का केन्द्र रहा था।

मैंने कहा, ''इस जगह पर न जाने कितने स्वाधीनता सेनानियों को तख्ते पर चढ़ाया गया होगा।''

सिपाही कहता है, ''हम आपको लेटेस्ट बताया।''

16, लॉर्ड सिन्हा रोड, कलकत्ते का एक महत्त्वपूर्ण और ऐतिहासिक पता है। एक समय यहाँ हिन्दी के अनन्य तपस्वी, महात्मा गांधी के विचार अनुयायी और स्त्री शिक्षा के उन्नायक श्री सीताराम सेकसरिया रहते थे। उन्हीं के अथक प्रयासों से कलकत्ते में हिन्दी माध्यम से स्त्री शिक्षा की प्रमुख संस्थाएँ स्थापित हुईं जिनमें मारवाड़ी बालिका विद्यालय और शिक्षायतन शामिल हैं। उन्होंने हिन्दी साहित्य में लेखिकाओं के लिए 'सेकसरिया महिला पारितोषिक' स्थापित किया जिसने महिला लेखन की प्रगति में अपूर्व भूमिका निभाई। महादेवी वर्मा और सुभद्राकुमारी चौहान के जीवन परिचय में इस बात का सगर्व उल्लेख रहता था कि वे सेकसरिया पुरस्कार प्राप्त रचनाकार हैं। सुभद्राजी को तो दो बार यह पुरस्कार प्राप्त हुआ। भारतीय भाषा परिषद की स्थापना में भी सेकसरिया जी का स्वप्न और आदर्श, प्रेरणा और पराक्रम, कार्य और व्यवस्था काम आई। उनके अनन्य सहयोगी भागीरथीजी कानोड़िया का भी इसमें समान योगदान था।

उसी पते पर अब उनके बेटे अशोक सेकसरिया रहते हैं। महल में बैठा एक फकीर। बेतरतीब दाढ़ी, खिचड़ी बाल, दो-एक टूटे दाँतों पर बाद में नज़र पड़ती है। पहली दृष्टि में उनका निश्छल चेहरा, दिपदिपाता गोरा रंग और सहज प्रसन्न भाव ही दिल में समा जाता है। वे स्वयं कहानीकार एवं पत्रकार रहे हैं लेकिन क्या मजाल जो अपने बारे में एक शब्द भी बोल दें! हमेशा दूसरों में दिलचस्पी लेनेवाले अशोकजी हिन्दी साहित्य के गहनतम पाठक हैं। उनके जीवन की ऊपरी बेतरतीबी उनके अन्तर की वैचारिक तरतीब की तहें खोलती है। कलकत्ता निवासी लेखिकाओं के वे कथा गुरु हैं। कथा रचना के क्षेत्र में लेखक उनके सामने घुटुरन चलना सीखते हैं और राष्ट्रीय स्तर के साहित्यकार बन जाते हैं। उन्हें कोई ईर्ष्या नहीं होती। दूसरे की उपलब्धियों में परम प्रसन्न अशोकजी जीवन की भौतिक आवश्यकताओं से निस्संग रहते हैं। उन पर, युवा कथाकार शर्मिला बोहरा जालान ने 'वागर्थ' में अद्‌भुत संस्मरण लिखा था जिसकी कुछ यादगार पंक्तियाँ हैं : ''न जाने मुझे क्या हुआ था। कहानी लग गई थी या लग गए थे अशोकजी। हाथ

तो पकड़ा था उस लेखिका का पर प्रेम में पड़ गई 'जी' के। हाँ, वही जिन्हें लोग अशोक सेकसरिया के नाम से जानते हैं; जो कभी गुणेन्द्र सिंह कम्पानी के नाम से कहानी लिखा करते थे और जो दैनिक हिन्दुस्तान के सम्पादकीय विभाग में भी थे।...वह इस संसार के बारे में क्या सोचते-विचारते रहते। किसको-किसको चिट्ठी-पत्री लिखते रहते। जानती तो इतना कि वह एक विचित्र जीव हैं। कोई भी बात हो, खूब प्यार से समझाता है पर गुस्सैल भी कुछ कम नहीं है।"

पीछे देखने पर लगता है, कलकत्ते में निश्छल लोगों की यह विशिष्टता ज्यों-की-त्यों सुरक्षित बची हुई है। इसमें अवश्य शहर की कोई खासियत होगी। कभी-कभी कलकत्ता एक बड़ा-सा इलाहाबाद जान पड़ता है। लेखक समुदाय अपने-आप में मगन रहता है। वह जिस सुर में जीने का अभ्यस्त है उसी में जीता है, दुनिया का कोई प्रलोभन उस पर असर नहीं करता। दुर्गा पूजा के पहले बांग्ला के सभी प्रमुख रचनाकार जनता के लिए अनुपलब्ध हो जाते हैं। सभी पत्रिकाएँ अपने दुर्गा पूजा विशेषांक छापती हैं जिनमें एक-दो नहीं पाँच-पाँच लघु उपन्यास दिए रहते हैं। बस रचनाकार लेखन में मगन हो जाते हैं। कुछ लेखक दो-एक छद्मनाम से भी लिखते हैं। किस्सागोई की सृष्टि जरूर बंगाल में ही हुई होगी।

इसी के साथ याद आता है इस शहर का 'कलकत्ता बोई मेला'। बांग्ला में बोई का अर्थ है पुस्तक पर बेई का अर्थ है विवाह। सो कलकत्ते का पुस्तक मेला दिल्ली के विश्व पुस्तक मेले से भी बड़ा, रंगारंग और रौनकदार उत्सव है जिसमें अटूट भीड़ उमड़ती है। बच्चे, बूढ़े और युवा सब इस बोई मेले में चाव से आते हैं, वापस जाते हुए हर एक के हाथ में नई पुस्तकों, पत्रिकाओं का पैकेट जरूर होता है। देश के सभी प्रकाशक अपना स्टॉल यहाँ लगाते हैं। एक बार आनन्द प्रकाशन के स्टॉल के बाहर लोगों की लम्बी कतार दिखी। कारण पूछा तो पता चला तस्लीमा नसरीन स्वयं अपनी पुस्तक पर हस्ताक्षर कर लोगों को दे रही हैं। लेखकों के लिए लोगों के मन में स्नेह और सम्मान है, उनकी अगली पुस्तक पढ़ने की ललक है। इस दृष्टि से कलकत्ता लेखकों के लिए आदर्श नगर है। यह बांग्ला साहित्य का ही कमाल है कि बांग्ला से इतर भाषाओं के रचनाकार भी कलकत्ते के साहित्य संसार को विस्मय से देखते हैं। विशेष रूप से हिन्दी समाज। परिषद ने 10, 11, 12 मार्च, 2006 को कथाकुम्भ का आयोजन किया तो इसमें हिन्दी और उर्दू के रचनाकारों ने दिल खोल कर सहयोग किया। साहित्य अकादेमी ने इस आयोजन का संयुक्त दायित्व निभाया। इस कथाकुम्भ में सत्तर लेखकों ने भाग लिया और हिन्दी-उर्दू के साँझा मंच से विचारोत्तेजक वातावरण बना। जहाँ नए लेखक प्रयोगधर्मिता और परिवर्तन पर जोर देते रहे वहीं पुराने रचनाकारों ने

कहानी के विकास क्रम की बात रखी। कथाकुम्भ में आनेवालों में कृष्णा सोबती से लेकर नीलाक्षी सिंह तक, हिमांशु जोशी से लेकर मो. आरिफ तक सबने अपने वक्तव्यों की मौलिकता बनाए रखी। इन सबके साथ-साथ सैकड़ों साहित्यकार वे भी थे जो आतिथेय की भूमिका निभा रहे थे और कलकत्ता नगर के निवासी थे। श्री कृष्ण बिहारी मिश्र से लेकर शैलेन्द्र तक, अशोक सेकसरिया से लेकर युवतम निशान्त तक सबने शिरकत की। लेखकों की भारी भागीदारी के कारण ही इसे कथाकुम्भ का नाम दिया गया। इस ऐतिहासिक आयोजन में भारतीय ज्ञानपीठ के न्यासी आलोक जैन की उपस्थिति इसे एक अलग सन्दर्भ प्रदान कर रही थी। इकतालीस साल पहले दिसम्बर 1965 में कलकत्ते में ही आयोजित कथा समारोह में आलोक जैन की माताश्री श्रीमती रमा जैन प्रत्येक सत्र में आई थीं। इस समारोह ने हिन्दी कथा संसार में अद्भुत हलचल मचाई थी। उस समारोह में जैनेन्द्र कुमार, भगवतीचरण वर्मा, यशपाल, अश्क, अमृतलाल नागर, राकेश, कमलेश्वर और राजेन्द्र यादव सहित सभी दिग्गज शामिल थे। उस समारोह में मैं और रवि सबसे कम उम्र के रंगरूट थे। सन् साठ के बाद की हमारी पीढ़ी ने वहीं अपनी अलग पहचान के लिए संघर्ष आरम्भ किया था। समस्त रचनात्मक मतभेदों के बावजूद शिक्षायतन के मंच पर तीन पीढ़ियों के रचनाकारों की उपस्थिति चमत्कार से कम अनुभव नहीं था।

कथाकुम्भ आयोजित करने का स्वप्न और यथार्थ काफी अलग किस्म का रहा। परिषद के अध्यक्ष का यह संचित सपना था कि हम यह विशद् सम्मेलन अवश्य करवाएँ। अध्यक्ष चूड़ीवालजी 1965 वाले कथा समारोह में संस्कृति संसद के पदाधिकारी की हैसियत से सम्मिलित रहे थे। वे इतिहास दोहराना चाहते थे। उन्हें यह अन्दाजा था कि रवि और मैं इस काम को अंजाम दे सकते हैं। कई चुनौतियों के बीच इसका सफल आयोजन हम सब को प्रसन्न कर गया। यह मार्च का महीना था।

फिर आ गया अप्रैल। टी.एस. इलियट ने यों ही नहीं लिखा था 'एप्रिल इज द क्रुएलेस्ट मन्थ (अप्रैल सबसे जालिम महीना है)। हमारे लिए अप्रैल कयामत की तरह आया। चूड़ीवालजी यकायक अस्वस्थ हुए, उनकी हालत आनन-फानन बिगड़ती चली गई, वाक्शक्ति समाप्तप्राय हुई और अन्ततः 18 मई, 2006 को उनका निधन हो गया। रवि ने उदास स्वर में कहा, "लगता है अब हमारे जाने के दिन आ गए।" जिस धागे ने हमें शहर से बाँध रखा था, वह धागा ही टूट गया। चूड़ीवालजी की न्यायप्रियता और पारदर्शिता की परिषद में अभी बहुत जरूरत थी। उनके बिना परिषद विसंगतियों का पिरामिड थी।

शहर अच्छा लगना कम हो गया। कार्यक्षेत्र कुरुक्षेत्र बन गया।

घर से चले थे हम तो खुशी की तलाश में।
गम राह में पड़े थे वही साथ हो लिए।

जीवन में कभी स्वाभिमान से समझौता नहीं किया था। कलकत्ते में क्यों करते! इससे पहले कि दूसरों की आचार संहिता अपनी विचार पद्धति में रुकावट डाले; अपनी ईगो को क्षत-विक्षत करे, अपना बिस्तर बाँध लेना चाहिए।

हम निकल पड़े हैं। एक बार फिर खुली सड़क पर अपना सीना ताने। सुबह के पाँच बजे हैं। हमें दिल्ली की उड़ान भरनी है। हमारी टैक्सी दमदम एयरपोर्ट जा रही है। रवि पूछते हैं, "तुम्हें कलकत्ता याद आएगा?"

मैं उनका हाथ दबा देती हूँ। कलकत्ता पीछे छूटता जा रहा है।

दो शहरों की छवियाँ

फिर होने लगे हैं मेरी चेतना में गड्ड-मड्ड, दो शहर। इन शहरों की दर्जनों स्मृतियाँ और बिम्ब। कलकत्ते और दिल्ली के बीच रिश्ते ऐसे हैं जो रानी-पटरानी के। प्राचीनता में नाम प्रविष्ट कराने के लिए कलकत्ते के पास घराने और कारखाने हैं, ब्रिटिश सरकार के बनाए महाकाय महल-दुमहले हैं। दिल्ली मुगलकालीन मकबरों को दिखलाकर इतिहास में और भी पहले के वैभव का दावा ठोक सकती है। पर शहर महलों और मकबरों से नहीं बनते। शहरों में धड़कता जन-जीवन ही तय करता है उनका तापमान।

सातवें दशक में दिल्ली की सड़कों पर लगे पेड़ों में मैंने अनेक पक्षी देखे थे। दोपहर में हम कई सहपाठी रिज रोड पर निकल जाते। वहाँ की एकान्त हरियाली में पंछी चहचहाते या सुस्ताते मिल जाते। एक अकेली अबाबील देखकर हम सुस्त हो जाते 'एक का मतलब ग़म और जुदाई।' कहीं दो दिख जातीं तो हम चिड़ियों से ज़्यादा चहकने लगते 'दो का मतलब आमोद-प्रमोद।' कौवे, कबूतर, गौरैया, बुलबुल, कठफोड़वा, तोते, फुदकी, हुदहुद और टुईयाँ इफरात में मिलतीं। इक्कीसवीं शताब्दी के पहले दशक तक, लगता है बाकी चिड़ियाँ तो गईं उड़, रह गए हैं तो बस कौवे-कबूतर। एक का पता उनकी काँव-काँव से चलता है तो दूसरे का, उनकी बीट से। दिल्ली में उनकी गिनती में इजाफा हुआ है। कभी लगता है कलकत्ते के थिएटर रोड से उड़कर कौवे दिल्ली आ गए हैं। थिएटर रोड पर कौवे बाकायदा रंगकर्म करते दिखाई देते। घर की हर खिड़की से मैकफर्सन पार्क के पेड़ों में उनके घोंसले और घरबार दिखते। हर बार वह पुरानी उक्ति झूठी प्रतीत होती जिसमें यह सन्देश होता कि कौवा अपने बच्चे कोयल से पलवाता है। यह भी सम्भव है कि कलकत्ते में कोयल ने कौवे के लिए क्रैच चलाने से इनकार कर दिया हो।

इनकार। यह कलकत्ते के बुद्धिजीवी की प्रथम या प्रतिनिधि प्रतिक्रिया है। आप कोई नया सुझाव दें। कलकत्तू कहेगा 'होबे ना।' आप जोर डालेंगे। वह

कहेगा, 'भालो आमि देखछी' (ठीक है, देखूँगा)। जबकि दिल्ली का दनदनाता स्वर है 'लो जी हुणेइ हो जान्दा है' (लो जी, अभी हो जाता है)। काम हो-न-हो, स्वीकार का साहस यहाँ दुस्साहस की सीमा तक है। दिल्ली में बुद्धिजीवी से लेकर श्रमजीवी तक इस पराक्रम से लबालब भरे हैं। लोग बातों से आपको इतना खुश कर देंगे कि आपको मुगालता हो जाए कि आप अकबर हैं और वे बीरबल।

कलकत्ते में टैक्सी का न्यूनतम किराया बीस रुपए है। बेशुमार टैक्सियों का नगर है वह। सुबह नौ बजते ही वहाँ सड़कें पीली टैक्सियों की कतारों से भर जाती हैं, बम्पर से बॉनट टकरातीं। दिल्ली में यह गुरूर ऑटो रिक्शे को हासिल है। अगर गाड़ियों के मकड़जाल को भेद कर आप मंजिल तक पहुँचना चाहते हैं तो ऑटो या स्कूटर में आइए। वही इतना बहादुर है जो ट्रैफिक नियमों की धज्जियाँ उड़ाता हुआ आपको दस मिनट में दक्षिण दिल्ली से उत्तर दिल्ली में ले जाकर पटक देगा। इस हरे-पीले तिपहिए की शाश्वत पहचान यह है कि चालीस साल पहले भी यह मीटर को मुँह चिढ़ाकर मनमाना किराया वसूल करता था, आज भी ऐसा ही करता है। मीटर का एक पेंच खोलकर वह उसे गाड़ी में लटका हुआ छोड़ देता है और कहता है, 'सकूटर का मीटर खराब है जी, पचास रुपए—दरियागंज।' आप ट्रैफिक पुलिस का डरौना दिखाएँगे। वह कहेगा, ''उसे मैं सौ रुपए में ठीक कर लूँगा जी, बादशाहो तुस्सी सैर करो जी।'

दिल्ली में पंछियों की तरह ही टैक्सियाँ कम हो गई हैं। जो लोग टैक्सी इस्तेमाल करते थे, कारवाले हो गए हैं। अब यहाँ सड़कें सँकरी हैं, वाहन विशाल। कार की जगह छोटी-मोटी बस या चार पहियोंवाले कमरे जैसी कारें दौड़ती दिखाई पड़ती है सड़कों पर। ये समृद्धि की समस्याएँ हैं। एक परिवार में तीन गाड़ियाँ लेकिन पार्किंग जगह नदारद। सब अपनी गाड़ियाँ सड़कों पर खड़ी रखते हैं जिनकी मालिश-पालिश सवेरे छह बजे शुरू हो जाती है।

कलकत्ते में सड़कें प्रशस्त हैं और प्रकाशमान। वहाँ गजगामिनी वैभव है। दिन-भर का तनाव उतारने लोग कलकत्ता क्लब या बंगाल क्लब में जाएँगे जहाँ पारिवारिक परिवेश में उनका मनोरंजन होगा। दिल्ली की रक्तशर्करा और रक्तचाप ज़्यादा उच्चकोटि का है। क्या लेखक, क्या पत्रकार, क्या नव-उद्योगपति, यहाँ सब ज़्यादा चटपट और चटपटा विषयान्तर माँगते हैं।

अभी कल एक ऐसी बात हो गई कि अपने दिमाग में दिल्ली की इज्जत बढ़ गई। हम तानसेन मार्ग से लाजपतनगर जाने के लिए निकले थे। मॉर्डन स्कूल, लोदी कॉलोनी के आगे का चौराहा वाहनों की धर्र-धर्र से धुर्रा रहा था। ट्रैफिक लाइट लाल से पीली और पीली से हरी हो, इसकी बेताबी हर गाड़ी की हरकत से

साफ नज़र आ रही थी। तभी वाहनों के चक्रव्यूह को चीरता वह दस-ग्यारह साल का लड़का हमारे स्कूटर की ओर लपका, 'लीजिए मैडम, एकदम नई किताबें हैं।' हैरान रह गई मैं यह देखकर कि उसने जो किताबें पकड़ी हुई थीं वे ये थीं 'द आरग्युमेंटेटिव इंडियन—अमर्त्य सेन, वन नाइट एट द कॉल सेंटर, फाइव पॉयंट समवन—चेतन भगत, यू कैन विन—शिव खेड़ा और द एलकेमिस्ट—पॉलो कोयलो।

'सच, अगर किताबें ट्रैफिक पॉयंट पर बिकने लगें तो समझो लेखकों के अच्छे दिन आ गए।'

'जाली संस्करण हैं सब। कवर देखो इनके?'

'इससे क्या, किताबें तो हैं।'

दाम पूछे, हर किताब सौ रुपए में।

मैं कम-से-कम एक तो लेना चाहती थी पर बत्ती हरी हो गई। स्कूटर धड़धड़ाता भाग निकला।

अपने कलकत्ते में ट्रैफिक पॉयंट पर बच्चे इसी प्रकार गोभी, नीबू, चैरी और स्ट्रॉबेरी बेचते दिखाई देते हैं पर कभी मैंने उन्हें चेतन भगत, अमर्त्य सेन, शिव खेड़ा और पॉलो कोयलो बेचते नहीं देखा।

मान लो हम दरवाज़े पर प्रवेश निषेध लिख दें, देर तक नए शहर के गुसलखाने में साबुन मल-मलकर नहा लें, झाँवे से एड़ियों पर चिपकी पिछले शहर की धूल-मिट्टी छुड़ा लें, इससे क्या यादें हमें छोड़ देंगी या फरमाबरदार की तरह दिल-दिमाग के बाहर खड़ी रहेंगी। मैंने बहुत कोशिश की, जो शहर छूट गए उन्हें भूल जाऊँ, कोई उनका जिक्र करे तो मुँह फेर लूँ, न कोई मेरी डबडबाती आँख देखे न पूछताछ करे। पर अपनी किसी भी कोशिश में कामयाब कब हुई हूँ।

दिल्ली में अभी चौका-चूल्हा जम ही रहा था कि कलकत्ते से दीदी का फोन आया। उसकी आवाज सुनते ही खयाल आया यह फोन तो मुझे करना था। उस दिन 27 सितम्बर थी। नरेन्द्र भैया (दीदी के पति) को दिवंगत हुए दूसरा साल। दीदी बहुत अकेला महसूस कर रही थी। उसके दोनों बच्चे विदेश में थे। कलकत्ते के करनानी मैंशन के तीसरे तल्ले के फ्लैट में बड़े-बड़े कमरों में भाँय-भाँय सन्नाटे में रहती दीदी अभिशप्त एकान्तवास कर रही थी। उसने कहा, 'तू यहाँ थी तो मुझे तसल्ली थी कि मैं अकेली नहीं हूँ, एक फोन करूँगी और तुम दोनों आ जाओगे।' हम दोनों का मन भर आया। बात करनी मुझे मुश्किल कभी ऐसी तो न थी।

सच्चाई यह है कि कलकत्ते में करनानी मैंशन जाना ज़्यादा हो नहीं पाता था। पूरे दिन की ड्यूटी के बाद शाम को कोई-न-कोई कार्यक्रम आयोजित रहता जिसमें हमारी उपस्थिति भी ज़रूरी थी। कभी-कभी इतवार को दीदी के घर का चक्कर लगता।

एक जमाने में पार्क स्ट्रीट की व्यस्त सड़क पर करनानी मैंशन के चार फाटक चहल-पहल के चार धाम थे। 120 फ्लैटों की यह इमारत जीवन की रंगीनी से भरपूर थी। मैंने अपने लघु उपन्यास 'लड़कियाँ' में इसी करनानी मैंशन को आधार बनाया था। तब से अब तक करनानी मैंशन की किस्मत पलट चुकी थी। इसका रंग-रोगन उड़ गया था, कमरे जैसी बड़ी-बड़ी चार लिफ्ट बन्द करवा दी गई थीं, रौशन गलियारे अँधेरे उजाड़ बन गए थे, इसमें रहनेवालों ने ज़्यादातर नई बस्तियों में मकान बना लिए थे और करनानी मैंशन में अब उनकी जगह उनके ताले रहते थे। बचे हुए परिवारों के बच्चे बड़े होकर अन्यत्र चले गए थे। दीदी-भैया जैसे कुछ ही बहादुर किराएदार अभी भी यहाँ डेरा जमाए हुए थे कि इससे सस्ता, सुन्दर और सुविधाजनक मकान और कहाँ मिलेगा। लिफ्ट के बिना तीन तल्ले की सीढ़ियाँ चढ़ने में मेरे घुटने बगावत कर देते और मैं सोचती दीदी-भैया सीढ़ियाँ कैसे चढ़ते-उतरते होंगे। दीदी का मस्तिष्क आघात पूरी तरह ठीक नहीं हुआ था। वह अभी डगमग चलती और लटपट बोलती थी। भैया को ब्लैडर का कैंसर हो गया था। इतने सुन्दर, स्मार्ट और जीवन से भरपूर इनसान को सिर्फ आठ महीने में इस रोग ने ऐसा झँझोड़ दिया कि वे छाया बन बिस्तर से लग गए। जब हम जाते भैया अपनी बड़ी-बड़ी आँखों से हमें देखते, पहचानते लेकिन अपनी तकलीफ के बारे में एक शब्द भी न बोलते। दीदी नर्स की तरह उनके पास बनी रहती। फोन के सिवा वहाँ और कोई मददगार नहीं था। थोड़ी ही देर में उस माहौल में जी छटपटा जाता। गलियारे में फैला सन्नाटा मनहूसियत बढ़ाता। बैलव्यू हॉस्पिटल में दो बार भैया की शल्य-क्रिया हुई, मेट्रोपॉलिटन सेंटर में इंजेक्शन लगते रहे। जब तक कलकत्ते के डॉक्टरों ने हाथ खड़े किए, बहुत देर हो चुकी थी। मुम्बई के टाटा कैन्सर रिसर्च इंस्टीट्यूट में सवा महीने की चिकित्सा में सब विशेषज्ञों ने यही कहा, पहले यहाँ आ जाते तो वे बच जाते। उनके अन्तिम दिन वापस कलकत्ते के बेहाला स्थित कैंसर वेलफेयर सेंटर में बीते।

एक सुबह निर्माल्य का फोन आया। वह स्विट्ज़रलैंड से अपने डैडी को देखने आया हुआ था। उसने कहा, 'ममता आंटी, केवड़ा तल्ला घाट पहुँचिए, डैडी चले गए।'

केवड़ा तल्ला विद्युत शवदाह गृह में सुबह आठ बजे पार्थिव देहों की कतार लगी हुई थी। जगह-जगह सम्बन्धी खड़े थे। वातावरण भीगा और भारी था हालाँकि चीत्कार या विलाप नहीं था। वहीं एक जगह भैया की पार्थिव देह भूमिशयन कर रही थी। रवि जल्दी से सामने की दुकानों से सफेद कपड़ा, फूलमालाएँ, अगरबत्ती लाए। भैया का आखिरी लिबास तैयार हुआ।

और सहन नहीं हुआ। हम बाहर आकर खड़े हो गए। घंटे-भर बाद निर्माल्य और विजय मित्तल भी बाहर आ गए। निर्माल्य के हाथ में एक सकोरे में गीली मिट्टी थी जिसके नीचे उसके पिता के फूल प्रतीक रूप में दबे हुए थे। इस सकोरे को हुगली में विसर्जित किया जाना था। प्रिंसेप घाट पहुँचकर विसर्जन हुआ।

दीदी के रुआँसे फोन ने वे दिन आँख के आगे फड़फड़ा दिए।

उस शहर में और न जाने क्या-क्या छूट गया है।

●●●